btb

Eine starke Frau, zwei Männer, eine Schwangerschaft
und die große Oper – in ihrem neuen Roman erzählt Andrea Grill
eindringlich von einer Sängerin zwischen Kind und Kunst.
Die 39-jährige Sängerin Iris Schiffer ist zielstrebig, selbstbewusst
und auf gutem Karriereweg. Demnächst gibt sie als Cherubino in
Mozarts Oper »Hochzeit des Figaro« ihr Debüt an der Met, und
unverhofft wird ihr eine Hauptrolle bei den Salzburger Festspielen
angeboten. Aber die schönste Nachricht ist ihre Schwangerschaft,
von der Iris zunächst weder den beiden in Frage kommenden
Vätern noch ihrer Agentin etwas verrät...

ANDREA GRILL, 1975 in Bad Ischl geboren, studierte u. a. in Salzburg
und Thessaloniki und promovierte an der Universität Amsterdam
in Biologie. Sie wurde u. a. mit dem Förderpreis zum Bremer
Literaturpreis (2011) und dem Förderpreis für Literatur der Stadt
Wien (2013) ausgezeichnet. Andrea Grill lebt in Wien und
unterrichtet an der Universität Bern.

Andrea Grill

# Cherubino

Roman

btb

Mit freundlicher Unterstützung
der Kulturabteilung der Stadt Wien, Literatur.

Sollte diese Publikation Links auf Webseiten Dritter enthalten,
so übernehmen wir für deren Inhalte keine Haftung,
da wir uns diese nicht zu eigen machen, sondern lediglich auf
deren Stand zum Zeitpunkt der Erstveröffentlichung verweisen.

Penguin Random House Verlagsgruppe FSC® N001967

1. Auflage
Genehmigte Taschenbuchausgabe November 2021
by btb Verlag in der Penguin Random House Verlagsgruppe GmbH,
Neumarkter Str. 28, 81673 München
Lizenzausgabe mit Genehmigung des Paul Zsolnay Verlages Wien
Copyright der Originalausgabe © 2020 Paul Zsolnay
Verlag Ges.m.b.H., Wien
Covergestaltung: semper smile, München
nach einem Entwurf von Anzinger & Rasp
Covermotiv: Billy & Hells; Model @ ixmeaydiho
Druck und Einband: GGP Media GmbH, Pößneck
mb · Herstellung: sc
Printed in Germany
ISBN 978-3-442-77068-7

www.btb-verlag.de
www.facebook.com/btbverlag

*Es gibt nicht viele Menschen,*
*die sich in ein Röntgenbild verlieben –*
*wenn ich auch den Eindruck habe,*
*dass es in letzter Zeit mehr geworden sind.*

– Ileana Cotrubaş

# Personen

Iris Schiffer, Mezzosopranistin
Ludwig, Politiker, Unternehmer
Sergio Vincinzino, Tenor
Martha Halm, Iris' Agentin
Viktor (Vicky), Iris' Bruder
Iris' Eltern
Sergios Eltern
Elizabeth Marie (Lizzy) Demmenie, Regisseurin
Christa, Korrepetitorin
Vincent Solitano, Dirigent
Dino Baradie, Regisseur
Susan Zerlowsky, Dirigentin
ein Embryo/Fötus
eine Ärztin
ein Arzt

div. Nebenfiguren
(u. a. eine Band und ihre Mitglieder,
Kollegen, Intendanten, Orchestermusiker,
Freundinnen, Kostümbildner, Fans usw.)

# Erster Akt

# *0 (75 cm)

Sie sah wieder aus dem Fenster. Grün, unerwartet grün, auch hier. Grashalme spiegelten sich in den Fliesen der Fensterbank, und da, auf den lanzettförmigen Silhouetten, lag der Stab. Er würde zeigen, ob sie recht hatte. Zwölf, dreizehn. Der Wind bewegte das Gras, im Testfenster tauchte ein Strich auf. Jemand klopfte an die Tür. Sie zählte weiter. Noch ein Klopfen. Moment! Sie vergaß zu zählen. Bin gleich so weit! Die Konditorei, deren Toilette sie benutzte, war doch leer gewesen? Zwanzig, einundzwanzig. Die Türklinke bewegte sich. Hatte sie richtig gezählt oder Zahlen übersprungen? Sie lehnte sich an die Wand: kalte Keramikfliesen durch die Bluse. Das Fenster war gekippt, es roch nach warmem Teig. Fünfunddreißig, sechsunddreißig. Die Wiese gab einem Luftzug nach, richtete sich wieder auf. Quadratische Platten, solche, in denen Steine zu erkennen sind, pflasterten einen Weg. Neununddreißig, vierzig Sekunden – ein Strich, zwei Striche: einer in der kreisförmigen Öffnung, einer in der eckigen, beide rosa. Sie las am Beipackzettel nach, was sie schon gelesen hatte: Striche bedeuten ja, kein Strich bedeutet nein. Der Geruch nach warmem Teig wurde stärker. Iris nahm ihr iPhone, fotografierte die Striche. Dann umwickelte sie den Stab mit einem Taschentuch, mit dem Beipackzettel, steckte ihn zurück in die Verpackung und in die Handtasche, die an der Klinke hing. Hellgelb, klein, leicht, mehr als zwei Dutzend Taschen besaß sie, fast immer nahm sie diese.

Sie schaute in den Spiegel, ihr Gesicht war wie immer. Was hattest du erwartet? Sie zeigte sich die Zunge. Auch die war wie immer. Vorhin hatte sie an der Theke die Kuchen betrachtet, sich nicht entscheiden können, hatte gesagt, ich setze mich, hatte sich nicht gesetzt. Sie würde nichts essen können.

Sie hatte es gewusst, seit gestern schon.

Jetzt hatte sie den Beweis.

Die Klinke bewegte sich. Klopfen, neuerlich. Ihre Tasche zitterte.

Sie zog die Spülung. Ging hinaus, lachend, das Lachen kullerte aus ihr heraus, ging vorbei an einer Dame in einem engen schwarzen Lederrock; die schüttelte den Kopf.

Als einzige Kundin stand sie vor der Torten-Vitrine. Was kann ich für Sie tun? Eine Biskuitroulade bitte, die mit den Erdbeeren. Können Sie die einpacken, transportsicher? Selbstverständlich. Mit dem kunstvoll verschnürten Päckchen verließ sie die Konditorei. Auf der anderen Straßenseite war durch das Schaufenster die Apothekerin zu erkennen, bei der sie zuvor gewesen war, wie sie mit einer jungen Frau sprach, ihr mehrere Packungen von etwas vorlegte, diese wieder wegnahm, neue Packungen auflegte, eine große Tube –

Es ist einfach, hatte die Apothekerin gesagt, die sicherste Methode, die es gibt. Absolut zuverlässig, Sie können nichts falsch machen.

Einfach war es wirklich gewesen.

Hinter der Apotheke ließ sich eine Landschaft ausklappen. Grün, wahnsinnig grün. Eine Weide, darauf zwei grasende Schafe, weit weg aber doch. Ein verblühter Bauerngarten, gelbe Fransen an einzelnen Stängeln. Ländliche Idylle in einer Millionenstadt. Leicht lag die Packung in ihrer Hand, länglich. Die Frau strich über ihren blitzweißen Labormantel, öffnete die Kasse, schloss die Kasse, reichte ihr die Rechnung. Hinter ihrer linken Schulter fraßen die Schafe.

Die nächste Kundin hatte den Ausblick durcheinandergebracht. Zugluft warf das Fenster zu, riss es wieder auf. Vorsicht!, die Apothekerin hatte sich an den Kopf gegriffen, als wäre er abfluggefährdet.

Da war Iris schon draußen gestanden. Die Konditorei war ihr aufgefallen, rote Maschen in der Auslage; sie hatte die Straße überquert, war eingetreten.

Iris setzte sich in Bewegung, das Biskuitpäckchen schlenkerte an ihrem Handgelenk. In vierzig Minuten musste sie beim Vorsingen sein. Um noch ins Hotel zu gehen, war es zu spät. Sie sah an sich hinunter. Ein schwarzes Kleid, knielang, blaue Strumpfhose, weiße Sneakers, nicht schlecht für die Rolle, um die sie sich bewarb. Die Vorstellungskraft des Intendanten würde nicht unnötig strapaziert werden; so ein Kleid passte zu der Sophie, die sie probeweise verkörpern sollte. Nicht *die* Sophie, an die Opernfans sofort denken, wenn der Name fällt, eine scheue, selten gespielte.

Wow, dachte sie. Die neue Gewissheit fiel ihr leicht. Sie betrachtete das Bild des Teststabs auf ihrem iPhone. Solang sie es nicht wollte, würde niemand davon erfahren. Auf das Display glitt eine frische Nachricht, vom linken oberen Eck rutschte sie herein, wurde dann unsichtbar. Ich halte dir Daumen und Zehen. Bald komm ich dran, sie tippte im Gehen, ich küsse deine Zehen, I.

Sie ging weiter in die Richtung, in der sie das Prinzregententheater vermutete; sie kannte München nicht gut, war zwar einmal bei den Opernfestspielen eingesprungen und ein paar Wochen da gewesen – als Komponist in Strauss' *Ariadne* –, hatte damals aber keine Zeit, sich mit der Topografie der Stadt zu beschäftigen.

Sie beschleunigte ihre Schritte, geriet in etwas wie ein Wäldchen, gepflegte Wildnis für den Alltag. Jogger, Radfahrer; Kinder spielten Fangen um einen Teich herum, Kinder kreischten an einem Ringelspiel, drehten flink an dem Rad in der Mitte – huschende Farbflecken. Ihr und nur ihr gehörte das Testergebnis, kein Grund vorläufig, es jemandem zu erzählen.

Dass es noch Leute gibt, die wissen, was ein Lächeln ist, der Mann stützte sich auf einen Stock, Haselstaude, den hat er vermutlich eben von einem Strauch geschnitten. Nur weiter so, brummte er mit brüchiger Stimme, als sie sich umdrehte, weiter, weiter.

Noch dreißig Minuten. Jetzt hatte sie den Eindruck, die Umgebung zu erkennen. Lichtdurchflutetes Gelände, saftig, irgendwie satt, weit hinten, dem Blick angenehm Raum lassend: Berge. Ein kleiner Park zwischen den Häuserzeilen, fast sukkulent vor den weiß beschneiten Spitzen. Eine Bank unter einem überhängenden Baum. Hier will ich sitzen, den Übergang der Vorstadt in die Landschaft beobachten, so viel Zeit muss sein; sie fingerte an der Verschnürung des Biskuitpäckchens, löste den Knoten, faltete die Schachtel auf, biss in die Roulade. Besser als erwartet. Sonne schien auf ihre Beine.

Als sie den Zucker vom Kleid schüttelte, rührte sich das iPhone wieder; es vibrierte, es zirpte wie eine Feldgrille, eine deutsche Nummer blinkte. Iris wartete, bis das Zirpen aufhörte, rief den Anrufbeantworter an. Ich will Ihnen nicht lästig fallen, sagte eine fremde Stimme, weiblich, sympathisch, wollte mich nur erkundigen, ob Sie unterwegs sind, wir erwarten Sie.

Iris seufzte, bis zu ihrem Termin waren es noch zwanzig Minuten! Sie massierte sich den Nacken, drehte langsam den Kopf, nach links, nach rechts, verließ den Park, überquerte einen Platz. Das Prinzregententheater musste ganz in der Nähe sein. Wieder zirpte ihr Telefon, ja? Martha. Ja, ja, ja, ja, ja, ich bin fast dort, mach dir keine Sorgen, nein, nein, nein, ich weiß, bis später, ciao, tschüss, baba, ciao.

Martha Halm, ihre Agentin, hatte ihr zugeredet, die Einladung zu dem Vorsingen anzunehmen. Das ist deine Rolle, dir auf den Leib geschnitten; zeitgenössisch, herrliche Musik, dramatisch, eine eher unbekannte Oper: perfekt für einen Durchbruch, *den* Durchbruch. Kleine Perlen sammelten sich auf Marthas Nase und Oberlippe, Ernsthaftigkeitstau nannte Iris dieses Naturereignis, wenn sie jemandem im Vertrauen davon erzählte.

Wenn Martha glaubt, das Leben geht nicht weiter, falls ich etwas nicht versuche, ihres nicht und meins schon gar nicht, dann kriegt sie diese Schweißausbrüche, wie ein Pflänzchen, wenn es warm wird, nach einer kalten Nacht.

Iris hielt ein Taxi an. Ist nicht weit, sagte der Fahrer auf ihre Frage. Nach zehn Minuten ließ er sie vor dem Theater aussteigen. Schnell ging sie zum Haupteingang, geschlossen. Sie umrundete das Gebäude. Alle potentiellen Öffnungen waren zu; es hockte da wie eingekapselt. Kein Hinweis auf das Vorsingen. Kopfschüttelnd rief sie die Nummer der sympathischen weiblichen Stimme an. Nichts offen? Auch nicht die Seitentür? Ich entschuldige mich vielmals. Bitte, bitte, einen Augenblick Geduld, bin gleich bei Ihnen.

Es hatte Perioden gegeben in ihrem Leben, da wäre Iris in so einem Fall umgekehrt, hätte erbost Martha gebeten zu urgieren. Wäre dann tagelang auf Tauchstation gewesen. Heute spürte sie in sich einen fast grenzenlosen Vorrat an Geduld.

Oh, Sie sind allein! Hinter der Frau, die auf Iris zueilte, wehte ein knöchellanger Staubmantel. Nicht ganz, vorläufig werde ich nie mehr ganz allein sein. Das behielt sie für sich.

Willkommen, Frau Schiffer, wir freuen uns sehr, dass Sie da sind!

Ja, nickte Iris, wollen wir? Ich brauche ein paar Minuten zur Vorbereitung.

Selbstverständlich! Kommen Sie. Können wir auf den Lift verzichten? Beflissen schob die Frau sie durch ein menschenleeres Stiegenhaus, sie schob, ohne sie wirklich zu berühren, ein Luftpolster blieb dazwischen, bis sie in eine Garderobe gelangten. Hier sind Sie ungestört, wann darf ich Sie abholen? Geben Sie mir fünfzehn Minuten, ist das machbar? Freilich, ohne Weiteres. Die sympathische Stimme sprach, als würde sie sich ständig leicht verbeugen, wer sie war, blieb undeutlich. Geräuschlos machte sie die Tür hinter sich zu.

Iris war allein. Mit einem Spiegel, vielen Wandschränken, einem Waschbecken, einem Tisch, drei Sesseln; sie legte ihre Tasche auf den Tisch, streckte sich, machte Dehnungsübungen, rollte den Kopf zwischen den Schulterblättern hin und her; sie zog die Schuhe aus, sah sich im Raum um; sie setzte sich auf den Boden, legte sich hin, streckte sich aus, drückte ihren Rücken gegen die hölzernen Planken. Ihre Füße lagen unter dem Tisch, ihr Kopf berührte den Schrank gerade nicht. Eine nackte Glühbirne. Verputz bröselte von der Decke. Sie atmete. Ein und aus, ein und aus, der Boden trägt dich, du kannst dich auf ihn verlassen. Ein und aus, sie schluckte, spürte, wie der Kehlkopf sich bewegte, ihre Brustmuskeln sich dehnten. Sie fühlte sich locker.

# *1 (75 cm)

Birnen und Äpfel, orange blühende Ranken dazwischen auf weißem Stoff, hinreißend, sagte die Verkäuferin. Iris fand den Bikini im Shop des Hotels, probierte ihn an. Fünf Minuten später war er ihr Eigentum. So kaufte sie ein, entschieden. Ihnen steht dieses Modell hervorragend, wiederholte das junge Mädchen, als sie bezahlte: Beatriz, Salesmanager, stand auf dem auf ihrer Bluse eingenähten Etikett. Genäht, dachte Iris, sie hat ihren Namen aufgenäht, damit sie nicht verwechselt wird. Beatriz sprach Englisch mit Akzent. Bei ihr klang es charmant. Wäre Sergio hier, würde er mit ihr scherzen, er würde sich nicht genieren, Dante zu erwähnen und sie als Führerin durch das Paradiso zu bezeichnen. Und weil Sergio es war, der von den neun himmlischen Sphären redete, während man in einem Laden für Unterwäsche und Accessoires stand, wäre es keineswegs unpassend. Sergio konnte zu jedem alles sagen. Und jeder fasste alles, was Sergio sagte, als Kompliment auf.

Sie war von München direkt nach Ibiza geflogen, mit leichtem Gepäck und der *neuen Gewissheit*. Der Sitz neben ihr blieb leer; sie betrachtete das Bild der rosa Striche, rührte den Imbiss nicht an, nahm nur einen Becher Wasser, sah zu, wie es Nacht wurde über Europa.

Bin gut gelandet, mehr schrieb sie Sergio nicht.

Sie hatte ihn im Schwimmbad kennengelernt. Er war nackt gewesen, hatte nur Slipper getragen. Mit der linken Hand wrang er eine Badehose aus, mit der rechten kramte er in dem Kästchen, vor dem er stand. Ihr Kästchen, kaum anderthalb Meter von seinem entfernt, hatte die Nummer 333, jedes Mal, wenn sie an ihre erste Begegnung dachte, blinkte diese Zahl in ihrer Erinnerung.

Seine Haut war gebräunt, nirgendwo eine hellere Stelle, auch dort nicht, wo er gerade die Badehose abgestreift hatte; unter der Haut bewegten sich deutlich hervortretende Muskeln. Ein Profisportler?

Schöne Zahl, sagte er, als er den Schlüssel aufhob, der ihr im Vorbeigehen hinuntergefallen war. Boxershorts, hellblauer Stoff mit rosa Blümchen: Er hielt sie sich in der Nabelgegend vor den Bauch, während er ihr den Schlüssel überreichte. Aus seinem Kästchen lugte ein gelb-braun-blau kariertes Hemd.

Danke. Iris stand vollständig angezogen da, sogar ihre Wollhaube hatte sie schon auf; sie steckte den Schlüssel mit der Nummer 333 in ihre Manteltasche.

Diese Zahl werde ich mir merken, fuhr der Mann fort, während er sich von ihr wegdrehte und in die Boxershorts schlüpfte. Seine Füße stellte er dabei abwechselnd auf die Slipper, rosa und zu klein, die Fersen ragten einen Zentimeter über den Rand. Eine merkwürdige Zärtlichkeit überkam Iris, als ihr diese Slipper auffielen.

Auf Wiedersehen, sie machte ein paar Schritte auf den großen Wandspiegel neben dem Garderobenausgang zu.

Kamelhaar, rief er ihr nach, nicht wahr? Sie stutzte. Dann nickte sie, ohne sich umzudrehen, schaute unwillkürlich an sich hinunter und ging weiter. Schön, verfolgte sie seine Stimme, eine laute, eindringliche Stimme, schön, der Mantel, und nicht nur der Mantel –

Kennen Sie auch ein anderes Wort als schön? Ihre Vehemenz überraschte Iris.

Muss ich es kennen, antwortete der Mann, noch immer in Unterhosen. Kommen Sie öfter hierher zum Schwimmen?

Er sprach mit starkem Akzent, fehlerfrei und deutlich, jede Silbe vibrierte. Sein Deutsch war ein Präzisionswerkzeug; er wusste, wie man Sprache benutzte, um sich in die Gedanken anderer einzugraben. Die unerwarteten Melodien seiner Sätze verstärkten den Effekt: wie er die R gegen die Vokale rollen ließ, das S ans Wortende pfiff. Bei einem anderen wäre es Unfähigkeit gewesen, bei ihm war es Originalität.

Südamerika, hatte sie gedacht, als sie durch die Schwingtür des Schwimmbads trat, hinaus in einen lauen Maimorgen. Ein Chilene vielleicht, ein Argentinier. Eine Woche später erfuhr sie, er war aus Monza.

*Wir lieben uns, um die Schrecken des Lebens zu vergessen; die großen und die kleinen.* Das Lied, mit dem sie das Konzert eröffnen würden, hatte der Bassist geschrieben, auch den Text. Das gehörte zum Ungewöhnlichen der Band, der Bassist als Anführer. Sie hatten sich erst hier kennengelernt, Iris und die Band, in der Lobby des Hotels, zusammengebracht von einem Fan, der sie einmal als Ensemble hören wollte und es sich leisten konnte. Sie kannte ihn; nicht gut, aber sie hatte einige Cocktails mit ihm getrunken, ihn in einer langen Nacht in Beziehungsfragen beraten. Jetzt ehelichte er seinen langjährigen Freund, von dem er sich in jener Nacht kurzfristig getrennt gehabt hatte. Die persönliche Bekanntschaft war Iris' Bonus; umso größer die Nervosität der Band. Das Lied des Bassisten wurde an diesem Abend zum ersten Mal öffentlich gespielt. Eine Weltpremiere; nach der kein Hahn krähte. Aber Reichtum und Einfluss des Bräutigams in Kombination mit dem großzügigen Honorar, das ihnen zugesichert worden war, beschleunigte die Herzfrequenz der an sich coolen Jungs. Für mehr als einen Soundcheck und ein kurzes Einspielen aufeinander blieb keine Zeit, sie würden improvisieren müssen.

Solche Auftritte waren Iris am angenehmsten.

Auch an diesem Abend kam sie auf ihre Rechnung. Vom ersten Ton an fühlte sie sich mit den Zuhörern verbunden, in den Pausen, wenn die Instrumente gestimmt wurden, war die Brandung zu hören. Dann schwimmen, dachte sie. Sie spielten vier Zugaben, zuletzt noch einmal das Lied des Bassisten. Als sie sich unter Applaus verbeugten, weinte er.

Hörst du die Wellen? Sie hatte das iPhone in den Sand gelegt. Alles höre ich, seine Stimme klang nah, als stünde er neben ihr. Du Glückskind, sagte er. Pass auf, dass dich nichts beißt da im Wasser. Typisch für Ludwig, so etwas zu sagen. Sie beendete das Gespräch, legte ihr Kleid auf das Telefon, ihre Wäsche darauf, stellte die Sandalen daneben. Halb eins in der Nacht. Ein rotgoldener Mond über ihr, absurd voll, warm das Wasser, Ibiza. Sie stieß sich ab, schwamm hinaus ins Dunkle; sie kraulte. Sie legte sich auf den Rücken, ließ sich treiben. Etwas berührte ihren Oberschenkel, sie quietschte, lachte: noch ein nachtaktives Meerestier. Sie drehte sich wieder auf den Bauch. Das hellerleuchtete Zelt, aus dem sie sich davongeschlichen hatte, war nur ein unsicheres Dreieck. Sicher war: sie, hier, Haut an Haut mit einem Fisch.

Als sie mit einigen Verrenkungen den Reißverschluss am Rücken zugemacht hatte und in die Schuhe schlüpfte, die Riemchen waren noch offen, erwischte sie der Lichtkegel einer Lampe. Da bist du! Der Bassist, mit dem sie zweieinhalb Stunden lang die Bühne geteilt hatte, schaute sie befremdet an: Wir haben dich gesucht. Mit einem Kopfschütteln bemerkte er ihre triefenden Haare. Warum hast du nichts gesagt? Womöglich gibt es hier Strömungen.

Ich brauche den Kontrast.

Der Bassist richtete die Lampe auf das Meer, ein Kormoran flog auf. Hey, ich muss mir meine Schuhe erst zumachen, leuchte da her, Iris beugte sich hinunter, um den Ausschnitt war ihr

Kleid nass. Du wirst dich verkühlen, sagte der Bassist, du musst dich umziehen. Erkälten, auf Ibiza? Es ist Herbst, der Bassist zuckte mit den Schultern. Sie fing an zu rennen. Komm, wir gehen tanzen, im Hotel gibt's eine Party. Aber die erwarten dich. Etwas hilflos wies er auf das Zelt, aus dem nun Trommeln ertönten. Er rannte jetzt auch, widerwillig, seine Füße schleiften mit leisem Pfeifen über den Sand.

Du, ich hab getan, was ich musste, es hat Spaß gemacht, aber jetzt geh ich tanzen. Sag ihnen Bescheid und komm nach. Ihr könnt alle nachkommen, die ganze Band. Ich lad euch ein auf ein paar Drinks.

Okay, er blieb stehen.

Iris entfernte sich von ihm, mit beiden Händen winkend, auf dem Parkplatz hinter den Dünen hatte sie Taxis gesehen. Sie fuhr zum Hotel.

Rasch holte sie ein kurzes, bügelfreies Kleid aus dem Koffer, föhnte ihre Haare trocken. Eine Stunde nach dem Schwimmen war sie auf der Tanzfläche; wieder im Freien. Auf Ibiza existiert der Begriff Lärmbelästigung nicht. Sie sah sich um, keiner der Musiker war gekommen, aber sie kannte die Nummer, die gespielt wurde, vom Soundtrack eines Films, den sie einmal nach einem Konzert in ihrem Hotelzimmer gesehen hatte, nur an das Wort *blau* im Titel erinnerte sie sich. Lauter einander unbekannte Leute bewegten sich im selben Rhythmus; sie überließ sich dem Beat, doppelte, dreifache, vierfache Herzschlagfrequenz. Tanzte sich müde. Dreimal wurde sie angesprochen, zweimal von einem Mann, einmal von einer Frau; jedem erzählte sie abweisend, sie sei mit ihrem Gatten hier, der liege mit Magenverstimmung oben.

Um halb fünf ging sie hinauf.

Die Leintücher waren glatt und kühl. Wohlig streckte sie sich darunter aus, ein Bett für mich allein. Sie las ein SMS von Sergio, schickte eins an Ludwig. Bevor sie sich dem Schlaf überließ, fiel ihr ein, wie ungern sie mit ihrem allerersten Freund im gleichen Bett geschlafen hatte.

## *2 (75 cm)

Den Vater ihres ersten Kindes erkenne eine Frau direkt. Mit dieser These ihrer Mutter war Iris aufgewachsen, und sie hatte sie für blanken Unsinn gehalten; bis vor Kurzem. Mit dem Beweis, dass ein zweites Herz in ihr schlug, war die Erinnerung an eine bestimmte Stunde wieder aufgetaucht. Sie war im Bett gelegen, Ludwig schnitt Brot in der Küche, sie roch das Brot, intensiv, als entstünde der Geruch in ihrer Nase, sie roch den Wein, den er entkorkte, aus dem anderen Zimmer herüber. Er richtete einen Teller mit Käse und Weintrauben, sie setzten sich an den ovalen Tisch, sie in seinem Bademantel, er in Hosen und einem Hemd, das er offen ließ; beide barfuß. Sie hörten Klaviersonaten von Mozart, eine Aufnahme mit Ingrid Haebler, ihr war, als spielte die Pianistin in ihr. Der Käse war der beste Käse, den sie je gegessen hatte.

Später hatte sie die CD-Hülle in die Hand genommen, gelesen, was sie gehört hatten, zwölf Variationen in C major, K. 265/300e über die Melodie »Ah, vous dirai-je, Maman«.

Sie schob sich die beiden Polster des Doppelbetts in den Nacken, suchte das Stück in der Playlist ihres iPhones; sobald sie es hörte, umfing sie wieder die Atmosphäre des Abends. Sie sah hinaus auf das Meer. Der Strand, der Ort ihres nächtlichen Schwimmens, vor zehn Stunden aufregend, fast unheimlich, schmiegte sich jetzt langweilig an die Terrasse des Hotels. Die Meerestiere schliefen; vielleicht war das spürbar.

Iris summte, wie immer, bevor sie aufstand. Erst reden, wenn du schon eine Weile wach bist, und vor allem: summen. Das war der Rat ihrer ersten Lehrerin gewesen, und sie hielt sich daran (mehr oder weniger). Einiges hatte die Lehrerin in Iris hineingesteckt, das drinnen geblieben war.

Sie summte Vokale, einfache Melodien, wie sie ihr gerade einfielen, *I Follow Rivers* von Lykke Li, jetzt wusste sie wieder, bei welchem Song sie gestern die Tanzfläche betreten hatte.

Ludwig schrieb aus einer Aufsichtsratssitzung: Wie du mir fehlst! Sie schrieb zurück: Ich bringe dir salzige Luft mit von hier.

Ich muss Ludwig sehen. Schlagartig, mit einem Lampenfieber, wie sie es vor dem Konzert keine Sekunde lang empfunden hatte, überwältigte sie der Wunsch.

Ihm muss ich es sagen, ihm als Erstem.

Ihr Flugzeug ging am Nachmittag (damit ich noch schwimmen kann, mich in die Sonne legen, Meeresluft atmen), gegen neunzehn Uhr würde sie in Wien landen, spätestens um zweiundzwanzig Uhr könnte sie bei ihm sein. Er bei ihr sogar früher, falls er Gelegenheit hätte zu kommen. Jede ludwiglose Woche ist eine lustlose Woche, scherzte sie manchmal, wenn sie ihre Kalender verglichen, nach Leerstellen für ihr Zusammensein suchten. Der Scherz war ehrlicher, als sie zugab; das nächste L. stand erst für Dienstag eingetragen, sie hatten einander zwei Wochen lang nicht gesehen.

Ich muss dich sehen. So ein Satz passte weder zu Ludwig noch zu Iris. Sie stand ruckartig auf, ging hinaus auf den Balkon, wieder hinein, ins Bad, nahm ihre Zahnbürste aus dem Etui, legte sie auf den Waschbeckenrand, ging zurück in ihr Zimmer, griff nach dem iPhone.

Tippte: Möchtest du meinen neuen Bikini sehen? Drückte auf Senden. Ja! Bitte! Unbedingt!, kam sofort zurück. Deine Badewanne oder meine? Auf diesen Vorschlag reagierte er nicht.

Spontane Verabredungen mit Ludwig waren unmöglich. Iris wusste das und versuchte gewöhnlich nicht, ihre eingespielten Usancen zu durchbrechen: Sie kannten einander seit drei Jahren und trafen sich ungefähr einmal pro Woche.

Anfangs war es seltener gewesen.

Mittlerweile wäre beiden seltener zu selten.

Sie hatte ihn beim Essen kennengelernt. Er trug einen Anzug, Krawatte, feine Stoffe, dafür hatte sie ein Auge. Er fiel auf in der sich ums Buffet drängenden Menge. Er überragte fast alle Anwesenden um einen halben Kopf, sein Haar leuchtete, sein Gesicht war jung, stand damit in seltsamem Kontrast zum »weißen Fell« (wie sie es später zärtlich nennen würde) über seinen dunklen Brauen. Ihre Arme berührten sich, als sie beide nach demselben Teller griffen. Verzeihung, braune Augen sahen sie an, ich war etwas zerstreut. Nein, ich muss in Gedanken gewesen sein. Sie lachten, das Gespräch nahm seinen Lauf. Er freue sich vor allem auf den Risotto, sagte er, während sie Ellbogen an Ellbogen warteten, bis sie sich an der Theke bedienen konnten.

Shrimps lagen da auf extrem grünen Salatblättern; eine enorme Auswahl an Käsesorten, sogar Époisses, daran erinnerte sie sich gut; eine bis zum Rand gefüllte Schale mit Cordon bleu auf einer Warmhalteplatte; Reis belegt mit zahlreichen Basilikumblättern, wie grüne Schindeln. Sie redeten weiter, während sie ihre Teller beluden, setzten sich nebeneinander auf zwei leere Sessel in einer Tischrunde. Er stellte sich vor, bevor er nach der Gabel griff. Als sie ihrerseits ihren Namen nannte, erkundigte er sich, ob sie *in der Gegend* lebte.

Ich mag die Gegend, sagte sie nach einer langen Pause.

Sehr lange werde er nicht bleiben können, sagte Ludwig, als er gegessen hatte. Desserts versuche er zu vermeiden, wehrte er ihren Vorschlag ab, sich bei den mittlerweile aufgetragenen Süßig-

keiten Nachschub zu holen. Der Gastgeber wisse Bescheid, er sei
später gekommen und müsse früher gehen. Aber wenigstens war
ich da, unvermittelt lachte er und legte seine Karte in ihre Hand.
Über ein Wiedersehen würde ich mich freuen, Ihnen noch viel
Vergnügen auf der Party. In seinen Augen schimmerte ihr eigenes Gesicht in Miniatur und ein Versprechen.

Zwei Tage später bat sie Martha, eine CD an die auf der
Visitenkarte angegebene Adresse zu senden; ihre erste Aufnah-
me, mehrere Jahre alt, aber sie schien ihr passend für ihn, eine
Sammlung von Liedern, Haydn, Rachmaninoff, Wolf, Weill,
Mahler, Webern.

Drei Tage später erhielt sie seinen Dank, die E-Mail-Adresse
habe er im Internet gefunden, er hoffe, sie sei richtig, bitte um
ihre Telefonnummer.

Ein Bote brachte einen Blumenstrauß, groß, teuer, ohne Ab-
sender. Von ihm, war Iris überzeugt. Sie wartete auf den Anruf.
Ein Jahr verging, Ludwig meldete sich nicht.

Der Strauß war von einer Freundin gewesen, stellte sich heraus, ein verspäteter Geburtstagsgruß.

## *3 (75 cm)

Iris kam aus dem Badezimmer, ein Handtuch um die Hüften
gewickelt, die Zahnbürste im Mund. *Chiamata persa* zeigte das
Display ihres iPhones, Sergio. Sie ging zurück, spuckte die Zahn-
pastareste ins Waschbecken, spülte den Mund, fuhr mit einem
kleinen Bürstchen zwischen die Zähne, benutzte Zahnseide,
eine Augencreme, Eyeliner; zog einen Frotteebademantel an,
verknotete den Gürtel doppelt und erwiderte Sergios Anruf. Sie
wollte schon aufgeben, als sein Gesicht auf dem Display erschien. Hallo! Ja, ich sehe dich. Ich muss es kurz machen, gleich

beginnt die Probe. Gut geschlafen? Alles okay, ich bin noch im Hotel. Das sehe ich, du bist im Bademantel. Hier könnte ich überall im Bademantel sein, das ist Ibiza! Wie fühlst du dich? Herrlich. Im Lift vorhin waren alle im Bikini, außer mir. Wie war das Konzert? Gut, relaxed. Ich bin dann allein tanzen gegangen. Allein? Du Verrückte. Na, wenn du nicht da bist. Als ob es dir an Begleitern mangeln würde! Die Band zum Beispiel, wo war die Band? Das sind gute Musiker, aber fade Kerle, die brauchen viel Schlaf. Und das Vorsingen, in München? Noch nichts gehört. Wann geht dein Flug? Am Nachmittag. Dann hast du noch Zeit. Ich muss los. Schreib mir, wenn du ankommst, ja? Okay. Du bist am Abend verplant, oder? Verplant kannst du das nennen, ich hab den Titus. Entschuldige, daran hab ich nicht gedacht. Kein Problem, solang ich's nicht vergesse è tutto pane e marmellata. Wir sehen uns morgen? Ja, morgen, ganz sicher. Ciao. Ciao!

Ein SMS ihrer Agentin glitt aufs Display, als sie das Telefon weglegen wollte. Du bist im Radio, JETZT. Hier der Link. Iris setzte sich in einen Fauteuil neben der offenen Balkontür, klickte darauf:

»Guten Morgen, es ist elf Uhr zehn. Ich begrüße Sie bei *Sänger, die kochen können.* Unser heutiger Gast, die Sopranistin Iris Schiffer, kocht ein Taboulé mit Erdbeeren, Bratwürstel auf Sauerkraut und zur Nachspeise ein gebackenes Orangensoufflé. Dazu hört sie Musik von Schumann, Vampire Weekend, Sonic Youth, Mieczysław Weinberg, Philip Glass, Haydn und Bellini.

Frau Schiffer, wie kamen Sie zur Auswahl dieser Speisefolge?

Da hat, wie oft in meinem Leben, der Zufall eine Rolle gespielt. Als mich Ihre Einladung erreichte, war ich in Priština, nach dem Konzert brachten mich die Organisatoren des Festivals, bei dem ich auftrat, in ein Lokal, wo mir genau diese Gerichte aufgetischt wurden. Wahnsinnig gut.

Kochen Sie oft zu Hause nach, was Ihnen im Restaurant geschmeckt hat?

Eigentlich nicht. Ich gehe noch mal in dasselbe Restaurant. In diesem Fall wäre das etwas aufwendig.

Priština ist kein typischer Ort für ein Gastspiel. Oder irre ich mich da?

Ein Benefizkonzert war es nicht, wenn Sie das meinen. Ich war zu FemArt eingeladen, einem Festival, bei dem ausschließlich Frauen auftreten. Die Veranstaltung hat internationale Sponsoren, die zahlen auch die Gagen. Alle Darbietungen, die ich verfolgen konnte, haben mich beeindruckt.

Wie lange sind Sie in Priština geblieben? Wie viel Vorlauf brauchen Sie an einem Ort, um gut singen zu können?

Ich habe zwei Mal übernachtet. Besser für meine Stimme wäre gewesen, ich hätte direkt am Flugplatz kehrtgemacht, die Luftverschmutzung ist horrend. Mein Arzt hat das an meinen Stimmbändern gesehen, die sahen aus, als hätte ich zwei Tage lang durchgehend geraucht.

Und trotzdem konnten Sie singen?

Ich kann immer singen. Gibt's hier irgendwo ein Stück Holz, auf das ich klopfen kann?

Zurück zum Essen. Ihr Verhältnis zum Herd ist ungetrübt?

Mein Vater war Koch. Ich habe mich zu Hause immer an den gedeckten Tisch setzen dürfen. Erst in der Studienzeit habe ich eigene Kocherfahrungen gemacht. Inzwischen stehe ich leidenschaftlich gern in der Küche.

Ihr Vater war Profikoch?

Er hat das gelernt, ja. Vor meiner Geburt hat er in einem Hamburger Nobelrestaurant gekocht und Karriere gemacht. Er hat das Haus in den Rankings hinaufgetrieben. Kurz nachdem ich geboren wurde, starben jedoch seine Eltern, rasch nacheinander. Da hat er deren Bäckerei geerbt und die Geschäftsführung übernommen, er hat seine Stelle als Koch aufgegeben und nur mehr für uns gekocht, für die Familie. Seit ich mich erinnern kann, war das so. Wir hatten nicht nur jeden Morgen frisches Gebäck, wir hatten auch jeden Mittag ein dreigängiges Menü: Suppe, Hauptspeise, Dessert, und an Sonntagen waren es fünf Gänge.

Haben Sie Ihren Vater bei der Vorbereitung dieser Sendung konsultiert?

So ein Menü würde er als ›wild‹ bezeichnen. Wissen Sie, irgendwann emanzipiert man sich von den Eltern, sogar wenn man wie ich als Kind verwöhnt wurde. Er hört uns jetzt aber bestimmt zu, während er seinerseits in der Küche steht.

Ihre Mutter ...?

Sie war die Musikerin in der Familie. Sie ist Pianistin.

Sie hat Sie zum Singen gebracht?

So direkt lässt sich das nicht sagen. Es existiert ein Bild von mir als Wickelkind, wie ich unter dem Klavier schlafe, während meine Mutter unterrichtet. Das junge Mädchen, dem sie Stunden gibt, trägt einen langen, weiten roten Rock und ein schwarzes T-Shirt, auf dem die Worte *stop screaming* aufgedruckt sind; den Mund hält sie geöffnet, als würde sie O sagen. O-o-o-oh. Ich habe diese Fotografie als Kind geliebt, noch ehe ich wusste, was die Aufschrift bedeutet. Wegen des Rocks und weil ich mich selber gern als das Bündel Mensch angeschaut habe, das ich auf dem Bild bin – in eine helle Decke gewickelt, auf der kleine Hunde mit aufgerissener Schnauze aufgedruckt sind. Reglos schlafend, ein winziges entspanntes Gesicht, mit Augenbrauen wie gezeichnet. Meine Babyaugenbrauen haben mich damals fasziniert. Ich weiß das so genau, weil diese Fotografie eingerahmt im Schlafzimmer meiner Eltern stand. Als ich drei oder vier Jahre alt war, habe ich mich oft hineingeschlichen und das Bild betrachtet. Kann aber gut sein, dass das ein Schnappschuss war, ein einmaliger Moment.

Und wann wussten Sie: Ich will Sängerin werden?

Ich habe keine Erinnerung daran, dass ich mich jemals konkret für diesen Beruf entschieden hätte. Ich war immer glücklich, wenn ich sang, seit ich denken kann.

Wie hat Ihre Karriere dann ihren Lauf genommen?

Ich war ein sehr lebhaftes Kind. Meine Mutter hat versucht, diese Energie zu kanalisieren, sie hat mich in einem Kinderchor angemeldet und in die Musikschule geschickt, zuerst Blockflöte, dann Gitarre, weil ich nach einem Instrument verlangte, bei dem ich den Mund frei hätte zum Singen. Das war eine spontane Ansage von mir damals. Aber es war der Kern. Der Mund muss frei sein. Ich hatte eine laute Stimme, wissen Sie. Die haben gehört, wenn ich daherkam, bevor sie mich gesehen haben.

Ihre Mutter hat also Ihr Potential früh erkannt und Sie entsprechend gefördert?

Da müssten Sie sie selbst fragen. Ich hatte immer den Eindruck, sie wollte vor allem dieses quirlige Kind etwas zur Raison bringen und hat das mit Musik versucht. Das war ihr Metier. Wissen Sie, ich bin nie in einen Kindergarten gegangen, meine Eltern hielten nicht viel davon. Als ich fünf war, sind wir von Hamburg nach Wien umgezogen. Mein Vater verlegte den Hauptsitz des Betriebs hierher, das schien lukrativer, er konnte von einem Wiener eine Backstube übernehmen und verkaufte in Hamburg fortan Brötchen nach Wiener Rezept. Ein gewisser Abenteuergeist steckte wohl auch dahinter, meine Eltern wollten, glaube ich, einfach ihr Glück versuchen. Der Umzug machte mich nur noch aufgedrehter. Ich kam dann auf Betreiben meiner Mutter bald in den Kinderchor der Staatsoper. Das war irgendwie ein Selbstläufer. Und bei den vielen Proben, die wir hatten, blieb mir wenig Gelegenheit, zu Hause den Wirbelwind zu spielen. Mein Bruder kam in Wien zur Welt, und damit veränderte sich die Familienkonstellation sowieso komplett, mein Bruder ist übrigens kein Musiker.

Frau Schiffer, Sie haben hier in der Küche schon einige Schalen und Töpfe vorbereitet, womit beginnen wir?

Ich fange mit dem Taboulé an. Das lasse ich im Kühlschrank ziehen, während ich die Hauptspeise mache. Die Orangen für das Dessert habe ich bereits geschält und geschnitten.

Sind Sie immer so eifrig? Auch im Beruf?

Also ich würde das umsichtig nennen.

Haben Sie Angst vor Unsicherheiten?

Ich will, dass mir das Soufflé gelingt.

Und das geht besser, wenn ich Ihnen dabei nicht zuschaue?

Das geht nur, wenn es zur richtigen Zeit bei der richtigen Temperatur für zehn Minuten im Ofen ist. Schauen Sie, das Eiweiß kann ich erst schlagen, wenn wir den Hauptgang bereits gegessen haben. Zum Reiben der Orangenschale wäre in der Stunde, die Sie für unser gemeinsames Kochen vorgesehen haben, keine Zeit.

Planen Sie alles so akkurat?

Das geht leider nicht. Nur beim Kochen geht's. Deshalb koche ich ja so gerne.

Verraten Sie unseren Hörern, was Sie schon vorbereitet haben?

Ich habe zwei Orangen gewaschen, die Schale abgerieben, die Früchte geschält und das Fleisch in kleine Stückchen geschnitten; die warten jetzt darauf, dass ich sie mit ein bisschen Zucker vermische.

Drei Löffel Zucker nehmen Sie, sage ich jetzt dazu, damit unsere Hörer sich das vorstellen können. Ist das die Ober- oder Untergrenze?

Sie können so ein Orangensoufflé auch ganz ohne Zucker machen, je nachdem wie gut die Orangen sind. Meine Freunde in Wien schwören alle auf Orangen aus Sizilien. Ich bin da keine Ausnahme. Also, zu viel Zucker würde mir das Gericht verderben.

Jetzt haben wir, ganz beiläufig, den Nachtisch schon fast fertig, während wir über etwas völlig anderes geredet haben. Würden Sie sagen, das ist typisch für Sie?

Ich würde sagen, das ist typisch dafür, wenn ein Radiojournalist zu mir nach Hause kommt und aufnimmt, wie ich koche.

Verraten wir dann gleich, wie die Geschichte ausgeht, wie bringen Sie das Soufflé zu einem guten Ende?

Sobald die Bratwürste auf den Tellern liegen, schalte ich das Backrohr ein und heize auf 120 Grad Umluft vor. Wenn ich mein Würstel gegessen habe, schlage ich drei Eiweiß steif, hebe den Schnee unter die vorbereitete Fruchtmasse und gieße das Ganze in eine Auflaufform; ich streue Mandelsplitter darauf und lasse es zehn Minuten lang im Rohr.

Iris Schiffer, heute bei uns in der Sendung, wird nächsten Freitag im Linzer Landestheater mit einem Liederabend auftreten, bei dem zwei Stücke der russischen Komponistin Jelena Olegowna Firsowa erstmals in Österreich zu hören sein werden, die Kantate *Silentium* für Mezzosopran und Streichquartett und das Stück *Secret Way* für Mezzosopran und Orchester. Frau Schiffer, noch eine Frage …«

Puhh, hätte schlimmer sein können, schrieb sie Martha, zog den neuen Bikini unter den Bademantel an und verließ ihr Zimmer.

Auf den Stufen zwischen erstem und zweitem Stock begegnete ihr der Bassist. Das Instrument an einem Riemen über der Schulter, einen großen Rucksack am Rücken, rannte er fast in sie hinein. Hast du's eilig? Der Musiker erkannte sie erst auf den zweiten Blick. Dieses Mädchen im Bademantel ähnelte der Frau nur flüchtig, mit der er auf der Bühne gestanden war. Sie umarmten sich, versprachen, den Kontakt zu halten, unbedingt, lass uns noch mal was Gemeinsames machen. Dann lief er weiter.

Sie ging an den Strand und sofort ins Wasser. Ein Schwarm winziger silbriger Fische stob davon.

Bevor sie zum Flughafen fuhr, verabredete sie sich per SMS mit ihrer Manchmal-Freundin #1, die im kleinen Kreis zum Essen einlud. Ein Freitagabend ohne Verpflichtung – entspannen, gut essen, an nichts denken.

Angeschnallt auf Sitz 8A, die Maschine bewegte sich schon – noch eine Minute bis zum Start, verkündete der Pilot durch die Lautsprecher –, erhielt sie eine Nachricht von Ludwig. Du, ich könnte mich in den Zug setzen, jetzt, um 21 Uhr bei dir sein. Gilt das mit der Badewanne noch?

Ja! Komm!, tippte sie.

Abschalten, Sie müssen Ihr Gerät sofort abschalten! Jetzt! Die Stewardess blieb neben ihr stehen, bis Iris den Flugmodus eingestellt hatte.

Der Flug dauerte zu lang und zugleich viel zu kurz. In seinen Armen sein. Seinen Geruch einatmen, die vertraute Mischung von sauberer Wäsche, Rasierwasser, Seife, viel benutzten Bürosesseln, gepresstem Staub. Daheim, das war Ludwig; von ihm wollte sie nirgendwo mehr hin. Die Neuigkeit prickelte in ihr. Vorfreude. Sie würde ihm die *neue Gewissheit* mitteilen, alles würde anders werden. Diese Vorfreude konnte ihr nicht lang genug dauern.

Das Flugzeug durchbohrte Wolken, sie dachte an Küken, flauschige gelbe Bällchen, wie sie manchmal sogar in Großstädten auf Gewässern schaukeln, fühlte sich jung, sehr jung.

# *4 (75 cm)

Ich habe eine befruchtete Zelle in mir, sagte sie zu Ludwig um 22 Uhr 11, beim Schein einer Laterne, auf einem gepflasterten Platz, wenige Schritte vor dem Restaurant, in das sie gehen wollten.

Sie hatte nachgedacht, wie sie es formulieren würde, tagelang nachgedacht, merkte sie, als sie im Taxi saß und vom Flughafen nach Hause fuhr, die Fassaden der Stadt zogen an ihr vorbei, gewöhnungsbedürftig, als wäre sie länger weg gewesen. War zu keiner gelungenen Formulierung gekommen.

Kann ich Ihnen behilflich sein? Der Fahrer stieg aus, hielt ihr die Tür auf, stellte den Koffer neben ihr rechtes Bein. Nein, danke, nein, nein. Iris zahlte, betrat das Gebäude. Es war still.

Sie schaute hinauf in die Schnecke der Stiege bis zur Glaskuppel oben, nahm den Lift in den dritten Stock. Da war ihre Tür, Biedermeier, die schönste im Stiegenhaus. Wegen dieser Tür hatte sie die Wohnung genommen, sieben Jahre war es her, die Tür versprach Großzügigkeit und Geräumigkeit. Großzügig und geräumig war das Apartment dahinter vermutlich auch gewesen, bevor die Wohnung zu kleineren Einheiten umgebaut wurde. Ein Erstbezug, alles, was da nach der Renovierung an Leben stattgefunden hatte, stammte von ihr – Gerüche, Kratzer, Dellen.

Sie ließ die Tür zufallen. Endlich zu Hause. Den Koffer schob sie, wie er war, in den Abstellraum. Sie zog ihre Schuhe aus und öffnete ein Fenster. Genug gelüftet, nach zehn Sekunden machte sie es wieder zu. Sie überlegte weiter. Wie würde sie es ihm sagen, mit welchem Wortlaut? Sie trank ein Glas Leitungswasser. Das Fremdeln bei der Fahrt um den Ring wich einer angenehmen Vertrautheit. Das war Wien: unbesorgt Leitungswasser trinken in einem renovierten Altbau, aus einem Auto steigen, das kaum nach Abgasen stinkt.

Es klingelte: Ludwig. Noch immer bekam sie Herzklopfen, wenn sie sich trafen, jedes Mal wie das erste Mal. Auch nach drei Jahren.

Komme ich gelegen?, fragte er, wie jedes Mal, wie das erste Mal. Sie strahlte, antwortete nichts, küsste ihn auf sein linkes Ohr.

Hallo, sagte sie. Zog ihn auf ihr Bett. Eine innige halbe Stunde ineinander verknallt. Bis die Mägen knurrten, hörbar füreinander. Wollen wir? Nicht zu weit, oder? Zwei Stationen mit der U-Bahn? Dann kannst du deine Sachen dalassen, bis nachher?

Fünf Minuten später in der U-Bahn, Hand in Hand; abrupt loslassen, auseinanderfahren, Köpfe gerade richten auf den noch so anschmiegsamen Hälsen, sich unterhalten wie Bekannte, zufällig begegnet – da stiefelt ein Bekannter Ludwigs daher, einen ausgestreckten Pfeil vor sich, gespannt, um sich in etwas Weichem niederzulassen: eine Hand. Schüttelt die andere. Langnichtmehrgesehen. Wiegehtsdirdenn. Achmanschlägtsichdurch. Gutgut. Sie stiegen aus; wenige Schritte vor dem Restaurant hielt sie ihn am Arm zurück: Du, ich muss dir was sagen.

Jetzt war die Formulierung aus ihr herausgeschlüpft wie die einzig mögliche. Wortküken, dachte sie, mehr war *es* noch nicht. Ein Etwas, über das gesprochen wurde. Ein mittels des chemischen Nachweises gewisser Substanzen bestätigtes Etwas. Zuerst hatte sie mit sich selbst darüber gesprochen, jetzt zeigte sie Ludwig ein Bild auf ihrem iPhone, rosa Striche, sagte ein Wort mit neun Buchstaben.

Der Himmel war sternenklar, die Luft eisig.

Iris fröstelte, sie hatte nur einen leichten Mantel an, kein Halstuch, keinen Schal. Das Telefon vor ihren Gesichtern beschlug von den Atemwolken, sie ließ es sinken, wischte es an der Hose ab, steckte es ein.

Sollen wir nicht hineingehen? Er sah sie an, als müsse er sich von weit her zu ihr zurückholen.

Sonst sagst du nichts?

Gehen wir zuerst hinein, es wird kalt. Zum ersten Mal, seit sie sich kennen, kräuseln seine Mundwinkel sich nicht leicht nach oben, als er sich ihr zuwendet. Bis jetzt hat er sie immer angelächelt. So kommt es ihr vor. Alles würde anders werden, hatte sie gedacht, während sie über das Mittelmeer flog. Da war die erste Veränderung.

Du, sagte er nach weiteren Minuten, in denen er an ihr vorbei in die Dunkelheit gestarrt und sie ihm dabei wortlos zugeschaut hatte.

Ja? Zaghaft klinge ich und kann nicht anders. Sie ärgerte sich, dass sie ihre Stimmlage und damit die Atmosphäre zwischen ihnen nicht besser unter Kontrolle hatte. Wo es doch um sie ging, in ihrem Körper etwas Neues lebte. Bei Ludwig war alles wie immer, bis auf die Worte, die er soeben gehört hatte: noch nie zuvor zueinander benutzte Worte. Ich verliere die Kontrolle über mich, weil ich sein Schweigen so schlecht aushalte. Sie weiß es und kann nichts dagegen tun.

Lass uns reingehen, wiederholte er, es ist kalt, deine Stimme.

Meine Stimme ist robust, entgegnete sie, so resolut wie möglich, und berührte dabei sanft seinen Ellbogen. Sie erregte ihn; nur sie konnte das durch die wattierte Jacke hindurch, mit zwei Fingern am Unterarm. Wie sehr diese beiläufige Berührung ihn aufwühlte, war ihr nicht bewusst.

Was willst du essen? Drinnen im Restaurant wirkte er bereits halbwegs gefasst. Sie saßen zu zweit an einem Tisch für sechs, kein anderer war frei gewesen. Iris bestellte Semmelknödel mit Saft und Bauchfleisch, schielte auch schon auf die Nachspeisen. Ludwig konnte sich schwer entscheiden, Linsen mit Knödel, sagte er dann, als der Kellner fragte, ob er noch warten solle. Sie trank Birnensaft, er Grünen Veltliner. Nachdem die Bestellung erledigt war, schwieg Ludwig weiter.

Sie spürte ihre Schlagader, ein paar Zentimeter unterhalb des Nabels, die pochte, pumpte Blut; sie spürte ein Ziehen an der Schädelhaut, ein Spannen über den Ohren, ein Stechen in den Schläfen. Stumm schaute er sie an, schaute auf seine Hände, strich den Tisch glatt mit ihnen, rieb wieder und wieder über die hölzerne Platte.

Ich glaube, jetzt hat das Holz keine Falten mehr. Iris griff nach seiner rechten Hand, zuckte zurück, hoppla, das war ein Schlag, bist du elektrisch.

Mein Pullover, murmelte er, Wollpolyestergemisch.

Sie merkte, er prüfte immer wieder, ob jemand hereinkam, der ihn kannte.

Angst habe ich keine. Ihre Stimme war klar, laut. Mit ein paar Schluck Saft hatte sie die Belegtheit weggespült. Ein heller Ton schwang mit, wenn sie sprach, als läute leise eine Glocke; unverwechselbar. Der Nachhall blieb im Ohr, egal, was sie sagte. Besonders beim Telefonieren fiel Ludwig das auf. Schon wenn sie sich meldete, ihren Namen sagte, hallo sagte, war da das Klingeln. Zart, aber stark: eine Feder, die sie über alle hinauskatapultierte.

Wenn sie sang, klang sie anders. Ihre Singstimme war nicht die, die ihm erzählte, stöhnte, quietschte, Zärtlichkeiten flüsterte. Iris war nicht seine Iris, wenn sie auftrat. Sie begeisterte ihn, wie sie alle begeisterte, aber sie gab sich ihm nicht. Auch dem Publikum gab sie sich nicht, sie gehörte der Musik; den Figuren, den Texten. Die Verwandlung war so vollkommen, dass sie ihn völlig verwirrt hatte, als er Iris zum ersten Mal auf der Bühne erlebte. Er war im Parkett gesessen und hatte nach ihr gesucht, hatte wiederholt ins Programm geschaut, ihren Namen neben dem des Octavian gelesen, hatte hinaufgeschaut. Als sie angefangen hatte zu singen, hatte er ihre Art zu gehen erkannt, wie sie die Arme hob. Doch sie war siebzehn gewesen, ein junger Graf, mit dem die Marschallin sich vergnügte. Keine Spur von der Frau, mit der er zwanzig Stunden vorher ein Bett geteilt hatte.

Sang sie solo und Lieder, war sie wieder anders. War sie dann so sehr sie selbst, wie sie es mit ihm oder überhaupt im Zusammensein mit anderen nie sein konnte?

Eine Stimme wie ein Baum, hatte er gedacht, als er zum ersten Mal eine CD von ihr hörte; Ludwig lehnte sich an.

Ihre Sprechstimme kam auf die Menschen zu, wie auch Iris sich bei Unterhaltungen über den Tisch beugte. In die Stimme hatte er sich verliebt. Damals, während sie Essen auf ihre Teller luden.

Ich kann es ihr nicht sagen, verkündete Ludwig unvermittelt, ausgeschlossen! Er brach ab, weil der Kellner das Essen auftrug. Die Semmelknödel schwammen in einer appetitlich anmutenden Soße, der Duft ließ Iris das Wasser im Mund zusammenrinnen; sie konnte es kaum erwarten, mit der Gabel in eins der Fleischstücke zu stechen und es sich auf die Zunge zu legen. Trotzdem fing sie erst an zu essen, als auch Ludwig das Besteck in die Hand nahm. Kauen war immerhin ein guter Grund, nicht zu reden.

Das Essen schmeckte ihr. Ludwigs Teller war dennoch vor dem ihren leer, und wieder einmal habe ich vergessen zu beobachten, wie es aussieht, wenn er die Bissen in seinen Mund schiebt, dachte Iris, während sie ein Stück Brot in den Soßenrest tunkte; ich krieg ein Kind von ihm und weiß nicht, wie er isst.

Wieso soll es ausgeschlossen sein, eine Tatsache festzustellen? Sie stellte die Frage betont sachlich. Plötzlich wirkte er ganz verloren vor seinem Teller, auf dem nur einzelne Linsen und ein Blatt Petersilie zurückgeblieben waren.

Sie würde es nicht überleben, murmelte er, es wäre das Ende für sie, absolut das Ende, und die Kinder – den Kindern kann ich das unmöglich zumuten.

Die Verzweiflung machte ihn um etliches älter, als er war, und mit einem Mal sah Iris in seinem Gesicht seine gesamte Lebenszeit vorüberziehen, sekundenlang wusste sie, wie er in zehn, in zwanzig Jahren aussehen würde, wie er als Kind, als junger Mann ausgesehen hatte. Seine Augen waren dunkler als sonst, die Pupillen nicht mehr von dem Braun umrandet, in das sie sich schon so oft hineinsinken hatte lassen; fast schwarz waren sie jetzt. Und sie sah, er wusste keinen Ausweg, wirklich nicht. Und obwohl es allem widersprach, was sie sich in den letzten vierundzwanzig Stunden ausgedacht und erhofft hatte, sagte sie schlicht: Du brauchst es ihr nicht zu sagen.

Danach fühlte sie sich als Meisterin der Situation. Zwar war alles, was er behauptete, fern jeglicher Logik, einerseits der Logik der Liebe, die sie einander dauernd erklärten, andererseits der Logik des Respekts vor seiner Frau. Wer war er, sich so wichtig zu nehmen, dass er ihr nicht zutraute, über eine Untreue hinwegzukommen, die sie bei einem Mann in seiner Position doch irgendwann vermuten musste? Sie, Mutter von drei Kindern, eins davon schon erwachsen, mehrsprachig, gebildet – wie konnte er ihr unterstellen, sie ahne von nichts? Sie so naiv hinstellen? Bei der Intensität, mit der wir beide – mittlerweile über Jahre – miteinander umgehen. Wenn an den Liebeserklärungen, die er mir gemacht hat, etwas Wahres ist, konnte das der Frau nicht verborgen geblieben sein. Ich spüre doch auch immer, wenn er nach einer – wie er es nennt: unfreiwilligen – Reise mit seiner Familie sich währenddessen von mir entfernt hat. Eins war in der Inkohärenz des Wenigen, das er innerhalb der letzten Stunde von sich gegeben hatte, deutlich: Er war unfähig, sein Leben zu ändern.

Eine Welle aus Mitleid und Liebe riss sie mit und bewog sie, leichthin zu verkünden, ich regle das.

Ihre Freude über das Unerwartete überstrahlte alles. Schwanger. Von Ludwig. Erst, als es eine Tatsache geworden war, die er für *ausgeschlossen* erklären konnte, merkte sie, wie sehr sie es seit Langem gewollt hatte.

Und dein Beruf, deine Pläne? Die erste Frage, die er ihr stellte, seit er von der Schwangerschaft wusste.

Ich mach weiter wie bisher. Ich bin nicht krank. Sie sagte das lässig, warf ihm den Satz hin. Innerlich jubelte sie. Ja, ich erwarte ein Kind. Was kann mir schon passieren? (Mein Moment der Unsterblichkeit, würde sie später denken, das war er.)

Also, Vater kann ich keiner sein.

Sein Gesicht hatte wieder einen Ausdruck, den sie an ihm kannte, zurückhaltendes Selbstvertrauen, nur ein Hauch Ratlosigkeit geisterte noch über seine Backenknochen.

Das habe ich verstanden, sagte sie kühl, du kannst also nicht sein, was du bist.

Iris! Er sah sie flehentlich an.

Darf ich? Sie nippte an Ludwigs Glas, ihren Birnensaft hatte sie ausgetrunken.

Möchtest du noch etwas? Einen Saft?

Einen Apfelstrudel.

Beflissen winkte Ludwig dem Ober, gab die Bestellung auf, er nahm noch Wein.

Würden Sie mir bitte auch ein Glas Leitungswasser bringen, fügte Iris hinzu. Auch jetzt: das Klingeln in ihrer Stimme.

Mach dir keine Sorgen, sagte sie besänftigend, wir schaffen das. Ich schaffe das.

Ludwig griff nach ihren Händen, du als Mutter, dich zur Mutter zu haben …

Glaubst du, es fällt mir schwer?

Nein, du wirst wunderbar sein, ganz wunderbar.

An den feinen Falten über seiner Nasenwurzel sah sie, wie sich Erleichterung in ihm breitmachte; sie verlangte nichts von ihm.

## *5 (75 cm)

Eins der Kinder darf sie behalten, das andere wird auf der Stelle ermordet. Der Bub oder das Mädchen, sie muss wählen, sobald sie aus dem Zug steigt, in der Sekunde. Wenn ich das singe, muss ich mich täglich mindestens sechs Stunden lang mit total negativen Emotionen auseinandersetzen, über Monate hinweg.

Das ist es wert, definitiv. Marthas Brauen hüpften enthusiastisch auf und ab, darauf haben wir gewartet, Iris. Mit gespreizten Fingern griff sie sich von hinten in ihren blonden Kurzhaarschopf (gefärbt, Iris, aber du sagst es nicht weiter), machte eine Faust, zog an den darin gefangenen Strähnen. Ihre stahlblauen Augen funkelten. Ein Glanz, den Iris erstmals bei ihr sah. Martha Halm funkelte nicht, in keiner Hinsicht, Martha war personifizierter Marmor, auf sie konnte man bauen. Dunkelblaue Blazer, graue enge Röcke, Pumps mit leichten Absätzen, nicht zu frivol. Frische Blusen, in den warmen Monaten ab und zu geblümt. Martha gehörte zu den Menschen, von denen du dir nicht vorstellen kannst, dass sie je schlafen.

Du hast zwei Möglichkeiten, sagte sie, und Iris musste sich beherrschen, nicht laut herauszulachen, sie stellte sich eine Reihe mit Rock und Blazer bekleideter Marmorblöcke vor, ja sagen oder ja sagen.

Denkst du, das ist seriös? Die machen keinen Rückzieher mehr? Ich meine, neun Monate vor der Aufführung erst die Hauptrolle besetzen … Da kommen mir doch Zweifel.

Iris, Martha sprach mit dem zwangsberuhigten Ton, den sie sonst für Kranke und Gebrechliche reservierte, wie oft bist du bisher bei den Salzburger Festspielen aufgetreten?

Mach dich lustig über mich, genau das brauche ich, Iris stand abrupt auf, ging um Marthas Schreibtisch herum, als wollte sie zur Tür.

Iris, bitte, sag zu. Da waren sie, die Tröpfchen auf dem Nasenrücken, an der Oberlippe, sie zu sehen stimmte Iris zuversichtlich.

Das ist deine Chance. Ich kenne dich, seit … wie vielen Jahren?

Neunzehn, Martha, lass das. Ich weiß, was du willst, und du weißt: Ich habe diesen Frühling, parallel dazu, mein Debüt an der Met.

Wer weiß, ob *die* seriös sind! Spott stand Martha nicht. Er machte sie matt, der Glanz erlosch. Ein Stück Granit. Sie reckte den Hals.

Wirsindkurzdavor.

Dumusstdichschonen.

Wirsindkurzdavor.

Dumusstdichschonen.

Wirsindkurzdavor.

Dumusstdichschonen.

Wirsindkurzdavor.

Ihre Schlachtrufe seit eh und je. Martha verhielt sich, als sei Iris' Körper ihr eigener. Die fünfzehn Jahre ältere Agentin war Iris' maßloser Ehrgeiz, ihre Vernunft, ihr klassisches Musikgewissen, die Erinnerung an die Zeit ihrer Ausbildung, an das Üben, das Gesundleben, das Vorsichtigsein, das Schalumdenhals, das Lieberlangehosentragen.

Für den New Yorker Cherubino habe ich bereits vor einem Jahr unterschrieben, das weißt du so gut wie ich.

Du schaffst beides, problemlos, New York ist Februar bis April,

*Sophie's Choice* wäre im August, Probenbeginn erst sechs Wochen vorher.

In meinem Kalender sehe ich aber noch einiges neben und zwischen diesen beiden Engagements.

Deine Hobbys? Die sagst du natürlich ab. Höchste Zeit, damit aufzuhören. Hab ich dir immer gesagt.

Meine sogenannten *Hobbys*, Iris sprach leise, trat nahe an Martha heran, haben dir schon mehrmals deine Honorare bezahlt.

Martha war gegen alle Auftritte, die sie nicht als klassisch im engeren Sinn einschätzte, sie erklärte sie für *unter deinem Niveau* und weigerte sich, das Erforderliche in die Wege zu leiten.

Du verkaufst dich sinnlos, pflegte sie zu sagen.

Du verkaufst mich gar nicht, pflegte Iris zu antworten und buchte ihre Flüge eigenhändig.

Der Auftritt. Das, was entstand, wenn sie alle dort waren: zusammen anwesend. Die Musiker, das Publikum und sie. Darum ging es. Das *Sein* in diesem Raum: momentan, einzigartig. Was geschah, war jedes Mal wieder unvorhersehbar. Deswegen liebte sie Jazz, Blues, Improvisation, Fusion. Das, Martha, was nicht im Smartphone steht. Das, was auch die Sängerin nicht weiß. Das, wofür man ins Konzert muss, um es zu erleben. Deswegen will ich hinaus, wieder und wieder. Die Überraschung, das Geheimnis. Es lässt sich nicht filmen, nicht aufnehmen; weder digital noch analog. Wenn wir es schaffen, die Jazzqualität auch in die klassische Musik zu kriegen, das spontane *Feeling*, holen wir uns die Leute ins Konzert, in die Opernhäuser, trotz YouTube und Netflix. Nach wie vor ist das möglich, ganz unabhängig von den neuen Medien. Oder als Kontrapunkt dazu. Die Präsenz, das gemeinsame *da sein*, das Erleben der Überraschung. Dafür kommen wir. Auch ich. Dafür fahre ich nach Ibiza und singe dort in einem Zelt.

Auf den Covers ihrer CDs war Iris in schwarzen Jeans und einem T-Shirt mit einem zehnbeinigen Tintenfisch darauf abgebildet. Andere Sängerinnen, kritisierte Martha, siehst du in Abendrobe, im Kostüm der Rolle, mit der sie berühmt wurden, elegant, mit Ohrsteckern aus Perlmutt. Ich habe keine Löcher in den Ohren, lautete Iris' Kommentar, du darfst dich nicht überwältigen lassen von den Marketingstrategien, die du dir aus Büchern zusammensuchst, ich muss so sein, dass ich zu mir passe. Ein Dekapus passt zu mir, zu meiner Stimme.

Als unzertrennliches Team trainierten die beiden aneinander das Gefecht, um draußen, in der Musikwelt, bestehen zu können. Eigentlich sind wir wie Schwestern, erklärte Iris Ludwig, dem Martha nur aus ihren Erzählungen ein Begriff war. Wir gehören zusammen, egal, was passiert, Martha ist der einzige Mensch, den ich seit meinen Anfängen kenne, und mit dem ich noch immer täglich Kontakt habe.

Klar sage ich zu, was dachtest du denn? No choice about *Sophie's Choice*, sie zwinkerte Martha zu. Um von den Bubenrollen wegzukommen, bevor ich vierzig bin, bleiben mir noch genau elf Monate. Die Sophie ist dafür perfekt. Sie hatten mir die Rolle übrigens gleich am Tag nach dem Vorsingen angeboten, aber auf Ibiza habe ich meine Telefonnachrichten nicht abgehört.

Weil Martha weiter an ihrer Frisur herumfummelte, raffte auch Iris unbewusst ihre Haare zusammen, ließ sie wieder auseinanderfallen. Kräftiges Haar, das sich leicht verknotet, glatt, dunkelbraun (nein, ich färbe noch nicht, Martha, ungelogen), lang bis über die Schultern.

Was hast du gesungen?, fragte Martha.

Den Hänsel. Ein Wunsch des Regisseurs. Zum Anfangen, hat er gesagt, die Szene im Wald, bevor der Sandmann kommt, seine Assistentin hat die Stichworte der Gretel gelesen.

Den Hänsel zur Probe für Nicholas Maws Sophie?

Iris nickte. Nach zwei Takten war klar, der will mich. So was habe ich bei einem Vorsingen noch nie erlebt, seine offensichtliche Zustimmung hat mich fast irritiert. Du täuschst dich bestimmt, habe ich gedacht, aber meine Intuition war richtig, er war sofort überzeugt. Das hat er mir dann auch am Telefon gesagt. Was ihn anbelangt, hätte ich gar nichts mehr aus der *Sophie* singen brauchen. Die Dirigentin, Susan Zerlowsky, ist allerdings eine undurchschaubare Person, sie hat mich die ganze Zeit mit Argusaugen angestarrt. Nach dem Hänsel haben wir die Szene gemacht, in der Sophie in der Bibliothek zusammenbricht. Ich war darauf vorbereitet – eher Sport als Musik.

Beide brachen gleichzeitig in Lachen aus. Champagner! Geschäftig lief Martha Halm zu einem kleinen Kühlschrank im Hinterzimmer des Büros.

Du hast Champagner kalt stehen? Einfach so?

Jede Gelegenheit verlangt nach dem richtigen Getränk, Frau Chefin. Martha verschluckte sich, hustete, lachte, hustete. So erheitert man Marmor. Auf uns, sagte Iris.


Den Champagner hätte ich nicht trinken dürfen. Erst, als sie in ihrem Wohnzimmer auf dem Sofa lag, kam ihr der Gedanke – sie sah Schreckbilder von Babys in Flaschen vor sich, wie sie ihr einst als Kind in naturwissenschaftlichen Sammlungen gezeigt worden waren. Oder hatten die Lehrer davon abgeraten, in die Abteilung zu gehen, und sie hatte sich von der Gruppe entfernt, sie heimlich betrachtet? Ungeborene heißen Föten, eine Lehrerin hatte das im Unterricht erwähnt. Den Ausdruck hatte Iris aus der Alltagssprache nicht gekannt, sie hatte zuerst *Flöten* gehört.

Was hatten die Blockflöten in den weich ausgelegten Schachteln in den Schubladen ihres Kinderzimmers mit den Kindern zu tun, die noch in ihren Müttern waren? Nichts, gar nichts,

Mysterien einer Neunjährigen, die die Neununddreißigjährige im Halbschlaf heimsuchten.

Iris erinnerte sich vage an Zeichnungen aus einem Schulbuch. Zuerst sagt man Embryo, hörte sie die Lehrerin sagen – die Stimmen ihrer einstigen Lehrer konnte sie noch immer in sich aufrufen –, bis die inneren Organe ausgebildet sind, nach etwa neun Wochen, dann ist es ein Fötus. Die Zeichnungen hätte sie sich jetzt gerne angesehen.

Sie googelte das Wort *Embryo*. Fantastische Bilder erschienen, die eindrucksvollsten darunter von einem Fotografen namens Lennart Nilsson, ein Schwede. Auch wie ein Spermium in die Eizelle eindrang, hatte er fotografiert. Es sah grandios aus. Intergalaktisch, der Einschlag eines Meteoriten in einen Planeten. Danach begann eine neue Ära, wie nach dem Aussterben der Dinosaurier. Assoziationen, die mit dem All zu tun hatten, riefen die Fotografien bei Iris hervor. Den dreizehn Wochen alten Embryo nannte der Fotograf oder derjenige, der die Website gestaltete, auch *Spaceman*.

## *6 (76 cm)

Müsste ihr nicht übel sein? Sie horchte in sich hinein, nach einem Kicksen im Magen, einem Ziehen im Unterbauch, irgendwo zwischen den Organen, wo der neue Mensch sich installiert hatte: nichts. Blendend fühlte sie sich, durch und durch entspannt, jede Faser in ihr elastisch, energiegeladen. Überrascht, wie wohl ihr war mit dem angedockten Sternfahrer im Leib, stand Iris auf.

Sie kannte nur Geschichten, wie schwer es sei, ein Kind auszutragen. Wochenlang bloß Wasser trinken, alles andere werfe der Körper sofort wieder hinaus. Ein Vulkan aus Übelkeit, hatte eine

Bekannte es ihr beschrieben, die Ausbrüche erratisch. Jeder Schritt eine Anstrengung zu viel. Jeder Essensgeruch eine Qual, als hätte eine stürmische Seereise zu lang gedauert. Jeder Atemzug der Wunsch, es möge aufhören.

Nackt, wie sie war, schraubte sie die Mokkakanne auseinander, kratzte den Kaffeesatz vom Vortag heraus, warf ihn in den Müll, spülte die Teile ab, füllte Bohnen in eine Mühle, drückte den Einschaltknopf für fünfzehn Sekunden, füllte den gemahlenen Kaffee in den Trichter, schraubte die Kanne zusammen und stellte sie auf die Herdplatte. Sie war auf der Couch eingeschlafen, gegen zwei Uhr hatte sie sich schlafwandlerisch ausgezogen, sich nackt in ihr Bett unter die Daunendecke gelegt.

Sternfahrer! Ein Spitzname für ihn. Sie bekam Gänsehaut, zog sich einen Frotteebademantel an. Der Kaffee blubberte aus der Kanne. Sie wärmte Milch auf, schäumte die Milch, goss sich einen Cappuccino ein, richtete eine Schale mit Joghurt, schüttete ein bisschen Müsli hinein, gab einen halben kleingeschnittenen Apfel dazu.

Schon beim ersten Schluck schmeckte ihr der Kaffee nicht. Sie kostete noch einmal, brrr. Sie aß das Müsli. Kaum hatte sie den letzten Löffel verzehrt, bekam sie wieder Hunger, sie machte sich eine zweite Schale, aß sie mit dem gleichen Appetit. Danach trank sie einen Liter Orangensaft. Zuerst ein Glas, dann noch eins, dann noch eins, sie konnte nicht aufhören zu trinken.

Wenn sie die Sophie sang, würde das Kind vielleicht schon geboren sein. In einer Wiege liegen. Oder in einem Kinderwagen. In den Pausen würde sie nach ihm sehen, über den zarten Kopf streicheln, den Flaum unter den Fingern spüren. Die Fußsohlen küssen, Fersen, die noch nie wo gestanden wären. Wenn alles gut geht.

Sie betastete ihren Bauch, ein wenig aufgebläht. Der Champagner bei Martha. Ein Glas kann nicht schlimm sein, sonst wären wir längst ausgestorben. Sushi hatte sie auch gegessen, vergangene Woche, davon wurde Schwangeren ebenfalls abgeraten, in Mitteleuropa zumindest, in Japan mochte das anders sein.

Wie verlässlich waren solche Apothekentests? Sie sah auf die Uhr des Thermostats neben dem Türstock. 6 Uhr 22, den ersten Termin des Tages hatte sie um elf. Vorher könnte sie in die Apotheke gehen, sich einen Test holen. Vielleicht war der Münchner Test abgelaufen gewesen, die Chemie kaputt? Fehlalarm?

Sie schüttete den Kaffee in den Ausguss, wusch die Kanne ab, räumte sie in den Schrank, zum ersten Mal, seit – sie konnte sich nicht mehr erinnern, seit wann. Vorläufig werde ich keinen Kaffee mehr brauchen.

Sie suchte nach dem iPhone; es lag am Boden, dort, wo sie es hingelegt hatte, bevor sie auf der Couch eingeschlafen war. Als sie den Einschaltknopf berührte, erschien das Foto eines acht Tage alten Embryos. Ein kleines, helles Ufo, das auf einem zerklüfteten roten Talboden angedockt hatte. Oder eine winzige Crêpe auf einem Teller roter Grütze. Lennart Nilsson war 1965 mit seinen Bildern zu Weltruhm gelangt, erstmals, las Iris, zeigte jemand, wie das Leben vor der Geburt aussah. Bis auf eins waren alle fotografierten Geschöpfe außerhalb der Gebärmutter aufgenommen worden. Der Fotograf hatte einen Deal mit einem Spital in Stockholm. Für die Aufnahmen arrangierte er die Föten so, als schwebten sie im Fruchtwasser.

Sie vertrödelte anderthalb Stunden, suchte Bilder von Sergio und Ludwig, klickte zwischen den beiden hin und her. Dann rief sie ihre Gynäkologin an. Kann ich einen Termin haben, so rasch wie möglich, bitte. Das auf Lautsprecher gestellte Telefon lag vor ihr auf dem Tisch, sie blätterte in ihrem Terminkalender. Freitags kann ich nicht, ja, ja, nächste Woche, gleich am Montag, heute in einer Woche, sehr gerne, sehr, sehr gerne, gut, um acht Uhr fünfzehn, wunderbar.

Hätte ich sagen müssen, warum ich anrufe? Nein, ich bin doch nicht krank, für die Ärztin ist das Routine.

8 Uhr 15, der früheste Termin, den sie innerhalb des letzten Jahres zugelassen hatte. Soeben hatte sie aus Versehen den Service der Sprechstunde vor acht Uhr in Anspruch genommen, hatte vergessen, wie früh es war.

Die nächsten 45 Minuten verbrachte sie mit Blättern und Rechnen.

Ludwig oder Sergio?

Sergio oder Ludwig?

Heute war der 12. November. Den Nachmittag des 22. Oktober und die darauffolgende Nacht war sie mit Ludwig zusammen gewesen, Sergio hatte sie einen Tag davor und drei Tage danach gesehen. An das Zusammensein mit Sergio erinnerte sie sich nicht; es war wie aus ihrem Gedächtnis gelöscht. Mit Ludwig war es in dieser Nacht anders gewesen als in allen anderen Nächten davor. Ja, allen; jede Millisekunde ist für immer in mir verankert.

Der Geburtstermin, den sie errechnete, war Anfang August, wenige Tage nach der Premiere von *Sophie's Choice* bei den Festspielen.


Sergio wusste von nichts. Sie hatten miteinander zu Mittag gegessen, bevor Iris Martha getroffen hatte; in einem kleinen Lokal, das sie beide mochten, die Tagesgerichte waren verlässlich gut und preiswert. Diesmal war Iris die Wahl aber schwergefallen, bei allem hatte sie sich gefragt, ob es dem Embryo guttäte. Nicht zu fett? Zu künstlich? Zu stark gewürzt? Als sie sich schließlich für Spinat mit Spiegelei entschied, hatte sich Sergio über sie lustig gemacht. Hast du Angst um deine Linie? Nach längerem Liebäugeln mit einem Kalbsschnitzel hatte er Ravioli mit Krabbenfüllung bestellt, Sergio war erkältet und dementsprechend auf sich selbst fokussiert. Sein flapsiges Benehmen, seine Gabel in ihrem Spinat hatten Iris geärgert und ihr jegliche Lust genommen, ihm von ihren großen Neuigkeiten zu erzählen. Stattdessen hatte sie Sergios wehleidigen Berichten über das, was ihn gerade stark beschäftigte, zugehört: seine Rollen, die stimmlichen Schwankungen, die der Herbst ihm verursachte, die wiederkehrenden Erkältungen.

Die Wiener Apotheke unterschied sich von der in München nicht nur durch die fehlende ausklappbare Landschaft. Die Apothekerin senkte die Stimme, obwohl keine andere Person im Raum war, empfahl den teueren der beiden vorrätigen Tests, der andere sei im frühen Stadium zu unsicher; wichtig auch, ihn direkt nach dem Aufstehen durchzuführen.

Dieser Stab hatte weder Öffnungen, noch zeigte er Striche, ein digitales Display schrieb nach vierzig Sekunden – diesmal stellte Iris den Timer ihres Telefons – das Wort *schwanger*. Wieder hatte sie die Anleitung sorgfältig durchgelesen; wäre das Ergebnis negativ gewesen, wären zwei Worte erschienen, *nicht schwanger*. Eindeutiger ging es nicht. Wieder fotografierte sie den Stab, bevor sie ihn wegwarf.

Sie ertappte sich beim Gedanken an ihren Vater, der ihr zu Herbstbeginn eine direkte Frage gestellt hatte: das Enkelkind? Sie hatten einen Ausflug gemacht, nur er und sie. Waren mit dem Auto zu einem Aussichtspunkt gefahren, auf den Gipfel eines Berges, waren dort an einer Hüttenwand gesessen, hatten Bier getrunken, ihr Vater hatte einen Kaiserschmarren bestellt, den sie sich teilten. Eine der seltenen Gelegenheiten zu zweit, kein Bruder, keine Mutter. Vielleicht das zweite Mal überhaupt, dass sie miteinander allein waren, seit sie erwachsen war. Das andere Mal war an seinem sechzigsten Geburtstag gewesen; die Mutter auf Kur, der Bruder auf einer Reise um die Welt.

Damals hatte sie ihren Vater gefragt, was er anders gemacht hätte in seinem Leben, wenn es sich rückgängig machen hätte lassen. Nichts, hatte er gesagt. Diese Antwort hatte sie irrsinnig gefreut. Ihr, hatte er hinzugefügt, du und dein Bruder, seid bestimmt das Beste, was ich je gemacht habe.

Ob er denn ihr Alter vergessen habe, hatte sie ihn gefragt, als er vom Enkelkind anfing, weißt du noch, wann ich geboren bin? Ich kenne die Wahrscheinlichkeitsrechnungen der Mediziner. Aber, hatte ihr Vater entgegnet, mit einer Sicherheit, die sie erstaunte, ständig kriegen die Leute Kinder, über vierzig ist längst keine Ausnahme mehr.

Sie hatte gelacht: Mach dir keine Illusionen. Er: Eigene Kinder sind was Einmaliges.


## *7 (76 cm)

Sergio ging in Tokio schwimmen, ins Fitnessstudio. *Toccata e fuga*, so war das bei ihnen. Sie war begeistert von ihm, ließ sich gerne von ihm berühren; berührte ihn weniger gern. Das fiel ihr nicht sonderlich auf, war nie anders gewesen. Bei keinem der Männer, mit denen sie zusammen gewesen war.

Sechzehn, das Alter hatte sie sich als Limit gesetzt und sich daran gehalten; erst mit siebzehn hatte sie zum ersten Mal mit jemandem *geschlafen*, wie das hieß.

Es war an einem hellen Nachmittag, und sie ging dann nach Hause zu ihren Eltern, als hätte sie nur einen Umweg gemacht.

Ob es ihr gefallen hat? Sie wusste es nicht mehr. Sie waren nicht nackt gewesen, fiel ihr ein, wenn sie sich bemühte, Bilder dieses Nachmittags in sich aufzurufen. Eilig das Nötigste ausgezogen und schnell wieder in die Kleider. Keine Rede von Schlaf. Die Geschwindigkeit hatte sie überrascht. Kaum begonnen, schon vorbei. Dann rauchte er, und der erkaltende Rauch störte sie. Trotzdem sahen sie und der damals junge Mann sich noch jahrelang.

Seit sechs Jahren galten sie und Sergio als Paar. Seit fünf Jahren nannte sie ihn meinen Mann. Ihm schmeichelte das. Seit wann seid ihr zusammen? In dieser Frage steckte die Wurzel aller Trennungen. Wer nicht zusammen war, strebte danach, zusammenzukommen; solange dieses Streben anhält, ist alles gut. Iris und Sergio wussten nicht, wann sie *zusammengekommen* waren, es gab mehrere Augenblicke, an die sie sich gerne erinnerten. Wir brauchen keinen Jahrestag, wir feiern die Feste, wie sie fallen.

Je länger sie Sergio nichts sagte, desto enger verbunden fühlte sie sich mit dem neuen Leben in ihr. Von dem sie nichts spürte außer einer frappierenden Gelassenheit. Alles, was sie tat, war überzogen von Frohsinn. Unangenehmes tangierte sie kaum; als trüge sie einen für Negatives undurchlässigen Ganzkörperanzug.

Wenn ein Ozean zwischen ihnen lag, Sergio in Japan sang, sie in Deutschland, überwältigte sie manchmal die absurde Sorge, ob sie einander je wiederbegegnen würden. Die gegenwärtige Weltordnung zerbrach, die Verbindungen zwischen Asien und Europa wurden unterbrochen, Menschen strandeten, ohne Aussicht auf Rückkehr.

Derart apokalyptische Ängste konnte sie sich aber nicht erlauben; nicht, wenn sie einen Auftritt hatte. Wollte sie gut sein, musste sie die Zerbrechlichkeit des menschlichen Körpers ausblenden. Ihr Beruf war: unsterblich auftreten.

Das strengte sie an beim Gesang in der Oper, sie musste sterben, wirklich sterben und gleichzeitig wirklich leben, nach der Vorstellung ein Herrengulasch essen und den Taxifahrer davon abhalten, einen Unfall zu bauen, weil er sich auf seinem Telefon den *Tatort* anschaute.

Bei einem Jazzkonzert konnte sie sagen, *I had such a bad night, last night, didn't shut an eye,* die Zuschauer klatschten, *yeah, yeah,* die Band begann zu spielen, sie improvisierten. Ich bin eine von euch und singe (zufällig) besser als ihr alle.

In der Oper war sie das, was das Publikum zu sein wünschte, aber niemals sein wollte; sie starb als Stellvertreterin, verwandelte sich stellvertretend in einen Mann, ließ sich opfern, ermordete ihre Mutter, lebte in allen Jahrhunderten und zu keiner Zeit.

Je erfolgreicher der Abend, desto schwerer fiel es ihr, allein in ihr Hotelzimmer zu gehen. Hatten ihr tausend Leute zugejubelt, brauchte sie umso notwendiger Gesellschaft. Keine Premierenfeier, keine Cocktails, bei denen zu viel geredet wurde: ein Zusammensein, das ohne Reden auskam. Erfolgreiche Aufführungen hatten ihr die aufregendsten Nächte mit Sergio beschert. Als sie sich gerade kennengelernt hatten, war er weniger bekannt als Iris und folgte ihr, so gut es ging, in die deutsche Provinz, nach Bologna, München und Amsterdam. Mittlerweile war er dabei, sie zu überflügeln, obwohl er das nie zugäbe. Ein Tenor, vier Jahre jünger als sie, die Rollen fielen ihm zu, eine nach der anderen. Ihre erkämpfte sie sich hart.

Durch die Zeitverschiebung wirkte, was sie und Sergio einander telefonisch erzählten, wie durch einen Zerrspiegel geschickt, eingedellt, übergroß, traf den anderen an unpassenden Stellen.

Sie lebten in inkompatiblen Rhythmen.

Sergio in Tokio, stets am Ende des Tages, wenn sie den ihren gerade begann. Er schwamm, sie schlief. Sie sang, er trank vor dem Schlafengehen eine Schale Miso-Suppe. Eifersucht lag ihr fern. Andere Frauen? Bei ihm? Konnte sie sich nicht vorstellen. Für ihn wären sie eine Belastung, kein Vergnügen.

Iris belastete das Alleinsein mit ihrem Körper. Sie fand es unnatürlich, wochenlang von keinem berührt zu werden; außer für einen Händedruck, ein Wangenreiben, eine kollegiale Umarmung. Eine Spannung baute sich in ihr auf, sie schlief schlecht, diverse (mehr oder weniger eingebildete) Leiden stellten sich ein: Verspannungen, Ausschläge, Magenschmerzen. Sie diagnostizierte, alles passiert in meinem Kopf, legte sich in die Badewanne. Kurzfristig verschaffte ihr der leichte Druck des Wassers auf der Haut Erleichterung; ein Placebo für Liebkosung. Danach kam wieder die innerliche Erschlaffung. Sport tat ihr gut, sie kam aber nicht um den Gedanken herum, dass es eine Ersatzhandlung war. Ihre Muskeln hüpften; die Seele blieb schlapp.

Je älter sie wurde, umso heftiger wurde ihre Reaktion.

Sie war nicht begabt dafür, allein zu leben, nur dafür, allein zu wohnen.

Als sie Mitte zwanzig war, hatte sie eine Sammlung von Verehrern. Es gelang ihr, sie parallel zueinander bei Laune zu halten. Auch die wechselseitige Anziehung erhielt sich, manchmal jahrelang. Mit wenigen nur schlief sie. Die Auserwählten wussten nichts voneinander oder zu wenig, um einen Verdacht zu äußern. Grund zur Eifersucht bestand keiner, fand Iris, sie hatte nicht die Absicht, einen von ihnen aufzugeben. Zugleich spürte sie, die Vermutung, es gäbe da noch andere, war den Männern insgeheim recht. Das entlastete sie; denn sie trugen die Stunden mit Iris zwar als Trophäe nach Hause, aber ein gemeinsames Leben mit ihr strebte keiner an. Du bist so unabhängig, Wahnsinn. Toll, wie du das meisterst. Sogar ein Ikea-Bett hatte sie allein aufgebaut, und die Männer schätzten das, lagen gerne auf der neuen Matratze. In gewisser Weise betrachtete sie die Männer ebenfalls als Trophäen, oder redete sich ein, es müsse so sein; wenn sie als authentisches Individuum, in einer freien, offenen Gesellschaft leben wollte.

Von Liebe sprach sie nie, egal, wie sehr man sie provozierte oder darum bat. Liebe, sagte sie, gibt's nur in der Oper oder in Gedichten.

Iris vertraute ihrer Intuition. Stimmte die zu, sagte auch sie ja. Nicht ganz hemmungslos, ich treffe meine Vorkehrungen, habe ein Päckchen Kondome in der Handtasche, ein anderes in der Kommode neben dem Bett. Fraglos war sie ein Kind der 1980er Jahre, hatte in der Schule Referate über Aids gehalten.

Sie nahm mit, ließ sich nicht mitnehmen.

Sie zog oft um, behielt aber ihre Möbel; wer sie besuchte, fand die zwei Zimmer auch anderswo wieder vertraut.

Freilich war sie vor Dummheiten (wie sie es rückblickend nannte) nicht gefeit. Manchmal verwirrte sie der Alkohol, eine entsetzliche Nachricht im Radio oder die tastenden Finger an ihr.

Sie hoffte. Ließ geschehen. Nichts geschah. Glück gehabt? Die Furchtlosigkeit, mit der sie dem Leben entgegentrat, magnetisierte. Auch sie selbst.


Ab und zu blieb dieser oder jener an ihr kleben, der plötzlich dastand, sie schnell zum Lachen brachte, eine Zahnspange trug, mit ihr im Lift feststeckte, mit dem Rad in sie hineinfuhr, ihr schlicht sehr nahe kam. Jedes Mal begann es als Spiel. Funken, Vergnügen aneinander. Ein neuer Geruch, eine alte Brille. Dann wurde es ihr ernster, als sie wollte.

Das Risiko ist ihr bekannt. Wen sie so nah an sich heranlässt, der bleibt, auch wenn es von außen nicht den Anschein hat.

Gleichgültig, was die Bewohner des 21. Jahrhunderts sich weismachen, das Körperliche ist das größte Versprechen.

Einer kaufte Bananen in Manhattan, mitten in der Nacht. Zu Fuß überquerten sie eine mehrspurige Fahrbahn, suchten ein Taxi, da entdeckte er diesen Kiosk, sagte: Bananen sind genau das Richtige für zwischendurch.

Sie nahm ihn mit. Um halb vier Uhr morgens aßen sie vier Bananen, um halb sechs ging er, wollte zum Frühstück in seinem Hotel sein. Danach sah sie ihn noch einmal, in einem heruntergekommenen und verrauchten Café in der Wiener Innenstadt, in das sie nie gegangen wäre, hätte er es nicht als Treffpunkt vorgeschlagen. Er sprach von Tango, war ihr fremder als der Kellner.

Für einen Mann hätte sie einmal viel riskiert. Sie studierte noch an der Musikuniversität, fuhr täglich mit dem Fahrrad hin, über den windigen Schwarzenbergplatz, vorbei an der Mauer, die das Belvedere umgab. Sie radelte, übte. Für ihn. Nur er existierte. Alles andere war Nebensache. Die Intensität, mit der sie für ihn da gewesen wäre, spürte sie noch heute, wenn sie seinen Namen hörte. Er war vergeben gewesen, als sie sich kennenlernten, und blieb vergeben, auch nach zwei leidenschaftlichen Jahren im Verborgenen. Iris redete sich ein, die Situation sei ideal, neben dem Studium hätte ich ohnehin kaum Zeit für mehr, sie sah Romantik darin. Wenn sie mit ihm schlief, wusste sie jedes Mal wieder, *sie* war diejenige, die er liebte.

Sie probte *Lulu* von Alban Berg für einen Abschlussabend der Opernklasse. Als lesbische Gräfin Geschwitz folgte Iris den Anweisungen einer ambitionierten Gastprofessorin, empfand sich jedoch als Fehlbesetzung, die Rolle der Lulu wäre ihr näher gewesen. In ihrem jugendlichen Ehrgeiz hielt sie ihren Stimmumfang für durchaus soprantauglich; die Einteilung der menschlichen Stimmen in Fächer, die ihnen die zu verkörpernden Partien zuwiesen, fand sie absurd. Sie wusste von Sängerinnen (Berühmtheiten!), die sich innerhalb kurzer Zeit eine zusätzliche Oktave antrainiert hatten. Für ihn, den Unerreichbaren, würde sie *alles* singen.

Eines Morgens war sie in dem Bett aufgewacht, das er mit seiner Frau teilte, die gerade verreist war. War das nicht genug für ein Leben? Und dazu die Musik. (Und der eine oder andere Zwischendurch-Mann zur Beruhigung ihres Hormonspiegels.)

Solche Gedanken erodierten im Lauf der Zeit, ihr Relief verlor sich, sie wurden flacher und flacher, bis sie nicht mehr von der Umgebung zu unterscheiden waren. Ab und zu wehte eine kleine Düne auf: wenn sie ungeplant in ihn hineinrannte.

*Lulu* war ein Reinfall gewesen. Nichts passte, kein noch so schnell verlöschender Funke entflammte zwischen ihr und der Darstellerin der Hauptrolle. Die Männer, die Lulu zum Opfer fallen sollten, wirkten wie Opfer der Regie. Am Applaus fehlte es trotzdem nicht, die konzertante Aufführung in einem der unterirdischen Säle des Musikvereins war ausverkauft – an die Angehörigen der Darsteller.

Dieses Fiasko hätte Iris damals gerne vor *ihm* verborgen. Er klatschte nicht, sie sah es genau.

Falls sie je erwogen hatte, auf einen anderen Beruf umzusatteln, war es damals gewesen. Der, für den sie das getan hätte (unter anderem aus Scham über die Niederlage, die er miterlebt hatte), ließ sie davonradeln. Er arbeitete für eine Erdölfirma und ging für einige Jahre nach Gabun.

Ich könnte mitgehen.

Einige Tage lang machte der Gedanke sie atemlos, sie sprach ihn aber nie aus. Wozu ein Opfer bringen, das keiner verlangt?, hätte er argumentiert.

Offen, hatte sie gedacht, als sie das erste Mal mit jemandem zusammenlebte, müsse zwischen zweien, die zueinander von Liebe sprachen, gehandelt werden. Wer liebte, wollte, dass die Geliebte es gut hatte, das doch vor allem?

Das hatte sie einen Sessel der Marke TON, eine gute Nachbarschaft und eine Woche ihres Lebens gekostet. Auch an ihrer Stimme, die sie für robust hielt, kratzte die Angelegenheit.

Sie hatte sich verliebt, während sie schon verliebt war, und ihrem Freund von dem anderen Mann erzählt; den Fehler machte sie nur ein einziges Mal.

Wochen später, als ihr das Singen noch immer schwerfiel, suchte sie einen spezialisierten Arzt auf. Er stellte eine Blutung an den Stimmbändern fest. Eine leichte Blutung, nannte er es, Sie müssen sich schonen. Iris hatte bis dahin gar nicht gewusst, dass es so etwas gab. Aus Angst, nie mehr singen zu können, bekam sie einen Schwindelanfall und fiel hin, als sie aus dem Stuhl aufstand. Bei dem Fall erlitt sie nicht einmal einen Kratzer.

Zur Schonung ihrer Stimme verwarf sie das Ideal der offenen Beziehung, von der Generation ihrer Eltern in den sechziger Jahren errungen und parallel zur dauerhaften Ehe vorgelebt. Den gegenwärtigen Anforderungen hielt das Konzept nicht stand. Sie hütete sich fortan davor, irgendetwas zuzugeben.

Sobald einer davon weiß, ist das Geheimnis futsch. Von Ludwig wusste niemand. Keine Freundin, keine noch so vertraute Person.

Dich habe ich mir gewünscht, wusste Iris, sobald sie an Ludwig gedrückt im Schatten einer Hecke stand. Es war eine Märznacht.

Sie: Was machen wir jetzt?

Er: Wir küssen uns.

Sie gingen getrennte Wege, er ins Hotel, sie nach Hause. Einen Monat später trafen sie sich im Kaffeehaus.

Drei Tage darauf besuchte sie ihn *in der Gegend.*

Sie hatten sich bei einem Empfang wiedergesehen. Es war *in der Gegend,* Preise wurden verliehen, Iris Schiffer gab es als Draufgabe. Ludwig war in Begleitung seiner Frau, er stellte sie ihr vor. Ich mag die Gegend, weiter reichte das Gespräch nicht. Weil alle den Empfang bald satthatten, nahm er Iris mit in seinem Wagen. Sie saß hinten, neben der Frau.

Wir vermieten einen Teil unseres Hauses an Urlaubsgäste, der Garten macht viel Arbeit, antwortete sie auf die Frage nach ihrer Beschäftigung. Tatsächlich, sagte Iris, in welchem Feld sind Sie tätig, schämte sich sofort dafür. Die Frau war ihr sympathisch. Iris spähte nach vorne, zu ihm, er schaute geradeaus durch die Windschutzscheibe.

Seit sie Ludwig kannte, war alles anders. Ihn berührte sie gerne. Mit ihm wollte sie jede Nacht verbringen. Auf ihn war sie eifersüchtig. Hätte das nie zugegeben, sicher nicht vor ihm. Auch Ludwig war vergeben, kein Wunder, wie ihre *große Liebe,* die rückblickend eher mittelgroß gewesen war.

Und nun ist wieder alles anders, nun ist sie in ihrem Körper zu zweit.

# *8 (76 cm)

Im Wartezimmer der Ärztin saß eine junge Frau. Schlank, beängstigend dünn sogar, sie blätterte in einem Lehrbuch für Mathematik. Um diese Uhrzeit nicht die Erste zu sein erstaunte Iris. Die Assistentin im Vorzimmer begrüßte sie überschwänglich, als hätte sie Iris vermisst. Nehmen Sie bitte Platz! Ihre Versicherungskarte behielt sie, der Scanner stockte. Ich bringe sie Ihnen gleich! Iris kannte das Ritual, bewunderte die unentwegt glänzende Laune der Sprechstundenhilfe.

Die Praxis der Gynäkologin befand sich in einem eleganten Gründerzeithaus, im Wartezimmer standen Sessel nebeneinander mit den Lehnen zu den Wänden hin wie gedrillte Schulkinder aus früheren Epochen; hätten sie Hände gehabt, hätten sie einander daran festgehalten. In einer Ecke stand ein niedriger Tisch mit Zeitschriften. Die Mitte des Raumes war leer, bis auf einen Teppich.

Iris überquerte den Teppich, wählte einen Sessel vis-à-vis der dünnen Mathematikerin. Guten Morgen. Die junge Frau schaute erschrocken auf, als hätte sie nicht damit gerechnet, hier jemandem zu begegnen. Ob sie aus demselben Grund hier ist wie ich?

Die letzten Male bei den Routinekontrollen war Iris die Wartezeit zu lang geworden, zu lang sowieso, zu lang für eine Privatärztin speziell, sie hatte nach dem Grund für die Verspätungen gefragt. Gutgelaunt hatte die Assistentin sich entschuldigt, es sei eben viel los.

Heute hatte Iris nichts zu lesen dabei, nahm keine der Zeitschriften, ließ ihr iPhone in der Handtasche. Sie war nervös. Ging die Tür zum Behandlungszimmer auf, machte ihr Herz jedes Mal einen Sprung. Als die Ärztin ihren Namen rief, pumpte plötzlich ein Kraftwerk in ihrer Brust.

Sie kommen zur Routineuntersuchung? Die Ärztin sah sie

über ihren Schreibtisch hinweg an. Sie war etwa fünfzehn Jahre älter als Iris, trug ihre Haare halblang, blond. Professionalität und Zuversicht – bedürfte es einer Werbekampagne für diese Eigenschaften, wäre sie die ideale Vertreterin dafür. Sie schaffte es, ihre Patientinnen innerhalb weniger Minuten zu untersuchen und wieder hinauszukomplimentieren und ihnen dabei das Gefühl zu geben, alles sei gemächlich verlaufen.

Nein, sagte Iris, ich bin schwanger.

Das Gesicht der Ärztin bewölkte sich, als habe sie ihr eine unheilvolle Nachricht überbracht.

Bitte, schauen wir uns das einmal an. Sie wies mit dem Arm in Richtung Nebenraum. Hier können Sie ablegen, die Ärztin zeigte auf eine Tür, die in eine Kabine führte. Mehrmals schon hatte Iris sich hier ausgezogen, in den Spiegel geschaut, ihre Kleidung auf den Hocker gelegt, jedes Mal war sie sich unsicher, wie viel sie ausziehen sollte. Die Socken anbehalten? Die Bluse? Nur den BH?

Barfuß und splitternackt durchquerte sie den Raum.

Die Ärztin saß über einen Computer gebeugt. Iris stieg auf den Untersuchungsstuhl. Die Ärztin drehte sich zu ihr. Nicht erschrecken, es kann kalt sein. Die Ultraschallsonde drang in sie ein, konzentriert schaute die Ärztin auf den Bildschirm, was sie sah, konnte Iris aus ihrer Position nicht erblicken.

Ich kann noch nicht viel sagen, sagte die Ärztin, dafür ist es zu früh, aber alles sieht gut aus; sie tastete mit weißbehandschuhten Fingern in ihrer Vagina, bis zum Muttermund, drückte mit der anderen Hand von außen auf den Bauch. Nicht erschrecken, ich drücke jetzt etwas fester. Umsichtige Hände, keiner der Griffe war unangenehm. Das Glücksgefühl, das sich eingestellt hatte, nachdem sie die Tests gemacht hatte, blieb dennoch aus.

Sehen Sie hier, jetzt drehte die Ärztin den Bildschirm so, dass Iris ihn sehen konnte, da ist die Schleimhaut, schön dick, und der Embryo gut eingenistet.

Iris hatte wieder das Gefühl, in eine andere Galaxie zu reisen. Zerplatzende Sterne, eine kreisende Milchstraße nach der anderen, und irgendwo eine unscharfe Stelle. War das der Embryo?

In Ordnung, sagte die Ärztin, Sie können sich anziehen. In zwei Wochen kommen Sie wieder, dann kann ich mehr sagen, lassen Sie sich draußen einen Termin geben.

Iris rutschte vom Stuhl. Die Ärztin tippte etwas in den Computer. Als Iris sich verabschiedete, lächelte sie zurückhaltend. Nächstes Mal gebe ich Ihnen den Mutter-Kind-Pass. Überlegen Sie sich auch, in welcher Klinik Sie entbinden wollen, wäre Ihnen eine kleine oder eine große lieber?

In zwei Wochen würde Iris nicht in Wien sein. Morgen flog sie nach Berlin, dann, nach drei Tagen zu Hause, nach Toronto für zwei Liederabende und ein Gespräch mit einem kanadischen Produzenten, anschließend nach Deutschland.

Als sie aus dem Untersuchungszimmer kam, sah ihr die Sprechstundenhilfe erwartungsvoll entgegen.

Können Sie mir einen Termin in drei Wochen geben, wäre das früh genug?

Natürlich, machen Sie sich keine Sorgen, die meisten Frauen wollen einfach so bald wie möglich Bescheid wissen.

Ich ja auch, ich gehöre auch zu den meisten.

Zweiter Akt

## *9 (77 cm)

Wie eine Bühne. Im Strom der Ankommenden am Flughafen Schwechat trat Iris hinaus in den Kreis derer, die da warteten. Ciao, gioia. Fast wäre sie an ihm vorbeigegangen; hatte nicht erwartet, erwartet zu werden. Sergio, als ahnte er etwas. An seiner Schulter lehnte ein Blumenstrauß, konkurrenzlos der größte in dieser Halle, Hagebutten fielen ihr auf, ein halber Strauch, da hingen Früchte an den Zweigen. Noch nie hatte Sergio sie vom Flughafen abgeholt, auch in ihrer Anfangszeit nicht. Noch nie hatte sie ihn mit Blumen im Arm gesehen. Jünger, er wirkte jünger hinter diesem Strauß. Oder war es das hellblaue Hemd? Hast du denn keine Probe? Drei Tage Urlaub, er fletschte die Zähne zu einer Grimasse, die brauche ich, sonst werde ich zum Werwolf. Der Mann und das Grünzeug, sagte sie, als er ihr die Blumen überreichte, danke, wie komme ich zu dieser Ehre? Salzburg, die Sophie, complimenti! Jetzt hast du es geschafft. Das konnte er gut. Wie eine Stoßwelle schwappte seine konstante Bereitschaft aufzutreten über sie hinweg. Er sprach laut. Einige Leute drehten sich nach ihm um. Sie holte Luft, ich muss die Rolle erst lernen, reden wir nächstes Jahr im August weiter … Wenn sie aufgeregt war, klang der norddeutsche Akzent in ihren Sätzen durch.

Du hast mich noch gar nicht begrüßt. Er hielt ihr seine vorgestülpten Lippen hin, theaterreife Kummerfalten auf der Stirn. Der Vorwurf gehörte zu ihrer über die Jahre eingespielten Routine.

Ciao, sagte sie kühl.

Als sie aufwuchs, verwendeten weder ihre Eltern noch deren Freunde oder Bekannte diesen Gruß. Das war später gekommen, und zu ihr war es viel später gekommen: mit Sergio. Ein eigener Gruß für ihn. Bis sie Ludwig kennenlernte und auch Ludwig *ciao* sagte.

Wollen wir noch was essen gehen? Oder direkt nach Hause? Essen wäre großartig, sagte Iris.

Vor den Taxiständen drängten sich Trauben von Menschen. Solche Schlangen habe ich hier noch nie gesehen. Was ist denn los? Streiken die Öffis? Touristen, seufzte Sergio, mit den öffentlichen Verkehrsmitteln ist alles in Ordnung, soweit ich weiß.

Dann nehmen wir doch die Bahn, schlug Iris vor. Auf ein Taxi warten wir mindestens eine halbe Stunde, wenn ich mir das so anschaue.

Du magst die Schnellbahn, also gut, etwas widerwillig stimmte Sergio zu. Aber gib acht auf die Blumen. Iris fuhr tatsächlich gerne mit öffentlichen Verkehrsmitteln; ich möchte meinen *footprint* klein halten.

Sergio hingegen bestieg U-Bahn, Bus oder Straßenbahn nur, weil er das Zufußgehen noch mehr hasste. Am liebsten fuhr er Auto. Sein Wagen stand aber in Monza in der Garage seines Elternhauses.

Nachdem sie über die Rolltreppe hinunter zu den Bahnsteigen gelangt waren, machte er einen erschöpften Eindruck. Als hätte er bei der Begrüßung seine Kräfte aufgebraucht. Ich muss dir etwas erzählen, sagte Iris, egal, was du davon hältst, es wird dein Leben verändern.

Sergio blieb stehen, machte eine abwehrende Handbewegung. Nicht jetzt, bitte.

Er gehörte zu den Menschen, die Neuigkeiten lieber im Sitzen und in Ruhe dargelegt erfahren. Seine Spontaneität beschränkte sich auf die Lebensoberfläche. Er jätete Gespräche, zupfte aus, was normal klang, setzte mit feiner Harke eine seltene Distel ein; seine Späße überraschten, weil er sie machte. Ihn mit Wichtigem zu überfallen ging immer schief. Iris beherrschte sich. Die Bahn fuhr ein, sie drängten sich mit vielen anderen Reisenden hinein. Iris hielt den Blumenstrauß hoch über ihrem Kopf, Sergio ergatterte einen Sitz. Neben ihm nahm sofort ein anderer Mann Platz, korpulent, mit langen offenen Haaren. Iris blieb stehen, hielt sich an Sergios Schulter fest. Den Platz hätte ich für dich gedacht gehabt, sagte Sergio auf Italienisch, er sah den Mann despektierlich an. Der merkte nichts, über den Ohren trug er Kopfhörer. Magst du? Sergio machte Anstalten aufzustehen. Iris verneinte. Wir sind gleich da, sie strich ihm übers Haar. Sergio zuckte mit den Schultern.

In die Pizzeria? Ab und zu versuchte er es. Sergio war ein Pizzafan, Iris weniger.

Gehen wir doch in ein echtes Restaurant, was Schönes.

Dieses nette Lokal im vierten Bezirk, wo wir unlängst waren?

Damit du es nachher nicht weit nach Hause hast? Der ironische Ton gelang ihr nur halb.

Du bist bei mir genauso zu Hause wie ich.

Aber ich komme gerade aus Berlin, möchte einfach ankommen, meine Taschen abstellen.

Dann gehen wir in ein Lokal in deiner Nähe.

Der siebte Bezirk ist so überlaufen, und das im vierten war wirklich gut.

Dann nimmst du nachher ein Taxi, wenn du schon wieder wegwillst von mir.

Gute Idee, Signor Genialmatador. Sie drückte mit dem Finger auf seine Nase.

Mit den Speisen vor seinen Augen hellte sich Sergios Laune auf, er wurde sehr redelustig. Übrigens ist heute unser Jahrestag, unser Kennenlerntag, sagte er.

Seit wann begehen wir einen Jahrestag? Wir wissen doch gar nicht mehr genau, wann wir uns kennengelernt haben?

Zum siebten Mal verbringen wir diesen Tag miteinander, und du hast ihn dir noch immer nicht gemerkt? Ha! Reingefallen. Das steht dir besser. Er zeichnete mit dem Zeigefinger ein Lächeln in ihr Gesicht, unweigerlich lachte sie wirklich.

Warum plagst du mich heute so?

Ich plage dich doch nicht, ich freue mich über dich, gioia, und auf die bevorstehenden Tage, ohne Stress, drei Tage, wie lange ist es her, dass wir uns an drei aufeinanderfolgenden Tagen gesehen haben?

Sie hielt den Moment für gekommen – Zeit für die Neuigkeit.

Nein, nein, bitte nicht. Er presste die Handflächen auf seine Ohren. Morgen ist auch noch ein Tag, morgen früh, sag's mir morgen beim Kaffee, okay?

Du bist gar nicht neugierig? Es ist eine gute Nachricht.

Sergio schaute zweifelnd, so viele gute Nachrichten auf einen Schlag waren ihm verdächtig. Ziehst du nach Australien? Hast ab dem nächsten Monat eine fixe Stelle an der Oper in Sydney?

Nein, nein, so schnell wirst du mich nicht los, im Gegenteil.

Im Gegenteil? Sie werfen dich aus deiner Wohnung, und du willst zu mir ziehen?

Eine gute Nachricht, sage ich, kein Apokalypsen-Szenario.

Als ob zu mir ziehen das Ende der Welt wäre!

Bevor seine Laune wieder kippte, musste sie damit herausrücken. Der Höhepunkt des Abends verlangte in ihrer Vorstellung eine feierliche Note, aber plötzlich stiegen ihr Tränen in die Augen.

Sergio, ich mach's kurz, du wirst Vater.

Er sah sie an, mit offenem Mund, der Bissen, den er gerade von der Gabel genommen hatte, war noch unzerkaut; sie sah seine Zunge, sah das Stück Fleisch darauf liegen, benetzt vom Speichel, glitzernd.

## *10 (77 cm)

Zwischen ihnen war eine feuchte Schicht. Sie hatten umarmt geschlafen, ihre Brüste klebten an seinem Oberkörper; sie löste sich vorsichtig, drehte sich auf die andere Seite.

Wie spät ist es? Er nahm seine Uhr vom Sessel neben dem Bett, band sie sich ums Handgelenk – wie ein kleiner Gürtel, dachte Iris, damit ihm der Takt der Welt nicht wegrutscht. Ludwig richtete sich auf, ich muss gehen, er raffte seine Unterwäsche zusammen, über der Lehne des Sessels hing das Hemd, der Rest war im anderen Zimmer geblieben, wo sie angefangen hatten, einander auszuziehen.

Nackt begleitete sie ihn zur Tür; ihre Nacktheit hinter dem Holz und Glas verbergend winkte sie ihm durch den Spalt, bis sich die Lifttüren teilten; weg war er.

Rasch lief sie zum Fenster, beugte sich vom Vorhang halb verdeckt in die Gasse hinaus. Ab und zu drehte er sich um, winkte, machte ein paar Schritte vorwärts, drehte sich wieder um und wieder, bis die Gasse eine Biegung machte.

Sie waren eingeschlafen, hatten zu lange geschlafen, die Stunden vergeudet. Um Mitternacht brach er auf. So war das; er blieb nicht über Nacht. Bis vor Kurzem hatte er für ihre Treffen Hotelzimmer bevorzugt oder seine eigene Garçonnière *in der Gegend;* seit er wusste, dass es ein zweites Leben in ihrem Körper gab, kam er zu ihr.

Nackt legte Iris sich ins Bett. Schlief sofort wieder ein.

Sergio hatte die Neuigkeit leicht genommen, mit dem ihm eigenen Vertrauen in sich selbst; und offensichtlich auch in mich, dachte Iris am Tag danach. Behutsam, wie man eine Topfpflanze umarmen würde, hatte er sie umarmt, bevor er – nach den drei Tagen selbstverordneten Urlaubs, den er großteils mit Zeitschriften auf der Couch verbrachte – zu einem Gastspiel nach Hamburg reiste. Er glaubte es noch nicht ganz, war Iris' Erklärung für seine Coolness, die sie erstaunte; er brauchte durchschlagende medizinische Beweise. Bisher tat er so, als wäre es eine Art Spiel zwischen ihnen. Auch ihm hatte sie die Fotos gezeigt, die rosa Streifen, das Wort mit den neun Buchstaben. Sie hatte von der Untersuchung bei der Gynäkologin erzählt, von dem gelben Ausweis, den sie erhalten werde, falls beim nächsten Termin noch alles in Ordnung wäre, sagte das, dachte, warum sage ich *in Ordnung*? Als handelte es sich um ein aufgeräumtes Zimmer. Zu dritt nehmen wir uns dann eine größere Wohnung, sagte Sergio. Als gehe es nur darum, dem Geschehen einen Ort zu geben.

Nach den Jahren, die sie als Paar agierten, war jede ihrer Unterhaltungen im Grunde eine Wiederholung von einer, die sie bereits geführt hatten. Seit einigen Monaten fiel Iris das eklatant auf. Lag es daran, dass sie beide völlig von ihrer Arbeit vereinnahmt wurden? Eine glückliche Beziehung hatte sie sich anders vorgestellt. Aber warum eigentlich? Routine, Langeweile – das war doch bei allen so. Und alle versteckten es oder trennten sich. Der Lauf der Liebe. Sie gehörte nicht zu den Frauen, die solche Themen mit anderen besprachen, sie schob das Ganze weg; verbot sich zu grübeln. Sergio war die Brücke von den Stunden mit Ludwig zu den Stunden mit Ludwig, er war derjenige, der sie davor rettete, mit Ende dreißig als alleinstehend zu gelten. Warum sollte Dankbarkeit kein solides Fundament für eine Beziehung sein? Ihre Strategie, um über unangenehme Lebensphasen hinwegzukommen, war das Warten; warten, bis sich etwas ändert, denn etwas ändert sich immer. Während Sergio auf sich selbst vertraute, vertraute sie dem Lauf der Welt und darauf, dass die richtigen Gedanken halfen, ihn in eine günstige Konstellation zu drehen.

Jetzt hatte sich etwas geändert. Ein neues Leben! Die größtmögliche Veränderung! Doch außerhalb ihrer selbst blieb alles gleich. Was hatte sie sich erhofft? Dass Ludwig mit ihr zusammenzog? Sergio bezweifelte, den Embryo gezeugt zu haben? In einem eigenartig selbstquälerischen Anflug hatte sie tatsächlich auf eine solche Frage gehofft. Ob sie sich denn sicher sei. Von mir? Wirklich? Aber nein. Er zweifelte nicht. Weder an sich noch an ihr. Tags darauf wurde ihr klar, dass sie enttäuscht war; sie hatte auf einen Streit gehofft.

Sie hing an Sergio. Das brachte eigentlich alles auf den Punkt. Hing an ihm, und das schützte sie davor, in einen Abgrund zu stürzen, über dem das Banner flatterte: LUDWIG KRIEGST DU NIE.

Er, der Familienmann, an allen Wochenenden und Feiertagen besetzt, lange Sommer- und Winterurlaube hindurch ebenso – sie in ihrer Freizeit: allein. Solange beide ihre Treffen geheim halten mussten, hielt das Gleichgewicht; hätte sie plötzlich alle Freiheit, würde es kippen. Als ungebundene Frau wäre Ludwigs Unerreichbarkeit für sie unerträglich. Das Warten auf ihn verlöre das Subversive, das sie sich derzeit einredete: Ich bin eine Frau, die tut, was sie will. Ich liebe einen verheirateten Mann und lasse mich von gesellschaftlichen Konventionen nicht daran hindern, diese Liebe auszuleben. Weil ich noch nie so geliebt habe. Nie mehr so lieben werde. Die erste Frau in meiner Familie, die sich ihre Unabhängigkeit aus eigener Kraft erarbeitet hat: weil ich genug verdiene und es aushalte, viel allein zu sein.

In ihrer Generation war die Freiheit, die dadurch entstand, etwas zu besitzen, offenbar der Freiheit gewichen, die der Verzicht gewährte. Die Freiheit, sich den Mann, den sie liebte, auszusuchen, gab es nur, solange der jeweilige Mann auch ja sagte. War sie mit ihren Gedanken so weit, übermannte sie die Vorstellung vom ironischen Aufjaulen des Mannes, dem sie ihre Überlegung darlegen würde; die Fata Morgana so eines Mannes war eine Schnittmenge aus den Männern, die ihr bisher begegnet waren. Na klar muss ich einverstanden sein, würde der fiktive Mann sagen, aber die Chance, dass ich ja sage, ist groß.

Ja zu sagen fiel den Männern, die Iris kennenlernte, leicht. Ja-Sagen war aber noch keine Entscheidung; es war ein Umarmen des Moments. Bei Ludwig erwies sich der Moment als dauerhaft. Doch mit dem dissonanten Unterton, dass er sich bereits für seine Familie entschieden hatte. Hatte er? Er hatte. Für Iris entschieden hatte sich bisher nur einer: Sergio. Zu ihm hatte sie ja gesagt.

Die Langeweile, von der sie nicht wusste, ob er sie als solche wahrnahm, ob er den Zustand nicht sogar schätzte und darauf hingelebt hatte – als Trampolin, von dem aus er seine Salti auf die Bühnen der Opernhäuser machte, in der Gewissheit, ins Weiche ihrer vorhersehbaren Zweisamkeit zurückzufallen –, diese Langeweile hatte dazu geführt, dass die Restaurants, die sie aufsuchten, stets exquisiter wurden. Das gemeinsame Essen und Trinken unter fortwährend festlicheren Bedingungen passte zu Sergios steigenden Gagen und Iris' Vergnügen daran, sich gut anzuziehen. Wenn ihre Themen nicht mehr zur Gediegenheit des Restaurants passten, wechselten sie oft ins Italienische, so klang alles besser, wie Iris sagte, worüber Sergio sich wiederum ärgerte.

Nach einer Flasche Wein stellte sich üblicherweise ein gewisses erotisches Verlangen ein – ob es wirklich dem anderen galt, war eine müßige Frage.

Sie gingen in Sergios Wohnung.

Am späten Vormittag des nächsten Tages kehrte Iris in ihre eigene zurück.

Auch an dem Abend der *Neuigkeit* waren sie zu ihm gegangen. Er hatte sich neben sie gelegt, sie nicht berührt. Sie umarmte ihn von hinten, er erwiderte mit einem festen Händedruck, hielt ihre Hand, bis sie einschliefen. Am Morgen strich er über ihren Bauch, erst mit dem Rücken seiner rechten Hand, dann mit drei Fingern. Sanft.

Du kitzelst! Iris strahlte im lichtlosen Zimmer, ihre Züge waren entspannt, auf den Wangen hatte sie Abdrücke des Polsters. Sie setzte sich auf, streckte sich. Schob den Vorhang zur Seite. Auf den Dächern draußen kündigte sich ein heller Tag an. Rote Regenrinnen leuchteten vor rostfarbigen Schindeln und scharf konturierten Rauchfängen; als sähe sie diese Aussicht zum ersten Mal, als sei sie näher an den Dingen, die sie umgaben, sei die Grenze zwischen ihrem Körper und der Umgebung durchlässiger geworden.

Nachdem sie drei Jahre zusammen gewesen waren, hatten sie aufgehört zu verhüten. Auf Iris' Wunsch. Das war aufregend gewesen in den ersten Monaten. Weiter war nichts geschehen. Sie hatten auch nicht groß darüber geredet. Beide waren sie wieder in ihre Karrieren eingetaucht. Iris war sich nicht mehr sicher gewesen, ob sie wirklich ein Kind wollte.

Sergio küsste sie auf den Scheitel.

Hast du schon über einen Namen nachgedacht? Seine Stimme vibrierte im Vorgeschmack vieler solcher Nächte, die er sich erhoffte, ruhige Nächte, übliche Nächte.

Nein.

Ehrlich?

Nein, echt nicht. Du?

Ja. Ja, sicher.

Wann? Heut Nacht? Mit einem Ruck schwang sie die Beine über die Bettkante. Und wie würdest du ihn nennen?

Linus.

Linus? Und weiter?

Nur Linus. Schlicht.

Das ist doch kein Name.

Ich finde ihn gut.

Woher weißt du überhaupt, dass es ein *er* wird? Womöglich wird es ein Mädchen.

Du hast gesagt *ihn,* wie ich *ihn* nennen würde.

### *11 (77 cm)

Sängerin sein sei in gewissem Sinn wie Mathematikerin sein, hatte sie Ludwig bei einem ihrer ersten Rendezvous erklärt. Für den Großteil der Menschen stelle das, was sie tat, ein Rätsel dar, nur eine exquisite Gruppe Eingeweihter begreife, wie man Töne aus Partituren liest, hörbar macht, hält. Womöglich ist diese Gruppe sogar kleiner als die derer, die kapieren, wie man sich Formeln ausdenkt, Mathematik ist schließlich ein Pflichtfach an jeder Schule. Ob ihr Beruf dann nicht anstrengend sei und einsam? Das schon, nach einer Pause, in der keiner der beiden die Stille unterbrach, sah sie ihm fest in die Augen, aber dass ich machen kann, was ich mache, ist ein Geschenk, von oben, sie warf den Kopf zurück, oder unten, sie zeigte mit beiden Händen auf den zerkratzten Holzboden des Cafés, in dem sie saßen, lachte schrill. Es hat, wenn du es so nennen willst, etwas mit dem Göttlichen zu tun, in der Mathematik muss es ähnlich sein, wenn sie über das kaufmännische Addieren und Dividieren hinausgeht, du näherst dich in diesen Berufen dem Unermesslichen an.

Er hatte sie angesehen, sein Sakko gerichtet, als hätte er sich ungeschickt hingesetzt und fürchtete, es zu zerknittern; ihr Herz hatte schneller geklopft. Nachdem sie auseinandergegangen waren, hatte sie weiche Knie bekommen, musste sich auf eine Parkbank setzen.

Wie würde sie dem Kind so etwas erklären? Iris trat ans Fenster, schaute hinunter auf die Gasse. Der Gehsteig, die Hunde, die dort liefen, angeleint oder frei. Leute, Leute, Leute: jeder für sich, rasch einen Fuß vor den anderen setzend. *Gehen nennt man das,* würde sie dem Kind sagen. Sie sah zwei, die sich küssten, sah eine Gruppe Jugendlicher, die einander untergehakt hielten. Sie sah ein Paar, das sich stritt.

Warum denke ich, die sind ein Paar?

Wie würde sie das dem in ihr wachsenden Zellhäufchen auseinandersetzen? Ein rätselhafter Wirrwarr, so musste das Treiben da draußen einem Neugeborenen erscheinen, während die Umstände, unter denen es bis zur Geburt heranwuchs, eindeutig waren. Waren sie das?

Wen würde sie dem Kind als Vater vorstellen? Sie schob den Gedanken weg, wollte die daran hängende Panik nicht aufkommen lassen. Zuerst kam die nächste ärztliche Untersuchung, dann die nächsten Reisen, Konzerte, die sie zu absolvieren hatte. War das überstanden, würde sie weitersehen.

Ludwig war in der Politik tätig, weigerte sich, die Bezeichnung Politiker für sich zu akzeptieren, das sei er nie gewesen, schlicht eine Person, die viel in der Öffentlichkeit vorkam. Vor allem bin ich Musikliebhaber.

Nach ihrer ersten Begegnung kaufte er alle lieferbaren CDs von Iris. Nach dem zweiten Treffen sagte er, er wolle in jede Vorstellung gehen, in der sie singe. Dass sie derzeit nicht sonderlich oft auftrat, half der Realisierbarkeit seines Vorhabens nicht, er hätte ihr wie ein Groupie quer durch die Welt folgen müssen; seinen Job aufgeben.

Sergio ging so gut wie nie in ihre Aufführungen, üblicherweise probte er selbst oder stand auf der Bühne, für die Oper hatte er, wenn er im Zuschauerraum sitzen sollte, wenig Geduld.

Iris war schon als Teenagerin opernbegeistert gewesen; diese Begeisterung erkannte sie in Ludwig wieder. Jedes Gespräch mit ihm über Musik machte ihr bewusst, wie sehr ihr Beruf das war, was sie vom Leben wollte.

Mit Ludwig war sie lebendig.

Mit Sergio cool.

Je besser sie, und vor allem er, beruflich vorankam, desto komplizierter wurde es, gemeinsame freie Tage zu finden. Gelang es ihnen endlich, waren sie froh, nichts tun zu müssen. Essen, trinken, häuslich sein – wie Sergio es nannte, das H sprach er aus wie ein CH, das Ä wie ein A; seine Aussprache fand Iris nach wie vor hinreißend. Manchmal ergab es sich auch, dass sie beide frei hatten, aber hunderte Kilometer zwischen ihnen lagen.

Seit sie Ludwig kannte, kam ihr das entgegen.

Ludwig war äußerst konsequent in der Terminfindung, er blätterte so lange in seinem digitalen Kalender, bis sich ein paar Stunden fanden. Er scheute es nicht, für neunzig Minuten mit ihr quer durch das Land zu fahren. Auch für zehn Minuten würde ich kommen! Eine einmal festgelegte Verabredung sagte er nie ab. Nur im Katastrophenfall, beteuerte er, dass du es weißt.

Sie staunte, wie rasch er von Situation zu Situation sprang. Er kam aus einer schwierigen Sitzung, zwanzig Minuten später schliefen sie miteinander. Als gäbe es kein Vorher und kein Nachher.

Manchmal dachte sie an seine Frau. Ob sie ihn vom Bahnhof abholte, wenn er von einer Dienstreise kam? Ob sie gemeinsam an einem Imbissstand etwas aßen, Sekt tranken oder Tonic Water in einem Café auf dem Nachhauseweg, wie er und Iris manchmal, bevor sie in ein Hotel eincheckten?

Egal, was in ihr vorging, sobald er sie berührte, war sie elektrisiert; dann gab es nur ihn.

Ludwig erwähnte das Kind nie von sich aus; Sergio sprach mittlerweile dauernd davon. Worüber hatten sie sich früher unterhalten? Iris fiel es schwer, sich daran zu erinnern. Kunst, Gesangstechniken, Kollegen; Musik insgesamt; Filme, sie waren häufig ins Kino gegangen in den ersten Jahren ihres Zusammenseins. In den ersten Jahren? Waren die vorbei? Obwohl er sie langweilte, empfand sie Sergio immer noch als jemanden, den sie erst in Ansätzen begriff, er erschien ihr abwechselnd als der komplexeste Charakter, den sie kannte, und dann wie ein Schauspieler, der jegliche Tiefe nur markierte. Kann Komplexität langweilen? Wie würde sie das dem Kind erklären?

Sergio verstand es, auch mit Nichtssagendem zu faszinieren, und das gelang ihm durch seine Stimme: Wie er etwas formulierte. Damit ermüdete er sie mittlerweile. Was sie anfangs verbunden hatte, mündete allmählich in das Gefühl, an der Arbeit zu sein, wenn sie mit ihm zusammen war.

Ab und zu rührte er sie, wie ganz am Anfang, mit einer Bewegung, wie damals im Schwimmbad, als er die Füße so sorgfältig auf seine Slipper stellte; ein junges Tier, das spitze Steine vermied.

Ihre Lust, in ihm nach unerforschten Geheimnissen zu suchen, sank stetig, seit sie Ludwig kannte. Ludwig war Iris von den ersten Minuten an vertraut gewesen, obwohl er aus einer ihr fremden Welt kam. Eine, in der sie aber die Kleidsamkeit erkannte, den Willen zum Stil. Für ihn hieß das, verbindlich wirken: unauffällige Anzüge und vor allem Krawatten. Sie küsste jemanden, der einen Schlips trug, hunderte solcher Stoffstücke besaß! Noch am Tag, bevor sie ihn kennenlernte, hätte sie entschieden verneint – ein Krawattenträger und ich? Äußerlichkeiten spielen keine Rolle, mit Ludwig war das eine Tatsache. Mit ihm musste sie nicht von sich reden; mit ihm musste sie nichts.

Willst du das wirklich?, hatte er gefragt, ein einziges Mal. Ja, sicher. Die Frage war eine Premiere; die Antwort ebenfalls. Lebenslust des ganzen Körpers. Sie zeigte ihm ein Gesicht, das sie selber kaum kannte, das unbeherrschte, verschmierte. Wie schön du bist, sagte er.

Jeder Augenblick mit ihm war aufregend. Die einfachsten Dinge. Wassertrinken. Sein Kamm, der in ihren Haaren stecken blieb. Wie sie Gurkenscheiben aßen. Bei ihm legte sich ihre Flattrigkeit, die sie sonst verdrängte, aber unter der Oberfläche spürte. Ludwig machte sie ruhig.

Wie in der Oper, nach den ersten Tönen, wenn die geschafft waren, wusste sie, es würde gut gehen, auch diesmal; wie in der Oper, aber dann richtig, ohne Proben, ohne Publikum. Den doppelten Boden gab es aber doch. Ihre Verbindung würde immer Wunsch bleiben, die Unerfüllbarkeit war die Voraussetzung, von Anfang an.

Für ihn hieß das, Liebe ohne Ende.

Iris war weniger begabt für solche Fiktionen.

# *12 (78 cm)

Seit mehr als einem Monat klopfte ein zweites Herz in ihr, so stellte sie sich das vor, tippte mit den Fingern auf ihren Oberschenkel, doppelt so schnell wie ihr eigenes. Der Motor des Lebens, alles begann damit, der Rest kam später. Oder?

Nach anstrengenden Wochen unterwegs (wenig hatte geklappt wie geplant, der kanadische Pianist war erkrankt, und mit dem Ersatz war sie nicht zurechtgekommen, in Essen war der Saal nur zur Hälfte gefüllt gewesen, in Berlin war sie nicht in Form) kam sie ein zweites Mal zur Gynäkologin.

Der Warteraum war voll. Die Sprechstundenhilfe strahlte emsig, wie geht es Ihnen, Frau Schiffer? Im Kalender, den die Frau vor sich hatte, entdeckte Iris gelb angestrichene Namen, auch der ihre leuchtete. Ja, momentan haben wir ungewöhnlich viele Schwangere, sagte sie, Iris' Blick beantwortend, das werden lauter Sommerbabys.

Kurze Zeit danach wurde sie aufgerufen. Sie hatte sich auf eine längere Wartezeit eingestellt gehabt, den Klavierauszug von *Sophie's Choice* mitgebracht, wollte ihn durchblättern, sich einen Überblick verschaffen, innerlich planen, wie das zu lernen wäre.

Die Ärztin drückte ihr die Hand, weich waren ihre Handflächen. Sie standen im Untersuchungszimmer. Wie zufällig, aus dem Zusammenhang gerissen, ihre langjährige Gynäkologin als Hologramm, das man betrachtete, drehen konnte. Jedes Detail sprang Iris ins Auge: feine Frisur, ausgeruhtes Gesicht, manikürte Fingernägel, nicht zu lang, nicht zu kurz, perfekte Figur. Als hätte sich in ihrer Beziehung grundsätzlich etwas verändert seit ihrem letzten Besuch; als betrete sie diese Ordination zum ersten Mal.

Wie geht es Ihnen?

Wunderbar, sagte Iris, ist das normal?

Jede Frau ist anders.

Mir ist kein bisschen übel, nur schlafen könnte ich endlos.

Schauen wir doch gleich einmal nach, bitte – jetzt erkannte Iris die Bewegung, mit dem Arm zeigen, wo's langgeht zum Untersuchungsstuhl.

Manchmal fühle ich mich gar nicht schwanger.

Ganz normal, die Ärztin tastete innen und außen an den Organen unter ihrer Bauchdecke entlang, nicht erschrecken, ich drücke jetzt ein bisschen fester.

Eine zarte, weißbehandschuhte Hand glitt in ihr umher.

Alles in Ordnung. Die Ärztin drückte Gel auf ihren Bauch, durchsichtig, kühl. Vorsicht, sagte sie, das wird ein bisschen kalt. Ein bisschen, ein bisschen, das Wort hallte nach, sie schaute auf den Schirm. Die Ultraschallsonde legte interne Landschaften frei, Mulden, Klüfte, eine Insel.

Schaut gut aus, schaut alles sehr gut aus, hörte Iris, der Schwebeflug versetzte sie in leichten Schwindel. Hören Sie, sagte die Ärztin, schaltete etwas ein: ein schnelles regelmäßiges Pochen.

Sie können ruhig weiteratmen, atmen Sie, ja, so. Das sind die Herztöne des Embryos.

Iris' Lippen zitterten; ich verliebe mich in einen Haufen Zellen mit Herz.

Sie können sich wieder anziehen, die Ärztin drehte sich auf ihrem Rollsessel zu dem kleinen Pult mit Computer, riss in der Drehung einige Blatt saugfähiges Papier von einer Rolle, reichte sie Iris. Zum Abtrocknen. Gehen Sie ruhig vor, ich bin gleich bei Ihnen, sie deutete auf die Tür ins Nebenzimmer.


Die Ärztin ließ sich schwungvoll am Schreibtisch nieder, alles ganz normal, keine Infektionen. Das Übliche ist das Erwünschte, dachte Iris, in diesem Fall. Also, dass ich mich oft gar nicht fühle, als würde da ein Kind in mir wachsen, ist unbedenklich?, wiederholte sie ihre Frage vom Beginn der Untersuchung. Sie werden sich noch schwanger genug fühlen. Ein kaum wahrnehmbares Lächeln kräuselte sich um den Mund der Ärztin; sie machte sich eine Notiz, holte einen kreisförmigen Kalender aus Karton aus einer Lade. Wann hatten Sie Ihre letzte Regel? Iris nannte ein Datum. Die Ärztin drehte behutsam an einer der beiden Scheiben des Kalenders, der 1. August, sagte sie, ist Ihr voraussichtlicher Geburtstermin. Weniger als acht Monate. Acht Monate für zwei neue Opern, zwei Opern, die sie schon kannte, diverse Liederabende und ein Baby. Haben Sie sich schon überlegt, wo Sie entbinden wollen? Die Ärztin nahm ein in Plastik gebundenes gelbes Heftchen aus der Schublade, schrieb Iris' Namen darauf. Das ist Ihr Mutter-Kind-Pass, den nehmen Sie bitte zu jeder Untersuchung mit, auch später noch, nach der Geburt werden hier alle Daten des Kindes eingetragen. Auf dem Heft stand in Blockbuchstaben »Republik Österreich«, darunter, kleiner, »Bundesministerium für Gesundheit«, in der Mitte prangte das Bundeswappen. Iris legte ihre Hand darauf, das Plastik wurde feucht von ihren Fingern.

Ist es nicht zu früh, sie ärgerte sich über das Zögern in ihrer Stimme, um sich in einer Klinik anzumelden?

Sie können sich auch in zwei Spitälern anmelden, wenn Sie sich nicht sicher sind, welches Sie bevorzugen, das geht online. Sie können sich leicht wieder abmelden.

Iris nickte unwillkürlich, okay, sagte sie gegen ihren Willen.

Iris hatte sich noch nie so leicht gefühlt. Innerhalb von vier Wochen hatte sie sieben Kilogramm zugenommen und fühlte sich *leichtfüßig*.

Achtung, das kriegen Sie nie wieder runter, sagte die Gynäkologin. Zum ersten Mal in ihrem Leben der Rat, weniger zu essen.

Bisher war stets das Gegenteil der Fall gewesen. Sind Sie auch nicht magersüchtig?, hatten Ärzte immer wieder gefragt, Orthopäden, Allgemeinmediziner, der Chirurg, der sie auf Blinddarmentzündung untersucht hatte.

Ich trinke nur Tee und Wasser, ungezuckert, keine Fruchtsäfte.

Gut, gut, die Gynäkologin nickte, solange Sie alle Nahrungsmittel bewusst zu sich nehmen.

Als ob Iris seit ihrem sechzehnten Lebensjahr, seit sie angefangen hatte, Gesangsunterricht zu nehmen, jemals nicht bewusst gegessen und getrunken hätte. Ja, manchmal stopfte sie Junkfood in sich hinein, extra, um sich zu beweisen, dass auch sie ein normaler Mensch war. Burger. Pommes frites. Kebab.

Nach der Untersuchung ging sie zu Fuß nach Hause, spazierte an Parks entlang, die ihr noch nie aufgefallen waren, kleine Grünanlagen im dicht bebauten Gebiet, in denen um diese Tageszeit eine angenehme Leere herrschte. Nur Spatzen hüpften umher. Kahle Bäume reckten ihre Äste in die Luft. Alles schaut sehr gut aus, sagte sie zu Ludwig am Telefon, ich habe sein Herz schlagen gehört.

In ihrer Wohnung legte sie die Beine hoch, damit kannst du nicht früh genug anfangen, hatte Sergio gesagt, ich weiß das von meinen Cousinen. Ein beiläufiger Satz. Der zur Folge hatte, dass sie, egal, wo sie sich hinsetzte, ihrem Sessel gegenüber einen zweiten hinstellte: für die Füße. Sie wollte ihren Kalender ordnen, wie sie es nannte; ordnen hieß in diesem Fall, auf ein Wunder hoffen. Dafür nahm sie sich alle paar Monate einmal ausgiebig Zeit; die Konstruktion eines Wunders, dergestalt, dass sich durch das Blättern in ihrem Kalender, das Notieren der Termine mit der Hand die Zeit weiten würde und alles, was sie vorhatte, hineinpasste, auch wenn es unmöglich schien. Vermehrung der Zeit dadurch, dass sie aufgeschrieben wurde: Das war ihre Hoffnung. Bisher war es ihr gelungen, Marthas Drängen abzuwehren, sie solle doch die Kalenderfunktion ihres iPhones nutzen; digitale Kalender erachtete Iris als Zeitfresser.

Sie blätterte, schrieb hier und da etwas von einem Zettel ab, trank ein Glas Wasser, suchte in ihren E-Mails nach den Anordnungen, die ihr Martha in den letzten Wochen gegeben hatte, nach von ihr getroffenen Vereinbarungen, denen sie zwar zugestimmt, die sie aber nicht im Kopf behalten hatte. Ihre Verabredungen mit Ludwig standen bereits codiert in den sonst noch weißen Feldern, statt seines Namens benützte sie Notenintervalle; eine große Terz, das war Ludwig, C-E oder F-A. Sagte er ihr im Voraus, er werde wenig Zeit haben, setzte sie eine kleine Terz. C-Es, E-G. Sie zeichnete eine Miniatur-Notenzeile, fünf Striche, Violinschlüssel, dann die Töne. Eine verminderte Terz, Ais-C, Cis-Es, bedeutete, dass sie einander nur draußen begegnen würden, in der Stadt, kein Raum für Privates. Sie entdeckte, dass sie gezwungen war, zwei Verabredungen mit ihm zu verschieben; die Zeit war wieder zu eng geworden. Dann schlief sie ein.

Sie erwachte von Gezwitscher. Ein Rotkehlchen? Im Dezember? Als sie in der Gegenwart ankam, erkannte sie das Zeichen ihrer Waschmaschine für das Ende eines Programms. Ich fantasiere Singvögel, Tatsache ist: Die Wäsche ist gewaschen. Iris hatte tief geschlafen, wie lange und wie spät es war, wusste sie nicht sofort. Nachdem sie von der Ärztin gekommen war, hatte sie eine Trommel gefüllt, die Maschine eingeschaltet; sich zu ihrem Kalender gesetzt. War eingeschlafen, auf verschränkten Armen, am Küchentisch, wie als Kind.

Schlaftrunken begann sie, die Kleidungsstücke aus der Trommel zu holen und auf ihren Foppapedretti-Wäscheständer (Geschenk der Schwiegereltern) zu hängen; als sie ein bodenlanges

Abendkleid in Form zog, fiel ihr ein, sie hatte eine Probe, sie hatte *jetzt* Probe. An der Staatsoper. Humperdincks Hänsel, der ihr in München Glück gebracht und schon deshalb nicht verdient hatte, vergessen zu werden; sie musste lachen, empfand kein Schuldgefühl, das war ihr noch nie passiert. Noch nie hatte sie eine Probe vergessen. Noch dazu an der Staatsoper, wo Proben bei Repertoirestücken ohnehin knapp bemessen waren. Vielen Kollegen war es schon geschehen, dass sie sich in einem Bühnenbild zurechtfinden mussten, das sie vor vollbesetztem Saal zum ersten Mal betraten. Um sich ohne Stolpern an den richtigen Stellen zu platzieren, waren Freude am Improvisieren, ein sicherer Tritt und Vertrauen in die Regieassistenten von Vorteil. Nerven wie Drahtseile brauchst du, um an der Wiener Staatsoper zu reüssieren, hatte ihr eine Studienfreundin gesagt, als sie noch in Ausbildung waren; ihr aber prophezeit: Du könntest es schaffen.

So erlebten sie andere.

Iris selbst betrachtete sich nicht als sonderlich nervenstark. Sie improvisierte gerne, weil sie sich in den Momenten dem Leben, das sie sonst sehr kontrolliert führte, hingeben durfte. Aber Nerven wie Drahtseile? Unverwüstlich. Strapazierfähig. Sportlich. Ausdauernd. Adjektive, die ihr oft angeheftet wurden und bei denen sie sich nicht sicher war, ob es sich wirklich um Medaillen handelte oder vielmehr um Bremsbeläge, die ihr Leute anpappten; sonst stürmt sie gar zu schnell voran, und wo bleiben dann wir? Stärke galt bei einer Frau nicht unbedingt als Vorzug, Karrieresucht, mangelnder Tiefgang standen da mit im Raum. Noch immer. Als wäre eine Frau ein Schiff.

Ihre Coolness hatte sie sich antrainiert. Von Natur aus war sie zurückhaltend und gleichzeitig ein Barometer für Atmosphären: Ging es jemandem schlecht, dem sie begegnete, ging es ihr schlecht. Nimm es dir nicht so zu Herzen, war einer der Sätze, den ihre Eltern immer wieder zu ihr gesagt hatten. Sie kehrte weinerlich von Partys heim; bei näherer Befragung stellte sich heraus, nicht ihr war Unangenehmes widerfahren, sondern einer ihrer Freundinnen. Nadines Eltern lassen sich scheiden, schluchzte sie; Maxis Hund wurde überfahren; Astrids kleiner Bruder hat eine Knochenkrankheit. Ihre Mutter kochte ihr in solchen Fällen Kakao. So ist es nun mal im Leben, sagte ihr Vater.

Die Geborgenheit des Elternhauses blieb stabil.

Gegen Ende der Pubertät hatte Iris eine gewisse Balance erreicht, die wie Selbstsicherheit wirkte, aber vor allem darauf beruhte, dass sie ihre innersten Regungen nicht mehr nach außen ließ.


Strapazierfähig. Sportlich. Ihre Auftritte an der Wiener Staatsoper waren, trotz eines fulminanten Debüts vor zehn Jahren – sie war als Octavian eingesprungen –, erratisch geblieben. Sie gehörte nicht zum Ensemble, bekam jedes Mal, wenn sie gebraucht wurde, einen neuen Vertrag.

Einige Jahre lang war sie Teil des Ensemble des Grazer Opernhauses gewesen, hatte dort Erfolge gefeiert. Internationale Angebote, schwer mit dem Pendeln zwischen Graz und Wien zu vereinbaren, hatten dazu geführt, dass sie sich selbständig machte. Zu früh vielleicht? Den Gedanken fegte sie rasch weg: unproduktiv.

Der heute von ihr vernachlässigte Hänsel gewährte ihr finanzielle Sicherheit über die Adventzeit hinweg. Obwohl sie die Rolle mochte, sie ihr lag und das Niveau, das sie verlangte, oft unterschätzt wurde, sie also eine gesunde Herausforderung bedeutete, war sie ein zusätzlicher Stressfaktor; das wurde ihr, vor der Waschmaschine kniend, bewusst. Sie sah Sternchen. Zu schnell aufgestanden.

Ich muss hin!

Seit sie den Hänsel in Graz gesungen hatte, waren Jahre vergangen, es gab einiges aufzufrischen. Aber gerade jetzt waren die Lieder ideal; ein Stück, das meinem Bauchbewohner gefallen wird.

Sie wurschtelte die letzten feuchten BHs auf den Wäscheständer; kämmte sich die Haare und war schon unterwegs zum Opernhaus.

Du musst nach New York. Marthas Anruf erreichte sie vor dem Eingang zur Probebühne, Iris wechselte gerade von halbhohen Stiefeln in leichtere Sneakers, ein Fuß war schon im Singschuh, der andere nur in der Socke.

Die Regisseurin aus New York will ein Vorgespräch.

Was? Kann ich das nicht per Skype erledigen?

Keine Chance, sie ist eine von denen, die davon überzeugt sind, das Internet sei ein vorübergehendes Phänomen, du musst fliegen. Sie will das Ensemble jetzt schon einmal zusammenbringen, *mit längerfristigem Zeithorizont.*

Wir haben Dezember! Die Proben an der Met beginnen im Februar.

Ja, daher will sie euch jetzt, du kommst nicht darum herum, dafür bist du noch nicht Star genug.

Was soll das heißen?

Das ist der Trumpf, den sie ausspielen will: mit Leuten, die noch nicht weltberühmt sind, die sie aber für sehr gut hält, etwas absolut Fabulöses anstellen. Sie will euch haben, bevor ihr, jeder für sich, in eure stillen Kämmerlein schwitzen geht.

Wann?

Nächste Woche.

Nächste Woche! Ist die wahnsinnig!

Sie hat in Erfahrung gebracht, dass an den von ihr vorgeschlagenen Tagen keiner von euch unabkömmlich ist. Es bleibt dir nichts anderes übrig. Nimm's positiv, Dezember ist ideal für New York.

Sehr witzig. Ich werde viel Zeit zum Shoppen haben. Wenn es wirklich nicht anders geht, okay, dann buche mir bitte den Flug, aber so, dass ich so kurz wie möglich bleibe. Ich habe noch –

Ich kenne deinen Terminkalender.

Was tust du da? Wir warten auf dich. Eine Kollegin, die Hänsel und Gretels Mutter spielte, stürmte an ihr vorbei, warum sitzt du vor der Tür? Kommst du noch? Die Regieassistenz ist *not amused*, kann ich dir sagen, nichts haut hin, die Kinder sind allesamt verschnupft, die Posaunisten husten.

Wer krank ist, soll um Himmels willen daheimbleiben! Die stecken uns noch an. Sorry, habe mich verspätet.

Das war unübersehbar. Deswegen hat er die Teile mit dem Kinderballett vorher gemacht. Jetzt kommst du gerade rechtzeitig, um mitzuerleben, wie er explodiert. Mit staksigen Schritten, sie trug hohe Absätze, die ihr unbequem waren, eilte die Frau zur Toilette.

## *13 (78 cm)

Fünf Tage später entdeckte Iris einen braunen Fleck in ihrem Slip. Kaum beachtenswert, trotzdem verursachte er ihr Herzrasen. Sie war am Flughafen Schwechat, am Gate, Boarding in fünfzehn Minuten. Vorher noch schnell zur Toilette. Und dann. Der Fleck. Auf weißer Baumwolle. Kurz hinsetzen, sitzen ist besser als stehen. Kein Platz frei, die Maschine würde knallvoll werden. Sie lehnte sich an eine Säule: beide Hände auf dem Bauch. Objektiv betrachtet, fühlte sie sich prima. Nichts tat weh. Bis vor fünf Minuten war alles in Ordnung gewesen, sie hatte sich auf das Nichtstun während des Fluges gefreut, auf die Begegnungen mit dem Ensemble, der Regisseurin; sogar auf New York, seine langen Avenues, den Central Park, das *breakfast in bed*, den Hudson. Jetzt gab es nur mehr das Stück Stoff zwischen ihren Beinen. Blut? In ihrem Schädel stockte ein Klumpen aus Eis. Eine kalte Welle flutete ihren Brustkorb, den Magen. Schwindel, die Welle sackte in die Beine. Nicht.

Sie sammelte ihren Atem. Ein und aus. Ein und aus. Wozu habe ich gelernt, vor tausenden Menschen im Handstand eine Arie zu singen? Es half. Der schwarze Nebel verzog sich. Leute. Vor ihr, neben ihr. Mütter mit kleinen Kindern, eine Frau hatte einen Säugling im Arm, der an ihrer Brust nuckelte, verdeckt von einem buntbedruckten Tuch; Fische waren darauf, das Kind saugte unter sanft schaukelnden Fischen. Iris starrte hin, bis die Frau sie fragend ansah.

Was tun? Umkehren, auschecken, ins Krankenhaus fahren? Iris machte ein paar Schritte; problemlos.

Sie strich ihre Bluse glatt, geblümt, kleine grelle Pflanzen auf blauem Grund. Sie stand ihr gut, und das wusste sie. Ihrer Mutter abgeluchst. Darf ich sie mir ausborgen? Nimm sie dir, ich trage sie kaum.

Hätte sie ihren Eltern Bescheid sagen sollen? Sofort? Egal, was passierte, vor ihnen würde sie es nicht verheimlichen können.

Im Lautsprecher knackste es. Passagiere mit Kleinkindern, mit Gehschwierigkeiten, der Business Class würden gebeten – die Frau im Austrian-Airlines-Kostüm, die diese Sätze verlautbarte, stand nur wenige Meter von ihr entfernt.

Iris kramte nach dem Telefon.

Stehen Sie hier in der Reihe? Ein Herr mit einer braunen abgegriffenen Ledertasche unter dem Arm, wie ein Lehrer aus einem alten Film oder ihrer Schulzeit, sprach sie an.

Nein, nein, bitte. Sie trat zurück.

Ist Ihnen nicht gut? Sie sind blass. (Dass man es ihr ansah, sie darauf ansprach, fand sie unerhört.)

Oh nein, prima, mir geht's prima, danke, ich habe nur etwas vergessen.

Bin gleich wieder da, sagte sie zu der Frau im Austrian-Airlines-Outfit, die mittlerweile anfing, die Bordkarten zu scannen. Die Frau reagierte nicht.

Iris entfernte sich, bog um eine Ecke; in einer als Kinderspielplatz abgetrennten Schneise im Lärmgestrüpp setzte sie sich in die Mitte einer Reihe leerer Stühle.

Sie wählte die Nummer ihrer Gynäkologin, hörte ein Tonband, das ihr mitteilte, die Ordinationszeiten seien Montag, Mittwoch, Freitag von 8 bis 13 Uhr. Es war Dienstag, 14 Uhr 15. Sie suchte im Internet nach der Privatnummer ihrer Ärztin, fand sie nicht. Sie suchte nach der Notfallambulanz der gynäkologischen Abteilung des Allgemeinen Krankenhauses, rief die angegebene Nummer an: keine Antwort. Ihr Name, plötzlich hörte sie ihren Namen, Frau Iris Schiffer, kommen Sie umgehend zu Gate G, Sie verzögern den Abflug, in Kürze müssen wir beginnen, Ihr Gepäck auszuladen. Mit ruhigen Fingern – was konnte ihr schon geschehen, den Flug zu versäumen war nicht das Ende der Welt, seit sie nicht mehr in unmittelbarer Nähe anderer Menschen war, konnte sie klarer denken – tippte sie einen anderen Begriff ein, Abteilung für Geburtshilfe des AKH, auf diese Weise fand sie eine Schwangerenambulanz. Eine weibliche Stimme meldete sich. In knappen Worten schilderte Iris ihr Problem. Die Stimme war kein Ansprechpartner für solche Fragen. Wen soll ich sonst kontaktieren? Bei den Ambulanzen ist niemand erreichbar, Iris zeigte ihre Aufregung nun unverhohlen. Ich will nur wissen, ist es ernst? Muss ich sofort in eine Klinik? Die Frauenstimme wurde eine Spur verständnisvoller, sie solle sich keine Sorgen machen, vorerst sei wahrscheinlich gar nichts notwendig, so etwas käme manchmal vor; falls die Blutung stärker wird, sofort hinlegen und die Rettung rufen. Dann unterbrach sie die Verbindung.

Wieder hörte Iris ihren Namen, letzter Aufruf, we will start to offload your luggage. Sie steckte das Telefon ein, rannte zum Gate; hinter ihr spannte die Mitarbeiterin ein rotes Seil. Na, endlich, Frau Schiffer, da sind Sie ja; freundlich, als wäre nichts geschehen, wurde sie in die Maschine gelotst.

Der Flug verlief unspektakulär. Sie tat kein Auge zu; öfter als nötig ging sie zur Toilette. Immer wieder rostbraune Spuren auf der weißen Einlage in ihrem Slip; nicht viel, nur Tropfen. Jedes Mal betätigte sie die Vakuumspülung. Als ob die Flugbegleiter vor der Tür lauschten, was ich da drin mache, lächerlich, aber ich tue es, ich spüle, auch wenn es nichts zu spülen gibt.

Es besteht kein Grund zur Sorge, versicherte ihr der Arzt, den sie gleich nach ihrer Ankunft am Flughafen Newark kontaktierte. Noch aus dem Flugzeug, vor dem Start in Schwechat, hatte sie einer Freundin in Brooklyn eine Textnachricht geschickt. Die vierte Eingeweihte, vor ihren Eltern, vor ihrem Bruder. Die Brooklyn-Freundin war nicht aus der Musikbranche, das erleichterte die Sache, und mit Ärzten der Frauenheilkunde kannte sie sich aus; sie hatte einmal ein Kind verloren, das dritte, das vierte war gesund und auffallend hübsch zur Welt gekommen. Prompt gab sie ihr eine Nummer.

Der Arzt schlug Iris vor, von Newark direkt zu ihm zu fahren. Alles in Ordnung, alles sehr in Ordnung, konstatierte er und schrieb eine saftige Honorarnote. In cash. Das käme manchmal vor, sagte er, woher und warum, wisse er, *man* auch nicht sicher. Möglich dies, möglich das, denken Sie positiv. Das hatte auch ihre Brooklyn-Freundin gesagt. Positive Gedanken hinschicken.

Wohin? In sich hinein? Aus sich heraus in sich hinein?

Iris schickte vorerst ein Sandwich. Medizin war doch etwas Konkretes, Physisches? Dass es für etwas so Eindeutiges wie rostbraunen Ausfluss keine eindeutige Erklärung gab, war ihr unbegreiflich. Das meisterforschte Objekt *ever,* der menschliche Körper, so klar umrissen, und doch blieb er rätselhaft.

Bei vielen Frauen käme das vor, sagte der Arzt, meist sei es bedeutungslos.

Und wenn es nicht bedeutungslos ist?

Dann ist es der Beginn einer schwereren Blutung, und es kommt zu einer Fehlgeburt; bei den meisten Frauen hören die Schmierblutungen aber auf, und die Schwangerschaft verläuft normal.

Meist. Meistens. Die Worte des Mannes echoten in Iris, nur am Rande nahm sie wahr, was er noch sagte.

Die Herztöne sind perfekt, call me anytime; er wusch sich die Hände, brachte sie zur Tür.

## *14 (78 cm)

Sie packte ihren Koffer aus, unter anderem drei Paar Schuhe, alle mit weißen Schuhbändern, jetzt fiel es ihr auf. Die Schuhe hatten verschiedene Farben und Funktionen; bevor sie ihre Wohnung verlassen hatte, war ihr jedes Paar absolut notwendig erschienen. Rot, schwarz, weiß – drei Tage in New York, drei Paar Schuhe. Nun stachen ihr die Schuhbänder ins Auge.

Sie legte sich aufs Bett.

Seit sie die rosa Striche auf dem Teststäbchen erblickt hatte, lag sie nicht mehr auf dem Bauch, verbrachte jede Nacht auf dem Rücken, die Arme seitlich neben sich wie separate Wesen, die auf ihre eigene Weise schliefen. In den frühen Morgenstunden wachte sie auf, das Dunkel hinter den Vorhängen noch dicht; sie lag da, hellwach.

Später würde sie hören, Schlaflosigkeit sei üblich in den ersten Monaten, bei manchen dauere sie bis zur Entbindung. Nie mehr lang schlafen, nie mehr ausgiebig ausruhen. Auch wenn es einmal draußen wäre, würde das Kind sie wecken.

Sie zwang sich aufzustehen.

Fuhr sich vor dem Spiegel durch die Haare. Hob ihr T-Shirt hoch. Bleib bei mir, sagte sie zu ihrem Nabel, bitte. Deckte ihn wieder zu. In einer Stunde musste sie zur Oper aufbrechen, nein, in einer Stunde musste sie dort sein! Also eins der drei Paar Schuhe anziehen, ein Taxi rufen. Oder ist die Subway schneller? Nein: Taxi.

Ein pubertierender Junge, der sich zum ersten Mal verliebt. Auf der bequemen Rückbank des Taxis stellte sie sich vor, in seiner Haut zu stecken. Auch wenn sie noch nicht singen würde, sie wollte das Treffen mit der Regisseurin in der Gestimmtheit auf ihre Rolle angehen, innerlich ein genaues Bild von diesem Cherubino haben.

Wenn ich das hier schaffe, habe ich es geschafft.

So war das, immer noch. Make it or break it.

New York war der Lift an die Spitze der Welt. Die Met, eine Zauberformel. Ein Saal, der viertausend Menschen fasste, der Großteil von ihnen verwöhnt und gewöhnt an die Besten, gerade daher erpicht auf Neues. Bestand sie hier, würde sie automatisch in den europäischen Opernolymp aufsteigen, sie bräuchte nicht einmal die Taste zu drücken.

Wer einmal oben war, den warf das Publikum so schnell nicht wieder talwärts, es war de facto treuer, als die *Herren-ten* und *Frauen-ten* (wie Iris ihre Agenten und Intendanten oft nannte) mutmaßten. Die Zuhörer wollen ihre Sterne hoch oben, wer hätte etwas davon, wenn sie sich zerbrochen zu ihren Füßen krümmten?

An einer Ampel schälte der Fahrer eine Banane. Er aß sie schnell. Als es grün wurde, legte er die leere Schale unter die Handbremse. Stieg aufs Gas. Das Schmatzen, wenn jemand eine Banane isst; unverwechselbar. Ein zeitgenössischer Cherubino wäre wild auf Bananen.

Gelänge ihr hier an der Met ein Erfolg, hätte sie im kommenden Sommer in Salzburg den unschätzbaren Vorteil, bereits Höhenluft geatmet zu haben.

Mozarts Cherubino und Maws Sophie, unterschiedlicher konnten zwei Parts kaum sein; stimmlich wie emotional würde sie alle Register ziehen müssen. Einerseits der naive Page, der so naiv gar nicht war, mehr wusste von der Liebe als viele, die erfahrener schienen, wie Kindern das Lieben eben angeboren ist, nur nach und nach vergessen sie das über ihren Verpflichtungen, im Sumpf des Alltags; und der Page ist jung genug, bei ihm ist alles Knospe, nicht nur die Pickel. Andererseits Sophie Zawistowski, eine Frau, die im KZ Auschwitz alles verloren hat, außer das Leben. Im Jetzt der Oper will sie danach greifen, tappt aber überall in den Tod. Der immerhin Ruhe verspricht, während nicht nur ihre Erinnerungen, auch die Realität sie mit Chaos und Irrsinn quälen.

Stopp.

Iris hatte gelernt, in Arbeitssituationen ihre Gedanken dorthin zu steuern, wo sie gerade sein mussten. Ein Grafenhaushalt, dessen Herrschaft in einer Beziehungskrise steckt – Sophie Zawistowski, du hast hier und heute nichts zu suchen. Die Stimmung, die sie brauchte, um Cherubino zu sein, war 180 Grad konträr zur Sophie. Sie dachte an den Beginn der Oper, Figaro misst das Zimmer aus, in dem er sein Ehebett aufstellen will, wird dabei gestört. Jeder stört fortwährend jeden bei allem – ein mögliches Resümee von *Le Nozze di Figaro*. Eine endlose Beziehungsgeschichte, jede neu auftretende Figur erhöht die Verwirrung – ein anderes.

Den Handlungsstrang aufzufädeln, der eine Oper zusammenhält, war Iris seit jeher schwergefallen. Handlung sagt mir nichts, war ihre Ausflucht, wenn sie bei Interviews gebeten wurde, das Stück, in dem sie auftrat, »kurz zusammenzufassen«. Das Besondere an einer Oper sei eben, dass sie sich nicht kurzfassen ließe, sonst wäre es keine Oper, sondern, beispielsweise, ein Aphorismus; an dieser Stelle lachten die Interviewpartner oft. Abgesehen davon wichen die Beschreibungen im Programmheft von Opernhaus zu Opernhaus voneinander ab, und manchmal sogar innerhalb eines Hauses, wenn die Oper von verschiedenen Regisseuren inszeniert wurde.

Beziehungen. Beziehungen. Beziehungen.

Menschen. Menschen. Menschen.

Menschen in einem Haus.

*Almaviva/Susanna/Cherubino/Figaro/Marcellina/Bartolo/Basilio/Don Curzio/Antonio/Barbarina/Il Conte/La Contessa.*

Namen sind auch Zusammenfassungen.

Zur Met, hatte sie zum Fahrer gesagt.

Er: Aber da ist jetzt keine Vorstellung.

Sie: Ich werde bald die Vorstellung sein.

Er: Oh.

Als sie aus dem Wagen stieg, wurde sie nervös. Sah auf ihre Schuhspitzen. Weiß. Wer ging bei strömendem Regen mit weißen Sneakers auf die Straße? Ich.

Haben Sie keinen Schirm? Unnötige Frage des Fahrers, der genau gesehen hatte, was sie bei sich trug.

Ich habe es nicht weit.

Den Reißverschluss der Lederjacke bis unters Kinn ziehen, Tasche unter den Arm klemmen. Teflon, das ideale Material, aus dem eine Sängerin bestehen soll, alles perlt ab.

Ihr Körper reagierte auf die Präsenz des Opernhauses, in dem sie bereits gewesen war, als Zuschauerin, aber diesmal würde sie den Saal von der Bühne aus sehen. Unter ihren Achseln wurde es feucht, trotz der Kälte und Nässe. Du musst noch nicht singen, sie berührte mit der Handfläche ihren Bauch, du gehst zu einem Gespräch. Es ist keine Prüfung, die hast du schon bestanden, du bist engagiert, unter Vertrag.

Rational erklärbar war es nicht, warum die Metropolitan Opera nach wie vor die himmlischste Sphäre einer internationalen Opernkarriere darstellte. Doch. Ja. Auch sie verfiel der Magie dieses Hauses. Den Platz überqueren, auf die Stufen zugehen, die so viele berühmte Persönlichkeiten beschritten haben; herzklopfenerregend.

Seit dem Weihnachtstag 1931, als Humperdincks *Hänsel und Gretel* erstmals im Radio übertragen wurde, sendete die Met zahllose Vorstellungen live – zuerst in den USA, Kanada, dann in der ganzen Welt. Intensiv erinnerte Iris sich daran, wie sie als Kind mit ihren Eltern die Übertragungen im Radio gehört hatte. Ab 2006 gab es dann Live-Übertragungen in Kinos auf der ganzen Welt. Er habe eine beeindruckende Oper gesehen, in einem Kinosaal an einem Fluss im Gebirge, hatte ihr ein Bekannter unlängst erzählt, welche Oper, hatte er vergessen, aber es war eine Übertragung aus der Met gewesen. Der Nimbus des Hauses war unvergleichlich.

Sie stieg die breiten Stufen hinauf. Pastellfarbene Neonschrift beleuchtete ihre Schuhe, Knöchel und die Regentropfen. Eine dünne Schicht Wasser floss über die Rampe aus Marmor, die zum Eingang führte; machte den Stein irisierend. Unter dem Schutz des Vordachs nahm Iris einen Lippenstift aus der Handtasche. Rot auf den Lippen gehörte zu ihrem Job, privat schminkte sie sich fast nie. In der gläsernen Front, die das Vestibül der Oper von dem *Draußen* trennte, spiegelte sich eine attraktive Frau mit entschlossenem Blick: sportlich, energisch, elegant.

Sie suchen wahrscheinlich den Künstlereingang?

Eine männliche Stimme an ihrem Ohr, eine Gestalt im schwarzen Staubmantel als Spiegelbild neben dem ihren, erstaunt drehte sie sich um.

Sie sehen genau so aus wie auf den Fotos, das ist selten, sagte der Mann; er zog einen hellgrauen Handschuh aus, streckte ihr seine Hand entgegen, kommen Sie, unter meinem Schirm ist Platz für zwei, ich bringe Sie dorthin, wo Sie erwartet werden – die New Yorker gehen üblicherweise durch das Parkhaus, die berühmte *Stage Door*. Glucksend nahm er sie unter seine Fittiche. Erst als sie ihn besser kannte, wurde ihr klar, dass dieses Glucksen seine Art war zu lachen. (Wie ein Graupapagei, Martha, ich schwör's dir.) Ich spiele den Bartolo, bin also als Arzt für Ihre Gesundheit verantwortlich. Freut mich, murmelte Iris und ärgerte sich ein wenig, weil sie von dem Kollegen so aufgelesen wurde: mit nassen Haaren, schirmlos.


Wann sind Sie angekommen?, fragte Bartolo, wie sie ihn der Einfachheit halber taufte. Der Name, den er ihr genannt hatte, entfiel ihr, noch während sie bestätigend nickte; etwas Mehrsilbiges, Wohlklingendes war es gewesen, Griechisch vielleicht?

Vor ein paar Stunden.

Ah ja, das Übliche. Der Mann nickte, bemüht, seinen Schirm so zu halten, dass das Wasser nicht auf ihre Füße tropfte.

Sie leben hier? Iris bemühte sich, Interesse zu zeigen, sie waren mittlerweile in einem Lift.

Seit über einem Jahrzehnt, ich würde nie mehr aus New York weggehen. Macht Ihnen die Zeitverschiebung zu schaffen?

In diese Richtung fällt sie mir leichter, das Umgekehrte ist die Herausforderung, wenn ich aus den USA nach Hause komme, brauche ich jedes Mal mehrere Tage, bis ich die Müdigkeit abschüttle.

Sie leben in Wien, nicht wahr?

Iris nickte.

Der Lift war in dem Stockwerk angelangt, in dem sie (Bartolo war informiert) die Regisseurin treffen würden.

Beneidenswert, sagte er schwärmerisch, Wien, die Stadt meiner Träume.

Mit jedem Satz, den sie auf Englisch wechselten, wurde Iris gelöster; sie war in ihrem Element, sie kam aus der Stadt, in der die Oper, über die sie gleich diskutieren würden, komponiert worden war. Davon ging eine Autorität aus, die Kollegen fraglos anerkannten.

Die anderen saßen bereits an einem langen Tisch, als sie eintrafen. Ein Festmahl, dachte Iris, ließe sich hier gut ausrichten. Hunger, sie verspürte neuerlich Hunger. Das Sandwich, das sie nach dem Arztbesuch verzehrt hatte, war aufgebraucht.

Es war still im Raum. Als wäre eine Glocke darübergestülpt, die jedes Geräusch absorbierte. Zurückgelehnt oder vornübergebeugt, lümmelnd oder aufrecht – elf Menschen in elf Outfits:

1 schwarzer Rollkragenpullover

4 mehr oder weniger graue Sakkos

1 weiße, tief dekolletierte Bluse kombiniert zu grüner Strickjacke

1 rot-weiß-rot gestreifter Sweater

1 dunkelblaues Wollkleid

1 kariertes Hemd mit Krawatte unter einer dunkelblauen Weste

1 eng geschnittener schwarzer Hosenanzug, knallpinker Schal um die Schultern

1 Jeans mit buntgemusterter ärmelloser Bluse.

Wer war die Regisseurin? Oder war sie noch nicht da? Blaue Stoffhose, ein helles Kapuzenshirt mit dem Aufdruck SONO IO, eine schwarze Lederjacke, die sie jetzt über die Lehne des Sessels legte, auf den sie sich setzte. So war Iris gekleidet.

Bartolo brachte unter seinem Mantel ein hellblaues berüschtes Hemd zum Vorschein, jedem Cherubino hätte es zur Ehre gereicht. Er ging schnurstracks auf die Dame im engen Hosenanzug zu, gab ihr die Hand, deutete auf Iris: unsere Wienerin.

Welcome! Ihr Händedruck war fest. Als die beiden Hände einander begegneten, blieb ihre oben.

Sehr erfreut, Iris neigte den Kopf zum Gruß.

Der Raum hätte überall sein können, überall, wo es Jugendstilmöbel gab, Vintage-Lampen aus den späten siebziger Jahren, französische Fauteuils kombiniert mit Kaffeehaustischen auf schweren Marmorfüßen, dunkelgrüne Teppiche, barock-golden gerahmte Porträts, Spiegel, den einen oder anderen Kronleuchter mit Kunstkerzen.

Seit sie dieses Zimmer betreten hatte, fühlte sie sich entspannt. Sie, Iris Schiffer, war als Cherubino engagiert, ihre beiden Arien gehörten zu dem Repertoire, das die Leute in die Opernhäuser lockte. *Voi che sapete, che cos'è amor,* würden sie im Lift, im Auto, unterwegs zu Partys summen, und: *Non so più cosa son cosa faccio ... ogni donna mi fa palpitar.* Auch die Contessa hatte herrliche Arien, aber die Melodien des Cherubino behielt man im Ohr.

E. M. (E. M. steht für Elizabeth Marie, nennt mich bitte Lizzy)
Demmenie begann in rasendem Tempo ihre Pläne darzulegen.
Sie habe *entschieden* – sie sprach emotionslos, aber überdeutlich,
betonte jede Silbe wie eine Radiomoderatorin –, die Oper in einem Gerichtsgebäude zu inszenieren. Graf und Gräfin mitten im
Scheidungsverfahren, die Kammerzofe Susanna als Reinigungs-
frau, Figaro als Kronzeuge für den Verrat der Eheleute aneinander: geteilte Schuld, so soll das finale Urteil lauten. Wichtig sei
die Parallelaktion, während die einen – Contessa und Conte –
die Scheidung einreichten, wollten die anderen – Figaro und
Susanna – einen Ehevertrag abschließen. Am Ende des dritten
Akts würde ein Chor von arbeitslosen Frauen auftreten, authen-
tisch besetzt mit ehemaligen Fabriksarbeiterinnen aus Portland,
Oregon. Der vierte Akt müsse in einem Hypermarket stattfinden. Der Kleidertausch von Susanna und der Gräfin werde in
der bühnenfüllenden Nachbildung einer Filiale der Textilkette
Uniqlo in Szene gesetzt. Cherubino übrigens – der Clou ihres
Vorhabens! – sei ein blutjunger Mennonitenpriester, der sich
aus Idealismus und Naivität freiwillig zur US-Armee gemeldet
habe, den Entschluss nun bereue und vor Gericht zurückneh-
men wolle.

All das werde vor einer Videoleinwand stattfinden. Im Vorfeld
aufgenommene Teile der Oper würden projiziert, die Sänger
könnten so, szenenweise, im Duett mit sich selbst auftreten. Stücke, die für zwei Stimmen konzipiert seien, könne man auf diese
Weise vierstimmig bringen.

Eine andere Innovation sei die *Realtime*-Interaktion mit dem
Publikum. Über eine App, die sich im Foyer downloaden ließe,
könne das Geschehen auf der Bühne an die Bewegungen der Zuschauer gekoppelt werden; sobald jemand sein Mobiltelefon her-
ausholte, würde auf der Bühne darauf reagiert, manche Szenen
könnten verkürzt oder verlängert werden, abhängig von dem im

Zuschauerraum gemessenen Aufmerksamkeitspegel. Auch Abstimmungen per simplen Click auf Pfeile nach oben oder unten seien möglich, sodass Wünsche aus dem Saal die Sänger direkt erreichten.

Iris war baff. Ihr Debüt an der Met als Mennonit? Ihre Arien in Echtzeit dem Publikumsbarometer angleichen? All ihre Vorsätze, wie sie beabsichtigte, der Regisseurin gegenüberzutreten, fielen von ihr ab; und dazu wuchs ihr Hunger.

E. M. Demmenie blickte neugierig in die Runde. Das zukünftige Ensemble tuschelte. Iris' Magen knurrte hörbar für die neben ihr sitzende Darstellerin der Contessa (weiße Bluse mit grüner Strickjacke); sie, eine Ukrainerin, wie sich herausstellte, nestelte in ihrer Handtasche und holte eine Tafel Milka-Milchschokolade heraus, riss die Verpackung auf, brach die Schokolade in kleinere Stücke, schob sie Iris zu. Dankbar nahm sie ein Stück – take more, much more! –, dann ein zweites und ein drittes. Thanks a lot. Plötzlich spürte sie ein Zucken im Unterbauch. Das Kind? So früh?

Haben Sie andere Ideen – darf ich Iris sagen? –, nur zu, bitte, ich bin offen für, ähm, vieles. Lizzy deutete ihre Gebärden als Versuch, sich zu Wort zu melden.

Sich der Müdigkeit hingeben. Sich in eine Chaiselongue, wie sie da in der Ecke stand, hineinschmeißen. Das wär's jetzt. Lassen Sie mich einen Moment nachdenken, sie unterdrückte ein Gähnen, im Grunde immer noch ein folgsames Hamburger Mädchen, das in Wien noch braver geworden war, um nirgends anzuecken, spitzte kurz die Lippen und antwortete höflich: Also, es fällt mir schwer, einen Pagen aus dem andalusischen Rokoko als zeitgenössischen Mennoniten zu sehen, und noch schwerer wird es mir fallen, einen Priester darzustellen. Das kommt nun einigermaßen – also: unerwartet. Verstehen Sie?

Die Regisseurin drapierte ihren auffallenden Schal neu um ihre Schultern; spielte mit den Fransen. Wir machen das gemeinsam, meine Liebe – als würde sie zu dem gehorsamen Kind sprechen, als das Iris sich gerade gefühlt hatte.

Da ballte sich etwas in ihr zusammen. Sie sprang auf, schritt langsam die Tischrunde ab, redete sich hinein in eine Verteidigung der Werktreue. Sie, die vernarrt war ins Zeitgenössische; sie, die sagte, Haydn sei seinerzeit Avantgarde gewesen.

Lizzy verfolgte sie mit schräg gelegtem Kopf, weit aufgerissenen blauen Augen, die zunehmend abweisender wurden: Da stahl ihr eine die Show.

Die Kollegen lauschten gespannt, Iris' Vorstellung kam ihnen gerade recht.

Enthusiastisch sprach sie von einer Aufführung der *Nozze* im Jahr 2006.

Als die gesamte Oper in einem Stiegenhaus angesiedelt gewesen war, in einem Mitteleuropa der Belle Époque. Wie die Sänger raffiniert die Stufen auf und ab gelaufen waren, die Musik in totaler Verlangsamung stattgefunden hatte, Zeitlupe, sagte Iris, das war Mozart in Zeitlupe, fantastisch. Als würden einem die Gehörgänge erstmals geöffnet. Alles ging auf in dieser Inszenierung, alles, und zu Tage kam die Quintessenz der Oper; die nicht-lineare Zeitenfolge, die Gefühle, die sie kreiert, die fortwährende Verwirrung der Beziehungen zwischen Menschen, ihre Unlösbarkeit – und kein Ende in Sicht, kein Pastor, der einen als Erlöser in edlem Umhang zum rettenden Ende führt, es gibt kein Ende, es gibt nie ein Ende – und, nach einem tiefen Atemzug brachte sie ihr Plädoyer in die Zielgerade, der Cherubino, mit kurzer Hose und nackten Knien, besser geht's nicht, und wenn's doch besser gehen soll, dann bestimmt nicht mit mir in Uniform.

Die Ritter der Tafelrunde applaudierten; dann redeten alle durcheinander. Tschilpen, zwitschern, tirilieren. In der Aufregung gleichen sie einander: Ritter, Sänger, Vöglein.

Ein schriller Schrei übertönte alle. Lizzy hatte einst als Sopranistin begonnen, ihre Stimme war noch da. Snacks und Getränke sind im Nebenraum angerichtet, nach einer Erfrischungspause machen wir we-e-iiiter.

Lizzy löste sich (unbemerkt) in Luft auf.

Iris stürzte sich auf das Buffet.

Nach vier Lachsbrötchen lebte sie auf. Bartolo kam an ihre Seite, stellte sie anderen vor. Man scharte sich um sie, gratulierte.

Klare Worte! Genau, Werke so aufführen, wie sie vom Komponisten gedacht waren.

So streng würde ich das nicht sehen, die Inszenierung, von der ich sprach, hat die Oper ja auch um ein Jahrhundert näher zu uns verschoben und in eine uns geografisch vertrautere Gegend. Es geht darum zu spüren, was passt. Also, ich will jedenfalls gute Argumente hören, wenn ich einen verliebten Jungen mit dem Namen eines Engels in Uniform singen soll.

Sie lachte ihr perlendes Lachen. Manche lachten mit ihr. Grüppchen bildeten sich. Jede und jeder der Darstellerinnen und Darsteller, mit denen sie redete, hatte bereits Erfahrung mit den jeweiligen Rollen, manche sangen öfter an der Met.

Vincent Solitano stand plötzlich zwischen ihnen, grüßte nach links und rechts, schüttelte Hände; er würde im März die Premiere dirigieren. Dann kam er auf Iris zu, sind Sie gläubig?, fragte er unvermittelt, ich meine, weil ich Ihre speech gehört habe, er musterte sie belustigt, Sie waren auch durch die Tür gut zu hören, das Talent zur Predigerin hätten Sie, jetzt, wo ich Sie vor mir habe, denke ich, sogar zur Priesterin.

Ich denke nicht, dass ich etwas Religiöses gesagt habe, entgegnete Iris spitz.

Aha, was Worte anbelangt, sind Sie nicht vergebungsgesinnt, ich werde drei Rosenkränze beten, darf ich danach weitersprechen? Solitano ließ sich seine gute Laune nicht nehmen.

Iris lächelte gezwungen. Sie dürfen sowieso alles, ich bin nicht für Verbote.

Es wird mir jedenfalls eine Freude sein, mit Ihnen zu arbeiten. Und keine Sorge, für Ihre Bedenken finden wir eine Lösung, er deutete einen Handkuss an.

Offenbar denkt er, das ist europäisch, Iris ließ es über sich ergehen, erleichtert, dass er ihren Handrücken nicht wirklich mit seinem Mund berührte.

Wo ist Lizzy?

Da schwebte sie herein. Luftkissen unter den Sohlen, der pinke Schal ein Schutzwall um den fragil wirkenden Hals. Sie begrüßte Solitano, trat dann zu Iris, berührte sie am Arm, als wären sie gute Bekannte: Wir zwei müssen ausführlich reden, Lizzy bot ihr Wasser aus einer Karaffe an, nichts ist in Stein gemeißelt. Iris ließ sich ihr Glas füllen.

Eine echte Amerikanerin, schrieb Iris später an Ludwig, jegliche Spannung löst sie auf in Wohlwollen.

Iris ging durch die Straßen Manhattans, stundenlang; sie verstand nicht, warum die Leute diese Stadt so anbeteten. Okay, wenn es darum ging, einen quälerischen, grausamen Götzen zu verehren, Anbetung für Erbarmungslosigkeit, die verdiente New York City. Gehen, gehen, in Bewegung war ihr die Stadt erträglicher. Zwischendurch kehrte sie in Cafés ein, trank meist nur ein Glas Wasser, manchmal jede halbe Stunde eins – um ihre Wäsche auf verdächtige Spuren zu kontrollieren.

Die unermüdliche Geherin wurde bald ihr Spitzname bei den Kollegen; und dann abgekürzt zu TUW, *the unflagging walker.*

Vier Tage New York. Vier unendliche Tage.

Die *Proben,* wie sie die Gespräche mit Lizzy nannte, wenn sie Ludwig davon erzählte, nahmen nur wenige Stunden täglich in Anspruch. Dann wurden sie angehalten, sich zurückzuziehen, das Gesagte zu verarbeiten. Der Ansatz der Regisseurin war krude; wie ihre Essgewohnheiten, über die sie sie zwischendurch ausführlich informierte; sie aß nur Rohkost, aber dauernd, ständig kamen rohe Heringe, Gurkenscheiben, Karotten aus kleinen Gläschen zum Vorschein. E. M. Demmenie ermutigte die Sänger, sich auch einen Imbiss mitzubringen.

Keiner machte das, sie waren eine Bande von Gourmets, die sich gerne in Restaurants verwöhnen ließen oder – wenn schon, denn schon Amerika – einen fettigen Cheeseburger verdrückten.

Es gab auch Leseproben.

Das Lesen erlebte Iris als Herausforderung, und sie musste Lizzy zugestehen, ihr Ansatz hatte etwas für sich, die gelesenen Szenen fühlten sich an wie neu; jungfräulich.

Sie arrangierten sich miteinander. Trotz der Differenzen. Iris würde als Deserteur auftreten, ein blutjunger Soldat, der sich übernommen hat in seinem Ehrgeiz, etwas für die Menschheit zu tun, Ahnungslosigkeit hatte ihn dazu gebracht, sich für eine militärische Mission zu verpflichten, die ihm jetzt, da es darum ging, aufzubrechen aus den USA, psychotische Angstzustände verursachte. Obwohl er noch im eigenen Bett schlief. Ein Kompromiss, Iris hatte ihn akzeptiert, weil sie keine bessere Lösung wusste; weil die Regisseurin die Regisseurin war; weil ihre Energie mit jeder Stunde in dieser Stadt schwand.

Zeigte sie Schwäche, würde sie ausgetauscht. Davon war auszugehen. Der Regisseurin ging es um das Gesamtkunstwerk, kein Personenkult, sie betonte es wieder und wieder, den verabscheue sie. Im Klartext: Ihr Sänger seid auswechselbar. Obwohl. Natürlich. Freilich. In deinem speziellen Fall et cetera, und so weiter. Solche Sätze flirrten, fielen nie.

Zweifel wurden als persönliche Schwäche ausgelegt, wer skeptisch war, traute sich nicht genug zu oder, ein Sakrileg, vertraute der Inszenierung nicht; beides brachte das Experiment in Gefahr. Sich alles zuzutrauen war das Nonplusultra.

Ihre erste Arie sollte sie bäuchlings auf einer Holzbank liegend singen. Ob Iris eislaufen könne? … *or di foco, ora sono di ghiaccio* … Akrobatische Einlagen verschiedener Art seien vorgesehen. … *all'acque, all'ombre, ai monti, ai fiori, all'erbe, ai fonti, all'eco, all'aria, ai venti* … Du musst so viel wie möglich auf der Bühne sein, auch wenn du nicht singst, *as a presence.* … *e se non ho chi mi oda* … Lizzy sprach hervorragend Deutsch, fast akzentlos, ab und zu wandte sie sich mit einigen Sätzen *in Mozart's language* an die Sänger.


Zu Mozarts Zeiten gab man Kindern oft sieben Jahre lang keine Namen, weil die Sterberate so hoch war. War das eine Legende? Eine Erfindung ihrer Professorin an der Musikuniversität? Eine Tatsache? Mozart verlor vier seiner sechs Kinder, bevor sie sieben waren, nur zwei erreichten das Erwachsenenalter. Das war Tatsache.

Iris hatte Lust, mit ihrem Kind anzugeben. Dem Kind? Ab wann galt ein Embryo als Kind? Wie alt musste ein Baby heutzutage sein, damit sicher war, es war da? Sicher, was war sicher? *Geheim*, das war sicher, bis zur Premiere dieser New Yorker Inszenierung musste es geheim bleiben.

Sie fuhr U-Bahn, stieg hier und da aus. Ab und zu fand sie kleine Flecken in ihrer Unterwäsche; ab und zu fand sie keine. Sie besuchte Museen, stellte sich im Whitney Museum of American Art vor ein abstraktes Gemälde eines ihr unbekannten Künstlers, zwang sich, Namen und Titel nicht zu lesen. Schaute. Versuchte, positive Gedanken zu produzieren. Erwächstundwächst. Seinherzschlägtgleichmäßig. Diezellenteilensich. War das passend? Sie schlenderte durch die Säle. Bilder beiläufig wahrnehmen wie Naturschönheiten am Wegrand auf einem Spaziergang. Wo befindet sich in diesem Museum die Toilette? Hektisch wartete sie in einer kurzen Schlange, eine Frau trat ihr versehentlich auf die Spitze ihres (roten) Sneakers. Sorry! Don't worry! Als die Frau weg war, wischte sie die Schuhspitze mit den Fingern sauber.

Ihr Slip war diesmal makellos.

Überglücklich sah sie sich im Shop um, kaufte drei Postkarten, fuhr ins Hotel. Sie schrieb ihren Eltern, Ludwig, Sergio; versuchte Ludwig anzurufen, er war in Sitzungen; versuchte Sergio anzurufen, er war in einer Probe für *Turandot*.

Sie schickte Kurznachrichten.

Sie schlief ein.

Sie stand auf.

Sie aß.

Sie diskutierte mit Lizzy und den anderen. (Das mit der Intervention des Publikums müssen wir unbedingt verhindern.)

Dann waren die vier Tage um.

# Dritter Akt

## *15 (80 cm)

Neue Welten taten sich auf, ihr bisher unbekannte Paralleluniversen. Der Sternfahrer bewegte sich mühelos von einem zum anderen und nahm sie, seine Schutzatmosphäre, mit.

Das Universum der werdenden Mütter.

Das Universum der alten Mütter.

Das Universum der Schwangeren mit unerklärlichen Blutungen.

Das Universum der unsicheren Väter.

Das Universum der alternativen Therapien.

Akupunktur, hatte die Ärztin gesagt, eine Möglichkeit zur Linderung von Beschwerden in der Schwangerschaft. Sie können sich das alles überlegen, in Ruhe überlegen, hatte sie gesagt und zugleich auf die Reservierung des Spitalsplatzes gedrängt: Sie geben den von mir errechneten Termin an.

Planen war ein Luxus, aber ein möglicher, realistischer Luxus. Könnte ein Mädchen sein, hatte die Ärztin gesagt, das schließe ich nicht aus. Iris hatte nichts geplant und plante nun doch.

Manchmal vermisste sie ihr Kind, obwohl es in ihr steckte. Sie stahl sich Augenblicke, nachmittags, stibitzte sie von ihrer Arbeitszeit, legte sich auf ihr Bett, auf ein Bett irgendwo, streckte sich aus, die Hand auf der Schlagader auf dem Bauch. Sprach mit dem Kind. Sie begann ihm vorzusingen, Schlaflieder, Aufwachlieder. *Du bist die Ruh*. Liebeslieder.

> Grün, grün, grün sind alle meine Kleider,
> grün, grün, grün ist alles, was ich hab.
> Darum lieb ich alles, was so grün ist,
> weil mein Schatz ein kleines Krokodil ist

Zwanzig Minuten Zwiegespräch mit ihrem wachsenden Bauch, und sie entspannte sich, eine Zufriedenheit, die ich nie gekannt habe. Sternfahrer, hallo. Nimmst du mich ein Stück mit? Oft schlief sie ein. Der Mittagsschlaf wurde fast zu einem Ritual. Sie spürte das Kind, wenn sie so dalag; ein Surren, ein Prickeln. Viele sagten, das könne nicht sein. Viel zu früh. Obwohl niemand von ihrem Zustand wusste, scharten sich einschlägige Gespräche um sie. Schwangere Frauen in jeder U-Bahn, Straßenbahn, in jedem Zug, auf jedem Flug. Wo sie hinsah, hinhörte, überall Baby-erwartung, besonders in Wien. Ab dem fünften Monat spürst du es, ab dem sechsten, wenn es das erste ist, vorher ist unmöglich, Einbildung, du bildest dir das sicher ein. Ein Gespräch zwischen einer jüngeren und einer älteren Frau im Eissalon. Jünger und älter als ich. Ich bin dazwischen, und jetzt im Universum der Jüngeren. Sind jüngere Mütter ihren Kinder-Ichs näher? Sie blieb immer wieder vor den Auslagen von Spezialgeschäften stehen; betrat noch keins.

Kein Arzt riet ihr zur Musik. Zum ersten Mal, seit sie angefangen hatte, Gesang zu studieren, sang sie zum Vergnügen; sang wie die meisten: aus Lust und Liebe.

Bald war Weihnachten. Hektische Tage, keiner wusste, warum. Die Luft war getränkt von erwartungsvoller Eile. Als müssten alle kollektiv etwas gebären. Jeder Einzelne, egal, in welchem Familienstand, egal, wie alt. Womöglich hofften sie wirklich Jahr für Jahr auf ein Wunder.

Iris sah Weihnachten gelassen entgegen. Für sie bedeutete es eine arbeitsreiche Zeit, aber eine, die sie auf Routine abspulen konnte. Um Weihnachten herum war nicht nur Humperdinck, da war auch Hochsaison für kleine Konzerte, sie hatte Stammkunden, die sie alljährlich buchten: ihr Weihnachtsgeld. In Zukunft würde das anders werden. Mit den Gagen von der Met und den Festspielen könnte sie sich solche Auftritte im nächsten Winter hoffentlich schenken. Das steigerte ihre Motivation für die Fahrt nach Erl in Tirol am 23. Dezember, um dort in einer Kirche Gospels zu singen.

Noch einmal das schöne Spiel,
weil es mir so gut gefiel,
einmal hin, einmal her,
rundherum, das ist nicht schwer

Den 24. Dezember verbrachte sie traditionsgemäß mit ihren Eltern und dem Bruder. Auch heuer würden sie zu viert feiern; wie einst, wie immer.

Sergio fuhr nach Monza. Zwangsläufig, denn Iris lud ihn nicht ein. Weihnachten zu Hause, wie in der Kindheit. Mit derselben Besetzung wie damals. Diese vier. So wollte sie das. Vater, Mutter, zwei Kinder: ein Junge und ein Mädchen. Ein paar Tage später würde sie Sergio nachkommen. Meist trafen sie einander in Mailand, fuhren dann in den Süden. Ein Ausflug, eine kurze Reise. Den Heiligen Abend getrennt in zwei Ländern; den Jahreswechsel in Italien. So hatten sie es gehalten, seit sie einander kannten; seit sie *zusammen* waren.

Dieses Jahr kompliziert sich die Planung. Sergio will in Wien bleiben, arbeiten, kochen, zu Hause Musik hören. Iris will ebenfalls arbeiten, ernsthaft für die Sophie lernen. Gleichzeitig relaxen. Das Leben genießen. Dauernd schlafen. Viel mehr arbeiten. Viel mehr an der frischen Luft sein. Malta, sagte sie zu Sergio, ist es dort nicht angenehm im Winter, wir könnten den Jahreswechsel … Du würdest frieren, widerspricht er, die haben keine Zentralheizungen, die sitzen in Mänteln in den Restaurants, wenn du Wärme willst, müssten wir mindestens auf die Kanarischen Inseln. Der weite Flug nach Lanzarote oder Teneriffa schreckte Iris ab, das war ähnlich weit weg wie New York. Reisen ist Arbeit. Die Anschläge, die in den letzten Jahren häufiger zu werden schienen, verunsicherten sie. Öffentliche Plätze. Konzertsäle. Straßen. Abflughallen. Reisen ist gefährlich. Seit der *neuen Gewissheit* fühlte sie sich in ihren eigenen vier Wänden sicherer; eine scheinbare Sicherheit, ich weiß, die meisten Menschen sterben zu Hause. Oder im Krankenhaus, sagte Sergio, Flugzeuge sind die sichersten Fortbewegungsmittel, nach wie vor.

Klar, die reale Bedrohung ist vernachlässigbar.

Klar, ich bin privilegiert.

Auch wenn sie gefilzt wurde, wegen eines metallenen Kerzenständers im Handgepäck (Geschenk einer uruguayischen Kollegin, die schwor, er bringe Gesundheit und Glück).

Objektiv gesehen bin ich sicherer denn je. Doch Objektivität spielte hier keine Rolle. Statistiken konnten ihr die schlafwandlerische Sicherheit, mit der sie früher gereist war, nicht zurückgeben.


Die Nachrichten, sogar auf den seriösen Radiosendern, suggerierten ihr eine ständige Bedrohung; wenn nicht ihrer Person, dann großer Personengruppen, mit denen sie sympathisierte. Sie sagte sich: In keiner Zeit zuvor hat es so viele gesunde, selbstbestimmte Menschen gegeben. Sie schaltete das Radio ab. Sie misstraute ihren eigenen rationalen Argumenten, Mitgefühl staute sich in ihr auf, diffus, auf die ganze Welt gerichtet. Die Not von

Personen, die sie nicht kannte, die ihr aber in ihrer Vorstellung nahestanden (weil sie Kinder waren, Frauen, Künstler und so weiter), verursachte ihr Unbehagen. Ihre Pulsfrequenz stieg, unter den Achseln wurde ihre Kleidung feucht. Wie soll ich derart aufgewühlt üben?

Wie gehen andere Leute damit um? Supermarktangestellte, Kellnerinnen, Straßenbahnfahrerinnen, Journalistinnen, Reinigungsfrauen, Bürofachkräfte, Floristinnen, Goldschmiede, Physiotherapeutinnen? Wie machen sie sich mit diesen Nachrichten, die im Stundentakt auf allen Sendern fast wortwörtlich wiederholt werden, auf in ihren Alltag? Wenigstens kann ihnen niemand vorwerfen, sie lebten in einer privilegierten Blase. Sie stehen mitten im Leben, während Iris sich dauernd mitten in einem *Projekt* befindet. Oder in mehreren. Während sie versucht, fiktionale Figuren zu verkörpern. Die meisten Menschen verkörpern sich selbst.

Selbstkritik, hörte sie im Radio in einer Sendung über eine zeitgenössische Philosophin, sei der Beginn politischen Handelns. Iris übte sie täglich.

Sergio, das Reisen macht mir momentan Angst. Total irrational, ich weiß. Er schaute erstaunt von der Zeitschrift auf, in der er blätterte.

Du? Angst?

Ich weiß, deine Eltern ...

Wir müssen nirgends hinfahren.

Seit den Brigate Rosse in den 1970ern erschrecke sie nichts mehr, erklärten Sergios Eltern jedes Mal, wenn von Attentaten die Rede war. Iris wusste, dass Sergio sie dafür in gewisser Weise bewunderte. Eine andere Generation, sagte er, und mit anders meinte er mutiger.

Am Tag der Anschläge in Paris im November 2015 (Morde waren es, sagte Iris) waren Sergios Eltern dort gewesen, und ihre einzige Sorge hatte darin bestanden, dass sie den Eiffelturm nicht besteigen konnten; er war geschlossen worden. Sergio und Iris hingegen hatten vergeblich versucht, das Ehepaar Vincinzino zu erreichen, während sie im Internet die Nachrichten aus Paris verfolgten. Ausgerechnet an dem Tag hatten die Eltern sich nämlich nicht gemeldet; sie hatten bei ihren Streifzügen das Telefon im Hotelzimmer gelassen. Warum regt ihr euch auf? Es geht uns gut.

Dafür näher bei Ludwig, dachte Iris sofort, wenigstens geografisch, als sie schließlich beschlossen, Silvester diesmal nicht im Süden zu verbringen. Dafür in Monza, sagte Sergio. Denn was soll ich hier, wenn du mich nicht zu deiner Familie lässt? Vielleicht komme ich nach. Iris hoffte insgeheim, es würde anders werden, und Ludwig würde eine Möglichkeit finden, bei ihr zu sein. Die Reise nach Italien würde sie dann mit einer Ausrede abblasen.

An Feiertagen ist Ludwig unerreichbarer denn je, kontinuierlich bei seiner Familie.

Sechzehn Tage ohne Ludwig. Sechzehn Tage ohne Iris!

Sie kann sich des Eindrucks nicht erwehren; er hält es besser aus. Er ist abgelenkt. Durch die Umgebung, die Kinder. Sie sind keine Kinder mehr, berichtigt er. Sie spürt, wie ihr Körper warm wird, vom Nabel her.

> Grau, grau, grau sind alle meine Kleider,
> grau, grau, grau ist alles, was ich hab.
> Darum lieb ich alles, was so grau ist,
> weil ich Mäuse gar so gerne mag

Mein Körper hat mich immer genervt. Ich wollte ihm entkommen. Die Töne waren ein Ausbruchsversuch. Hinauf, zu etwas anderem, Höherem. Lieder sind körperlos, setzen sich aber in Körpern fest, setzen sie in Bewegung. Ich spreche nicht nur von Personen, ich spreche von Blumen, Bäumen, Tieren. Sie kennen die Geschichte mit den Kühen, die Mozart hören und mehr Milch geben? Mich überzeugt das. Ich spreche jedoch auch von Festkörpern, von Glasfenstern, Gebäuden, Fassaden, Flughafenwartesälen. Die Lieder dringen in alles ein. In jeden Stoff, jedes Material. Einmal, in der Zukunft, wird es technisch möglich sein, die in den Häusern gespeicherten Melodien abzuhören, ähnlich wie wenn beim Anlegen eines Fundaments Reste einstiger Bauwerke freigelegt werden. Ohne Körper gibt es keine Klänge, sagte Iris. Sie sah der Interviewerin fest in die Augen; dann auf die Lippen, die Frau trug extrem roten Lippenstift. Schöne Farbe, Iris nickte dem Mund der Journalistin zu; sie trug eine ähnliche und wusste, die Frau hatte das auch gesehen. Sie kam von einer größeren deutschen Zeitung. Eine, die sich bisher noch nie für mich interessiert hat, man hat Wind bekommen von meinem bevorstehenden Debüt an der Met.

Mittlerweile komme ich ganz gut mit meinem Körper zurecht. Er ist nicht mehr nur ein Resonanzraum. Wie das kam? Eine Altersangelegenheit vielleicht. (Seit er sich ausbeult, kann ich mühelos stützen. Sagte sie nicht. Mühelos gehen. Mühelos stehen. Auch auf der Bühne. Seit ich sieben Kilo mehr am Leib habe, singe ich leichter, lebe ich leichter. Sagte sie alles nicht.)

Seit sie sich erinnern konnte, hatte sie nie recht gewusst, wie sich hinstellen. Wie die Beine halten, Arme. Wie die Hüften dazu bringen, locker zu sein, die Gelenke, Knie, Knöchel, und zugleich fest verankert am Boden. Hundert Auftritte später hat sie das noch immer nicht gewusst. Stundenlang bei Christa, Schmerzen in der Lendengegend. Bitte bring mir das Stehen bei. Fotografieren ließ sie sich nur im Sitzen. (Jetzt stehe ich da wie eine Lärche. Sagte sie natürlich nicht.)

Sie lächelte die Journalistin an, wie sind Sie denn in Ihren Beruf geraten? Die Frau, eine Deutsche wie ich (in der Nähe von Frankfurt, Bad Homburg, wird Ihnen wenig sagen/sagt mir sehr wohl was), strich das Revers ihres Blazers glatt, Zufälle, wissen Sie … Wir sind bald fertig, wenn ich nur noch eine Frage stellen dürfte. *Christmas in Vienna,* würden Sie da auch singen, wenn Sie gefragt würden? Wenn es mir angeboten wird, warum nicht? Klar, klar, warum nicht, ich danke Ihnen für dieses Gespräch. Ich bedanke mich. Augenblick noch, ich schaue, ob ich wirklich alles aufgenommen habe.

Als Iris das Lokal verließ, fror es. Vor ihrem Gesicht bildeten sich Dampfwolken. Bei der nächsten Ampel vibrierte ihr Telefon. Du? So schnell? Ja, ja, gut, wunderbar. Nein, kein Grund zur Besorgnis. War okay. Nette Frau, eine Deutsche. Die üblichen Fragen halt. Obwohl, eine interessante hat sie gestellt. Woher die Angst kommt. Warum die Angst zunimmt, obwohl erwiesen ist, dass unsere Städte sicherer geworden sind in den letzten Jahrzehnten. Berlin, Wien, New York, kriminalistisch gesehen. Wie? Nein. Du mit deinen Witzen. Wir erfahren viel mehr, als wir überblicken können, habe ich gesagt. Dass die Angst daher kommt. Provokant? Na ja, du hättest das bestimmt … Bitte? Ich höre dich nur abgehackt.

# *16 (80 cm)

Zu Weihnachten erzählte sie die *neue Gewissheit* ihren Eltern. Ihr Vater schenkte ihr daraufhin einen Anhänger in der Form eines Baumes, ein Familienerbstück. Die Äste filigran ziseliert, wie geflochten, Früchte ließen sich erahnen. Kirschen!, rief Iris, als sie das Schmuckstück aus der Schachtel nahm. Oder Äpfel, ihr Bruder berichtigte die Dimensionen. Große Kirschen! Deine Urgroßmutter hat das aus Venedig mitgebracht, als sie meine Mutter erwartete. Iris sah den Anhänger zum ersten Mal. Schmuck, Erbstücke, Anekdoten aus der Vergangenheit spielten bei ihren Eltern keine sonderliche Rolle, abgesehen von der Geschichte der Bäckerei, die ohnehin Teil ihres Lebens war, wurde wenig referiert.

Die Tatsache, dass ihr Vater Dinge aufbewahrte, die seiner Mutter gehört hatten, überraschte und rührte sie.

Einmal hin,
einmal her,
rundherum
das ist nicht schwer

Auf Drängen ihrer beiden Kinder kauften die Schiffers nach wie vor jedes Jahr eine Tanne, schleppten sie, in ein weißes Plastiknetz verschnürt, nach Hause (der Vater), bewahrten sie bis zum 24. 12. auf dem Balkon auf, stellten sie erst dann hinein ins Wohnzimmer und putzten sie heraus. Als sie einen Strohstern platzierte, den sie als Kind gebastelt hatte, verriet Iris, was es Neues gab. Der Satz verschob die bisherigen Verhältnisse in der Familie schlagartig. Mutter und Vater drehten die Köpfe, synchron, als hätten sie das einstudiert, der Bruder hängte weitere Glaskugeln auf den Baum; das Kind war nun nicht mehr er. Oh mein Schatz:

die Mutter. Aha: der Vater. Kinderhüten liegt mir nicht: der Bruder.

Etwas Besseres habe ich noch nie getan; sich vom Samen eines Mannes befruchten zu lassen, war ihre größte bisherige Errungenschaft als Tochter. Ihre Erfolge: ja. Tüchtig: ja. Klassenbeste: ja. Matura mit Auszeichnung: ja. Nie den Eltern auf der Tasche gelegen: ja. Keine Drogen: ja. Anständiger Freund: ja. Eigene Wohnung: ja. Aber das alles fiel ins Nichts vor dem Baby.

Iris hatte nicht gewusst, was es bedeutete, ihren Eltern eine Freude zu machen, bevor sie sagte: Im Juli werdet ihr Großeltern.

Die Mutter weiß, was bei mir los ist, wirklich los ist, die beiden anderen haben keine Ahnung – einer der neuen Gedanken, die Iris durch den Kopf gingen. Sie ordnete Kekse auf einem Teller an. Bruder Vicky unkte, zwickte sie in die Wangen wie früher. Er, der Jüngere, hatte immer jünger gewirkt. Neue Themen für Gespräche, im Mittelpunkt ihr Körper, und das wäre nichts Ungewöhnliches, aber jetzt nicht als Instrument, sondern als Hülle für einen heranwachsenden Menschen. Und keine Übelkeit? Und deine Auftritte? Und Sergio? Hey, zu niemandem ein Wort, das müsst ihr schwören. Nur ihr und Sergio wisst Bescheid. (Was nicht stimmt. Aber wenn ich mit ihnen rede, rückt Ludwig in weite Ferne. Als wäre das, was ich hier spiele, das Einzige. Und woher nehme ich eigentlich das Vertrauen, dass er nichts weitererzählt?) Fast hätten sie vergessen, die Kerzen anzuzünden, erst um 23 Uhr holte die Mutter die Zündhölzer aus der Küchenlade, wo sie sie aufbewahrte, seit Iris sich erinnern konnte.

An dem Abend schlief sie auf der Couch ihrer Eltern ein; sie deckten sie mit einem wollenen Plaid zu, die Mutter strich ihr übers Haar.

*

Im Zug nach Mailand wurde sie ohnmächtig. Nachdem sie drei Tage allein in ihrer Wohnung gesessen war und gewartet hatte – auf Ludwig, der nicht kam, auch nie zugesagt hatte zu kommen, er hatte nur gesagt, er werde sein Möglichstes versuchen –, war sie gefahren. Schlafwagen erster Klasse, umsteigen in Bologna um sechs Uhr achtunddreißig, weiter mit der Frecciarossa. Sie saß an einem Tisch für vier. Ihr gegenüber ein Mann, Bürouniform, konzentriert auf seinen Laptop, neben ihr auch ein Mann, ebenfalls im Anzug, kariertes Hemd. Die blau-grünen Karos fallen ihr immer ein, wenn sie später an den Vorfall denkt. Der Schaffner kontrollierte ihre Fahrkarte, wenig später wurde ihr schwarz vor den Augen. Leere stieg ihr in den Kopf, breitete sich die Wirbelsäule entlang aus. Sie stemmte sich dagegen. In ihren Ohren rauschte es, sie bewegte die Finger, tastete mit einer Hand nach der anderen, sah die Leute vor und neben sich, atmete, versank in einem Dunkel.

Dann war sie wieder da. Ihr war übel. Die Augen aufmachen. Niemand scheint etwas bemerkt zu haben. Sie streckte den Rücken, drückte ihn gegen den Sitz, hielt sich am Tischchen fest, vorsichtig aufstehen, sie wankte zur Toilette. Im Spiegel ihr blasses Gesicht, verängstigte Augen, dunkle Augenringe, weiter nichts Auffälliges. Keine rotbraunen Spuren in der Unterhose. Die Übelkeit flaute ab. Sie saß auf dem Deckel der Klomuschel, hielt ihren Bauch mit beiden Händen; streichelte die Wölbung.

Mit knieweichen Beinen ging sie zurück. Sollte sie zu ihren Sitznachbarn etwas sagen? Aber was? Ich war eben ohnmächtig, Sie haben nichts bemerkt? Der mobile Bordservice rollte heran. Iris bestellte zwei Flaschen stilles Mineralwasser, nippte daran in winzigen Schlucken, bis sie am Mailänder Hauptbahnhof ankam.

Sergio stand nicht am Bahnsteig. Sie ging nach vorne. Wo die Bahnsteige in eine Shoppingmeile mündeten, konzentrierten sich die Menschen; der Strom derer, die ankamen, traf auf den derer, die jemanden abholten, und jener, die den nächsten Zug erreichen wollten. Sie wartete in dem Treppenhaus aus weißem Marmor, das zum Haupteingang führte, über ihr eine meterhohe Reklame, ein muskulöser Mann mit nacktem Oberkörper, der nur eine Brille trug, an seinen Oberarmen traten Adern hervor. Um Sergio zu finden, musste sie ihn anrufen. Als er antwortete, war er auch schon bei ihr; rannte über eine Rolltreppe auf sie zu. Im nächsten Moment wickelte er sie in seine langen Arme. Sofort fingen sie an, einander zu erzählen, die Tage mit seinen Eltern und Geschwistern, mit ihren Eltern und Vicky. Wie hatten sie *es* aufgenommen? Sie hatte darauf bestanden, dass er seinen Eltern noch nichts sagen durfte, da will ich dabei sein.

Sie schlenderten durch die Stadt, Sergio zog ihren Koffer hinter sich her. Der Vorfall im Zug wurde in den Hintergrund gedrängt. In einem Geschäft *für Mutter und Kind,* Pianeta Mamma, kaufte Sergio einen winzigen Strampelanzug, verziert mit zarten Zeichnungen von Lebewesen aus dem Meer. Welche Größe trägt ein Neugeborenes?

Sergio scheute keine Frage, hier noch weniger als sonst. Er kaufte Iris eine weite weiß gepunktete Bluse. Die tragen Sie auch danach noch, Sie werden sehen. Die Verkäuferin überschlug sich, gratulierte, fragte nach dem Monat. Momentweise vergaß Iris, dass sie dachte, Sergio sei nicht der Vater des Kindes, das sie erwartete und dessen erstes Kleidungsstück dieser Strampelanzug sein würde.

In der Galleria Vittorio Emanuele II drückte er sie fest an sich, wie lange nicht, bat sie, sich doch mit dem Absatz auf den Hoden des Stiermosaiks zu drehen. Weil das Glück bringt, auch wenn du nicht daran glaubst. Auch Sergio drehte sich auf den Stierhoden. Waren sie doch ein ganz normales Paar?

Den letzten Tag des Jahres verbrachten sie in Monza, nur sie beide und die Eltern. Sergios Mutter tischte auf wie für eine Kompanie. Und doch war es anders als in anderen Jahren. Rohes Gemüse und Salat mussten den italienischen Bräuchen zufolge mit Chlor gewaschen werden, bevor die Schwangere es aß. Davon, dass Rohmilchkäse gefährlich sein könnte, war wiederum keine Rede. Natürlich darfst du Mozzarella essen. Kaffee am Morgen, klar, wer kommt ohne Koffein aus dem Bett. Mittlerweile schmeckte er ihr wieder.

Je nachdem, an welchem Ort sie sich befand, schien das eine oder das andere für das Ungeborene von entscheidender Wichtigkeit. Kein roher Fisch, darüber war man sich in Italien und Österreich einig. Zimt meiden. Gilt das auch für Zimtschnecken? Keine scharfen Gewürze. Wird nicht gerade in geburtenreichen Gegenden besonders scharf gegessen? Als hätten Menschen nicht zigtausende Jahre Erfahrung im Kinderkriegen, als müsse alles erst getestet werden, gaben jedes Buch, das sie aufschlug, und jede erprobte Mutter abweichende Ratschläge. Daran habe ich gar nicht gedacht, sagte ihre eigene Mutter, daran auch nicht und daran schon gar nicht.

Sie spürt ihn, ganz sicher. Wenn sie bewegungslos daliegt, pocht er in ihr. Sie spricht von *ihm*, kann sich nur einen Knaben vorstellen. Manche sagen ihr, wenn der Bauch so oder so aussieht, wird es ein Bub, wenn er anders aussieht, ein Mädchen.

Zum ersten Mal seit der *neuen Gewissheit* verstellte Iris sich nicht, wenn sie das Haus verließ; auch Verwandte und Bekannte wurden eingeweiht. In Monza war Iris privat. Sie gab sich ihrem

Schlafbedürfnis hin, schlief im Kino neben Sergio, auf dem Sofa nach dem Abendessen, am Silvestertag bis kurz vor Mitternacht und bald danach. Die Nähe, die sie in Mailand zu ihm empfunden hatte, nahm im Kreis seiner Familie ab. Je mehr sie spürte, dass sie hier jetzt wirklich als dazugehörig empfunden wurde, je öfter vom Stammhalter gesprochen wurde, den es nun endlich gebe – oder eine Stammhalterin, unterbrach Iris entgegen ihrem eigenen Vorgefühl, womöglich wird's eine Sie –, desto mehr driftete sie weg.

In einem unbeobachteten Moment, alle anderen waren außer Haus, gelang ihr ein kurzes Telefonat mit Ludwig. Sie erzählte von der Ohnmacht im Zug; unbeabsichtigt, nur launige Sätze hatte sie sagen wollen, seine Stimme hören, da hörte sie sich sagen, mach dir keine Sorgen. Natürlich mache ich mir Sorgen. Ein Vorwurf und gleichzeitig die Freude, ihr Vertrauter zu sein. Mit trockenem Mund legte sie das Telefon weg; sie wollte ihn spüren, wenigstens neben ihm sitzen. Der Anruf kam ihr vor wie ein Missverständnis. Sie saß im Gästezimmer ihrer Schwiegereltern, wie sie sich jetzt nannten, obwohl sie und Sergio nie geheiratet hatten, saß auf der Kante des Bettes, in dem sie mit Sergio schlief, und dachte an Ludwig. Daran, wie sie in den ersten Monaten mit ihm erschrocken war über die Ruhe in seiner Stimme, wenn er seine Familie anrief; von ihrem Schlafzimmer aus, ihre Bettdecke im Rücken. Sie hatte versucht wegzuhören, versuchte hier auf diesem italienischen Bett nicht daran zu denken, dass er gestern und vorgestern und heute und morgen in einem Bett mit seiner Frau schlief; sich die Vertrautheit, die da entstehen musste, nicht vorzustellen.

Die Möglichkeiten ergreifen, die sich ihnen boten. Das hatten sie von Anfang an vereinbart. Oder nein. Er hatte es ihr angekündigt, wenige Stunden, nachdem sie das erste Mal miteinander geschlafen hatten, er hatte es ihr geschrieben. Mehr will ich doch gar nicht, hatte sie gedacht.

Die Eingangstür unten fiel ins Schloss, Stimmengewirr. Gleich würde Sergio heraufkommen, sie begrüßen, fragen, ob sie etwas brauchte, wann sie essen wollte.

In ihr wuchs ein Kind, dessen Vater sie, Iris, im Rahmen der Möglichkeiten ausgewählt hatte. Derjenige von beiden, der am besten kochte. (Könnte sie als Argument angeben.) Kein Skandal, keine Geständnisse. Erzählte Ludwig seiner Familie von ihr, würde das unweigerlich in ein Versprechen münden, sie nicht mehr zu sehen; da machte sie sich keine Illusionen. Ihr wurde heiß. Dabei wollte sie nur mit ihm schlafen. Mit ihm und niemand anderem. Jetzt.

> Blau, blau, blau sind alle meine Kleider,
> blau, blau, blau ist alles, was ich hab.
> Darum lieb ich alles, was so blau ist,
> weil dich mir der Himmel schickt

Die übrigen Tage in Monza zog sie sich mehr und mehr in ihre Partituren zurück, sie begann ernsthaft die Sophie zu lernen. Sergios Eltern mochten es, wenn sie übte. Jedes Mal, wenn sie aus dem Zimmer kam, in dem sie arbeitete, erntete sie Begeisterung. Obwohl sie nicht richtig sang, nur ab und zu ein bisschen intonierte. Skizzieren nannte sie das: Ich skizziere meine Rolle.

Ihrem Sohn gegenüber waren die Vincinzinos weitaus kritischer. Weil er nicht das Äußerste aus sich herausholt, sagte die Mutter. Er übt, verteidigte ihn Iris.

Bevor sie einschlief, übermannte sie manchmal Verzweiflung. Iris fand das Wort eigentlich zu groß für sich, schließlich war Sergio ein liebenswürdiger Mann, seine Eltern mochten sie. Beruflich war sie erfolgreich, zumindest erfolgreicher als die meisten; bei Tageslicht wäre ihr das Wort ungeeignet erschienen, doch da im Dunkeln neben dem schlafenden Sergio konnte sie an kein anderes denken. Sie klemmte sich ein Kissen zwischen die Beine. Die Lust auf Ludwig verfolgte sie in den Schlaf; sie wachte auf, ihr Herz rasend. Hatte sie ein Geräusch gemacht? Gestöhnt? Neben ihr lag Sergio in tiefem Schlaf.

Ri, ra, ruh, wir sitzen auf einer Kuh!
Wir sitzen auf einer Milchpartie,
billiger war das Reisen nie.
Ri, ra, ruh, wir sitzen auf einer Kuh!

Zurück fuhren sie im Wagen, Sergios altem Peugeot, er wollte ihn endlich nach Wien transferieren. Meinst du, die Verschrottung ist dort billiger? Iris mochte Autos nicht, mit Ausnahme von Taxis; sie wäre dafür gewesen, den Privatverkehr weitgehend von den Straßen zu eliminieren. Die gehörten alle entsorgt, wie deins, das Jahrhundert des Pkws ist zu Ende. In Sergios Weltanschauung gehörte zu einer Familie mit Kind neben Kinderwagen und Wippe unbedingt ein Auto. In diesem Punkt werden wir uns nie einig werden. Du wirst sehen, auch in Wien wird dir das Auto gefallen. Für Ausflüge haben wir sowieso keine Zeit. Wäre ihr das Erlebnis von der Hinfahrt nicht noch in den Knochen gesteckt, hätte sie ihn womöglich allein fahren lassen, schlicht um ihm zu zeigen, dass sein Auto überflüssig war. So saß sie neben ihm.

Sonne, Asphalt, weiße Gipfel am Horizont, aus den Lautsprechern Beethovens Violinkonzert, auf dem Rücksitz ein Korb mit Proviant. Sie unterhalten sich, lachen viel, schmieden irrwitzige Pläne, wie sich ihr zunehmender Taillenumfang möglichst lange vor den Regisseuren verstecken ließe. Ludwigs SMS-Nachrichten liest sie verstohlen; beantwortet sie spärlich.

Die Hochstimmung hält an bis Wien. Sie fahren zu ihrer Wohnung. Sergio trägt ihre Taschen hinauf. Iris läuft ins Bad, noch bevor sie beschlossen haben, ob er bleibt oder in seine Wohnung fährt. Ich muss schon seit Stunden! Warum hast du dann nichts gesagt? Sergio steht in Mantel und Socken da und schüttelt den Kopf, als sie an ihm vorbeirennt, ins Schlafzimmer. Dein blödes Auto!

Er geht ihr nach, findet sie verkehrt herum auf dem Bett liegend, die Füße auf dem Polster. Sie weint. Er setzt sich zu ihr, berührt ihre Zehen, *ma che succede*?

Ich blute.

Ruckartig springt er auf, sieht sie eindringlich an. Als hätte ich etwas falsch gemacht. Besorgt!, würde Sergio später sagen. Brauner Ausfluss, über ihre Wangen rinnen Tränen, stärker als bisher. Was hat mein Wagen damit zu tun? Die Stoßdämpfer sind völlig hinüber. Achthundertfünfzig Kilometer weit hat dich das nicht gestört. Lass mich und fahr heim. Hey, er setzt sich wieder zu ihr, legt seine Hände zurück auf ihre Füße, was kann ich tun? Soll ich deine Ärztin anrufen?

Steif wie eine Puppe liegt sie da, den Blick zum Plafond gerichtet, sie ist blass. Hey, Sergio befürchtet plötzlich das Schlimmste, lass dir doch helfen. Wird schon nichts sein, waren nur ein paar Tropfen, ich bin einfach so erschrocken, Iris flüstert. Magst du einen Tee? Nein, schlafen, ich will nur schlafen, fahr du nach Hause, okay?

# *17 (81 cm)

Beim dritten Ultraschall war eindeutig ein Minimensch in ihr. Komplett mit allem dran. Finger, Zehen, Arme, Beine, Augen, Nase, Mund. Das ist die Zeit, in der man die Kinder wirklich gut sieht, sogar bei der Gynäkologin kam ein Quäntchen Enthusiasmus auf, später sind sie zu groß, man bekommt sie nur teilweise auf den Schirm. Mit seiner winzigen Hand winkte der Kleine, Iris sah es deutlich, direkt in die Kamera. Oder die Kleine? Das Baby winkte, aber verbarg sein, ihr Geschlecht.

Sie können ruhig weiteratmen, die Ärztin drehte den Monitor aus Iris' Blickfeld, schaute konzentriert hin, bewegte den Sensor vorsichtig auf ihrer Bauchdecke hin und her, ich messe jetzt die Nackentransparenz, wie besprochen, atmen Sie, atmen Sie gleichmäßig. Gut. Eine Weile sagte sie nichts, betrachtete die Schattenwürfe aus Iris' Innerem auf dem Bildschirm; eine endlose Weile von etwa fünfzig Sekunden.

Schaut gut aus.

Die Worte erlösten Iris aus ihrer Starre. Wie ein kleines Nagetier, das, auf eine Hand genommen, in der Bewegung stockt; erst wieder läuft, wenn es Waldboden unter den Pfoten fühlt, so verhalte ich mich.

Sie richtete sich auf.

Die Gynäkologin reichte ihr Papierhandtücher, zog die Latexhandschuhe aus, Sie können schon vorgehen, ich komme sofort.

Iris verspürte den Drang, aufs Klo zu gehen, setzte sich trotzdem gehorsam auf den für Patienten vorgesehenen Stuhl im Büro. Die Ärztin holte den kreisförmigen Kalender aus ihrer Schublade, legte behutsam kleine Bilder aus dünnem Papier auf den Schreibtisch, trug etwas in den Mutter-Kind-Pass ein.

Das korrigierte Datum ist eine Woche früher als das errechnete, kann das stimmen? Möglich wäre es. Wie unwillkürlich sie in Anwesenheit der Ärztin zustimmte! Sie wollte den Kopf schütteln, nickte aber. Die Datumskorrektur machte sie nervös, wofür war das gut? Die Geräte errechneten eine Zahl, deren Genauigkeit offensichtlich nur für das Papier da war. Bis zwei Wochen vor und zwei Wochen nach dem Termin gilt eine Geburt als pünktlich, das hatte ihr die Ärztin bereits erklärt.

Als Iris antwortete, klang sie sachlich.

Was bringt uns diese Korrektur, wenn der Zeitraum, von dem wir reden, sowieso vier Wochen umfasst?

Auch ein paar Tage vor dem Tag, den sie als den zärtlichsten in Erinnerung hatte, waren Ludwig und sie beisammen gewesen; eine Stunde nur, zwischen Tür und Angel. Ein Hautmoment, ja, aber unwürdig, in großer Hast. Sie hatte sich damals vorgenommen, so etwas nicht zu wiederholen. In dieser Stunde könnte das Kind entstanden sein? Ohne dass sie es gemerkt hatte?

Der Gedanke missfiel ihr.

Das Datum bestimmt, wann Sie in Mutterschutz gehen können, daher ist so eine Korrektur nicht ganz irrelevant.

Im Ton der Ärztin war eine Irritation zu hören. Auch in einer Arztpraxis sind Zweifel nicht willkommen.

Als freiberufliche Musikerin arbeite ich natürlich bis zur Entbindung.

Reden wir in ein paar Monaten weiter.

Mitgefühl, weil sie das Leben einer selbständigen Unternehmerin kannte, mischte sich in der Stimme der Ärztin mit Ironie. Sie haben keine Ahnung, was da auf Sie zukommt, machte sie deutlich, ohne es auszusprechen.

Die kleinen Bilder zwischen ihnen rollten sich dauernd ein; drei davon glättete die Ärztin und steckte sie in den Umschlag des Mutter-Kind-Passes.

Zum Herzeigen, sagte sie. Der Embryo ist jetzt zirca 5,2 Zentimeter groß, alles ganz normal.

Wiederum: Das Übliche war das Erwünschte.

Die Nackenfalte ist unauffällig, fügte die Ärztin hinzu. Iris wetzte auf ihrem Stuhl herum, wollte aufs Klo, wollte nachfragen, alles genauer wissen, schwieg.

Ich rate Ihnen dennoch, das Organscreening zu machen. Der neutrale Ton der Ärztin war wieder da, in ein paar Wochen, im Februar, ich kann Ihnen ein Ambulatorium empfehlen, die sind sehr gut.

Transparenz, dachte Iris, zuerst Transparenz, jetzt Falte, und welche Organe werden gescreent? Wozu?

Wie soll ich das verstehen, es drängte sie zu der Frage, mir sagt das nichts. Was wir Nackenfalte nennen, erklärte die Ärztin bereitwillig, ist ein flüssigkeitsgefüllter Raum im Nacken des Ungeborenen, eine Lymphansammlung, wenn die Stelle verdickt ist, kann das eine Indikation auf gewisse Fehlbildungen sein. Kann, muss nicht. Bei Ihnen sieht alles ganz normal aus. Softmarker, fügte sie hinzu, als Iris sie weiterhin fragend fixierte. Das Starren beherrschten sie beide in Perfektion, bei der Ärztin war es Teil ihres Jobs, bei Iris ein Überbleibsel einer bestimmten Rolle, jetzt absichtlich eingesetzt: mit Erfolg, ein Softmarker ist ein Merkmal, das keine Diagnose erlaubt, aber ein Hinweis ist, beziehungsweise sein kann. Kein Beweis, sie legte den Nachdruck auf dieses Wort, das heißt, Kinder, die diese Kennzeichen aufweisen, kommen unter Umständen doch gesund zur Welt.

Und das mit den Organen? Iris lehnte sich auf die Ellbogen, über den Tisch, stützte die Backenknochen auf ihre Fäuste.

Müttern Ihres Alters rate ich zu diesem Test, eine Vorsorgemaßnahme, am besten zwischen der 20. und 24. Woche. Die Strukturen des Embryos werden computerunterstützt dreidimensional rekonstruiert, Gehirn, Leber, Herz. Falls ein Herzfehler vorläge, könnten wir uns für die Geburt darauf vorberei-

ten, ein Krankenhaus mit einer Spezialstation wählen, beispielsweise.

Die Gynäkologin behielt ein entspanntes Gesicht, während sie
redete, für sie gehörten diese Themen zum Alltag.

Ihr Alter.

Seit Iris schwanger war, galt sie als alt.

Davor hatte sie als jung gegolten. Jung, in Anbetracht der Rollen, die sie bekam, jung, weil eine Sängerin nur »jung« oder »alt«
sein kann.

Die Musikbranche war so höflich, die Etikette »jung« recht lange
an ihr kleben zu lassen. Oder war es nicht Höflichkeit, sondern
schlicht Gier, weil sich das Jungsein teurer verkaufen ließ? Und
weil Martha Halm eine Geschäftsfrau war, die verstand, den
Wert ihrer Ware hoch zu halten? Iris musste jung sein, bis sie berühmt genug war, um sich das Altwerden erlauben zu können.
Als Sängerin hatte sie ein best-before-date; danach würde sie als
abgelaufen ausgemustert werden oder in ein Regal mit der Aufschrift »Sonderangebot« verfrachtet. Vielleicht war die Tatsache,
dass sie noch nicht ausgemustert war, obwohl über dreißig und
noch kein Star, sondern eine der vielen, vielen guten Sängerinnen, doch Martha zu verdanken, weil sie eine Frau war.

Zehn Jahre jünger war das Maximum, mit dem man Iris bei
zwanglosen Begegnungen schmeichelte; solche Schätzungen
heftete sie sich als Trophäen ins Gedächtnis, sie holte sie hervor,
wenn sie nach kurzen Nächten in ihrem Gesicht bedrohliche
Zeichen aus der Zukunft fand. Das Älterwerden war ihre große
Angst.

Jede Frau ist anders, jede Stimme entwickelt sich anders, es gibt
viele, die sehr lange unglaublich gut singen, immer besser werden. Sergio sah die Sache entspannt. Iris sah der Gynäkologin ins

Gesicht, eine schöne Frau, etwa fünfzehn Jahre älter als sie, attraktiv; in ihrem Beruf war es vielleicht von Vorteil, älter zu sein. Erfahrung, Autorität. Sie nickte ihr zu und verstrickte sich währenddessen in den Gedanken an ein Gespräch, das sie vor etwa einem halben Jahr mit Sergio geführt hatte. Sie hatte ihm gestanden, sich alt zu fühlen.

Du hast noch viel Zeit, hatte er gesagt.

Ich bin nicht mehr wie früher, du musst das doch auch merken?

Ich merke nichts, du hattest eine anstrengende Woche, schlaf dich aus, und du bist wie neu, Stimmen sind wie Whiskey und Wein, die besten Jahre liegen noch vor dir. Was soll das? Dieses Jammern? Hattest du dir das Leben anders vorgestellt, Milch und Honig und ewige Jugend? Dein Durchbruch wird bald kommen. Alles läuft wunschgemäß.

Dann hatte er sie zu kitzeln begonnen, sie erst losgelassen, als sie sich lachend auf dem Teppich krümmte, zwei Finger im Peace-Zeichen in die Höhe hielt.

Er versteht mich nicht. Ein Mann kann das nicht verstehen. Bei euch ist das anders; nicht nur in unserem Metier, aber auch dort.

In der Arztpraxis folgte die Zeit eigenen Gesetzen. Hüpfte, dehnte sich, stockte ganz; als wäre der Aufenthalt hier ein Leben für sich. Auf der Gasse fusionierte Iris neuerlich mit der Durchlaufwelt: zückte ihr iPhone, klickte den Lautstellknopf, wurde erreichbar. Sie hatte die Visitenkarte des Ambulatoriums für ein Organscreening in der Tasche. Rufen Sie dort bald an, die sind sehr voll. Reibung in der Stimme der Ärztin, letztlich entstand daraus doch Wärme.

Iris entwickelte zunehmend eine Scheu im Umgang mit dieser

Frau, die von Berufs wegen das Monopol des Einblicks in ihren Bauch innehatte. Sie konnte ihr nie alles sagen, was sie sich vornahm.

Zugleich lebte sie auf die Besuche in der Praxis hin, erleichtert, wenn wieder der Beweis erbracht war: Der Schwimmer da drinnen ist wohlauf.

## *18 (81 cm)

Hallo Pfirsich, ein Kosename aus ihrer Anfangszeit, der geblieben war. Lässig an eine Stange gelehnt, ein Bein kreuzt das andere, die Schuhspitze berührt den Boden. Sie hatte ihn in der Probe vermutet. War in den Bus gestiegen, obwohl sie Lust hatte zu gehen. Reduzieren Sie die Fußwege, hatte die Ärztin geraten, ich sage das selten, aber in Ihrem Fall. Von Einnistung hatte sie gesprochen. Der Ausfluss, das könne vorkommen. Alles *normal*. Versuchen Sie, nicht zu lange zu stehen, ist das möglich in Ihrem Beruf? Legen Sie sich oft hin. Auch falls es zu einer Blutung käme, hinlegen ist das Beste.

Wir haben früher aufgehört, berichtete Sergio, tätschelte ihr den Rücken. Du im Bus? Und die Keime? Öffentliche Verkehrsmittel im Winter sind eine Brutstätte für Krankheitserreger, pflegte Iris zu sagen, um ihn dazu zu überreden, ein Stück Weg zu Fuß zu bewältigen, wenn sie gemeinsam unterwegs waren. Gemeinsam im Bus, das war lange nicht mehr vorgekommen; dieser war zum Bersten voll. Bei der nächsten Haltestelle musste Sergio seine lässige Position aufgeben. Sie standen eingequetscht, unterhielten sich, über Köpfe hinweg, an Köpfen vorbei.

Kathrin hat über Rückenschmerzen geklagt, und der Regisseur hatte ein Einsehen, er hat eine Schwäche für sie, Sergio grinste. Im nächsten Moment brachte ihn eine Kurve aus dem

Gleichgewicht; er fing sich an einer der gelben Halteschleifen. Die Strafe einer höheren Macht, weil du über eine Kollegin tratschst! Iris hob einen Zeigefinger. Da hängen wir, sagte er, hängte sich schwer in die Schleifen wie an einem Turngerät, lauter Affen. Vorsicht, die reißen, und du fällst auf die Schnauze. Ohne sich festzuhalten machte Iris ein paar Schritte auf eine Stelle zu, wo die Menschen weniger dicht gedrängt standen. Selber Vorsicht! Er packte sie am Mantel, als könne er sie so stützen. Für Unbeteiligte wirkte es, als krallte er sich an ihr fest. Ich halte dich, rief er, ich rette den Erben; du solltest dich setzen, in deinem Zustand, jemand sollte dir einen Sitz anbieten. Ich stehe gut. Iris spürte, wie die Spannung, die sich vor jedem Arztbesuch in ihr aufbaute, von ihr abfiel.

Und, wie war's? Sergio wäre gerne mitgekommen, hätte auch in sie hineinsehen wollen. *Come sta l'erede?*, sagte er, ließ den Mantelstoff los, fasste sie zärtlich um die Hüfte.

Iris hatte ihn bei der Untersuchung nicht vermisst. Obwohl sie von ihm als dem zum Kind gehörigen Vater erzählte (Italiener, Sänger, Tenor, ja, viele Rollen, erfolgreich, womöglich auch das Kind musikalisch, ja, kunterbuntes Leben), während die Sprechstundenhilfe ihre Versicherungskarte in die Maschine steckte und das System auf sich warten ließ, war ihr ganz recht, dass Sergio noch nie in der Ordination gewesen war. So blieb die Situation offen. Erschiene eines Tages Ludwig mit ihr, fiele es niemandem auf.

Der Bus fuhr geradeaus. Iris roch die nassen Mäntel, Hosen, Haare, Schweiß; Übelkeit stieg in ihr auf.

Du, ich muss bei der nächsten Haltestelle raus.

Hältst du es nicht aus bis zu uns, das kleine Stück?

Iris schüttelte den Kopf, presste die Lippen zusammen; an den Rändern wurden sie weiß.

Durch Nieselregen gingen sie einige hundert Meter zu Fuß. So schlecht ist mir noch nie gewesen. Im Freien verschwand der Brechreiz so überraschend, wie er gekommen war.

Was hat sie gesagt, die Ärztin? Sieht man schon, was es ist, Bub oder Mädchen?

Sie will nichts Falsches sagen, folglich sagt sie nichts. Beim Organscreening, in einem Monat, erfahre ich es ganz sicher.

Organscreening?

Eine Detailuntersuchung, die du ab der zwanzigsten Woche machen kannst, in 3-D, es soll toll sein, auch die Gesichtszüge sind da erkennbar.

Da will ich unbedingt mit.

Wenn du es dir einteilen kannst.

Wann bist du in der zwanzigsten Woche? Er vergaß es täglich wieder.

Im Februar.

Und sonst?

Normal. Das heißt gut, soweit ich die Medizinersprache verstehe. Sie hat mich wieder ermahnt, mir ein Krankenhaus zu suchen für die Geburt. Sonst kriege ich keinen Platz mehr, sagt sie, vor allem die kleinen Spitäler sind immer im Voraus ausgebucht.

Dann melde dich eben an!

Irgendwo werden sie mich schon entbinden lassen.

Du willst bestimmt nicht irgendwo, dann kriegen wir zum Schluss wieder Stress.

Wieder? Wie oft haben wir denn schon ein Kind gekriegt miteinander? Sie nahm ihn in die Arme, am Gehsteig, vor dem Haus, in dem sie wohnte, hinderte ihn am Weitergehen, drückte sich fest an ihn; ein ungewohntes Gefühl, ich habe seinen Körper seit Wochen nicht mehr gespürt.

Stirnrunzelnd stach Sergio mit dem Zeigefinger in ihren immer noch eher flachen Bauch. Manches musst auch du ernst nehmen, da steckt ein Mensch drin.

Iris atmete tief durch.

Ein Streit bahnte sich an. So plötzlich, wie ihr übel geworden war, war Sergios Laune umgeschlagen. Dass er nicht bei der Untersuchung gewesen war, machte ihn gereizt; was sie erzählte, hätte er mit eigenen Augen sehen wollen. Wie das Kleine winkte. Ein Beinchen über das andere legte. Den Kopf auf eine Hand stützte.

Die Nacht davor hatte Iris intensiv geträumt. Ausnahmsweise konnte sie sich genau an den Traum erinnern, auch am folgenden Tag noch.

Sie hatte ständig einen Säugling mit sich herumgetragen, eng an die Brust gepresst. Sie spürte das Gewicht in ihren Armen, das Kind besaß ungefähr die Masse einer Packung Milch, es war kleingewachsen, kaum fünfundzwanzig Zentimeter lang. Passte auf eine Hand. Bewegte sich energisch, schlug die Augen auf, sah sie an. Blau, unfassbar blau diese Augen, ein ihr völlig unbekanntes Blau. Ihr war bewusst: Das ist ein Ungeborenes, deshalb ist es so klein. Trotzdem trug sie es außen mit sich herum. Sie fragte sich dauernd, wie sie es wieder in die Gebärmutter hineinbuchsieren könnte. Da begriff sie: Es war draußen, weil es getestet werden musste.

Sie schleppte es von Test zu Test. Ein wunderbares Kind, fein gezeichnete Züge. Ob Bub oder Mädchen, sah sie nicht; sobald sie nachschauen wollte, drehte es sich oder klemmte seine Beinchen zusammen. Eigentlich schlief es fest, bis auf die Momente, in denen es die Augen aufschlug. Wie eine Offenbarung, dachte Iris' Traum-Ich.

Die Tests fielen wechselnd aus. Einmal war es kerngesund; dann schien etwas nicht zu stimmen. Ein Mediziner teilte ihr schließlich mit: Das Kind werde behindert geboren werden. Es habe ein Syndrom. Welches, gelang ihr nicht zu hören. Immer kam da ein Krach dazwischen. Maschinenlärm, Autohupen. Eine Sirene. Rettung? Polizei? Bitte, hörte Iris sich sagen, informieren Sie mich. Die Mediziner traten immer nur in Rückenansicht auf, ihre Gesichter sah sie nicht. Das müssen Sie entscheiden, nur Sie. Aber es sieht gar nicht danach aus, es ist wunderschön, schauen Sie es sich an. Die Traum-Iris wagte einen Einwand.

Wir haben nur Wahrscheinlichkeiten, sagten die Mediziner, Garantie gibt es keine. Das ist Ihre Entscheidung. Können Sie leben, mit einem Kind mit speziellen Bedürfnissen? Iris lief und lief, das Kind im Arm. Es wuchs sichtbar, je weiter sie es trug, streckte die Ärmchen nach ihr aus.

Ich würde es nicht schaffen, mit dem Gedanken war Iris aufgewacht.

## *19 (81 cm)

Die Website der Klinik startete mit den Füßchen einer Neugeborenen, von unten fotografiert, die Hände der Mutter (oder einer anderen Frau, sie trug hellrosa Nagellack) umfingen sie wie ein Nest. Zwischen der großen und der darauffolgenden Zehe des linken Fußes steckte eine blühende Margerite. Ein flauschiger weißer Bademantel, das Köpfchen des Kindes, ein Ohr bildeten den diffusen Hintergrund: Die Stars waren die Fußsohlen. Ein Video zeigte Ärzte, Hebammen, die Station, die Kreißsäle.

Was ist los? Ihre Wangen waren nass. Sergio zog mit seinem linken Daumen eine trockene Spur über ihre Backenknochen.

Ich bin gerührt, du Idiot, kann mir nicht helfen, es rinnt einfach.

Die nächste Klinik, die sie digital besichtigten, zeigte auf der ersten Seite Senioren; *spezialisiert auf Gefäßerkrankungen,* lautete der Text. Es gab kein Video.

Die gefällt mir nicht. Iris' Stimme klang belegt, melden wir uns bei der mit der Margerite an. Mir reicht das vorerst. Schließlich sind wir alle irgendwo auf die Welt gekommen.

Klar, die Blume ist gut. Die stellen sie dir dann aufs Nachtkästchen, scherzte Sergio, melde dich an, ich richte uns eine schnelle Pasta, okay?

Er war aufgewachsen wie in einem Vier-Sterne-Restaurant, jeden Tag zwei Mal eine dreigängige Mahlzeit, seine Mutter stand der Familie vollkommen zur Verfügung; sein Vater, ein Gymnasiallehrer, verdiente das Geld. Du aber auch, pflegte er zu entgegnen, wenn Iris von dem Vier-Sterne-Restaurant sprach, nur war bei euch dein Vater der Koch.

Gutes, sorgfältiges Essen war zweifellos ein Stützpfeiler ihrer langjährigen Beziehung; beim Essen kamen sie sich (manchmal) näher als im Bett. Dass das normal war, womöglich das, was die Welt wirklich zusammenhielt – eine der Theorien, die durch Iris' Kopf geisterten, als sie dalag auf Sergios Couch, die Beine auf der Lehne. Normal. Wieder dieses Wort. Wir essen miteinander, deshalb lieben wir uns. So ist das gesellschaftlich verankert. Deshalb bleiben Paare bis ins hohe Alter zusammen, weil keiner allein essen mag? Irgendwo hatte Iris gehört, das mache den Menschen einzigartig unter den Primaten. Dass Fremde, die sich zum ersten Mal begegneten, sich miteinander zum Essen setzten, Essen teilten, zum Essen einluden. Andere Affenarten rauften mit Fremden um ihr Essen, teilten es nur mit Angehörigen, Freunden.

Iris füllte das Webformular im Liegen aus. Es ging schnell. Name, Adresse, Name und Adresse der Gynäkologin, voraussichtlicher Geburtstermin, Versicherungsnummer. Vater. Sie trug Sergios Namen ein, sein Geburtsdatum, seine Telefonnummer. Selbstverständlich Sergio. Aber Vater hieß in diesem Fall vor allem Kontaktperson.

Ich schicke die Anmeldung jetzt ab, rief sie in Richtung Küche. Keine Antwort. Sie klickte auf den Button. Per E-Mail kam direkt die Bestätigung, *Wir weisen darauf hin, dass wir zur Sicherung einer guten Betreuungsqualität die Zahl der Anmeldungen je Monat limitieren müssen. Sie erhalten von uns eine schriftliche Antwort an die angegebene Adresse. Sollte diese nicht innerhalb von zwei Wochen bei Ihnen einlangen …*

Ich muss heute noch arbeiten, rief sie Richtung Küche. Ich auch, kam es zurück, das ist meine Mittagspause.

Iris suchte Ludwigs Namen in der Liste ihrer Kontakte, tippte eine Nachricht: Du! War gerade bei der Ärztin. Alles okay. Deine I. P.S.: Hören wir uns noch? Später?

> Weißt du, wie viel Salz reingeben
> in eine gute Pasta für heut?
> Weißt du, wie die Tomaten wählen,
> damit sie schmecken jederzeit.
> Koch der Herr hat sie gezählt,
> dass ihm auch nicht eine fehlt
> an der ganzen großen Zahl,
> an der ganzen großen Zahl

Ich werde zu einer Sofakartoffel, rief sie in die Küche. Als Sergio nicht reagierte, wiederholte sie den Ruf lauter. Er bog um die Ecke, eine Schürze vorgebunden, einen Strunk Lauch in der Hand und ein scharfes Messer.

Was sagst du? Was ist das für eine Angewohnheit, von einem Zimmer ins andere zu brüllen? Das Öl brutzelt in der Pfanne, wie soll ich dich hören? Gutgelaunt setzte er sich zu ihr, stützte den Arm, der den Lauch hielt, auf ihren Unterschenkel; seine Streitlust war verflogen.

Zur Sofakartoffel werde ich, diese hochwichtige Nachricht wollte ich dir übermitteln, bitte, pass auf mit dem Messer, das macht mich unruhig! Wo ein Messerrrr ist, ist auch ein Weg. Sergio schnitt eine Grimasse, aarghhh, aaaarghhh, gab gurgelnde Töne von sich. Hör auf mit dem Unsinn, das macht mich nervös, wirklich, und dieses Zwiebelgewächs, sie zeigte auf den Lauch, kannst du das bitte aus unserem Futter lassen? Das tut mir derzeit nicht gut, habe ich dir das nicht gesagt? Madame und Ihr Untermieter, *che cosa vi cucino allora?* In gespieltem Entsetzen raufte Sergio sich die Haare, *tutto da capo,* ich mache eine Kinderpasta, okay, *pomodori e pomodorini, un po' di panna,* ganz mild, wird das dem gnädigen Kostgänger da drinnen behagen?

Ja, herrlich, und Orangen zum Nachtisch.

Wie Sie befehlen, Gnädigste!

Ich habe uns angemeldet, sie zeigte ihm das E-Mail.

Super.

Ist aber noch nicht sicher, ob sie mich nehmen.

Klar nehmen sie dich. Wer würde dich nicht nehmen, er küsste sie auf den Scheitel. Darf ich Ihnen auch etwas leichte Musik kredenzen, Signora?

Iris nickte, hatte stets genickt auf diese Frage. Musik war das Medium, in dem er sich durch den Alltag bewegte, ohne Musik blieb er stecken. Solisten, Streichquartette, Orchester – unablässig schallten sie durch die Räume: Kollegen, Idole, Unbekannte, Freunde, Langverstorbene, aufstrebende Sterne, verkannte Genies. Sergio sammelte sie alle. Konzertaufnahmen, live, darum ging es ihm, und er hörte sie in jeder freien Minute; also in jeder Minute, in der er selber nicht sang.

Heute fiel seine Wahl auf Brahms' Cellosonate Nr. 1, eine Aufnahme von Jacqueline du Pré aus dem Jahr 1968. Ausnahmsweise nicht live, aber er konnte sich daran nicht satthören. Eine Bestürmung, sagte Iris, stach ihre Gabel in die Penne, führte sie zum Mund, leckte Tomatensoße ab, eine durchaus friedvolle, aber eine, die mich völlig vereinnahmt. Du siehst vor dir eine Marionette, an den Fäden geführt von Jacqueline, Daniel und Brahms. Sie schluckte den Bissen. Für Iris war Musik ausschließlich Fokus. Zur Entspannung Musik hören gelang ihr schlecht. Früher, früher ja. Oder nein, auch früher nicht. Auch Patti Smith, italienische Cantautori, rumänische Volksmusik, Leonard Cohen, Cesária Évora, Buena Vista Social Club hörte sie nicht nebenbei. Sie wurde mitgerissen; ließ es zu.

Das, was Sergio so gefiel, die Kombination Musik und Gespräch, bedeutete für Iris eine Herausforderung. Auch ohne musikalische Untermalung verlor sie beim Sprechen leicht die Kontrolle über sich; redete und überraschte sich mit dem, was sie sagte, denn es hing davon ab, wem sie gegenübersaß. Mit Musik erging es ihr ähnlich, Musik war für sie ein Dialog im eigentlichen Sinn, der Austausch von Gedanken zwischen zwei Menschen. Hörte sie Musik, führte sie ein Gespräch mit dem Komponisten und den Ausführenden, das mit allem, was um sie geschah, interferierte.

Sergio verstand das und verstand es nicht. Eine Frage der Gewohnheit. In seinem Elternhaus habe man regelmäßig Musik gehört; eigentlich immer, es habe zum Zuhausesein gehört. Das hat mich geprägt. Wie du diese Obsession mit Brot hast, dir das Brot nie gut genug ist, du ständig denkst, es müsse besseres Brot geben, habe einst besseres Brot gegeben, das Brot sei schlechter geworden … et cetera.

Nach dem Essen legte sie sich nochmals auf die Couch. Kontrollierte das Display ihres iPhones, auf ihr SMS an Ludwig war keine Antwort gekommen. In ihr gluckste es, brodelte es, als würden winzige Flaschen mit prickelndem Inhalt geöffnet. Bewegte sich das Baby? Fühlte sich das so an?

Komm her, Sergio, schnell. Seine Hand lag direkt über den Explosionen. Nein, keine Ahnung, was du meinst.

## *20 (82 cm)

Der Beginn war eine Quälerei. Sie schob ihn vor sich her, bis es fast zu spät war. Oft, zu oft hatte sie das praktiziert. Diesmal nicht, diesmal wollte sie so gut vorbereitet sein, dass bei Probenbeginn klar wäre: Ich bin für diese Rolle geboren, nur ich, Iris Schiffer, kann heuer die Sophie von Nicholas Maw singen. Ihr Bauch wäre dann lediglich eine Herausforderung für die Kostümbildner. Kaschieren und singen, voilà. Nur falls die Ultraschallkorrektur stimmte und das Baby kurz vor der Premiere käme, wäre das eine perfekte Katastrophe. Es kommt nicht früher, ich spüre das; es kommt eher später, das sagt man doch von Erstgebärenden.

Wenn du ausreichend probst und eine gute Technik hast, ist alles möglich. Die Worte ihrer langjährigen Lehrerin; ihrer ersten echten Lehrerin, mit der es klickte, die sie sozusagen gepusht hatte. Die sie nach dem Studium nach Graz vermittelte. Von dort aus hatte sie sich selbst weiter hinaufgearbeitet. Mit Ilona, die nach einer Gastprofessur in Wien wieder nach Chicago zurückgegangen war, blieb Iris über Jahre hinweg in Kontakt; sie besuchte sie regelmäßig, ließ ihren sich naturgemäß ständig verändernden Körper immer wieder von ihr checken. Resonanzräume mussten neu entdeckt und benützt werden, eine Konzentrationsübung, die dein Leben lang andauert, hatte die Lehrerin gesagt. Zuletzt hatten sie einander vor einem Dreivierteljahr gesehen.

Kurz danach war sie gestorben. Umgefallen, einfach umgefallen. Wie man so sagt. Nicht der schlechteste Tod. Wie man ebenfalls sagt. Auch Iris hatte diese Phrase benützt. *Don't be sad,* hatte Ilona sich bei ihrem letzten Telefonat verabschiedet, unvermittelt, grundlos.

Iris vermisste sie. Trotz Christa. Christa war ganz anders. Wenn es ihr, wie heute, schwerfiel, etwas Neues anzufangen, hatte sie früher Ilona angerufen. Kurz, aber es half. Sie schien einen Schlüssel zu Iris' Stimme zu besitzen, der Iris selber abging. Auch Christa hatte keinen so exakt passenden Schlüssel. *Don't be sad.*

Sie begann wie immer. Gymnastik. Stimmübungen. Zwischendurch ein paar Takte aus der Partitur. Sie musste wissen, wie die Stücke klangen. Bei den modernen Sachen, die sie nicht einfach schon kannte, war das die erste Herausforderung: die archäologische Grabung in den Noten. Sie war eine miserable Klavierspielerin, andererseits konnte sie in Anwesenheit anderer nicht richtig lernen. Also buddeln; ein Finger nach dem anderen, nach ein paar Mal ergab sich etwas, sie begann, die Melodie zu singen, leise, suchend. Dann kräftiger. Einatmen, die Melodie ausatmen. Sich die Wirbelsäule vorstellen wie einen Fisch. Ganz frei zwischen Taille und Kopf. Viel Platz zwischen den Wirbeln. Der Kopf strebt nach oben, die Beine nach unten, dazwischen schwänzelt der Fisch. Du bist der Fisch, schwimmst durch die Töne. Wirst lang, lang. Du bist du. Deine Füße vertrauen dem Boden, der Boden trägt dich, egal, was passiert. Der Rumpf weitet sich, die Luft dehnt die Brust, den Bauch. Strömt hinein; hinaus.

Christas Sätze.

Ilonas Sätze. Achtundsechzig: das Alter, mit dem sie gestorben war.

Es ging. Langsam. Das Üben bestand weniger aus Singen als aus der Vorbereitung darauf. Sie stand vom Klavierhocker auf, den Klavierauszug in der Hand, las sich die Sätze vor, den letzten Akt. Vom Ende her anfangen, das hatte sie sich angewöhnt. Egal, was es war, kurz oder lang, sie lernte vom Ende her. Manche Rollen hatte sie sich innerhalb von sechs Wochen ins Hirn gepropft. Furchtbar. Sie war vorsichtiger geworden. Dann brächte das Älterwerden etwa auch was Gutes? Sie sang lauter, ließ sich tragen von der Melodie, ein paar Takte mit voller Stimme. Eine Ahnung, wie diese Figur sein könnte. Nein, nicht tragen lassen. Ich trage. Sie setzte sich, las, plötzlich gefangen von der Geschichte. Blätterte vor, zurück. Viel Text. Sehr viel Text. Wie sollte der je in ihren Kopf passen?

Die Musik machte es einfacher, aber auch die Musik musste einstudiert werden; war die einmal da, konnte sie sogar stumm weiterlernen. Auf Reisen, im Bett. Dann wiederholen. Hundertmal. Hundertfünfzigmal. Sobald die Figur, die sie verkörpern sollte, in ihr lebte, hörte sie sich auch Aufnahmen an. Für diese Oper gab es nur eine DVD der Aufführung in Covent Garden von 2002. Die anzusehen getraute sie sich noch nicht, dafür musste die Rolle in ihr zuerst gefestigt sein, sonst lief sie Gefahr, die von ihr bewunderte Hauptdarstellerin aus der Uraufführung zu imitieren, oder sie wurde deprimiert, weil sie fürchtete, ihr nicht ebenbürtig zu sein.

Den Text merkte sie sich besser, wenn sie sich eine Emotion dazu dachte. Allerdings konnte sein, dass der Regisseur dann bei den Proben eine andere vorschlug und sie die Emotionen umlernen musste. Jedes Mal, wenn sie eine derart lange Rolle vorbereitete: solche Gedanken. Sie hatte sie bereits viele Male überstanden, aber bei jeder neuen Produktion kamen sie wieder.

Du atmest aus, und im Atem liegt ein geflüstertes a. Das ist der Idealfall, dann bist du bereit. Christas Satz.

*I must tell you something, I have never told anybody before.* Einer der Höhepunkte der Oper, so empfand sie es spontan beim Lesen. Sie spürte jede Faser ihres Körpers, sie sang die Phrasen, sang sie noch mal und noch mal. Es dämmerte, dunkelte. Die Worte und Noten am Klavierauszug verschwammen vor ihren Augen. Sie sah auf die Uhr. Halb fünf, drei Stunden waren vergangen. Sie schaltete das Licht ein. Der Widerwille war weg; sie war vertieft in das Stück. *On the day I arrived in Auschwitz, it was beautiful.* Sie las es. Las. Laut, leise. Noch eine Stunde. Als sie die Noten zuklappte, sich den Pullover überstreifte, den sie beim Üben ausgezogen hatte, war ihr Gesicht nass.

## *21 (83 cm)

Sie sollten sich schonen, Frau Schiffer, in Ihrem Beruf stehen Sie zu viel, Sie sollten etwas mehr Ruhe geben. Ich kann Ihnen ein Attest schreiben, und Sie gehen verfrüht in Mutterschutz. Kommt nicht in Frage! Entschieden schüttelte Iris den Kopf. Können Sie die Proben eventuell im Sitzen absolvieren? Sie haben gesetzlichen Anspruch auf einen Sessel am Arbeitsplatz, auch hinlegen müssen Sie sich können. Wenn es keine Möglichkeit dazu gibt, muss sie geschaffen werden, das sind arbeitsrechtliche Vorschriften. Iris entgegnete nichts. Sie nahm das schmale gelbe Heft entgegen, gab der Ärztin die Hand, sah sie dabei nicht an.

Draußen schneite es. Der Schnee schwebte in dicken Flocken zu Boden, schmolz aber sofort, auf dem Asphalt, auf den fahrenden Autos. Nur auf ihrer wollenen Mütze blieb er liegen.

Sie stellte sich in einen Hauseingang unter ein Vordach und sah nach, was die Ärztin in den Mutter-Kind-Pass eingetragen hatte. Kopfumfang: 40 mm. Abdomen quer: 40 mm. Femurlänge: 24 mm. Biometrie entsprechend Schwangerschaftswoche: ja. Schwangerschaftswoche: 16./17. Herzaktion: positiv. Sie blätterte weiter. Gewicht: 68 kg. Blutdruck: 120/70. Eine Aufnahme des Sternfahrers in seinem All, schwarzweiß auf dünnem Papier, lag zwischen den Seiten. Das Rückgrat mit den einzelnen Wirbeln war deutlich erkennbar; die Füßchen mit den Zehen, sie konnte sie nachzählen.

Das sei eins vom Ersten gewesen nach Iris' Geburt, hatte ihre Mutter ihr erzählt: Nachzählen, ob alle Zehen da sind. Iris wusste schon jetzt, hier, in diesem winterlichen Hauseingang, das Baby in ihr hatte zehn Zehen; es hatte Arme, Hände. Das Kind habe während der Untersuchung geschlafen, hatte die Ärztin gesagt, sie hatte versucht, es aufzuwecken, hatte die Bauchdecke mit sanftem Druck hin und her bewegt. Es war nicht wach geworden.

So kann ich das Geschlecht nicht sehen, Sie werden sich noch etwas gedulden müssen. Aber beim Organscreening erfahren Sie es bestimmt. Habe ich diesen Satz nicht schon gehört?, dachte Iris. Haben Sie schon einen Termin dafür? Nach der Anmeldung im Spital hatte die Ärztin diesmal nicht gefragt.

Iris trat aus dem Hauseingang auf die Gasse, legte den Kopf in den Nacken. Schnee fiel ihr in den offenen Mund, zerging auf ihrer Zunge. Schon als Kind war sie so gestanden, wenn es schneite. Die ihr entgegenfallenden Flocken trieben ihr Geschwindigkeit in den Blick, als wäre sie eine Rakete, die nach oben schoss. Zu Fuß durch die verschneite Stadt. Langsam häufte sich eine weiße Schicht auf den Gehsteigen an, man war noch nicht dazu gekommen, Salz zu streuen. Wie Gipfel stachen die Dächer der Häuser des achten Bezirks in den Himmel, seine Farblosigkeit betonte ihr strahlendes Weiß.

Wenn ich ihm das zeigen kann!

Wenn wir einen Schneemann bauen, mit einer Karotte als Nase!

Wenn wir einander mit Schneebällen bewerfen!

Sie trank heißes Wasser, begann zu arbeiten. In drei Tagen stand ein Liederabend in Stuttgart auf dem Programm. Lieder, die sie kannte, seit der Studienzeit oft und oft gesungen hatte, die meisten davon waren schon auf ihrer ersten CD, trotzdem, der Text erodierte mit der Zeit, und sie wog acht Kilo mehr als gewöhnlich. Das Gewicht tat ihr gut beim Singen, aber sie musste austarieren, was sich dadurch stimmlich veränderte. Am folgenden Vormittag war die Probe mit dem Pianisten; eine Woche später fliege ich nach New York.

Hierher, Iris. Hier und heute.

Sie rief sich zur Ordnung. Dehnungsübungen, den Nacken lockern, die Hüften kreisen lassen.

> Schlaf, Kindlein, schlaf,
> die Mutter isst gern scharf,
> der Vater schüttelt's Träumelein,
> da fällt herab ein Bäumelein,
> schlaf, Kindlein, schlaf,
> bald isst du ein Chili-Schaf,
> schlaf, Kindlein, schlaf

Ich bin mir nicht sicher, ging es ihr durch den Kopf, während sie ihn zu den Knien beugte, ob die Frage, wer der Vater ist, wer der Vater sein *soll*, mich derzeit nicht mehr anstrengt als meine Arbeit? Die Frage hatte anfangs eine bittere Süße gehabt. Einen Hauch von Abenteuer. Und sowieso ist es mein Kind. Meins. Ich entscheide. Seit sie Silvester gemeinsam in Monza verbracht hatten, war sie überzeugt: Sergio war nicht der biologische Vater. Sie spürte das. Seine Anwesenheit in ihrer Nähe wurde ihr immer unangenehmer. Das war doch von der Natur gewiss so eingerichtet, dass eine Frau fühlte, wer der Vater des Kindes war, das sie austrug? Konnte nicht anders sein. Iris bereute, dass sie Sergio seine Vaterschaft direkt als Tatsache verkündet hatte. Ich hätte ihm von Anfang an alles sagen sollen und mich nicht von Ludwig in diese Situation hineinjagen lassen dürfen. Er jagt dich doch nicht! Sie verteidigte Ludwig vor sich selber. Ein anderer Mann hätte das nicht zugelassen, hätte darauf bestanden, dass du einen Test machst, hätte, wenn er sich als Vater herausgestellt hätte, Wege gefunden, das Kind als seins aufwachsen zu lassen; auch um seine Familie herum. Was heißt darum herum? Er hätte seine Gefühle für dich offengelegt, wäre stolz darauf gewesen, sich öffentlich zu dir zu bekennen. Du bist doch nicht irgendwer. Gewiss nicht eine, derer man sich schämen müsste, die man verstecken will. Er wäre nicht der Erste, der spät erkennt, wen er wirklich liebt. Oder eben mehr liebt als die, die er davor geliebt hat. Und immer noch auf eine Weise liebt.

So kann ich nicht arbeiten.

> Fuchs, dich hat die Gans empfohlen,
> komm nur wieder her,
> komm nur wieder her,
> sonst wird dich der Bäcker locken
> mit Kuchen und mehr

Sie machte Gymnastik, und ihre Gedanken rasten. Als sie versucht hatte auszurechnen, von wem das Kind wahrscheinlich war, hatte sie sich ruhig gefühlt. Sie konnte das Gefühl noch in sich aufrufen; ruhig und fast amüsiert. Das kommt davon, hatte sie gedacht, dass du zwei Männer gleichzeitig hast. War sich jung vorgekommen, ausgelassen. Und so unabhängig, wie sie sein wollte. Cool, ein cooles Problem eigentlich, hatte sie gedacht, ein klassisches Problem. Zudem hatte die Freude alles überdeckt; und nach wie vor überdeckte die Freude das meiste. Dazu kam aber zunehmend Angst (Bammel, sagte sie in ihren Selbstgesprächen) vor dem Alltag mit dem der beiden Männer, der als Vater zur Verfügung stand. Ludwig war unerreichbar. Ich erlaube mir, bei jeder Gelegenheit auf dich zurückzukommen, hatte er ganz am Anfang geschrieben, und von Anfang an deutlich gemacht, mehr konnte zwischen ihnen nie sein. Zwänge sie ihn zu einem Test und einer allfälligen Anerkennung seiner Vaterschaft, verlöre sie ihn. Daran gab es keinen Zweifel. Denn damit hätte sie die Abmachung gebrochen, die von Anfang an deutlich war und der sie zugestimmt hatte: Nichts, absolut nichts darf rauskommen. Hätte ich nur jemanden, mit dem ich das besprechen könnte. War es ihr bis vor wenigen Wochen gelungen, diese Gedanken zu verdrängen, nahm die Sache sie heute, ausgerechnet heute, da sie arbeiten wollte, völlig gefangen, und sie konnte sich keinen Ausweg mehr vorstellen, der nicht in eine persönliche Katastrophe geführt hätte. Eine Katastrophe für drei Personen, nein, vier. Ludwig, Sergio, das Kind und sie. Alle vier oder eine von vieren? Schwieg sie wie bisher, wäre allerdings vielleicht nur sie unglücklich. Ein Leben mit dem falschen Mann. Aber er ist doch nett, wahnsinnig nett. Freundinnen, Kollegen, ihre Eltern. Alle sagten das. So, so nett dieser Sergio. Während sie am Boden ihren Rücken trainierte, war sie überzeugt, die ungelöste Vaterfrage war es, die den Fötus beunruhigte, die machte, dass er immer wieder Zeichen gab: Pass auf mich auf.

Nach einer weiteren Viertelstunde Stretching – du musst jeden Muskel mindestens dreißig Sekunden lang dehnen, sonst hilft es nicht –, stand sie auf, nahm zwei Schluck Wasser. Langsam, wie in Zeitlupe, sang sie die ersten Töne von Schuberts *Erl-*

*könig.* Bei dem Lied blieb sie immer wieder hängen, immer an denselben Stellen, nach dem *Nebelstreif* oder den *alten Weiden so grau.* Sie sang, ohne den Text vor sich liegen zu haben, stellte ihn sich vor, vergegenwärtigte sich die Empfindungen, die sie bei den einzelnen Phrasen haben wollte. Danach sprach sie den Text durch. Dann sang sie das Lied, zuerst verhalten, im nächsten Durchgang voll, als wäre das ein Konzert. Als sie endete, waren auf dem Parkett vor ihren Füßen feuchte Spuren. Sie holte ein Taschentuch aus dem Badezimmerschrank, wischte auf.

Im Deutschunterricht im Musikgymnasium hatte sie das Goethe-Gedicht auswendig lernen müssen und mit einer Klassenkollegin auf dem Heimweg von der Schule parodiert; sie hatten sich kaputtgelacht.


Mit warmem Wasser wusch sie sich das verschmierte Kajal aus dem Gesicht. Im Spiegel bemerkte sie zwei dunkle Flecken auf ihrer Bluse, über den Brüsten; sie knöpfte die Bluse auf, schob den BH weg, aus den Brustwarzen sickerte durchsichtige Flüssigkeit, während sie schaute, ließ es nach. Ihr Busen gefiel ihr zum ersten Mal wirklich. Größer, fester, die Vorhöfe um die Brustwarzen dunkler als sonst, also: bevor sie schwanger geworden war. Und da war noch etwas. Vom Nabel abwärts eine zarte Linie. Wie mit brauner Tusche gezeichnet. War das normal? Iris hatte es im Bad meist eilig, sie duschte und war in Gedanken schon beim nächsten Termin, manchmal las sie sogar, während sie Zähne putzte, SMS. Sie betrachtete ihren Körper selten genau. Nur ihren Taillenumfang maß sie neuerdings, notierte, wie sie zunahm, frohlockte darüber; gleichzeitig gefährdete jeder Zentimeter das Geheimnis. Sie knöpfte ihre Bluse zu. Das muss ich nachsehen.

Auf dem Sofa kauernd suchte sie im Internet nach dem Streifen, den sie gerade an sich entdeckt hatte. *Linea nigra, verursacht*

*durch verstärkte Melaninproduktion in der Schwangerschaft.* Ein
Zeichen dafür, dass die von der Plazenta produzierten Hormone
ihr Werk taten. Sie suchte weiter. *17. Schwangerschaftswoche, dein
Baby ist jetzt so groß wie eine Orange,* las sie, *es würde gut in deine
Hand passen. Dein Baby kann nun greifen. Es wiegt ungefähr
80–100 Gramm. Dein Baby schluckt Fruchtwasser.* Eine Orange!
Mein Kind ist so groß wie eine Orange, schrieb sie Ludwig.
Grapefruit darf es keine sein? Seine Antwort kam direkt. Dann
lieber eine Birne, tippte sie.

Es war eine Mutter,
die hatte vier Enten,
im Bad ganz besonders
sehr gut zu verwenden;
der Frühling bringt Schuhe,
der Sommer bringt Seen,
der Herbst, der bringt Hauben,
der Winter den Tee

Ein Flattern in der Gegend, wo Iris ihre Milz vermutete. Hey,
sagte sie leise, legte eine Hand darauf. Da bist du. Sie lehnte sich
zurück, eine Hand auf dem Bauch, begann zu summen, Kinderlieder, die ihr in den Sinn kamen, nur die Melodien ohne Text. *In
diesem Monat bilden sich die Gehirnzellen, zwischen hundert-
und zweihunderttausend pro Minute,* las sie. Der vierte Monat,
bald hatte sie die Hälfte ihrer Schwangerschaft hinter sich. Ihrem
Empfinden nach hatte sie gerade erst davon erfahren. Jeden einzelnen Moment des Tages, an dem sie erkannt hatte, ich erwarte
ein Kind, hatte sie vor Augen; das Eichhörnchen mit dem nuss-
braunen Pelz auf dem Baumstamm, als sie durch den Park ging;
der Mann mit dem Haselstock. Sie klickte einige Wochen weiter.
*Dein Kind wächst schnell, tut wenig anderes als wachsen. Dein*

*Kind hat jetzt die Größe einer Honigmelone,* woher die dauernd die Vergleiche mit den Früchten nahmen? *Es hat noch ausreichend Platz zum Strampeln in deiner Gebärmutter, und du wirst seine Bewegungen immer deutlicher spüren; erfahrene Mütter spüren die Bewegungen früher. Auch der Vater kann die Bewegungen spüren, wenn er seine Hand auf deinen Bauch legt.*

*Dein Kind trinkt Fruchtwasser und scheidet seinen Harn in die Fruchtblase aus, dadurch trainiert es das Schlucken und die Nierenfunktion. Wenn die Mutter scharf, sauer oder süß gegessen hat, kann das Baby das im Fruchtwasser schmecken, auf diese Weise können schon im Uterus Vorlieben entstehen.* Wie konnte der Geschmack eines Lebensmittels über den Verdauungstrakt der Mutter ins Fruchtwasser kommen? Das war womöglich alles Humbug, den Leute, die keine Ahnung hatten, zur eigenen Beruhigung verbreiteten. Du magst aber Zitrusfrüchte, dachte Iris, immer wenn ich welche esse, bewegst du dich. *In den Wochen vor der Geburt kann das Fruchtwasser zur Hälfte aus dem Urin des Babys bestehen, dessen Zusammensetzung unterscheidet sich allerdings vollkommen von dem Erwachsener. Du wirst langsam spüren, dass das Kind einen Tagesrhythmus hat, der mit deinem nicht unbedingt übereinstimmt. Vielleicht weckt es dich mitten in der Nacht mit einer Aktivitätsphase.* Schluss.

Iris streckte sich, stand auf. Sie ließ ihr Becken kreisen, machte wieder einige Dehnungsübungen, schob jeden Gedanken an Früchte beiseite und arbeitete in dem gedachten Raum des anstehenden Liederabends weiter. Sie sang nicht mehr; sie las die Texte der Lieder laut, in der Reihenfolge, wie sie im Programm standen.

\*

Ich kann es mir nicht vorstellen. Mit dir zu leben, als Familie. Da war es draußen. Sie hatte ihm die Wahrheit gesagt, ohne zu viel zu sagen. War in das Gespräch hineingeraten wie in einen Strudel, hatte sich verheddert, um sich freizustrampeln und mit kräftigen Zügen zur Küste zu schwimmen; nicht mit dir. Sergio schaute sie an, als wäre sie eine Außerirdische, ein kleines grünes Mädchen in Form einer Gurke, das zu ihm sprach, etwas, das in seinem Universum sonst nicht vorkam. Spielst du jetzt Theater oder was? Er nahm ihre Aussage nicht zur Kenntnis, ignorierte das Eigentliche. Sagte: Warten wir mal ab. Sagte: Ich kann mir vorstellen, die Aufregung, die Hormonumstellung. Sagte: Du bist wohl doch gestresster, als ich dachte.

Es war eine Mutter,
die hatte ein Kind,
es wuchs und es aß
so schnell wie der Wind;
es wollte nur singen
in der Praterhauptallee,
die Töne, die klingen,
und dann speist es ein Gelee

Das ist es nicht. Was es war, sagte sie aber schließlich doch nicht. Sie hatte sich vorgenommen, reinen Tisch zu machen, gestehen und dann sehen, was kommt. Betonen, dass er trotzdem der einzige in Frage kommende Vater wäre, und wenn er wollte, könnten sie freundschaftlich miteinander umgehen. Als es so weit war, verlor sie aber den Grund unter den Füßen; driftete. Plankton im Weltmeer, so wichtig bin ich doch nicht, dass ich ihm die Freude nehme, rückblickend die letzten Monate ruiniere; im Namen der sogenannten Wahrheit. Damit ich meine Hände in Unschuld wasche: Ich habe gebeichtet. Ist Beichten nicht immer eine Farce? Er ist nur ein einziges Mal zum ersten Mal Vater; diese Gelegenheit würde ich ihm für immer vermurksen, wenn ich weiterrede, seine Gefühle rückblickend lächerlich machen. Auch die Liebe zum eigenen Kind ist eine erste Liebe, eine unverdorbene, an der alle folgenden gemessen werden.

Arme, die fahrig ruderten, als müsse er sie durch einen Dschungel schlagen; erstaunt aufgerissene Augen. Ich falle aus allen Wolken, signalisierte ihr Sergio. Trug einen Papierschnipsel mit einem Ultraschallfoto in seiner Geldbörse. Nahm ihn heraus, zeigte ihn ihr. Träumte von der Familie, die sie werden würden, *casa, cane, albero e bambino*. Jetzt warte doch ab, bis das Kind da ist, unser Kind. Unser. Meistgesagtes Wort. Inflationär, fand Iris.

Was verbindet uns denn wirklich, Sergio?

Für mich ist alles ideal zwischen uns.

Sie redete nicht weiter.

Dass er sehr wohl mitgekriegt hatte, dass sie Schluss gemacht hatte, wie die Welt das nannte, begriff sie, als Sergios Mutter sie fünfundzwanzig Mal anrief, während sie mit dem Pianisten für Stuttgart probte. Ihren prompten Rückruf bereute sie fast, aber ich bin nun mal gut erzogen. Ihre Schwiegermutter, als die *la mamma* sich konsequent bezeichnete, ließ sich ihr werdendes Enkelkind nicht ohne Weiteres aus der Familie reißen; und anders als Sergio und Iris, die nie lauthals stritten, sich immer unterhielten *wie Menschen* (betonte Sergio), nützte sie das Volumen ihrer Stimme voll aus. Du bist gestresst, Iris! Du weißt nicht, was du sagst, keifte sie ins Telefon. Hoffentlich hat sie die Fenster zu, sonst hören die Nachbarn sie noch im Garten. Ich kann es mir einfach nicht vorstellen, war das Ehrlichste, was Iris in der Sache je von sich gegeben hatte.

# *22 (83 cm)

Ich baue jetzt den Nordpol, sagte die Tochter. Ihre Mutter nickte, ein Überschuss an Lächeln, nahm ihre Kaffeeschale vom Tisch, umklammerte sie mit beiden Händen, als stünden sie wirklich fröstelnd auf dem Eis.

Ich verbringe täglich mehrere Stunden damit, sie hinzulegen. Dunkle Ringe unter den Augen machten die Manchmal-Freundin #2 älter, als sie war. Soeben hatte sie das jüngere der Kinder hingelegt: Er braucht das, aber er will nicht. Das Mädchen steckte zwei Legosteine aufeinander, fügte noch zwei hinzu und verband die entstandenen Quader mit einer weißen Platte; auf die Platte setzte sie einen Eisbären, etwa vier Zentimeter lang, schneeweißes Plastik.

Das Kind fauchte.

Er jagt. Er will Kamele fangen.

Du meinst Garnelen, berichtigte die Mutter.

Karnelen, ja, sagte das Kind.

Eisbären, setzte Iris an, brach ab.

Was, die Manchmal-Freundin #2 sah sie neugierig an, warst du schon einmal in Alaska?

Sie halten sich am liebsten auf Eisschollen auf, unterbrach sie das Kind, etwa drei Jahre alt, schwer zu schätzen das Alter von Kindern, fragen kann ich nicht, sie erwartet, dass ich das weiß.

Sonst wird es ihnen zu heiß, ihr Fell ist so dick.

Das Mädchen, wie hieß es eigentlich, daran müsste ich mich doch erinnern? Die Mutter nannte sie Süße.

Lilly, wir reden, sagte die Manchmal-Freundin #2.

Du weißt gut Bescheid, Lilly. Iris reizte es, sich mit dem Kind gegen die Mutter zu verbünden.

Im Packeis leben die, fügte Lilly hinzu, da war ich schon, an der Nordküste.

Geh Lilly, erzähl nicht so einen Unsinn, da waren wir niemals. Wir waren im Eis!

Auf Skiurlaub waren wir, letztes Jahr, sie sagt ständig Alaska dazu.

Die Manchmal-Freundin #2 stellte ihre Schale laut klirrend auf einen niedrigen Glastisch, spiel ruhig weiter, Lilly, aus einem Nebenzimmer ertönte anschwellendes Heulen, mit gepresster Stimme entschuldigte sie sich: Oje, ich muss kurz. Kannst du inzwischen ...?

Hilflos. Als ob ihr ein Leben übergestülpt worden wäre. Das denke ich im zweiten Jahrzehnt des 21. Jahrhunderts? Iris überkreuzte die Arme hinter dem Rücken, zog für Lilly eine Grimasse mit aufgeblähten Wangen.

In einer halben Stunde kommt die Nanny, rief die Manchmal-Freundin #2 aus dem Zimmer, in dem das Heulen in ein Schluchzen überging. Ich muss ihn kurz stillen, entschuldige.

Kein Problem, ich kann nur nicht mehr allzu lange bleiben. Hatte die Freundin das gehört?

Sie kniete sich zu Lilly aufs Parkett, setzte dem Eisbären einen Lokführer auf den Rücken.

Nein!, das stimmt nicht, der lenkt den Zug.

Der will auch einmal ein Abenteuer erleben.

Ach so, die Freundin im Nebenzimmer klang enttäuscht, du hast noch etwas vor? Statt Schluchzen war jetzt sachtes Schmatzen zu hören.

Arbeiten, rief Iris, nahm einen Husky aus dem Haufen bunter Steine, zäumte ihn auf mit einem blitzblauen Halfter, so winzig, dass sie es wegen ihrer langen Fingernägel kaum angreifen konnte, spannte ihn vor einen gelben Schlitten. Lilly sah ihr fasziniert zu.

Wer fährt da mit?, fragte Iris.

Eine Mickeymausfigur bekam den Ehrenplatz, fiel sofort runter.

Die Beine einklappen, sagte das Kind, dann klicken.

Mit einem Klick wurde die Figur eins mit dem Schlitten. Los geht's! Der Schlitten sauste einen Polster hinunter, überschlug sich. Hund, Maus und Schlitten lagen kunterbunt durcheinander auf dem Parkett. Eine wilde Fahrt, Lillys Augen leuchteten.

Ob ein Kind viel lacht oder nicht, ist auch Erziehungssache. Was sie von solchen Aussagen hielt, war der Manchmal-Freundin #2 anzusehen, noch dazu von einer Kinderlosen. Kinderlos, sie sprach es nicht aus, es hätte jetzt wie ein Schimpfwort geklungen, zumindest wie ein Defizit.

Ohne Kind gehörst du einfach nicht ganz dazu. (Freunde sind unter anderem dazu da, einander ungestraft provozieren zu dürfen.)

Wozu?

Zur Gesellschaft, zum Großteil der Menschen. Ohne Kind bist du eine Minderheit, und zwar eine bedauernswerte, denn dass du dir wirklich keins wünschst, das glaubt dir keine. Ja, keine, sage ich. Ein Mann glaubt dir das schon.

Ist das nicht ebenfalls Erziehungssache? Wenn du nicht wüsstest, dass es die Möglichkeit gibt, Kinder zu haben, würdest du dann überhaupt auf die Idee kommen?

Was für eine absurde Frage!

Die Frau, der gegenüber sie auf dem Boden hockte – alleinerziehende Mutter zweier Kinder, sie spielen, während wir uns unterhalten –, tratschte gern unter dem Siegel der Verschwiegenheit. (Wer ist denn schon wirklich verschwiegen?) Ein Geheimnis ist nur eins, wenn es nicht mehr als zwei Personen kennen, Ludwig und ich, in unserem Fall. Die Manchmal-Freundin #2 war eine Kollegin, Sopranistin, zu nahe dran an der Szene. Ihr kann ich unmöglich was verraten. So schwer es mir fällt. An diesem Nachmittag wurde Iris folglich zur Verteidigerin der Kinderlosigkeit, für die es bei ihr längst zu spät war. Egal, was geschehen würde, sie war Mutter. Sergio sagte das oft und oft, mit einer übersteigerten Eindringlichkeit. *Sei madre, già ora.* Als wolle er sie indoktrinieren. Seimadreseimadreseimadre. Giàoragiàoragiàora. Seimadreseimadre. Sie wisse noch gar nicht, ob ihr das Baby auch sympathisch sein würde. In solchen Momenten hüpfte ihr Widerspruchsgeist und verleitete sie zu Sätzen, die sie weder glaubte noch sagen wollte. Sie sei auf alles gefasst, auch darauf, sofort eine Nanny nehmen zu müssen, oder einen Manny, von Geburt an. Das Kind muss sich erst beweisen. *Sei pazza,* war Sergios Kommentar gewesen. Gut, dass ich ihn los bin, dachte sie im Wohnzimmer der Freundin, zwischen Legosteinen, den Mund voll Kaffeegeschmack. Er ist ein Fremdkörper.

Vor ein paar Jahren noch hatte sie im Freundeskreis die Meinung verteidigt, vehement verteidigt, Liebe und Sex wären nicht das untrennbare Zwillingspaar, als das sie uns Werbung und Filmindustrie verkaufen. Nun erweist es sich als anders. Ich bin einfacher gestrickt, als ich es gern wäre. Eine eheartige Verbindung ohne Sex, wer hält das aus? Das Traurigste, was es gibt. Ich übertreibe: eins vom Traurigsten. Egal in welchem Alter.

Sergio erledigte noch immer viel für sie. Er kaufte ein – du darfst doch nicht schwer tragen. Er schickte SMS, die nach ihrem Befinden fragten. Sogar Blumen hatte er ihr besorgen lassen, zwei Tage, nachdem sie mit ihm Schluss gemacht hatte. Schluss im Sinn einer Liebesbeziehung, so hatte sie es formuliert, wir können uns weiterhin sehen, wenn du willst. Eigentlich will ich dich nicht sehen, dachte sie auf dem Teppich der Manchmal-Freundin #2, vielleicht später, vielleicht in hundert Jahren. Wärst du doch in Tokio!

Trotzdem, ich muss dir widersprechen, sagte sie zu ihrer Kollegin, wir Frauen sind es, die einander auf diesen Kinderwunsch hin drillen.

Aber das ist doch nicht kulturell bedingt, das ist Natur. Die Manchmal-Freundin #2 küsste den kleineren ihrer Sprösslinge auf den Scheitel.

Natürlich wäre manches, das wir uns glücklicherweise abgewöhnt haben.

Du provozierst mich. Die Manchmal-Freundin #2 lachte.

Siehst du, auch du bist zum Lachen erzogen worden, zum Zähnefletschen der Primaten: Wenn du mir was tust, beiß ich dich. Ohne Scherz, mein Vater hat mir richtige Lachkurse gegeben, er hat mir vorgelacht, zu allen möglichen und unmöglichen Themen. Wenn in einer Familie viel gelacht wird, tun die Kinder mit. Das ist gesund.

Ich tue mit ihnen mit, die Stimme der Manchmal-Freundin #2 war heiser.

Das war kein Vorwurf, ich bitte dich. Iris schlang einen Arm um sie, ich bewundere dich maßlos. (Vorsicht, komm ihr nicht zu nahe, sonst bemerkt sie deinen Bauch.)

Du siehst zu viele Nature Channels, kam die Manchmal-Freundin #2 auf die Bemerkung mit den gefletschten Zähnen zurück, nicht alles, was die zeigen, ist Tatsache.

Mein Bruder sieht solche Sachen, der hält mich darüber auf dem Laufenden. Ich sehe nie fern, keine Zeit dazu.

An manchen Abenden lege sie sich um sechs Uhr im Bademantel zu den Kindern ins Bett, um sie rasch zum Einschlafen zu bringen. Bevor ich wegmuss, sagte die Manchmal-Freundin #2, sie wirkte zerstreut. Aber Mama, so kannst du doch nicht schlafen, du musst dich ausziehen, hat Lilly unlängst zu mir gesagt, als ich mit Pantoffeln und Bademantel unter ihre Decke geschlüpft bin. Sie durchschauen mich, aber ich kann mir nicht mehr Zeit nehmen für sie.

Der Vater der Kinder der Manchmal-Freundin #2 kam in ihren Erzählungen kaum vor. Der hat weitaus weniger Geld als ich, hatte sie einmal erzählt, als Iris sich nach Alimenten erkundigte. Kinder interessierten ihn nicht sonderlich, nicht einmal seine eigenen, daraus habe er nie ein Hehl gemacht. Sie könne es ihm nicht vorwerfen, er habe es ihr von Anfang an gesagt. Dass sie gedacht habe, ihn ändern zu können, sei ihr Fehler gewesen.

Wie sich die Bilder gleichen. Iris wären Alimente wie ein Zugeständnis erschienen.

Überall in der Wohnung liegt Spielzeug. Sogar am Rand des Waschbeckens ein Nashorn. Als Iris in ihre Stiefel schlüpfen will, fühlt sie etwas Hartes unter ihrer rechten Sohle.

Schenk ich dir!

Lilly hüpft; ihr Rock, dem Tutu einer Balletttänzerin nachempfunden, schwingt. Iris holt eine Bratpfanne aus Plastik inklusive Deckel und Spiegelei aus ihrem Stiefel.

Ciao, Lilly, sagt sie.

Ciao, ruft sie ins Nebenzimmer, wo Kind Nummer zwei wieder Aufmerksamkeit braucht. Tut mir leid, ich muss jetzt echt. Den Buben am Busen, kommt die Manchmal-Freundin #2 auf sie zu, unter dem T-Shirt lugt ihr nackter Bauch hervor; sie umarmen einander, so gut es geht, das Kind saugt weiter, hält die Augen fest zusammengekniffen.

\*

Zwei Tage später fuhr Iris mit dem Pianisten – als blutjungen Knaben bezeichnete sie ihn Martha gegenüber, könnte mein Sohn sein – nach Stuttgart. Unter den Studierenden der Wiener Musikhochschulen hatte sie den Ruf einer Förderin. Absurd, bevor ich selber noch richtig aus dem Ei gekrochen bin, ich trete einfach gerne mit jungen Leuten auf, lasse mich gern von Spontaneität und überraschenden Zugängen zu altbekannten Stücken mitreißen. Es gibt auch junge Musiker, die spielen, als wären sie aus dem 18. Jahrhundert hergebeamt. Jugend ist nicht per se gut. Aber frisch, noch unverdorben vom Publikum oder den Rezensenten.

Es war eine Mutter,
die hatte vier Kinder,
den Frühling, den Sommer,
den Herbst und den Winter;
der Frühling bringt Blumen,
der Sommer Eiskaffee,
der Herbst, der bringt Trauben,
der Winter eine Tournee

Der Stuttgarter Bahnhof war eine unübersichtliche Baustelle, doch Karl, der Knabe, lotste sie unverdrossen überall hindurch bis zu den Taxistandplätzen. Er zog ihren Rollkoffer, trug ihre schwere Schultertasche. Alles, was er selbst benötigte, hatte er in einem flachen schwarzen Rucksack auf seinem Rücken.

In letzter Minute stellte Iris das Programm des Abends um, fügte ein Lied ein, drehte die Reihenfolge von anderen um. Die Änderungen gaben ihr auch die Möglichkeit, das Publikum zwischendurch direkt anzusprechen; das lag ihr. Sie machte ihre Ansagen, klang dabei so normal wie die Iris, die dir auf der Straße begegnen könnte. Intensivierte den Kontakt. Mancher Zuhörer

im Saal würde die Ansagen, nicht zuletzt die der Zugaben (drei!),
zu den Höhepunkten des Konzerts zählen; auch Iris empfand die
Sprechmomente als magisch.

> Babylein klein, Babylein mein,
> darfst ja ruhig müde sein.
> Babylein klein, Babylein fein,
> darfst ruhig müde sein;
> scheint die Sonne
> noch so hell,
> einmal will sie untergehen.
> Babylein mein, Babylein klein,
> schlaf ganz ruhig ein

Mein bester Liederabend je. Iris schrie in ihr Telefon, wenige
Minuten nach der dritten Zugabe. Sie schrie, um den Föhn zu
übertönen, der sich nicht mehr ausschaltete, während sie (auf
der Toilette) telefonierte: Ludwig hatte unter einem Vorwand
das familiäre Wohnzimmer verlassen, er stand an einer zugigen
Ecke vor der Garage, einer von den Fenstern des Hauses nicht
einsehbaren Stelle. Daher war Iris nach der letzten Zugabe direkt
ins Bad gestürzt. Ich muss ins Bad, flüsterte sie dem Pianisten zu,
der sich neben ihr verbeugte. Ich will Ludwig. Dachte sie, jetzt
sofort, wenigstens hören will ich ihn. Er sprach leise, sie musste
sich anstrengen, seine Worte aus dem Wirbel herauszufiltern,
hielt sich das Ohr zu, das nicht ans Telefon gedrückt war. Ich
wünschte, wir könnten die Nacht miteinander verbringen, flüsterte er. Ich auch, schrie sie. Was werdet ihr noch unternehmen?
Oh, das Übliche, die Veranstalter führen uns aus, Karl und mich,
ich will eigentlich nur bald ins Bett. Weißt du (sie unterbrach
ihn, als er zur Verabschiedung ansetzte), die paar Kilo mehr, das
ist so ein Unterschied. Alles ging leicht heute, ich hätte problem-

los noch eine Stunde singen können. Wie gern wäre ich im Saal gesessen, sie erriet seine Worte mehr, als dass sie sie hörte. Ich glaube dir, und ich glaube dir nicht (hätte Iris niemals gesagt). Dass es mit Sergio aus war, sagte sie ebenso wenig. Nicht so, nicht wenn er im Wind vor der Garage steht. Tatsache ist, wäre Karl nicht dabei, wäre ich heute hier allein. Und du, sie strich über ihren Bauch, du bist da, sie zupfte an ihrem Abendkleid. Wer nichts wusste, merkte noch nichts.

## *23 (83 cm)

Du weißt, Vater kann ich nicht sein. Als sie endlich loswurde, dass sie nicht mehr mit Sergio zusammen war, versank Ludwig in einer Starre. Seine Statur, sonst anschmiegsam, wirkte auf einmal nur wie ein Rahmen für ein paar Organe, die pulsierten; seine Augen waren zwei Stücke erkaltetes dunkles Harz.

Fünf Minuten vorher war alles heiß gewesen; sie und er eins. Auf ewig verbunden. Ein Begriff, der zu ihnen passte: ewig.

Er war bei ihr. Sie saßen in ihrem Bett, die Beine angezogen unter dem Leintuch; für mehr war es an diesem Tag zu warm, der Sommer hatte sich mitten in den Winter gedrängt. Zwei Hügel Knie überzogen mit weißer Baumwolle. Wie das Baby hier herumkugeln wird, in wenigen Monaten – Iris' flirrende Gedanken. Mir kann nichts etwas anhaben, du bist da, mein Kleines. Und dafür, dass er dich gemacht hat, nehme ich einiges von ihm in Kauf.

Die Geheimnistuerei ist vorbei, hatte sie gesagt. Ludwig sitzt da, schweigend, unbeweglich.

Hey, das ist doch keine schlechte Nachricht! Du hast immer gesagt, wenn wir nur dauernd zusammen sein könnten, schrankenlos. Immerhin stelle ich jetzt keine Beschränkung mehr dar, brach sie die Stille vorsichtig. Wir können uns freier bewegen, zumindest hier, in der Umgebung meiner Wohnung; falls wir ihn treffen, würde ich sagen, wir haben uns gerade kennengelernt. Und das wäre doch auch wahr, in gewisser Weise?

Ludwigs Schweigen; sie hatte es anfangs für eine Taktik gehalten, weil er wusste, Frauen ertragen das nicht, die müssen was sagen und begeben sich damit auf gefährlicheres Terrain. Mittlerweile war sie aber zu dem Schluss gekommen, dass er durchaus nicht stolz darauf war; er wusste sich einfach nicht über eine Redebrücke aus seiner Hilflosigkeit zu retten. Er blieb da drin und, ja, litt. Sie nahm ihm das ab. Hier war keine politische Verhandlung, und sie glaubte ihm inzwischen, dass er dort geschickter war als privat.

Ich hab gedacht, du würdest dich freuen, fügte sie hinzu und betonte, Sergio sei nach wie vor überzeugt davon, das Kind sei von ihm. (Warum sie Ludwig trösten musste, obwohl er ihr im Grunde wehtat, und was heißt im Grunde, auch oben im Himmel und überall? Er hatte ihr nie gestattet, sich für ihn zu entscheiden. Vom ersten Kuss an einen Riegel vorgeschoben. Bis hierher und nicht weiter. Liebe: ja. Gemeinsames Leben: nein.)

So kann es nicht weitergehen, fuhr sie fort, nachdem sie sich eine Weile gezwungen hatte, ebenfalls zu schweigen. Du sagst doch selbst, dass dir unsere Abschiede immer schwerer werden.

Er nickte, ließ den Kopf hängen. Gemaßregelter Bub. Das Jungenhafte zog sie an. Er könne kein Vater sein, hatte er wiederholt betont, aber die Vaterschaft nie bestritten. Sogar finanzielle Unterstützung hatte er angeboten. Nichts Offizielles und ohne von Geld zu reden, aber sie solle ihn wissen lassen, hatte er gesagt, falls sie etwas bräuchte, falls er etwas besorgen könne, für die Grundausstattung des Babys. Für die Betreuung. Sie hatten verhütet, auf althergebrachte Weise; die Pille vertrug sie nicht, sie schlug sich auf ihre Stimme, bei Kondomen widerte sie beide der

Geruch an. Ihre Vorsicht hatte mit der Zeit etwas nachgelassen; und an dem Tag, den sie als denjenigen welchen identifiziert hatte, waren sie besonders unvorsichtig gewesen.

Ich weiß keine Lösung, sagte er endlich, als sie schon fürchtete, das Einzige, was er eventuell von sich geben würde, wäre, er wolle sie nicht mehr treffen. Wenn ich eine Lösung wüsste, würde ich sie dir sofort bekanntgeben. Es beschäftigt mich Tag und Nacht, das musst du mir glauben.

Du hast ein gutes Herz, mit dieser Phrase umarmte er sie endlich wieder und aktivierte die Haut-an-Haut-Diffusion (wie sie es manchmal unter sich nannten). Sie ließ es erleichtert zu. Seine Nähe erregte sie, auch wenn er dasaß wie ein Felsblock.

Du auch, murmelte sie, während sie sich küssten. (Warum das nun wieder? Warum dieses übertriebene Verständnis für ihn? Weil er etwas Unmögliches versuchte? Mit ihr zu sein, ohne der Frau, die er einst, vor über dreißig Jahren, geheiratet hatte, Schmerz zuzufügen? Weil er ihr Bild von sich nicht trüben wollte? Seine Kinder belog, mit dem Schein einer geglückten Ehe? Eine Utopie von Bilderbuchfamilienvater? Weil er, wenn seine Familie den Glauben an ihn verlöre, selber verschwände und nicht mehr derjenige wäre, den Iris liebte?) Ein gutes Herz für sich selbst zu haben war immerhin ein Anfang. Er wusste, was er sich zutrauen konnte; er überschätzte sich nicht. Ihr traute er offenbar eher als seiner Frau zu, das alles unbeschadet zu überstehen. Und falls wir uns jetzt zum letzten Mal sähen, er traut mir zu, dass ich das aushalte. Mehr aushalte als er?

Du idealisierst mich. Seine Antwort klang trotzdem nicht so, als ob er an seiner Gutherzigkeit zweifelte. Ich tue viel dafür, dass die Welt eine bessere wird; er musste es nicht formulieren, um ihr zu signalisieren, dass er keine allzu schlechte Meinung von sich hatte.

Er ist wieder bereit, dachte sie, während er über ihren Rücken

streichelte, bereit, mich an sich zu drücken, er hat sich erholt –
seine erstaunliche Regenerationsfähigkeit. Die Nachricht ist ein-
gesickert, und er: heiß wie vorher. Weit über dem Schmelzpunkt.
Der Gefahr bewusst, aber das hält ihn nicht zurück. Wenn du
wüsstest, was ich denke. Wie viele haben das vor mir gedacht?
Und keine Konsequenzen gezogen – wie ich.

Sie schmiegte sich an ihn. Um dich zu idealisieren, kenne ich
dich noch zu wenig, sagte sie.

\*

Der Paralleleffekt Nummer eins: Ludwig will seine Frau vor der
Realität bewahren; ich mein Kind. Beide, in dem wir etwas aufrechterhalten, das es nicht gibt. Stimmt das. Fragezeichen. Seine
Ehe gab es wenigstens auf dem Papier. Bei ihr war nichts der-
gleichen, keine Andeutung, dass jemand wünschte, sich für immer mit ihr zu verbinden, sei es aus bürokratischen Gründen.
Bei ihr hatte es nie etwas Vergleichbares gegeben. Auch Sergio
hatte ihr nie einen Antrag gemacht. Auch jetzt nicht. Ehe gehörte nicht zu ihrer Art Leben. Gehörte überhaupt nicht mehr in
dieses Jahrhundert. Aber komischerweise taten die Jüngeren das
wieder. Mitglieder des Jungen Ensembles, Mitte zwanzig, luden
dauernd zu Festlichkeiten, ganz klassisch, Behörde, Kirche, wir
lassen nichts aus; nicht einmal den Bauernhof anschließend.
Waldviertel, Weinviertel, Burgenland. Iris war ab und zu hinge-
fahren. Es war schön gewesen; auf eine Art schön, jedes einzelne
Mal. Für mich wird es so was nicht geben, und ich will es auch
nicht, es passt nicht zu mir. Aber nein sagen, ohne dass einen jemand fragt?

Paralleleffekt Nummer zwei: Ludwig hängt an seinem Leben,
wie es war; ich hänge an meinem Leben, wie es war, bevor ich ihn
kannte. Das Leben ohne Sehnsucht nach jemandem, den ich nie

kriegen kann. Beide können wir das Leben-wie-es-war nicht zu-
rückkriegen. Nur äußerlich kann er alles halten, wie es war. Verlässlich wie ein Bär; vorhersehbar, klug. Und gutaussehend, auf
eine unaufdringliche Art. Ein zeitloses Naturereignis, aber ein
zahmes, eins, das in Parks passte. Bin ich gemein?

Seit sie ihm gesagt hatte, sie sei nicht mehr in ihn verliebt, hatte
Iris Sergio keine Sekunde vermisst. Andersherum schien genau
das Gegenteil der Fall. Sie waren nie ein Paar von großen Worten,
auffälligen Geschenken gewesen, und jetzt folgten auf die ersten
Blumen vom Tag danach vier weitere Sträuße – so ein Durchhal-
tevermögen hätte ich ihm nie zugetraut. Danach kamen zwei Bü-
chersendungen. *What to Expect, When You're Expecting,* ein Rat-
geber für Schwangere, und eine Erzählung von Cesare Pavese, *In
spiaggia.* Das kannst du sicher auf Italienisch lesen, *un racconto
che amo quanto amo te,* hatte er auf eine Karte dazugeschrieben.
Mehrere handgeschriebene Briefe, Liebesbriefe, absolut, kein
Zweifel möglich. Und zuletzt ein Collier von Tiffany, eine 18-Ka-
rat-Goldkette mit einem herzförmigen Diamanten, in Bezelfas-
sung, sie wusste nicht, was sie damit anfangen sollte.

Er kämpft um mich, sagte sie zu Manchmal-Freundin #1. Aber
ich bin keine Marzipanfestung, einzunehmen mit den Mitteln
eines Zuckerwattefabrikanten.

Sie reagierte nicht auf die Zuwendungen. Das ärgerte Sergio
und machte ihn unpassend. Abgesehen davon, dass er versuchte,
ihre gemeinsamen Freunde für sein Anliegen aufzuhetzen – in
den Wochen nach ihrer Trennung wurde Iris überhäuft mit
SMS-Nachrichten von Menschen, von denen sie wusste, aus sich
selbst heraus würden die sich nicht in meine Angelegenheiten
einmischen –, erzählte er überall herum, dass sie ihn verlassen
hatte, und wahrscheinlich viel mehr als das.

Aber ich kann ohne dich nicht leben, brüllte er im Stiegenhaus, während er an ihre Tür trommelte, mit den Fäusten, primitiv, wie einer, der schlechter Umgang für sie wäre oder gar gefährlich.

An diesem Abend war Ludwig bei ihr; sie aßen, als der Krach anfing. Er hatte geläutet, zivilisiert, einmal, zweimal, dreimal; dann Sturm. All das hatten sie stumm ignorieren können, auch wenn Iris ihre Gabel hingelegt und nicht wieder in die Hand genommen hatte. Keine Ahnung, hatte sie gesagt, als Ludwig sich erkundigte, wer das sein könnte. Wahrscheinlich jemand, der sich in der Tür geirrt hat. Spätestens als die Schläge auf das Holz anfingen, war klar gewesen, da wusste jemand genau, an wessen Tür er trommelte. Ist er das? Überflüssige Frage, überflüssiges Nicken. Ich glaube, ja. Wir machen keinesfalls auf. Er hat kein Recht, irgendetwas von mir zu verlangen. Als es Iris untragbar peinlich wurde, vor den Nachbarn, aber in erster Linie vor Ludwig, der nun den Eindruck bekommen musste, sie wäre jahrelang mit einem gewaltbereiten Wahnsinnigen zusammen gewesen, gab Sergio auf. Nach einem letzten schweren Schlag, bei dem die Tür in den Angeln zitterte, setzte er überraschend leise hinzu, *forse non sei qui davvero.*

Ludwig aß weiter, er versuchte, ein Gespräch zu führen, das den Vorfall ignorierte. Iris entschuldigte sich, nahm ihren Teller, trug ihn hinaus, hielt ihn schräg über die Klomuschel und sah zu, wie das Essen hineinrutschte. Zum ersten Mal, seit sie einander kannten, wünschte sie, Ludwig wäre jetzt nicht bei ihr.

Du hast dich in dem Menschen, mit dem du das Leben geteilt hast, total getäuscht, wer gesteht das gern? Vielleicht ist das sogar der Kern dessen, warum so viele bereit sind, körperliche und seelische Misshandlungen zu ertragen, bevor sie sagen, bis hierher und nicht weiter; weil es so schwer ist einzugestehen, ich habe eine schlechte Wahl getroffen. Was ich Liebe nannte, war Bullshit.

Später gingen Iris und Ludwig ins Bett; sie umarmten sich, nur das. So schliefen sie.

Schließlich gelang es ihr, mit Sergios Vater Pierangelo zu telefonieren. Nach wiederholten Versuchen, bei denen sie stets die Mutter erreichte, die Iris wieder und wieder beschwor, ihre Entscheidung zu überdenken. Du wirst es bereuen, das garantiere ich dir. Sergios Mutter hatte ihre Taktik geändert oder war unbewusst auf eine andere Tonlage verfallen: die, die helfen will. Und ich glaube dir ja, Rosa, dass du das wirklich willst. Aber es ist keine Entscheidung, es war eine Entwicklung, und zwar eine sehr notwendige. Iris schilderte Pierangelo, was geschehen war, bat ihn, seinen Sohn zur Vernunft zu bringen. Er kann mich nicht zwingen, wenn er das noch mal macht, hole ich die Polizei. Sie spürte, es fiel ihm schwer, sich vorzustellen, sein Sohn schlüge wild gegen Türen; aber er zweifelte nicht an dem, was sie sagte. Ihr bleibt ja trotzdem die Großeltern, egal, ob wir zusammen sind oder nicht. Auch ihr lag daran, das gute Einvernehmen nicht zu stören. Er ist eben ein leidenschaftlicher Junge, sagte Pierangelo abschließend. Dass die Beziehung seines Sohnes nicht mehr zu retten wäre, wollte er ebenso wenig akzeptieren wie seine Frau.

Sergio rief an; Iris stellte das Telefon lautlos. Er schickte eine entschuldigende Nachricht. Er wisse selber nicht, was in ihn gefahren sei. Habe eigentlich gedacht, sie sei nicht zu Hause, deshalb noch lauter geklopft. Einsichtig. Schuldbewusst. Ich vermisse dich, schrieb er; obwohl sie nicht antwortete. Morgen fliege ich nach Japan, fügte er eine halbe Stunde später hinzu. Das war nicht gelogen, Iris erinnerte sich ziemlich genau an seine Termine. Kurz bevor er abflog, sie wusste, er musste schon in Schwechat sein, schickte sie ihm ein SMS: Gute Reise!

Was ihr fehlte, war das gemeinsame Warten auf das Kind; die unsinnige Betrachtung von Kinderwägen, wenn sie ihnen unterkamen, welcher wäre für uns der passendste, wie wäre das, so ein Gefährt vor sich herzuschieben. Toll wäre das! Ich übernehme das gerne, ich schäme mich nicht: Sergio. Das Hineinschauen, welches Kind da drinnen lag, war es hübsch? Tuscheln über Bauchgeräusche. Das ist doch dein Darm! Nein, das ist der Kleine. Damit war sie nun allein.

## *24 (84 cm)

Die Hebamme hieß Rosemarie; ihren Beruf übte sie leidenschaftlich aus und seit mehr als zwanzig Jahren. Sie gab Iris die Hand. Nicht zu fest, nicht zu uninteressiert: kein lasches Salatblatt. Ihre Haut war sehr hell, mit einigen Sommersprossen im Gesicht, auf Handrücken und Unterarmen, sie wog vermutlich mehr, als Iris jemals wiegen würde, die rotblonden Haare hatte sie zu einem Pferdeschwanz gebunden. Sie hatte zwei Söhne – fast erwachsen –, der jüngere rief während des Gesprächs an, es war der einzige Anruf, den Rosemarie jemals in Iris' Gegenwart entgegennahm, der nicht von einer kurz vor der Entbindung stehenden Frau kam. Wie er sich Spaghetti kochen könnte, wollte er wissen, seine Mutter erklärte ihm geduldig, wie er die Packung in der Küche finden und aufmachen und die Nudeln in einen großen Topf kochenden Wassers geben sollte.

Das nächste Mal darf der Vater auch dabei sein, sagte Rosemarie, wir treffen uns voraussichtlich drei Mal, bevor es so weit ist; zwei Mal allein, einmal mit deinem Mann. Wenn du das willst. Nach der Geburt mache ich Hausbesuche. Falls du – wir können gleich du sagen, ja? – wirklich ambulant entbindest, komme ich die erste Woche über jeden Tag zu euch, die Krankenkasse zahlt das. Ambulant, ja. Iris wollte den Aufenthalt im Krankenhaus so kurz wie möglich halten. Im Fall eines Kaiserschnitts werde eben alles anders. Rosemarie nickte, als hätte sie sich selbst eine Frage gestellt. Stell dich darauf ein, dass alles anders werden kann. Sei offen dafür, ja? Rosemarie hatte ein offenes Gesicht. Iris hatte sie nicht ausgewählt, weil sie ihr am sympathischsten war, sondern weil alle anderen Hebammen, mit denen sie Kontakt aufnahm, bereits ausgebucht waren.

Ja, vielleicht ein Trend, Wahlhebammen erleichtern erwiesenermaßen die Geburt, neuerliches Nicken von Rosemarie. Der Vater wird bei der Entbindung dabei sein, oder? Iris' Zögern. Oder magst du ihn lieber nicht dabeihaben? Es ist keine Verpflichtung, du kannst alles so gestalten, dass du dich wohlfühlst.

Er soll schon dabei sein, sagte Iris flach, er ist Sänger wie ich, hoffentlich steht er dann nicht gerade auf der Bühne.

Die Frauen sahen einander in die Augen.


Mit Tieren kenn ich mich nicht aus, lautete Rosemaries Antwort, als Iris fragte, warum menschliche Geburten schmerzhafter seien als bei anderen Lebewesen. Rosemarie rieb mit den Fingerspitzen über ihre Nase – sie hatte bereits Jacke und Schuhe an –, und ich habe keine Ahnung, wie sie das empfinden, was Menschen angeht, wir Hebammen sagen, der Schmerz ist der Beginn des Liebesverhältnisses zwischen Mutter und Kind, während der Wehen verliebst du dich in dein Baby.

Erst dann?

Ich kann es schwer beschreiben, bei jeder Frau ist es anders, bei mir war es beim ersten Kind ärger, als ich es mir je ausgemalt hätte, ich habe nach meiner Mutter gerufen, stell dir vor. Aber der Adrenalinstoß ist unglaublich, du bist total high. Das fällt beim Kaiserschnitt weg.

Aber auch via Kaiserschnitt geborene Kinder werden von ihren Müttern geliebt.

Ja, sicher. Aber wir Hebammen denken, eine natürliche Geburt erleichtert die Beziehung zwischen Mutter und Kind anfangs. Rosemarie polierte weiterhin ihre Nase und verglich die Geburt mit einer Extrembergtour, und Schmerzmittel gäbe es ja auch und den Kreuzstich, bei uns muss keine Frau mehr Unerträgliches leiden. Aber du gehst sicher an deine Grenzen, am besten, du schreibst einmal auf, wie du es haben willst, und sagst mir das beim nächsten Mal. Nur nicht zu sehr auf etwas versteifen, wäre mein Rat.

Aber warum ist das beim Menschen so riskant? Das ist doch unlogisch? Ich will weiter mit ihr reden, dachte Iris, die Frau soll bleiben. Alles, was Rosemarie sagte, fand sie rasend interessant.

Die Hebamme hielt die Klinke schon in der Hand, sie musste zum nächsten Termin. In ihrem Auto lag eine Karte, wie sie auch Ärzte haben; sie durfte überall parken.

Ein evolutionäres Dilemma, sagte sie und öffnete die Eingangstür einen Spalt weit, als wolle sie klarmachen, durch diese Öffnung muss ich gleich weg. Darüber habe ich kürzlich einen Vortrag gehört. Einerseits wirkt die Selektion auf ein größeres Hirn und folglich einen größeren Kopf hin, andererseits verlangt der aufrechte Gang, dass unser Becken schmal bleibt, diese beiden Faktoren arbeiten gegeneinander, ein Paradox eigentlich. Dazu kommt, dass durch den hohen Anteil an Kindern, die mittels Kaiserschnitt geboren werden, der Anteil an Frauen in der Bevölkerung zunimmt, die ein sehr schmales Becken haben. Früher wären die gestorben, jetzt kriegen sie einen Kaiserschnitt. Alles noch ziemlich ungeklärt, Rosemarie lächelte, die Unerklärlichkeit bereitete ihr Freude. Gott sei Dank, sagte sie. Ich habe ja meine eigene Theorie, und die ist, dass uns das gemeinsame Sorgen ums Auf-die-Welt-Bringen unserer Kinder stärker aneinanderbindet, dass es für unser soziales Gefüge wichtig ist. Nicht nur Mutter und Kind verlieben sich ineinander, sondern die Menschen bleiben miteinander innig verbunden, weil sie wissen, ein Kind auf die Welt zu bringen ist unsagbar schmerzhaft.


## *25 (86 cm)


Neun Tage später war Iris in New York. Dasselbe Hotel. Die Kollegen, die sie bereits kannte. Insgesamt: eine gewisse Vertrautheit. Mit Ausnahme des Taxifahrers, der sie auf der Fahrt vom Flughafen nach Manhattan *ausraubte*, er verlangte drei Mal so viel, wie sie letztes Mal bezahlt hatte. *Well, I'm not the other driver. That's none of my business.* An zwei Unfällen schrammten sie knapp vorbei, einmal touchierte er eine Gehsteigkante, sodass sie mit dem Kopf gegen das Fenster stieß. *Seatbelt, lady!*

Das Schlimmste an New York war der Ozean zwischen ihr und Ludwig. Sergio schrieb weiterhin Briefe, Briefe, die sie sich von Ludwig wünschte; schickte Blumen; benahm sich tadellos. Sie hatten einmal per Bildtelefon gesprochen, Japan–Amerika. Als wärst du im Block am Ende der Straße, sagte Sergio. Er strahlte. Wie gut du aussiehst, als täte es dir gut, mich aus deinem Leben bugsiert zu haben. Auch das sagte er strahlend. Er war, verglichen mit Ludwig (ich will dich nicht vergleichen, nein, ich will nicht, tue es doch), ein Meister darin, Nähe herzustellen, die Geografie Lügen zu strafen. Geografie ist überschätzt, wusste ich schon im Gymnasium. Sergio, als hätte er nie in ihrem Stiegenhaus randaliert. Ihn konnte sie immer anrufen. Er konnte sie immer anrufen. Sergio war ex, aber nicht geheim. Zwei Mal schickte er ihr Rosen; einmal aus Japan, einmal aus China, einmal gelbe, einmal rote.

Als sie sich auf verschiedenen Kontinenten befanden, wurde klar, Sergio betrachtete sie als festen Bestandteil seines Lebens, egal, in welcher Beziehung. In Ludwigs Leben würde sie immer nur eine Nachricht bleiben, eine verflucht gute Nachricht. Präziser: eine Zugabe. (Ludwig würde dem vehement widersprechen. Er wäre verletzt, und zu Recht.) Ludwig war wie die imaginären Freunde aus ihrer Kindheit, die ihr Leben einst bevölkerten, mit denen sie fortwährend sprach, spielte, die sie überallhin begleiteten, dank deren Anwesenheit sie nie einsam war. Ein durch die Technik verstärkt erlebbarer imaginierter Freund; er schickt echte Sätze, die mich sogar überraschen können. (Freund wäre eine Bezeichnung, die ihm gar nicht gefiele. Welche würde ihm gefallen?) Sie entdeckte, dass sie keine Ahnung hatte, unter welcher Bezeichnung er an sie dachte. Sie dachte nur: Ludwig. Und alles änderte sich. Das vorludwig'sche Zeitalter wirkte unvorstellbar weit weg. Hatte es überhaupt eine Zeit ohne ihn gegeben? War er nicht seit jeher ihr Wunsch?

Ja. Ja. Ja.

So ist das.

Und das macht ihn zum imaginären Freund.

Imaginärer Liebhaber.

Imaginärer Mann.

Imaginärer Vater.

Nein: Der imaginäre Vater ist der andere!


Die Kontaktaufnahme mit Ludwig erforderte komplizierte Planungen; jedes Telefongespräch musste vereinbart werden, die Abmachung verworfen, wenn Iris' Probe länger dauerte, neu getroffen werden. Klappte es endlich, war bei beiden Anspannung merkbar.

Nur noch drei Wochen, dann kriegen wir uns. Drei Wochen sind schon vorüber.

Ich will dich jetzt. Trotzig wollte sie nicht klingen. So klinge ich aber!

Die Produktion war deutlich wollüstiger geworden. Nicht nur ihre Haare hatte E. M. Demmenie über den Jahreswechsel auf fünf Millimeter Kürze rasiert: Eros ist stärker als Gewalt. Lizzys Stimme vibrierte, schnellte nach oben, hinauf ins Bühnendach. Einen Insektenregen stellte sich Iris vor, wie die da runterfielen, die Wanzen und Holzkäfer herausgezittert von den Schallwellen.

Schlaf, Kindlein, schlaf,
die Mutter isst gern scharf,
der Vater schüttelt's Träumelein,
da fällt herab ein Bäumelein,
schlaf Kind, schlaf,
bald isst du ein Chili-Schaf,
schlaf, Kindlein, schlaf

Mein Alltag hier ist hingegen nonnenhaft. Sie tippte den Satz, löschte ihn wieder, litt an dem, was sich nicht löschen ließ. Wachte nachts schweißgebadet auf, eng umschlungen mit Ludwig. Um zu entdecken: Sie war allein mit sechs Ungetümen: Kissen. Schob sich eins davon zwischen die Beine, *Liebe in Zeiten des Polsterwahns*, wälzte sich hin und her, versuchte einzuschlafen, auch der Schlaf kam nicht immer.

In solchen Nächten tippte sie ab und zu ein SMS zu viel an Ludwig. Das unbeantwortet blieb.

Warum er?

Sergio schrieb sie oft einige Nachrichten zu wenig, er nahm es nicht krumm, ließ ihr vom Hotelservice ein Frühstück ans Bett servieren. Wie …? Baff und mit vollem Mund saß sie ihm via Skype gegenüber, im Nachthemd.

E-Mail und Kreditkarte genügen, du hast so verloren geklungen gestern Abend, da dachte ich … Kaffee im Bett, vor dem Aufstehen, das magst du doch?

Wäre ihr nicht bang davor gewesen, ihr Zustand könnte auffliegen, wer weiß. Gelegenheiten gäbe es genug. Bartolo (glücklich verheiratet mit einer Bildhauerin, wie er oft ungefragt betonte, sehr glücklich) bemühte sich um sie. Du bist eine Euphoriebombe, er suchte ihre Nähe, sogar – unangebracht – auf der Bühne. An der Hotelbar ergab sich der eine oder andere Flirt, doch die Männer waren aus der Musikbranche. Keiner von ihnen würde so etwas für sich behalten. Er, nur er. Ludwig fehlte ihr.

Für Dummheiten war sie zu vernünftig. Ob sie ihr geholfen hätten? Ablenkung, ja, vielleicht hätten sie sie abgelenkt. Sie überlebte in den rudimentären Sätzen, die Ludwig und sie sich sandten; Elektronenspuren auf digitalem Glas. Ihr Stolz ließ nicht zu, dass sie ihm gestand, was sie quälte. Selbstgespräche, die sie verdrängte. Eine heimliche Schwangerschaft als Single-Mum, ich weiß nicht, wie ich das durchstehe. Während ich schufte wie niemals zuvor.

Es war eine Mutter,
die hatte vier Enten,
im Bad ganz besonders
sehr gut zu verwenden;
der Frühling bringt Schuhe,
der Sommer bringt Seen,
der Herbst, der bringt Hauben,
der Winter den Tee

Ich habe keine Angst. Hatte sie zu Ludwig gesagt. Dabei bleibe ich. Iris kroch wie angeordnet über den Bühnenboden. Anordnungen der Regie immer befolgen, sonst führt das zu gar nichts. (Manche Lektion aus der Hochschule könnte ich jetzt ruhig vergessen.) Sie robbte bäuchlings, stellte sich vor, dabei zu singen, die Gefühle zu produzieren, die der Text des Cherubino verlangte. Die E. M. Demmenie verlangte. Sie fühlte sich unwohl. Seit vier Monaten das erste Mal, dass sie am Bauch lag. Und dann: robben. Wo hast du gelesen, dass das Schaden anrichtet? Frauen kriegen unter ganz anderen Umständen gesunde Kinder, du, wohlgenährt, in Sicherheit. Aber ich fühle mich nicht wohl dabei! Ich, eine absolute Bauchschläferin, schlafe am Rücken, liege nächtelang mit offenen Augen da, wach, um jetzt hier auf diesen amerikanischen Bühnenbrettern … Nein! Da macht mein Kreuz nicht mit. Das Naheliegende fiel ihr erst ein, als ihre Vorderseite staubig war, die Jeans, der Pullover, die Ellbogen. Stopp, unterbrach sie die Probe. Das müssen wir anders lösen, Lizzy. Ich schaff das so nicht. *But you're vibrant, darling, what's the matter?*

Jemand (jetzt spricht sie Deutsch), der desertiert, der achtzehn ist und der Menschheit die Liebe erklärt, kriecht nicht am Boden herum, während er das tut. Aus genau diesem Grund will er ja nicht mehr bei der Armee sein. Weil er weder figürlich noch wirklich im Dreck robben will. Es ergibt so keinen Sinn für mich, und dann kann ich auch keinen Sinn singen. *What is more, my back is killing me,* die Bandscheiben! *At your tender age?* Zweifelnd sah E. M. Demmenie sie an. (Welche Katze im Sack habe ich da gekauft? Die sollte doch jung sein. Und jetzt: Bandscheiben?) Ja, ich weiß, ich bin achtzehn, so haben Sie das angeordnet. Iris klopft sich den Staub von den Knien, mit einer jungenhaften Bewegung, scharrt ein bisschen mit den Füßen, schlakst irgendwie in allen Gelenken, genial, das ist schon genial, denkt Lizzy, trotz allem versteht sie ihr Fach: Die ist noch Cherubino, während sie mit mir streitet.

Pause, ordnet Lizzy an, *short, ten-fifteen minutes.* Klopause, Rauchpause. Weitaus mehr Sänger, als man annehmen würde, rauchen (kein Wunder, der Stress, die ständig notwendige Besinnung auf das Atmen). Sie und Iris blieben auf der Bühne, schritten die Linien ab, die für Cherubinos Bewegungen im Gerichtssaal vorgezeichnet waren, landeten schließlich neben dem löwenförmigen linken Fuß des riesigen Sekretärs, der das Bühnenbild im ersten Akt dominieren sollte, im dritten übrigens ebenso. Stapel von Akten, groß wie Bettlaken, lagen auf der Schreibplatte. Das wäre einer der unwahrscheinlichen Fälle, in dem mich ein Blatt Papier erschlagen könnte. Aufkeimendes Kichern, unterdrückt. Plötzlich fand Iris die Situation ungeheuer lustig. Die Fabrikarbeiterinnen aus Portland, die E. M. Demmenie tatsächlich einfliegen hatte lassen, verließen die Bühne in der Pause nicht. Um und unter dem ebenfalls überdimensionierten Richterstuhl, auf den die Sänger mit einem Kran hinaufgehievt wurden (von Leitern hielt Lizzy nichts), tuschelten sie, ein Schwarm von – ja, was eigentlich? Ein Schwarm von Frauen aus Portland, Oregon, vollendete Iris den Satz innerlich für sich, während E. M. Demmenie weitersprach, immer schneller wurde, ihre Worte überschlugen sich. Erstaunt verfolgte Iris die Geschwindigkeit, mit der die Regisseurin imstande war, Laute zu formen und aneinanderzureihen. Sie produziert in einem Jahr bestimmt zehn Mal so viel Worte wie ich –

Ich habe ihr gar nicht zugehört.

Iris zwang sich aufzupassen, schließlich geht es um etwas.

Wie würdest du es denn machen?, fragte Lizzy in diesem Augenblick auf Englisch, und Iris antwortete nun auch auf Englisch, denn Höflichkeit war angebracht, und in der Sprache zu sprechen, die deinem Gegenüber am leichtesten fällt, ist höflich.

Ich habe darüber nachgedacht. Behutsam und extra viel Platz lassend zwischen ihren Sätzen – Zeit gewinnen, Zeit gewinnen, Lizzy entschleunigen – entwickelte Iris ihre Vision eines sessilen Cherubino.

Er ist der Fixpunkt, um den die anderen Figuren wirbeln, er sitzt, schließlich soll er Zeuge sein. Gerade weil er viel auf der Bühne ist, nicht wahr, aber nur zwei Arien singt, dafür diejenigen, die das Publikum auch gut kennt, ist er im Sitzen am besten aufgehoben. Ab und zu steht er auf, das ist dann eine große Sache. Nicht um zu singen; ich kann prima im Sitzen singen. Dieses Sitzen unterstreicht auch seinen Rückzug vom Militär. Für einen Soldaten ist das Sitzen auf einem Stuhl eine untypische Haltung.

E. M. Demmenie lauschte.

Kratzte sich am Hinterkopf.

Rieb sich übers Kinn.

Verschränkte die Arme vor der Brust.


Er kann, fuhr Iris nach kurzer Stille fort, nicht anders, als sich auch als Zeuge zu verweigern. Sowieso legen die Texte der Arien das nahe, aber auch er, die Gestalt des Jünglings, der die Liebe erst erfahren wird, hoffentlich, er weigert sich selbstverständlich, diese Scheidung voranzubringen. Die Leute sollen beisammenbleiben. Er glaubt noch an so was. Eben weil er erst die ersten Liebesknospen ausbildet, glaubt er daran, es könnte für immer sein. Muss ja daran glauben, sonst würde er völlig verzweifeln, von Anfang an, und wäre nicht der, der er ist; und es wäre nicht Mozart. Sogar Kinder geschiedener Eltern glauben immer wieder daran, in unserem Kulturkreis zumindest (und Mozart ist ja wir), dass es ihnen schon gelingen kann. Etwas Endloses. Endlich! Im Übrigen glaubt Cherubino daran, dass nach dem Krieg Frieden herrschen kann, dass Frieden herstellbar ist, und er will das. Freilich zeigt sich das in dieser Oper die meiste Zeit über wortlos. Durch seine Präsenz. *Put him on a chair and I'll do it.*

Da war sie wieder. Coolness. Gnade der späten Geburt. Das Glück, in diesem und keinem anderen Jahrhundert zu leben. Das Erbe der Moderne ersparte einem Sentimentalitäten und erlaubte, die Höflichkeit auf ein Minimum (zum Beispiel Sprache) zu beschränken.

Es gibt Menschen, die inspirieren dich. Bemerkenswerterweise stellte sich E. M. Demmenie als ein solcher heraus. (Eine solche, eine Menschin, hätte Martha sie korrigiert, Martha, Martha, ihr verdrängtes, extern lebendes, aber umso beharrlicheres Gewissen für Frauensachen in der Öffentlichkeit.) Lizzy sah Iris forschend an – bin ich jetzt ein vom Aussterben bedrohter Gletscher, eine erst zu erkundende Goldmine? –, aus Augen: grün, leicht verwittert, aber wir haben beinah die gleiche Farbe, du musst den Leuten in die Augen schauen. Dann nickte Lizzy, einmal, zweimal, nicht öfter. *Okay. You'll sit on a chair.*

Das Band ist geknüpft, die Basis für den Erfolg aufgespannt: Wir vertragen uns. Vier Stunden später? Auch dann noch. Und auch das Telefonieren mit Ludwig ging *smoothly*. Wie geht's dir? Wie geht's denn dir? Gute Konstellation, wir sind wieder als Ensemble verbunden, alle Wunden vom Dezember verheilt. Nur Trockentraining heute, ohne Stimmen, bloß die Bewegungen. Gar nicht schlecht, du. Und die Premiere, hast du gesagt, ist am 23. März? Er hatte es sich gemerkt. Da schau her. Ich wünschte, ich könnte dabei sein. Ein Flugticket, und du bist da, ich verstecke dich in meinem Zimmer, unter dem Queensize-Bett, wir schmuggeln dich durch den Künstlereingang in die Oper, offiziell ausverkauft, ja, jetzt schon, stell dir vor, aber dich krieg ich schon rein –

Du weißt, dass es nicht geht.

Sie nickte, machte sich nicht die Mühe, das in etwas für ihn Hörbares zu übersetzen.

Bin echt zuversichtlich, beschloss sie das Gespräch. Positiv, sie wollte positiv bleiben. Erzählte nichts von den Stichen im Unterbauch, die plötzlich da gewesen waren, im Sitzen, auf ihrem Vorerstsessel, da muss noch etwas anderes her, ich regle das bis morgen (Lizzy, schnell wie üblich), während sie sich kaum bewegt hatte, aber *kräftig* saß, aufgepumpt sozusagen (stelle mir da immer vor, ich wäre eins dieser Schwimmtiere, eine Robbe zum Beispiel, sie reckt sich auf ihrem Felsen), hatte sie diese Stiche gespürt, kaum merkbar zuerst, dann schneidend, vier Mal, dann nichts mehr. War das etwas Übliches, von dem sie nicht wusste? Überspanntheit? Einbildung?

Sie suchte den Arzt auf, bei dem sie schon im Dezember gewesen war. Haben Sie Schmerzen? Eigentlich nicht, nur ein einziges Mal, gestern, daher ... und, wie gehabt, ab und zu Ausfluss. Aber keine Krämpfe? Nein, nein, Stiche eher, unerwartete Stiche, wie man so sagt, als würde jemand mit dem Messer ... Ich kann nichts Besonderes erkennen, konstatierte der Arzt, nachdem er sie untersucht hatte, alles normal. Das Übliche ist das Wünschenswerte. Mutterbänder, fügte er hinzu, es könnte sein, dass Sie die spüren, die fixieren den Uterus im Bauchraum, durch das Wachstum der Gebärmutter müssen sie sich dehnen; wahrscheinlich spüren Sie das, es ist typisch für das zweite Schwangerschaftsdrittel. Eine Wärmflasche hilft. Er zwinkerte ihr zu, tatsächlich zwinkerte er ihr zu. Allerdings – aha, da kam noch etwas – sollten Sie sich mehr Ruhe gönnen, ich weiß, habe Ihr Bild gesehen auf den Plakaten, die Premiere, aber legen Sie sich hin, wann immer Sie können, der Gebärmutterhals ist leicht verkürzt, kein Grund zur Aufregung, schonen Sie sich. Das wird schwierig werden. Das Achselzucken des Arztes erinnerte Iris an das Achselzucken von Politikern vor laufender Kamera, wenn sie gestanden, es sei schade, dass dieses Moor einer großangelegten Hotelanlage weichen musste, aber wohl notwendig; so zuckte die Welt mit den Schultern, geschmackvoll verstört.

Es war eine Mutter,
die hatte vier Kinder,
den Frühling, den Sommer,
den Herbst und den Winter;
der Frühling bringt Blumen,
der Sommer Eiskaffee,
der Herbst, der bringt Trauben,
der Winter eine Tournee

Das Arbeitsethos der Amerikaner übertrifft jegliche anderen Interessen. Ihre Bekannte aus Brooklyn, die Iris um Rat anrief, machte ihr keine Illusionen. Das respektlose Zwinkern des Arztes, na ja, ernst ist das nicht zu nehmen, seine Aufforderung, viel zu liegen, umso mehr. Mich hat bei meinen drei Kindern nie jemand zum Liegen aufgefordert. Was soll ich dir sagen? Er begegnet jeden Tag Leuten, die nicht liegen können, weil sie sonst ihren Job verlieren, Leuten wie dir, im Grunde.

Ihr Kichern war nervös. Falls etwas schiefgeht, kommen sie wieder zu ihm, lassen sich beraten, wie denn ihr Kinderwunsch nun doch zu erfüllen sei. Win-win nennt man das. Arbeitsethos der New Yorker, sollte ich sagen, über Amerikaner weiß ich wenig, ich habe nie woanders als in Brooklyn gelebt.

Immer noch ratlos beendete Iris das Gespräch. Hinlegen und Schokolade futtern kam nicht in Frage.

Sie fuhr ins Hotel. Taxi, ein freundlicher Fahrer, ihm erzählte sie, konnte der Versuchung nicht widerstehen, sie sei schwanger, übertrieb: Ich vertrage schlecht, wenn zu abrupt gebremst wird. Der Mann reagierte wortkarg. Sie merkte, es tat ihr gut, von ihrem Zustand zu sprechen; stärkte sie.

In ihrem Zimmer im Hotel lungerte sie im vorhandenen Armsessel mit Fußstütze herum, ihre Handflächen schwitzten, halt durch, sagte sie in ihren Bauch hinein. Sie googelte: Mutterbänder, Gebärmutterhals, Cervix, das wissenschaftliche Wort tauchte ohne Vorwarnung auf. Ein neues Vokabular für sie, merkwürdig, dass das noch niemand für die Oper genutzt hatte, oder gab es so eine Oper, und sie wusste das nicht? Muttermundoper. Foren, in denen Hebammen mit anonymen Frauen kommunizierten; der eine Teil panisch, der andere Teil beschwichtigend. Aufregung im Büro empfindet Ihr Baby mit Ihnen, las sie, Stress sei der zentrale Faktor bei Komplikationen in der Schwangerschaft.

Nie fand sie auf einer dieser Websites einen Hinweis darauf, dass eine Mutter Schiffskapitän oder Pilot sein könnte, Mütter arbeiten offenbar in Büros.

Ab der zwölften Woche können Sie davon ausgehen, dass Sie sich im Cockpit nicht mehr in einen neben Ihnen stehenden Kübel hinein übergeben müssen, hätte da stehen können. Stattdessen stand: Im Büro werden Ihnen die Handgriffe wieder leichter fallen, das Baby ist nun circa so groß wie ein Pfirsich. Wieder woanders hieß es, das Baby ist so groß wie eine Mandarine. Ein Obstkorb. Sein Magen verdaut bereits, die Leber bildet Blutzellen, die Nieren reinigen dieses Blut: ab der 13. Woche. Sie war schon längst im Stadium der Honigmelone, 19. Woche. All das konnte ihr Baby schon lange.

Irgendwie ging es weiter.

Proben. Zwischenprobenzeiten. Nächte, in denen sie schlief wie
ein Lämmchen, Nächte, in denen sie kurz nach Mitternacht wach
wurde, von einem Freudenschreck. Sie/er strampelte, drückte
den Rücken gegen die Wand der Gebärmutter. Hallo, sie summt
irgendetwas, singt ihm gedämpft etwas vor. Du bist stark. Es geht
dir gut. Du kennst meine Stimme, verformt von der Tasche, in der
du lebst: ich. Kennst mich, wie nur du mich kennen kannst, weißt,
wie mein Magen mich hört, wenn ich spreche, meine Blutzellen.
    Jedes Mal, wenn Iris ihre/seine Bewegungen spürte, dann, ja:
eine Euphoriebombe.

Wir machen's, wie der Kuckuck schluckt,
wenn er in fremde Nester guckt,
Kuckuck, Erdbeerschluck,
Kuckuck, Himbeerschluck,
Kuckuck, Schwarzbeerschluck,
Kuckuck, Geisterschluck,
Kuckuck, Sorgenschluck,
Kuckuck, Kuckuck

Regen Sie sich vor allem nicht auf. Ihre Ärztin aus Wien, als befände sie sich am Grund des Atlantiks, in der Leitung gluckste
es, Algen, Nesseltiere schwebten vorbei. Mein Kollege hätte Sie
nicht gehen lassen, wenn er bezweifelt hätte, dass das okay ist.
Diese Mediziner machen mich nervös. Als würde nicht minüt-
lich irgendwo auf der Welt ein Kind geboren, sagt sie beruhigend
zu Sergio, der keine Beruhigung braucht. Er hat beschlossen,
sich keine Sorgen zu machen. Er kann das. Einige Tage, nachdem
Iris ihm die frohe Botschaft verkündet hatte, war ihm gedäm-
mert, ich freue mich irrsinnig, will dieses Kind unbedingt haben,

und folglich habe ich zwei Möglichkeiten: 1. Ich lebe für den Rest meines Lebens in Sorge. 2. Ich vertraue darauf, alles ist gut.

Es klappern die Stühle
auf seinem Autodach,
klipp, klapp!
Bei Tag und bei Nacht
hält der Lärm mich
ständig wach,
klipp, klapp!
Er fährt ohne Rücksicht
ganz schnell auch bei Rot,
ich wünschte,
er trüge ein Radlertrikot.
Klipp, klapp,
klipp, klapp,
klipp, klapp!

Sergio befand sich auf Rückeroberungsfeldzug; eine Charme-Offensive. Seine Japan-Tournee beanspruchte ihn weniger, als er befürchtet hatte, zwischen den Konzerten standen ausreichend Tage zur Erholung zur Verfügung; Tage, die er weniger touristischen Streifzügen widmete, wie viele seiner Kollegen sie unternahmen, als der Erforschung des Sonnensystems Iris: So groß bist du für mich, unermesslich, und du dehnst dich sogar aus, ein wahres Universum, was hält uns davon ab, wieder zusammen zu sein? Wir machen alles, wie du willst. Zwei Wohnungen, drei Wohnungen. Was hält uns davon ab? Sergio stellte sich den Wecker mitten in der Nacht, um den Zeitunterschied zwischen Tokio, Yokohama oder Osaka und New York zu überbrücken; er scheute keine Mühe. Iris nahm die Aufmerksamkeit trotz allem dankbar an, es erleichterte ihr New York, wo sie kaum jemanden kannte, weder Freunde hatte noch Familie, nur Arbeit. Arbeit.

Arbeit. Doch was Sergio neuerdings von sich gab, war ihr zu klebrig. Das Süßholzraspeln habe ich einmal gemocht, jetzt halte ich es kaum aus. Zudem verübelte sie ihm, dass er an Fronten kämpfte, die ihm nicht gehörten; er hielt intensiven Kontakt zu ihren Freundinnen, whatsappte mit Martha, während Iris sich eher von ihr fernhielt, aus Furcht, die langjährige Agentin könnte sonst frühzeitig entdecken, was sie verbarg. Besser, viel besser, sie weiß noch nichts davon. Sogar ihre Eltern hatte Sergio sich vorgeknöpft – ja, so nenne ich das. Von ihm hatten sie erfahren müssen, was Iris ihnen absichtlich vorerst verschwiegen hatte, warum sie unnötig aufregen? Alleinerzieherin. Das, was die Eltern stets von ihr abwenden hatten wollen. Da war es, dieses schwere Los, noch dazu für eine Künstlerin. Überflüssigerweise, betonte Sergio, ganz überflüssigerweise. Denn ich bin da, zur völligen Verfügung; ich gehöre doch zur Familie. Ich liebe eure Tochter. Inflation der Liebeserklärungen. So haben wir nie miteinander geredet, als wir zusammen waren.

Iris schreckte dennoch vor klaren Worten zurück. Zuallererst der Eltern wegen; solange sie hofften, die Trennung sei nur vorübergehend, hielten sich ihre Sorgen in Grenzen. Außerdem war sie sich nicht sicher, wozu Sergio fähig wäre, wenn er sich von ihr endgültig abgewiesen fühlte. Erführe, das Kind sei nicht von ihm. Er wäre imstande, aus Ärger alles hinauszuposaunen.

Oder waren das Vorwände, um vor sich selbst zu rechtfertigen, was für sie nützlich war? Ich wollte, ich wäre weniger feige.

> Er fährt ohne Rücksicht ganz schnell auch bei Rot,
> und ganz ohne Glück wär er längst schon maustot.
> Klipp klapp, klipp klapp, klipp klapp!

Iris verzichtete auf jede nicht absolut notwendige Bewegung, sie ging kaum mehr zu Fuß, nahm den Lift, wo es einen gab. (Du würdest anderes vermuten, aber New York ist die Stadt, in der die Lifte rar sind.) Ab und zu also doch Stufensteigen. Heben Sie nichts Schweres. Gut. Nein. Gleichzeitig: Keiner weiß, warum ich herumlaufe, als müsste ich ein Tablett roher Eier auf dem Kopf balancieren.

Eine Verpflichtung zum Glücklichsein hatte sie als Heranwachsende manchmal empfunden; und den Drang, andere glücklich zu machen. Weil es mir so gut geht. Weil bei mir wirklich alles vollkommen in Ordnung war; wie ich aufwuchs, was meine Eltern für mich taten, wie mein Bruder mich behandelte. Schule, Ausbildung. Junge Mädchen lassen sich leichter zum Gefallen-Wollen erziehen als Jungs. (Freud für die Westentasche. Wer in Wien lebt, kennt so viele Psychotherapeuten, dass der Eindruck entsteht, wir können jede Verhaltensweise auch selbst interpretieren; ein, zwei Taschenbücher genügen.) Jungs, das Wort, mit dem sie sich früher unwillkürlich als Zugereiste geoutet hatte, war nun gang und gäbe. Buben waren selten geworden und wirkten auf merkwürdige Weise verlangsamt, während Jungs flott und geschickt erschienen. Den Buben hing der Geruch an, den die Eltern mitbrachten, die in der ersten Generation vom sogenannten Land nach Wien eingewandert waren; bei jedem Besuch bei der Familie wurde der Geruch aufgefrischt. Iris' Familiensprache war zur Alltagssprache der Stadt geworden. Jungs. Ja, sie war glücklich, in Wien. Doch ich bin in Manhattan.

Wenigstens für die Zeit der Erwartung: in Watte gepackt werden. Erleben, wie es war, das Kind eines Mannes auszutragen, der sich maßlos darauf freute, für den es, wie für sie, das erste Mal war. Das wollte sie. Unheroische Bedürfnisse: Hier, in New York City, war sie ihnen mehr ausgeliefert denn je.

Für Ludwig war es eine bekannte Erfahrung; sein erstes Kind

hatte er vor zweieinhalb Jahrzehnten bekommen. Was er erstmals erlebte, war die Liebesbeziehung zu einer Mezzosopranistin, die an der Met sang. Dass das momentan für ihn am wichtigsten war, glaubte sie ihm durchaus. Sie erfuhr aber auch, indem sie ihn so stark vermisste, dass sie Sodbrennen bekam und Pickel von Mangel an Ludwig (dachte sie wenigstens), wie diese Wichtigkeit zwar glaubhaft war, aber auf den Bereich der Fiktion verwiesen blieb – die sie beide aufrechterhielten. Das vermutlich einzig Reale von ihm wuchs in ihrem Bauch.

Im Märzen steht sauer
der Bauer am Land;
er hat die Schneeschauer
gar nicht in der Hand.
Er müht sich und plagt sich
und ächzet und stöhnt
und wollte, er hätte
die Pflänzchen geföhnt.
Statt Knechten und Mägden
hilft ihm nur sein Kind,
das regt sich nur selten
ganz so geschwind,
wie er es gern hätte
vor allem bei Wind.
Es fährt auf dem Mofa
an Feldern vorbei
und wirft sich erst abends
aus Jux noch ins Heu.
Doch voll ist der Kühlschrank,
der Keller, das Haus,
die Mama ist Sängerin
und macht sich nichts draus

Der Erfahrung mit dem Taxifahrer folgend begann sie, Unbekannten, von denen sie überzeugt war, sie würde sie nie mehr treffen, von ihrer glücklichen Erwartung zu erzählen.

Der Gemüsehändlerin in Central Park West, die ihr daraufhin zwei Kilo Clementinen schenkte. *I'm from Europe too, you know, Bukarest, Romania. We're practically neighbours. Neighbours*, bekräftigte Iris enthusiastisch.

Der Friseurin in dem kleinen Laden, der so einladend wirkte; wo sie sich die Haare waschen und legen ließ, und ein bisschen schneiden, *just very little*. (Für den Cherubino war ihr Haarschnitt egal, sie trug eine brünette Perücke.) *Is it a boy or a girl? I don't know yet, but I have the feeling it's a boy. Feelings are important*, die Friseurin nickte kräftig. *I also always knew with my kids. My husband wouldn't believe me, but I was always right.*

Dem freundlichen Herrn an der Bushaltestelle, der fragte, ob er helfen könne, als sie sich schwer auf einen der Gitterstühle fallen ließ: Ich muss kurz rasten; sie hatte wieder einen Stich gespürt. Hatte am Weg von der Probe ins Hotel doch ein wenig Luft schnappen wollen, in der Sonne sein, hatte einen Rucksack gekauft; die Taschen, die sie mithatte, verursachten eine Asymmetrie, die ihr momentan nicht behagte, entweder rechts oder links, eine Schulter war immer ungleich belastet.

Glückwunsch, sagte der Herr, ich freue mich für Sie, ich freue mich für das Kind, das Sie zur Mutter kriegt.

Diese Gespräche erleichterten Iris unwahrscheinlich. Je mehr sie über das Kind redete, desto eher hatte sie das Gefühl, es sei alles in Ordnung.

Eines Nachts wachte sie schweißnass auf; das Leintuch unter ihr triefte, am Polster war ein feuchter Fleck.

Sie hatte von Blutgruppen geträumt, davon, dass bei der Geburt sofort die Blutgruppe des Säuglings festgestellt wurde und

Sergio entdeckte: Sie passte nicht zu einem Kind, das von ihnen beiden sein sollte. Typisch für ihn, so etwas sofort zu wissen und recht damit zu haben.

Trotzdem ist das, was ich tue, nicht kriminell, beruhigte sich Iris mit klopfendem Herzen. Wir sind im 21. Jahrhundert, in Europa, tausende Paare haben ähnliche Situationen.

## *26 (87 cm)

Nein, Wasser brauch ich keins, danke, wehrt sie eine Assistentin ab, die ihr ein Glas hinhält. Ich atme. Iris steht da, in voller Montur, unter ihrer brünetten Perücke; ein Bühnenarbeiter klopft ihr im Vorbeigehen auf die Schulter. *This war is more easily won than you'd think, soldier,* dreht sich noch einmal um, hält ihr seinen nach oben gereckten rechten Daumen entgegen. Noch ein paar Minuten, dann ist sie dran.

*Cinque, dieci, venti, trenta,* im Warteraum des Gerichtsgebäudes misst Figaro die Umrisse des Bettes aus, das er für sich und seine Braut Susanna gekauft hat, es hätte gut Platz in diesem Raum, man müsste nur ein paar Stühle zur Seite rücken. Leider sieht es aus, als würde aus der für heute geplanten Hochzeit nichts werden, sein Arbeitgeber, bei dem auch Braut Susanna angestellt ist, ist dagegen. Der Chef lebt in Scheidung und will Susanna nun für sich selbst, als zweite Frau. Figaro will diese Scheidung mit allen Mitteln verhindern; sein Chef soll verheiratet bleiben, und er will heute heiraten.

Vormittags hat sie sich eingesungen, dann zu Mittag gegessen, ein Fischgericht – mit Bartolo. Im Zuschauerraum sitzt Sergio als Einziger ihr Nahestehender, falls er wie geplant zwei Stunden vor Vorstellungsbeginn am JFK-Airport gelandet ist. Ihren Eltern war die Reise zu weit gewesen; sie flogen ungern, und Iris hatte sie nicht dazu ermutigt. Vicky kam sowieso nie, wenn sie auftrat.

Wer fehlt, ihr fehlt, wieder fehlt, ist Ludwig.

*Tutto ancor non ho perso* – das Duett von Susanna und Marcellina, durch ein Fenster springt Iris in das Gerichtsgebäude: die Hitze der Scheinwerfer auf der Haut. Blick hinaus ins Publikum: dunkel. Die Bühneneinrichtung füllt die Welt. Dann leuchtende Vierecke im Saal. Schwarmintelligenz, rechts, links, hinten, vorne – Spielchen der Regie; die Leute glauben, das Geschehen auf der Bühne zu beeinflussen, in Wirklichkeit ist das natürlich nicht so. Auch das hatte Lizzy einsehen müssen. Das Publikum hat Anteil am Gelingen des Abends, klarer Fall, aber robotermäßig steuern lassen wir uns nicht – in der Debatte war Bartolo Vorreiter gewesen, tatkräftig unterstützt von Solitano, der drohte, als Dirigent zurückzutreten, wenn diese blödsinnige Idee mit den Devices – nennt mich ruhig reaktionär – ausgeführt würde. Dass ein Opernhaus die Besucher einer Vorstellung ermutigte, ihre Mobiltelefone mitzubringen und zu benützen, war jedoch etwas, über das die Presse schrieb. Und das Leuchtmuster im Saal reflektiert die auftretende Figur, den Sänger, die Musik.

Iris ist schon mitten im Satz, hört ihre eigene Stimme, im Kopf, in der Brust, hört die Partner. Irgendwie gedämpft, das Orchester. Ihre Ohren sind zugeklappt, klick, als hätte ihr jemand Ohropax reingesteckt. Schlucken, mehrmals, das Liebeslied des Cherubino ist vorbei. Klick. Knacksen wie zig Äste unter den Füßen: die Ohren wieder frei. Sie hört den Applaus nach dem ersten Akt. Ich habe kein einziges Mal den Dirigenten angeschaut. Das Klatschen hört nicht auf. Bartolo küsst sie auf den Hals. Den Hals?! Vorsichtiger Enthusiasmus hinter der Bühne. Es läuft, läuft gut. Erfolg knistert in der Luft.

Bei jedem Ton das Wohlwollen des Publikums. Absolute Stille. Tausende Menschen wie einer. Sie senken sogar die Devices. Stoppen die Aufnahmen. Iris singt ihre zweite Arie. So hab ich noch nie gesungen. Wie von selber. Ich sitze da, atme Musik aus. Sie denkt das nicht, sie steht auf, macht ein paar Schritte, tänzerisch, trotz der Gerichtssituation (Regieanweisung), ihre Lippen formen die Laute, wie möglicherweise Knospen am Holz aufspringen ab einer gewissen Temperatur, *palpito e gemo, senza voler*. Das Lied dauert ewig und ist gleich vorbei. Tosender Applaus vor der Pause. Hochstimmung hinter der Bühne. Wir sind noch nicht fertig, meine Lieben! Lizzy spart noch mit Lob. Im dritten und vierten Akt sind vor allem Iris' schauspielerische Qualitäten gefragt, die gesanglichen Höhepunkte hat sie hinter sich. Wo ist Sergio? Wollte, könnte er nicht in der Pause bei ihr vorbeischauen? Egal. Beginn des dritten Akts.

Bei der Arie der Gräfin *dove sono i bei momenti*, während der Iris Knöpfe von der Uniform reißt und von sich wirft – Cherubino will dieses ungute Spiel nicht, alle sollen heiraten, aus mit den Scheidungen, Kriegen –, ein Knopf fällt zu weit, in den Orchestergraben, da wird ein Musiker erschrecken, sie muss sich nachher entschuldigen, da spürt sie, wie aus ihren Brüsten Flüssigkeit sickert, ein Pulsieren in der Nabelgegend, ein Klopfen, in einem eigenartigen Rhythmus; aber es ist rhythmisch. Iris horcht nach innen, horcht nach außen. Muss hinter die Bühne, um Frauenkleider anzulegen. Dann bricht das Pochen ab.

Kurz nach Mitternacht saßen sie alle zusammen in einem Restaurant. Solitano, you call me Vincent, rechts von ihr, der dann doch aufgetauchte Sergio links. Als hätte sie die Hauptrolle gespielt. *You did it, my dear, you did it,* Solitano, ein Kompliment in Mannesgestalt, jetzt finalmente weiß ich, wer Cherubino wirklich ist. Sein könnte, korrigierte Iris, mit vollem Mund, wie das gehen soll, essen und reden gleichzeitig, hab ich nie kapiert. Manche stecken den Bissen in eine Backe und kauen erst nachher weiter. Sie versuchte das, verschluckte sich. Zart klopfte ihr Solitano zwischen die Schulterblätter: Wir brauchen dich noch. So klopft dir eine Heuschrecke auf den Rücken. Ein Gedanke, den sie Monate später noch als Anekdote zum Besten geben würde. Du hast gesungen wie ein Kind und gleichzeitig wie eine, die mit allen Wassern gewaschen ist, Unschuld und Reife gleichzeitig, die satten Schattierungen deiner Stimme. Wie du manchmal die Phrasen fast sprechend beginnst. Solitano, geboren in Asbury Park, New Jersey, an der Küste, dort, wo die Wellen unablässig gegen das Land schlagen, war lyrisch. Die kann nicht singen, könnte jemand auch denken, warf Iris ein. Kokett? Nein, warum soll das kokett sein. Als wär's das erste Mal für dich. So trittst du auf. Voller Hingabe. Und gleich möchte man dich noch einmal hören, weil man sich fragt, ist das die Figur oder die Frau? Und die intime Kenntnis von Mozarts Œuvre in jeder Bewegung, wie du die Silben aussprichst. Heute, nach all den Jahren, die ich ihn schon dirigiere, habe ich endlich kapiert, wer dieser Cherubino ist. Ich will unbedingt noch einen Mozart mit dir machen, un-be-dingt. *La Clemenza*, in zwei Jahren? Ja oder ja? Sie lachte, da muss ich in meinen Terminkalender schauen, wir reden darüber.

Sie drehte sich zu Sergio, er in regem Gespräch mit seiner Sitznachbarin, auf Italienisch, was sonst. Er ist da, Ludwig nicht. Der lange Tisch voller Seafood, ein halb aufgegessener Hummer, die Uhr oberhalb der Eingangstür zeigte halb zwei. Schwarze Zeiger. Auf den Tischen um den Haupttisch mit den Stars herum und in den anderen Räumen – Lizzy hat das gemacht, dafür gesorgt, dass ein ganzes Lokal für sie reserviert ist, Küche open end –

erheben sich, eine nach der anderen, die Fabriksarbeiterinnen aus Oregon. Sergio, ich will gehen. Sein Blick erstaunt. Ich hab das Kind gespürt, auf der Bühne, es hat den Rücken gestreckt, mehrmals. Ihr Mund ganz nahe an seinem Ohr; sie schmeckt Sergio, sein Geruch lagert auf ihrer Zunge, Chlor, immer noch geht er fast täglich schwimmen, ein bisschen Gummi. Er hält in seinen Bewegungen inne; übertrieben, warum musst du immer übertreiben, den Tenor heraushängen, sogar wenn es mein Abend ist, meiner!

Du Verrückte, die hätten dich hören können, sagte er später in ihrem Zimmer. Quatsch, sagte sie. Als wären wir wieder zusammen. Kommentarlos war er in ihr Zimmer eingezogen, die Preise sind ja horrend, und sie lagen nebeneinander in einem breiten Kingsize-Bett; wie Geschwister. Ruhe, absolut nichts zu hören, nur der Ventilator. Kannst du den ausschalten, bitte, in einer Nacht ersticken wir schon nicht. Puh. Stille.

# Vierter Akt

## *27 (87 cm)

Eine silberne Nadel, circa vier Zentimeter lang, mit einem blauen Stein, der ist am auffallendsten, daneben zwei unscheinbare in Rosa und ein grüner, eine Art Strahl. Ich hatte meinen Schal damit zusammengesteckt, den da, schau; sie hob ihn hoch, Merinowolle, buntgemustert. Als wir hereingekommen sind, war die Brosche noch dran, sie muss also hier sein, in diesem Raum. Sie scannte die Oberflächen suchend mit Blicken. Tat ein paar Schritte hin und her, am Bett entlang, befühlte das Fensterbrett. Wie wäre die Nadel dort hingeraten?

Die vergangenen drei Stunden hatten sie im Bett verbracht; waren nur einmal aufgestanden, ins Bad gegangen, hatten gemeinsam geduscht.

Ludwig half ihr. Er durchsuchte das Zimmer systematisch, tastete in Ritzen, die, zwischen den beiden Matratzen, die, wo das Holz die Leintücher berührte. Unter den Polstern. Er schüttelte die beiden Decken aus. Schaute im Bad, in den Regalen des Wandschranks, in seinen Schuhen, ihren Schuhen: nichts.

Sie waren in einem Hotel, das sie mochten. Mehr als die anderen, in die sie aus Platzmangel (wenn sie nicht rechtzeitig buchten) ausweichen mussten. Möbel, als befände man sich auf dem Land oder in einer anderen Zeit, große Fenster, dicke Vorhänge. Neuerdings stellte das Management ihnen eine Flasche Wein auf das runde Biedermeiertischchen zwischen zwei ebenfalls alten, aber neu bezogenen Sesseln, mit einer Karte, handgeschrieben:

Wir freuen uns, Sie wieder bei uns begrüßen zu dürfen, liebe Familie … Sie checkten unter seinem Namen ein, dem richtigen. Wie selbstverständlich er seinen Namen angab, wunderte Iris anfänglich, inklusive Titel, die tatsächliche Adresse. Ohne Sorge, entdeckt zu werden, offenbar. Ist an mir eine Spionin, CIA-Agentin verloren gegangen, dass ich überall Möglichkeiten entdecke, unsere Spuren zu verwischen? Sich in ihrer Wohnung zu treffen, fand Ludwig aber riskant. Wir sind waghalsig, hatte er nach dem Vorfall mit Sergio gesagt, stell dir vor. Was soll ich mir vorstellen? Dass sie nicht mehr mit Sergio zusammen war, änderte an Ludwigs Vorgehensweise nichts.

Die Rezeptionistinnen zeigten mit keinem Wimpernzucken, dass sie einen von ihnen erkannten.

Aus den Nachrichten: Ludwig.

Aus einer Illustrierten: Iris.

In der Februar-Ausgabe der Frauenzeitschrift *Angelina* war ein Interview mit ihr abgedruckt, eine Seite großformatiger Fotos. Seither kam sie Leuten bekannt vor, bevor sie miteinander bekanntgemacht wurden; sie wussten dann nur nicht, woher. Ihr amerikanischer Ruhm – die US-Fernsehstationen hatten sich nach ihrem Met-Debüt nur so um sie gerissen – war ihr noch nicht bis nach Europa gefolgt; zumindest nicht merkbar, die Medienberichte blieben anekdotisch.

Sie sperrten ab, hängten das Do-not-disturb-Schild vor die Tür, zogen sich aus. Keine Zeit verlieren.

Jetzt sieht man schon ordentlich was. Ihr Bauch störte nicht. Atemlos lagen sie ineinander verschlungen auf den Decken.

Tropische Hitze.

Wüstenhaft.

Flüstern. Lachen.

Die Aircondition muss kaputt sein.

Die wievielte Liebhaberin war sie für ihn? Anfangs hatte er den Eindruck erweckt, nur die zweite. Das fand sie zuerst äußerst unwahrscheinlich. Dann plausibel. Dann glaubte sie ihm. In letzter Zeit empfand sie es wieder als unwahrscheinlich.

So etwas fragt man nicht. Sagte sie sich, wenn es an ihr nagte, und dachte: Frag ihn doch.

Wir gehören zusammen, vorhin an der Rezeption. So ein Satz, warum gibt er mir das Gefühl, da stecke eine tiefe Wahrheit drinnen? Füreinander geschaffen: im Bett, auf Stühlen, Anrichten, Schreibtischen, Sofas; im Übrigen sehen wir uns ja kaum, also angezogen, meine ich. Sagte sie nicht, sagte sie nicht, sagte sie nicht. Ihre Selbstgespräche. Eine neue Sprache für die Liebe finden. Ein weniger brutales Vokabular. Zeugt nicht der Wortschatz vom Verhalten der Leute, nicht umgekehrt? Oder könnte die richtige Formulierung, immer wieder ausgesprochen, unser Tun beeinflussen?

Wir verschmelzen miteinander. Aber so ist es doch nicht. Er dringt in dich ein. Im Übrigen bleibst du du, er er. Jeder für sich. Du für mich! Ich für dich!

Er bewunderte ihren Körper. Wie ein Naturereignis. Nicht nur mit Worten, mit dem größten Organ, anderthalb bis zwei Quadratmeter Fläche durchschnittlich, der Haut; sie empfand diese Bewunderung, wenn er sich an sie drückte; sie an sich. Sergio bewundert meine Gesten, wie ich mich bewege. Du bewunderst, wie ich bin.

Oder hatten sie das gelernt, hatte ihnen jemand beigebracht, so etwas zu einer Frau zu sagen, bevor du sie liebst?

Drei Stunden für sechs Wochen. Kannst du nicht noch ein bisschen? Bleiben? Entschuldige, aber du wusstest ... Eigentlich hatte *sie* einen Termin, in zehn Minuten, am anderen Ende der Stadt. Aber sie erwähnte ihn nicht. Ihr war es egal.

Termine, Termine.

Ein U-Bahn-Schaden, würde sie sagen, ein Aussetzer, der Jetlag, wissen Sie, gerade erst zurück aus New York, ein Defekt des iPhones, das meinen Kalender managt, ein Notfall in der Straßenbahn.

In fünf Tagen wieder, ja?

Stirnen aneinanderlegen, das mildert Konflikte, vorgestern erst hatte sie das gelesen, in einem In-flight-Magazin von British Airways; Kleider einsammeln, hineinschlüpfen.

Die Nadel blieb unauffindbar. Ein vermutlich nicht sonderlich wertvolles Ding, alt, Erbstück. Das Problem ist, es war ein Geschenk, Sergios Mutter hat sie mir gegeben, zu Neujahr, weil ich jetzt zur Familie gehöre.

Ich könnte morgen anrufen, schlug Ludwig vor, fragen, ob beim Reinigen des Zimmers etwas gefunden wurde, wenn du willst. Soll ich?

Sie verließen das Hotel durch den Hintereingang, ließen die Schlüsselkarten liegen, wie üblich, wenn sie am selben Nachmittag abreisten, an dem sie eingecheckt hatten; weiße Stücke Plastik auf der Kommode, wo gerade noch mein Hintern war. Kurz standen sie still unter den Bäumen des Etwas-wie-ein-Park, auf dem Kiesweg, flüchtiger Kuss aufs Gesicht, neben den Mundwinkel, du hast es eilig, gell, geh ruhig vor.

Bevor er um die Ecke bog, drehte er sich noch vier Mal um, immer wieder.

Auch am nächsten Tag wurde die Nadel nicht gefunden, wir informieren Sie, falls sie noch auftaucht, bitte, sehr, sehr gerne.

Eine Woche nach ihrem Met-Debüt war sie nach Wien geflogen, mit Sergio, einer ihrer seltenen Langstreckenflüge zusammen. Der Versuchung, die Stewardess – wie in den Wochen zuvor Taxifahrer, Gemüsehändlerinnen, Wäscheverkäufer und gänzlich unbekannte Passanten – einzuweihen, *I am pregnant, just so you know*, widerstand sie nicht. Das ist doch nur lustig! Und wenn ihr Schwager für das Catering der Met zuständig ist? Sergio wirkte irgendwie gereizt. Iris war glänzender Laune, übermütig. Werden sie beim Familientreffen Besseres zu tun haben, als über eine dahergelaufene Passagierin zu tratschen, die jedem ihr Privatleben auf die Nase bindet. Ich brauche das, zur Kompensation, manchmal habe ich Angst, das Kleine könnte Schaden nehmen, weil ich es ständig verleugne.

Aberglaube, Iris? Bei dir? Als Hanseatin?

Absolut, du kennst mich doch, verglichen mit der Wirtschaft ist der Aberglaube die ältere Wissenschaft. Bewiesen!

Kurz vor der Landung in Wien-Schwechat erwachte sie aus einem unruhigen Traum in dunklen Farben mit der Gewissheit, es sei biologisch möglich, dass zwei Männer zusammen ein Kind zeugten, zu gleichen Teilen.

Iris entschloss sich zu einem Anruf bei dem New Yorker Arzt. Ja, ich fand ihn untragbar, aber er ist weit genug weg, um für gewisse Fragen doch das geringere Übel zu sein. Sicher ist das möglich, solche Tests sind mittlerweile Routine, wir brauchen nur DNA-Proben von beiden Vätern. Wie naiv kannst du sein, Iris? Röte stieg ihr in die Wangen, obwohl niemand zusah oder zuhörte, sie genierte sich so sehr, dass sie die Verbindung am liebsten unterbrochen hätte. Nur das Blut der Mutter reicht nicht. Logisch, sagte der Arzt höflich. Als hätte er das schon oft erlebt. Bin ich eine Idiotin. Anhand Ihres eigenen Blutes können Sie allerdings auch viele Gewissheiten erhalten, wenn Sie wollen, kann ich Sie ausführlicher informieren, hier in den USA ist das fast Standard geworden; Erbkrankheiten, Chromosomenschäden, all das lässt sich feststellen. Iris' Magen krampfte sich zusammen, Unangenehmes schlug sich bei ihr sofort auf die Verdauung, nein, nein, das interessiert mich nicht. Okay, Vaterschaftstests, darüber wollten Sie mehr wissen? Manche Labors machen das auch ohne Einwilligung des potentiellen Vaters. Ist er Raucher? In dem Fall könnten Sie es mit einer Zigarettenkippe versuchen. Ideal wäre Schleimhaut, zum Beispiel aus der Mundhöhle, meist genügt das, was auf der Zahnbürste zurückbleibt, auch Zehennägel sind gut oder einige Haare, am besten mit ein bisschen Wurzel und Talg dran, das könnten Sie auch unbemerkt … Weiter sagte er nichts, weil sie stumm blieb, aber es reichte ihr. Ein Stück Sergio abschneiden und in ein Labor schicken, ohne dass er davon wusste? Eklige Vorstellung. Auch wenn wir kein Liebespaar mehr sind und er das ignoriert. Das hat er nicht verdient.

Ludwig, der sich mit den medizinischen Methoden gewiss besser auskannte als sie, hatte nie vorgeschlagen, einen Test zu machen. Warum eigentlich? Warum nahm er ihr sofort ab, dass es sein Kind war? Weil es so ist, dachte sie. Weil er es auch weiß, er auch den Moment damals erlebt hat und sich daran erinnert. Wir wissen beide genau, wann die beiden Zellen verschmolzen sind. Keinen Test zu machen war weise. Dank der Unsicherheit wiegen wir uns in Sicherheit. Wo uns die Frage jetzt verbindet, stünde dann ein Fakt zwischen uns.

> Morgen früh, wenn du willst,
> wirst du wieder geweckt,
> morgen früh, wenn du willst,
> wirst du wieder geweckt

Die restlichen gemeinsamen Tage in New York und den Flug über hatte Sergio so getan, als wäre alles wieder in Ordnung. Ohne es anzusprechen. Er hatte sie ab und zu auf die Schulter geküsst oder den Unterarm; den Scheitel. Unangenehm war das nicht gewesen, aber alles, was darüber hinausging, hätte sie abgestoßen. Ich hätte es nicht geschafft. Kuckucksvater. Gab es das Konzept auch? Ein Mann annektiert eine Familie, einfach weil er eine haben will, egal, was die Frau dazu sagt, er behauptet, sie zu lieben, und leitet daraus die für ihn vorteilhaften Konsequenzen ab.

Er wäre bereit, in Karenz zu gehen, wenigstens für sechs Monate; diese Schreckensnachricht hatte Sergio ihr verlautbart, als sie gerade entspannt auf dem kleinen Monitor hinter ihrem Tablett mit Snacks und Drinks amerikanische Slapsticks verfolgt, endlich einmal geistig abgeschaltet gehabt hatte. Wenn der Spätsommer für dich eine ungünstige Zeit ist zu pausieren, kann ich das machen, hatte Sergio insistiert, obwohl er merken hätte müssen, dieses Gespräch möchte sie jetzt nicht führen, ich bin doch unter Vertrag, die müssen mich freistellen, das ist gesetzlich geregelt. Iris seufzte, wir reden noch darüber, wenn wir wieder festen Boden unter den Füßen haben, ja? Sergio, der tagtäglich dauernd um sie und das Kind herumwuselte; einkaufte, Windeln wechselte, Strampelhosen faltete. War das eine Schreckensnachricht? Es kam ihr so vor.

## *28 (89 cm)

Eine vage Märzsonne schaute ihr über die Schulter. Jung, absurd jung fühlte sie sich. Weil sie etwas Junges erwartete? Sie nahm den Bus. Sonst wäre sie mit dem Fahrrad gefahren; seit ihr Körper eine Hülle war, die noch jemanden schützte, kam ihr der Verkehr aber rasend gefährlich vor.

Das Labor befand sich im Nachbarbezirk, unweit des Allgemeinen Krankenhauses. Der Eingang hätte zu einem etwas heruntergekommenen Hotel aus den neunziger Jahren gepasst, Metall, Glas, abgenützte Sitzgelegenheiten aus Kunstleder, zu niedrige Plafonds – durch die großen Fensterfronten vom Gehsteig aus sichtbar. Aber die Schilder neben der Klingel wiesen auf Ärzte hin. Iris fragte an der Rezeption nach dem für sie zuständigen, wurde nach rechts hinten verwiesen, durch einen kurzen Gang, und dann finden Sie den Warteraum. Die Sitzgelegenheiten dort erinnerten an eine ehemalige Konditorei: runde Tischchen mit Steinplatte und metallenem Fuß, lotschwer, ein paar abgenützte Sessel. Sie setzte sich, stand wieder auf, um sich anzumelden.

Ich habe einen Termin.

Name?

Schiffer, Iris.

Ja, da habe ich Sie schon, Frau Schiffer, nehmen Sie bitte einen Moment Platz und füllen Sie mir dieses Formular hier aus.

Mit dem Blatt Papier setzte Iris sich zurück an einen der Tische. Da unterschreiben! Ein Muss, keine Frage. Ein Blubbern im Bauch: Die Orange, die sie draußen am Gehsteig verzehrt hatte, war angekommen. Mit ihrer Unterschrift übernehme sie jedes Risiko und alle Verantwortung. Na, wer sonst. Wann hatte das begonnen, dass Naturgegebenes fortwährend formal bestätigt werden musste? Bevor die Untersuchung stattgefunden hat, soll sie schon angeben, ob sie weitere will: für den Fall, dass.

Sie füllte die betreffenden Felder nicht aus. Das Formular war schlecht kopiert, jedes Wort darauf unangemessen. Nichts darauf hat etwas zu tun mit dem, was in ihr vorgeht. Sie legt ihre Hand auf den Bauch, sie trägt eins ihrer Oktopus-T-Shirts, schlabbrig genug; verstohlen schaute sie sich um. Beobachtete sie jemand? Wenige Personen im Raum, vertieft in ihre Lektüren, ihre Handtaschen, Männer und Frauen, keine wirkt schwanger. Wie wirke denn ich? Wenn ich nicht gerade hier warte, setze ich alles daran, mir nichts anmerken zu lassen.

*L' amo tanto, e mi è sì cara, più del sole che mi rischiara*, heute vor dem Frühstück (vor ihrem Frühstück, das eindeutig später stattfand als seins) hatte Sergio den Tebaldo aus Bellinis *I Capuleti e i Montecchi* gesungen; sie war noch im Bett gewesen. Er übernachtete wieder öfter bei ihr, hatte sie inständig darum gebeten, das zu dürfen, er wolle doch auch bei dem Kind sein, das müsse sie verstehen. Sie verstand; aber vor allem hatte sie beschlossen, Sergio soll der Vater sein, etwas anderes will ich nicht mehr denken. Der Entschluss verschaffte ihr eine gewisse Ruhe. Das tat dem Baby gut. Es rumorte weniger in ihrem Bauch, seit sie diese Entscheidung getroffen hatte; die Stiche waren nicht zurückgekommen. Morgens genoss sie die Stunden, in denen Sergio schon arbeitete, während sie noch im Halbschlaf vor sich hin sinnierte oder dem Bauchmenschen etwas vorsummte. Behütetsein. Das hatte ihr gefehlt. Du hättest es schlechter treffen können als mit einem Sänger zum Vater, einem erfolgreichen noch dazu – in Wien sprach sie wieder regelmäßig zu ihrem Bauch –, ich habe dich vernachlässigt, entschuldige. Aber du wirst doch gut versorgt? Und die Musik, du hast sie doch gehört, weißt du, wir waren ein Erfolg, du und ich, ein großer Erfolg.

Sie und Sergio waren gemeinsam Umstandskleidung kaufen gewesen, waren mit großen weißen Plastiktaschen ohne Aufdruck heimgekehrt, das hieß: zu ihr.

In ähnlichem Maß wie ihr Bauch wuchs Sergios Sorge, weil sie die Schwangerschaft nach wie vor versteckte. Ob das überhaupt legal sei, hatte er sie am Vorabend lang und breit genervt; ob es da nicht in Österreich eine Meldepflicht gäbe; sie würde in Teufels Küche kommen, wenn sie vier Wochen vor Beginn der Festspiele in Salzburg auftauchte, mit einem Riesenbauch. Damit ruinierst du dir deine Karriere erst recht. Iris begriff seine Nervosität nicht. Sie kannte aber seine große Klappe und wusste, wie schwer es ihm fiel, etwas für sich zu behalten; in dem Fall noch dazu etwas, auf das er irrsinnig stolz war. Das größte Risiko gehe ich ein, wenn Intendanten erfahren, dass ich schwanger bin; dann bin ich weg, das schwör ich dir, da stehen die schlanken Genies Schlange, von denen brauchen sie sich nur eine auszusuchen, und schöne Stimmen haben die auch. Sergio hielt ihre Einstellung für übertrieben, das war ihr bewusst, doch sie kannte eine Reihe von Kolleginnen, deren Engagements mit der Meldung einer Schwangerschaft sofort beendet worden waren. Erst kürzlich war die Tochter von Bekannten ihrer Eltern, eine Hamburgerin wie sie, gegen ihren Willen von einer Aufführung suspendiert worden, zu gefährlich, hatte es geheißen. Sie wäre erst im vierten Monat gewesen. Ihr Fehler war, dass sie es sofort gemeldet hatte. Obwohl sie bereit gewesen wäre, alles zu machen, was auf der Bühne von ihr verlangt wurde, schickte man sie nach Hause. Mit Karenzgeld; aber was nützte ihr das? Erstens war es wenig, zweitens kommen manche Chancen nur ein einziges Mal, und dann musst du sie ergreifen.

Du unterschätzt die Situation, hatte Sergio nochmals gesagt, bei den Festspielen stehst du unter Vertrag, vielleicht dürfen die dich gar nicht auftreten lassen; auch wenn sie wollten, das müsste geklärt werden.

Der sogenannte gesetzliche Schutz, hatte Iris sich ereifert, erreicht bei mir das Gegenteil, nämlich, dass er mich zwingt, meine Karriere am Höhepunkt abzubrechen. Was würdest du sagen, wenn dir gesetzlich verboten würde, in Bregenz aufzutreten, weil du ein Kind erwartest? Obwohl du dich fit genug fühlst und die Rolle aus eigenem Entschluss singen möchtest? Eins lass dir gesagt sein, wenn du mich verrätst, verzeihe ich dir das nie. Dann sind wir geschiedene Leute, für immer.

Das Gespräch mit Sergio beschäftigte sie. Hoffentlich machte er keine Dummheiten. Wenigstens der Kuckucksvater muss hinter mir stehen. Und das heißt in diesem Fall: dichthalten. Nach ihrem Frühstück hatte sie ihn nochmals darauf angesprochen, er hatte unwirsch reagiert, was sie denn glaube. Du malst dir unnötig ein Gruselkabinett aus, wieder und wieder dieses Muster bei dir. Sie hatte nicht streiten wollen, kuschelte sich lieber noch mal in die morgendliche Atmosphäre; er übt, ich bin unter der Daunendecke. Okay, vergiss es, hatte sie sich von ihm verabschiedet.

Sie wartete, gewöhnte sich an die anderen Wartenden, ihre Taschen, ihre Zeitschriften, seit sie da war, hatte sich keiner gerührt; außer um eine Seite umzublättern, ein wenig auf dem Smartphone zu scrollen. Für einen kurzen Moment war sie sehr glücklich und wusste das; was kann mir schon geschehen.

Gedanklich ging sie eine Passage aus *Hänsel und Gretel* durch, eine neue Aufführungsserie hatte begonnen, am Spätnachmittag musste sie in die Oper. Sie würde mit der Schneiderin reden, das Kostüm war zu eng. Lederhose mit Latz, darunter ein Pyjama, darüber ein Parka, weiße Socken, bloße Fesseln, feste Schuhe – das Outfit des Hänsel kaschierte alles. Nur der Bund des Pyjamas würde geändert werden müssen oder ein Gummizug eingefügt, die Lederhose schlackerte ohnehin an ihr herum, der Parka war extra in Übergröße. Einige Leute hoben die Köpfe. Hatte sie laut gesungen?

Sie nahm das Anmeldeblatt wieder zur Hand, hielt es gegen

das grelle Lampenlicht: keine Wasserzeichen. Schließlich unterschrieb sie mit einem billigen Kugelschreiber.

Der Arzt stellte sich vor. Iris stellte sich ebenfalls vor; er weiß freilich schon meinen Namen, weiß ihn von dem ausgefüllten Formular auf seinem Schreibtisch.

Sängerin, sagte er, schielte auf das Formular, schöner Beruf, nicht wahr?

Ich habe nie einen anderen ausprobiert. Weshalb ihre unverhohlene Ablehnung gegen diesen Mann?

Sängerinnen haben's oft leichter bei der Geburt.

Ach so? Davon habe ich noch nie gehört. Ihre Aversion steigt, unklug, schließlich ist er der Arzt. Je unsympathischer er ihr ist, desto weniger Mühe gibt er sich, weil er das merkt. Ärzte sind Menschenkenner. Stopp. Sie muss ihm vertrauen, Ärzten musst du vertrauen, sonst wirken sie nicht. (Sergio später: Was für ein Unsinn, Iris, das ist doch schlicht sein Beruf, klar behandelt er alle gleich, muss er doch. Sie: Wie bringst du jemanden, der die Macht hat, dazu, jede gleich zu behandeln? Wie bringst du überhaupt jemanden dazu? Sergio: Der Eid, Iris, das Gelöbnis, Hippokrates. Sie: Gelöbnisse, mhm.)

Eine junge Frau betrat das Zimmer. Meine Assistentin, mit einer weitläufigen Gebärde wehte der Arzt sie zu Iris hinüber – Frau Segelflieger, ein schlaffer Händedruck zwischen den Frauen, Iris genierte sich für ihre feuchten Handflächen. Eine helle bauschige Bluse betonte, wie schlank die Assistentin war. Alle Schwangeren, die hier hereinkommen, fühlen sich ihr gegenüber wie Walrosse.

In der wievielten Woche sind Sie, Frau Schiffer?

Vierundzwanzigste – sie antwortete so unwirsch, wie sie konnte, wozu habe ich das Formular ausgefüllt?

Sehr gut, lobte der Arzt, sehr, sehr gut.

Wollen Sie das Geschlecht Ihres Kindes wissen, oder wissen Sie es bereits?

Ich will es wissen. Bisher hat meine Ärztin noch nicht feststellen können, was es ist.

Iris – mitten im Zimmer abgestelltes Objekt – atmet regelmäßig, das hat sie gelernt. Nach einigen Minuten, während derer sie Gelegenheit hat, den Raum zu betrachten – der Arzt studiert nun das Formular –, zeigt er auf eine Liege mit erhöhtem Kopfteil. Können Sie sich bitte hinlegen?

Mit den Schuhen?

Selbstverständlich. Der Arzt hat den Blick schon auf seinen Bildschirm geheftet. Iris steigt vorsichtig auf die Liege, bemüht, mit ihren Schuhen nur das weiße Papierlaken zu berühren. Als sie sich ausstreckt, zerreißt das Papier. Macht nichts, wir tauschen das sowieso nach jeder Patientin aus, beruhigt die Assistentin, sie trägt jetzt einen Labormantel über der Bluse, machen Sie bitte Ihren Bauch frei.

Iris öffnet den Hosenbund, schiebt ihren Pullover bis zur Brust hinauf. Vorsicht, das wird jetzt ein bisschen kalt. Der bekannte Satz versöhnt Iris irgendwie. Die Assistentin drückt aus einer Tube Gel auf ihre Haut, setzt einen stabmixerähnlichen Plastikteil in ihrer Nabelgegend auf. Wir sind so weit.

Oberhalb der Liege befindet sich ein Monitor, auf dem geschieht nun etwas; wenn sie den Hals verrenkt, kann Iris es auch sehen. Schöne lange Beine hat er, der kann Fußballer werden, sagt der Arzt. Ja, Sie erwarten einen Buben, einen kräftigen Buben. Das da ist die Nabelschnur, schauen Sie. Die Assistentin bewegt den Sensor langsam über ihren Bauch; der Arzt lässt den Cursor über das Bild gleiten, an einem mehrmals in sich gedrehten Seil entlang. Durch das Seil zucken rote und blaue Linien. Das ist das Blut, das von Ihnen zum Kind hinfließt, und hier das Blut, das vom Kind wegfließt, sodass Ihr Körper es reinigen kann.

Das Bild regt sich, wird unscharf. Ah, er ist aufgewacht. Das Bild verschwindet, ein anderer Kosmos erscheint. *Odyssee im Weltraum,* wieder blaue und rote flitzende Linien. Das ist Ihr eigenes Blut, sehen Sie, die Venen und hier die Arterien. Sie hört das Klicken, wenn der Arzt auf seine Maus drückt.

Es war eine Mutter,
die hatte ein Kind,
es wuchs und es aß
so schnell wie der Wind;
es wollte nur singen
in der Praterhauptallee,
die Töne, die klingen,
und dann speist es ein Gelee

Marker, sagte sie später zu Sergio, mit dem sie zwar neuerdings alles besprach, was das Kind betraf, den sie aber bei den Untersuchungen noch immer nicht dabeihaben wollte. Er akzeptierte das; auch weil er sich zeitlich für die Untersuchungstermine nur schwer freimachen hätte können, da niemand wissen durfte, dass er und Iris ein Kind bekamen. Er hat drei Marker gesehen, die Organschäden bedeuten könnten, am Herzen, an den Nieren, Softmarker, das heißt, kann sein, kann aber auch nicht sein. Wahrscheinlich nicht, weil das Gesicht normal aussieht, fesch, hat er gesagt, so ein hübscher Junge; so lange Beine, zwei Mal hat er von den Beinen gesprochen – was gehen ihn die an? Er wollte nett sein, damit du dich wohlfühlst, keinen Stress hast. Sergio riss sich zusammen, er wollte seinen Ärger darüber, dass er den Sprössling, wie er sagte, nie live erleben durfte, nicht zeigen. Aber Garantie könne er keine geben, das hat er betont, mehrmals, Iris klang grell. Er hat mich gebeten, Platz zu nehmen, ihm gegenüber an der anderen Seite des Schreibtischs, ich musste mich erst setzen, bevor er zu reden angefangen hat. Garantie, hast du das gehört, er hat geredet, als handelte es sich um eine Waschmaschine. Wenn Sie sicher sein wollen, zu neunundneunzig Prozent sicher, hundert Prozent schafft man nie, hat er gesagt, mit diesem geschäftsmäßigen Jargon, lassen Sie sich bitte einen weiteren Termin geben, wir können hier alles machen.

Alles machen?

Sergio sah sie an, als wäre er weit weg, als ginge ihn das, was sie gerade erzählt hatte, kaum etwas an.

Die Frage ist, ob wir einen DNA-Test machen wollen? Ich habe nein gesagt, habe das unterschrieben. Aber ich frage dich.

Er sah sie weiterhin mit einem blanken Ausdruck an, Unverständnis von Ohr zu Ohr. Dir geht's doch gut, blendend? Wozu so einen Test, wenn die dann doch nichts wissen und den nächsten Test verlangen?

Sie wissen ja was. Nur können sie nicht alles ausschließen, nicht ultimativ, wie sie sagen.

Dann mach doch noch einen Test, wenn es dich beruhigt.

Es würde mich eben gar nicht beruhigen, im Gegenteil, das Kind ist fünf Monate alt, ein fertiger, schöner Mensch. Diesen DNA-Test hätten wir früher machen müssen, innerhalb der ersten Monate. Und weißt du überhaupt, was das kostet?

Nein, aber ich würd's in jedem Fall übernehmen.

Ich will's nicht wissen. Iris redete laut, kreischte fast, ich will gar nicht nachdenken über so was. Dafür ist es zu spät, viel zu spät. Nur gute Gedanken, was anderes brauche ich nicht.

Sergio schaute sie ratlos an. Jetzt widersprichst du dir aber selbst.

Ich bin kein Arzt, ich mache mir Sorgen, verstehst du. Mir steht die Arbeit bis hier – sie fuhr mit der Seite ihrer Hand quer über ihre Stirn –, und das arme Ding da drinnen spürt das; und dann diese Prozentrechnungen.

In den folgenden Tagen ärgerte sie sich über die Teilnahmslosigkeit der Männer. Zu zweit eine Entscheidung fällen – hieß es. Sie hatte zwei Väter; beide mitfühlend, beide ahnungslos.

Was, Nackenfaltenmessung? Du hast so was gemacht? Und du hättest dann auch gleich einen DNA-Test machen können? Du hast das erzählt?

Sie zwang auch Ludwig, mit ihr darüber zu reden; er wehrte sich nicht. Zweifelte keine Sekunde daran, dass ihn das etwas anging.

Nichts meinten sie böse. Sie waren schlicht arglos.

Dir geht's doch gut? Du bist glücklich wie noch nie? Das ist doch ein Zeichen? Auch sie sahen jetzt Zeichen und Wunder.

Hättest du denn etwas anders gemacht, wenn man dir im ersten Monat gesagt hätte, machen Sie unverzüglich einen DNA-Test? Checken, ob der Embryo funktioniert, sonst sortieren wir ihn aus? Hättest du nicht gesagt, die sind verrückt, und dir eine andere Ärztin gesucht? Sergio ging dem Problem wortreich zu Leibe, zerstückelte es in seine Bestandteile, bis tatsächlich nicht mehr viel davon übrig blieb. Wird schon alles gut sein, war sein Mantra.

(Du weißt freilich nicht von meinem Besuch beim amerikanischen Arzt, dachte Iris, warum habe ich den nicht genauer ausgefragt?)

Auch sie selber hatte sich nicht ausreichend mit dem Thema beschäftigt; warf sich das jetzt vor. Mit dem Alter stieg das Risiko, klar, doch wenn der Körper es zugelassen hat, dann müsste es okay sein, nur die fittesten Zellen kamen durch, die Natur hat doch die krassesten Selektionsprinzipien? Softmarker bedeuten meist nichts, doch ich muss Sie aufklären, da könnte etwas sein, Nierenfunktionsstörungen beispielsweise. Seiner Physiognomie zufolge sieht das Kind gesund aus. Sie drehte und wendete die Worte des Arztes in ihrer Erinnerung; dann schob sie sie weg.

Am Morgen nach dem Organscreening betrachtete sie das Bild des Jungen, der in ihr lebte. Ein Bub, klarer Fall, schauen Sie selbst. Das kleine Glied hing neben der Nabelschnur zwischen seinen Beinen; in ihr wuchs ein Männchen. Damit hatte sie recht gehabt, vom ersten Gedanken an. Noch etwas, das ihr während der Untersuchung nicht aufgefallen war, stellte sie fest. Der Junge ähnelte Ludwig unwahrscheinlich.

*

In den Stunden, in denen Iris manchmal wach lag – die depressiven Stunden, zwischen drei und fünf Uhr früh, wie ihr ein Schlafforscher erklärt hatte, ein Freund ihres Bruders, vor Jahren, aber dieses Detail hatte sich ihr eingeprägt, jeder gerät da in einen Kreislauf der Unwegsamkeit, die Planung eines einfachen Einkaufs scheint die Kräfte zu übersteigen –, in diesen Stunden wälzte sie ungeordnete Überlegungen. Und wenn doch was ist mit ihm? Darauf hast du keinen Einfluss, das ist Schicksal. Sie beruhigte sich, quälte sich, rief sich zur Ordnung – in dieser Reihenfolge oder in einer anderen. Sie schlief schlecht, seit Wochen. Normal, sagte die Gynäkologin; normal, sagte die Manchmal-Freundin #1, die Iris in einer schwachen Stunde einweihte.

Wir machen's wie der Kuckuck schluckt,
wenn er in fremde Nester guckt,
Kuckuck, Erdbeerschluck,
Kuckuck, Himbeerschluck,
Kuckuck, Schwarzbeerschluck,
Kuckuck, Geisterschluck,
Kuckuck, Sorgenschluck,
Kuckuck, Kuckuck

Nach einer fast schlaflosen Nacht, einer langen Probe, kam der Anruf wie ein Rettungsanker. Spontan ein Drink! Die Freundin war außer Atem, erhitzt, lebendig; drückte sie fest an sich. Wir haben uns seit Monaten nicht gesehen! Seit ich dir damals für das Abendessen abgesagt habe, nach meiner Ibiza-Reise. So lange!

Die Manchmal-Freundin #1 bemerkte nichts, plauderte vergnügt. Endlich wieder einmal ein Stündchen für uns. Sie kannten einander seit der Schulzeit, hatten heimlich in Parks Marihuana geraucht, als sie siebzehn waren; nicht, dass das eine Heldentat wäre, aber es verbindet – eine Rauchschwesternschaft.

Iris trank Kamillentee, die Manchmal-Freundin #1 Sekt. Sie stießen an. Mit der Teetasse und der Sektflöte. Reizt es dich gar nicht? Einen Schluck könntest du doch nehmen, die Freundin hielt ihr das Glas hin. Nein, sagte Iris, nein, wirklich nicht. Es tut mir gut, eine Weile nichts zu trinken, in dieser Stadt sind die Trinkgelegenheiten sowieso zu häufig.

Darum ist es auch so lustig, hier zu leben, die Manchmal-Freundin #1 lachte, warf den Kopf zurück, räkelte sich so ausladend, dass sie an einen Herrn stieß, der hinter ihr saß.

Verzeihung!

Bitte, mehr davon.

Frechheit, eigentlich, flüsterte Iris der Manchmal-Freundin-#1 zu, was der sich erlaubt. Die Freundin zuckte mit den Schultern, so was nehme ich gar nicht wahr.

Da wies Iris auf ihren wachsenden Bauch.

Das ist ein Grund zum Feiern! Manchmal-Freundin #1 fiel ihr um den Hals. Darf ich mal? Die Manchmal-Freundin #1 legte eine Hand auf Iris' Bauch, wow, straff, ich hätte gedacht, das fühlt sich anders an, weicher.

Warum habe ich es ihr nicht längst erzählt? Viel, viel früher? Dass eine Person, die nicht mit dem Baby verwandt war, von ihrer Schwangerschaft wusste, entlastete Iris schlagartig.

Und der glückliche Vater? Dein Tenor?

Ich vermute es. Iris stieg die Röte ins Gesicht.

Aha, gibt es da etwas, das ich nicht weiß? Jemand Neuen?

Nein, gar nicht. Ich bin mir nur nicht hundertprozentig sicher. Aber höchstwahrscheinlich ist es von ihm. Sagen wir, ich habe ihm gesagt, dass es von ihm ist.

Aha?

Es muss von Sergio sein, alles andere ist unmöglich.

Was heißt unmöglich, es gibt doch biologische Tatsachen.

Biologie ist überschätzt. Er freut sich, will sogar in Karenz gehen.

Aber du musst doch wissen, ob es tatsächlich von ihm ist.

Muss ich das?

Hast du ihm das gesagt? Dass du dir nicht ganz sicher bist?

Was er nicht weiß, macht ihn nicht heiß.

Du bist eine Egoistin. Der Gesichtsausdruck der Manchmal-Freundin #1 hatte sich von freudig in abschätzig verwandelt.

Warum Egoistin? Weil ich eine Frau bin. Weil du davon ausgehst, als Frau dürfte ich nicht zuallererst an mich denken? Ich schenke ihm ein Kind. Er wünscht sich eins. Warum die Dinge komplizierter machen, als sie sind? Sergio wird ein guter Vater sein.

Das könnte er auch sein, wenn du ihm erzählst, was los ist. Er könnte sich dafür entscheiden, das Kind in jedem Fall anzuerkennen.

Das wäre nicht dasselbe. Für keinen der beiden.

Aber er hätte wenigstens die Wahl.

Diese Wahl will er gar nicht haben. Verlass dich drauf, ich kenne ihn gut.

Die Manchmal-Freundin #1 trank ihr Glas leer. Sie gab sich sichtlich Mühe, ihr Wohlwollen für Iris wiederherzustellen.

Ich will kein vaterloses Kind haben. Wenn du das egoistisch nennst, bin ich eben egoistisch.

Sagtest du nicht, es sei wahrscheinlich von ihm? Dann wäre das Risiko doch gering. Es würde nur das bestätigt, was du ohnehin behauptest, und du müsstest nicht mit einem schlechten Gewissen leben.

Mein Gewissen ist lupenrein. Man könnte auch sagen, ich schaffe eine einwandfreie Basis für eine glückliche Vater-Sohn-Beziehung. Sergio hatte nie Zweifel. Warum sollte ich ihn mit irrelevanter Übergenauigkeit verwirren? Das Kind ist von uns beiden, und fertig.

Die Manchmal-Freundin #1 kramte in der Handtasche nach ihrem Portemonnaie. Ich lade dich ein, sagte sie, legte ihre Hand auf Iris' Unterarm, tätschelte sie. Es ist mir eine Freude, bitte! Sie bot an, jederzeit auf das Kleine aufzupassen, wenn es erst einmal da wäre. Sag nur, wenn du mich brauchst, das wird mein vierter Neffe. Tantesein ist das Beste, du spürst die Verwandtschaft, aber nicht die Verantwortung.

Kuckuck, Geisterschluck
Kuckuck, Sorgenschluck
Kuckuck, Kuckuck
Kuckuck, Morgenruck
und zuck
Kuckuck, Allesschluck
Kuckuck

In Gesellschaft der Manchmal-Freundin #1 schien die Gesundheit des Babys außer Frage. Das Zusammensein mit ihr hatte Iris gutgetan. Ich bin an nichts schuld; auch nicht daran, dass ich neununddreißig bin. Die Freundin war Musiktherapeutin, gut im Geschäft, Single, aber es gab da jemanden.

Allein in der Wohnung (ohne Sergio, glücklicherweise, er musste arbeiten), kehrten die Fragen zurück.

Am besten, Sie treffen eine prinzipielle Entscheidung und machen davon abhängig, welche Tests für Sie in Frage kommen, hatte ihre Gynäkologin ihr gesagt, ganz am Anfang.

Eine prinzipielle Entscheidung, wie soll das gehen? Alles scheint möglich; und die Last dieser Möglichkeiten tragen nach wie vor, mehr denn je oder naturgemäß immer die Frauen.

Will ich ein Kind?

Wann will ich ein Kind?

Welches Kind will ich?

Mit wem?

Will ich ein defektes Kind?


In einer liberalen kapitalistischen Gesellschaft darfst du das als Frau allein entscheiden; *musst* du das entscheiden.

Wie du willst, sagte der Mann, der sie vielleicht liebte, wirklich liebte. Ganz wie du willst, wann du willst. Mach erst deine Ausbildung, mach ich meine Ausbildung; arbeite dich ruhig erst ein, mach ruhig erst Karriere. Ja, jetzt. Willst du wirklich? Ja, ja wirklich.

Dann klappte es nicht gleich; na gut, wir haben's auch zu zweit sehr schön, oder willst du unbedingt? Nur wenn du unbedingt. Medizinischen Rat können wir später immer noch, und eigentlich ist das ziemlich unromantisch.

Dann machte der Mann, den sie vielleicht wirklich liebte, eine Ausbildung auf dem zweiten Bildungsweg, ging in die Politik, ging ins Management und hatte bald eine Neue, um zwanzig Jahre Jüngere. Partnerin, wie er sie nun nannte. Mit ihr lerne ich erst, was Liebe ist, du musst mir verzeihen. Auch Iris war neunzehn Jahr jünger als Ludwig.

Die Frau war unabhängig, hatte ihr eigenes Einkommen,

musste entscheiden. Ich habe noch zwei, drei gute Jahre. Einen Mann finden? Keinen Mann finden? Wer braucht einen Mann für ein Kind?

Künstliche Befruchtung, mit einem unbekannten Spender, wie er aussieht, kann ich mir in einem Katalog ansehen. Soll das Kind blond werden oder braun? Und welche Augen? Haut? Wie viele andere Kinder hat der Spender bereits? Nicht in Erfahrung zu bringen?

Nein, dachte Iris, das trau ich mich nicht.

Gut, es ist deine Entscheidung.


Ein neuer Mann, er hat Kinder, aber erwachsen, sie stören uns nicht. Ich will aber gestört werden.

Fehlgeburten. Sie weint, er nicht.

Es war doch noch kaum was, erst ein paar Zellen. Ich habe ein Kind verloren.

Auch Samenzellen altern, wusstest du das? Mit dem Alter des Vaters steigt das Risiko einer Fehlgeburt, Behinderung, psychische Erkrankungen ebenso.

Du, vielleicht sollten wir eine Auszeit nehmen voneinander, dann weitersehen?


Sie ist erfolgreich, durchschnittlich wohlhabend. Wollte sich ein Kind wohl nicht antun, sagen andere. Frauen, Männer. Auch Kinder?

Du bist frei, Frau, mach, was du willst.

Hättest du doch mit zwanzig fünfhundert Eizellen einfrieren lassen und gleich Samen von deinem attraktivsten Studienkollegen dazu!


Hatte sich zu wenig geändert? Oder zu viel, zu schnell?

## *29 (90 cm)

Die Ärztin war extrem freundlich: Ich habe Sie im Radio gehört, Sie singen jetzt in New York? Wusste ich gar nicht.

Normal, war ihre Diagnose.

Der Gebärmutterhals ist leicht verkürzt, das muss nichts zu bedeuten haben. Die Langstreckenflüge sind freilich nicht ideal, Sie haben nicht vor, aufzuhören?

Nein, Iris antwortet, ohne Bedauern darüber auszudrücken.

Ihr Blutdruck ist niedrig, Sie dürfen ohne Weiteres ab und zu eine Tasse Kaffee trinken.

Ich trinke Kaffee.

Steigen Sie mir bitte auf die Waage. Ah, gut, sehr gut, das Gewicht hat sich eingependelt. Und Sie legen sich zwischendurch hin, legen die Beine hoch? Liegen so viel wie möglich?

Innerhalb der nächsten anderthalb Monate flog Iris zweimal zwischen New York und Wien hin und her, die meiste Zeit verbrachte sie in Manhattan, lebte vom Hotel aus. In beiden Städten war ihr Tagesablauf streng geregelt. So hatte sie ihn sich auferlegt. So halte ich durch.

An Tagen, an denen der Cherubino dran war, frühstückte sie, sang sich ein. Zum Einsingen ging sie in die Wohnung einer Bekannten, die dann bereits in der Arbeit war. Martha hatte das organisiert. Die Wände des Hotels waren dünn, und es störte sie, wenn jemand beim Üben mithörte; sie wollte ihre Unterkunft aber nicht wechseln, hatte sich daran gewöhnt, die Betten waren gut. Nach dem Einsingen aß sie zu Mittag und verbrachte die restlichen Stunden bis zur Vorstellung in ihrem Zimmer.

An Tagen ohne Cherubino lernte sie nach dem Frühstück die Sophie, las Primo Levis Buch *Se questo è un uomo;* sah manchmal keinen Menschen, mit dem sie ein richtiges Gespräch führte.

Sie skypte mit Sergio, der in Sydney auftrat: zwölf Stunden Zeitunterschied. Ab und zu ein SMS von Ludwig, ein E-Mail.

An guten Abenden warteten Bewunderer an der Stage Door auf sie, wie ehemals (ihr war erzählt worden, dieser schöne Brauch habe nachgelassen), an guten Abenden sahen die Männer sie anders an, nicht nur die aus dem Ensemble, auch die fremden; und tatsächlich gab es bei dieser Produktion fast nur gute Abende.

Elfmal sang sie den Cherubino an der Met, davon waren nur zwei Abende nicht erwähnenswert, die übrigen Aufführungen nach allen Regeln der Kunst geglückt. Eine zentrale Rolle spielte dabei das New Yorker Publikum. Die politischen Ereignisse der vergangenen Jahre hatten es bescheidener gemacht – nein, nicht genügsam, bescheiden; die New Yorker waren hervorragende Zuhörer.

Lizzy hatte mit ihrer Inszenierung einen Nerv getroffen, mitten dort, wo es wehtat. Akkupunktur der Seele, schrieb ein Kritiker in einer der großen Zeitungen, und die explosive Sitzkunst des Cherubino erinnere daran, dass es nicht ausreiche, die Jugend zum Joggen und Hockey zu ermutigen.

Ein Draht zu den Menschen im Zuschauerraum vom ersten Ton an – was Iris in europäischen Opernhäusern selten erlebte, gelang hier leicht. Zahllose feine Antennen wurden ausgestreckt und sandten ihr Signale, auch ihr, der Nicht-Hauptrolle. Die Amerikaner beherrschten das bis zur Perfektion, sie wussten, der Besuch einer Show war eine Aufgabe. Vielleicht spielten auch die technischen Tricks eine Rolle. Dass die Leute geradezu angehalten waren, ihre Smartphones zu verwenden, dass die Zuschauer (geringen, aber doch) Einfluss auf die Beleuchtung der Bühne hatten; je nachdem, wen sie heller sehen wollten, die oder der wurde etwas intensiver angestrahlt.

Die Pausen zwischen den Aufführungen saß sie ab. Ständig versucht, zwischendurch rasch zurückzufliegen; es gäbe auch billige Flüge mit Umsteigen et cetera. Sie entschied sich dagegen.

Fliegen ist schlecht, erklärte sie Bartolo, der ihr irgendwie zu einem engen Freund geraten war. Wir Europäer denken das wenigstens. Schädlich für die Umwelt, das Klima. Fliegen macht die Welt kaputt. Ich denke, Kühe machen die Welt kaputt, sagte er, klopfte dabei auf seinen gerundeten Bauch.

Sie redeten einander nur mit ihren Bühnennamen an, zum Amüsement aller.

Eingeweiht hatte sie ihn nicht. Ihre einzige Vertraute außerhalb der Familie blieb – abgesehen von Ludwig – die Manchmal-Freundin #1. Sergio zähle ich also zur Familie, interessant, dachte sie beiläufig. Sie perfektionierte es, tiefgehende Gedanken auf später zu verschieben, auf nach der Premiere, nach der Geburt. Das Geheimnis blieb geheim. Langsam spannte das Kostüm an manchen Stellen ein bisschen; aber die Extrazentimeter, die sie sich bei den ersten Anproben bereits ausbedungen hatte, genügten noch.

Du müsstest glücklich sein. Ludwig sprach aus, was sie dachte, während sie gleichzeitig dachte: Es ist noch so viel zu tun. Sie spazierte unter Bäumen an der Upper West Side, am Rand des Central Parks, als sein SMS kam. Ich könnte dich anrufen, falls du kannst? Ein heller Tag, warm. Sie war aufgebrochen, um die Gemüsehändlerin zu besuchen, die Rumänin, die Bescheid wusste. Sie hatte Lust, sie wiederzusehen. Hell ist es geworden, weil du anrufst, sagte sie zu Ludwig, hatte keine Vorstellung, wo er sich befand, an welchem Ort. Ob da etwas blühte oder ob es regnete? In meinem Büro, sagte er unaufgefordert, aber die Tür ist zu, niemand hört mich.

Bei diesem Riesenerfolg, fuhr er fort, das war doch dein

Traum. Und jetzt muss ich ihn weiterträumen. Iris kicherte, warum, wusste sie nicht; manchmal reagierte sie auf Ludwig, als wäre sie betrunken. Und weiterbeackern, damit die Saat aufgeht. Genießt du es auch? Darauf hast du hingearbeitet. Vorläufig heißt es für mich weiterarbeiten, das Genießen muss ich auf später verschieben.

Achtest du auf dich?

Ab August, wenn die Festspiele vorbei sind.

Ich mache mir Sorgen, sagte Ludwig am Ende des Gesprächs, du überanstrengst dich.

Das ist mein Leben, entgegnete Iris, anstrengend, aber glücklich, wenn du anrufst.


Große Teile des Textes der Sophie beherrschte sie mittlerweile; das war nicht mehr das Problem. Wo sie anfangs schwer hineingefunden hatte, war plötzlich vieles im Kopf. Die Musik war keine gesangliche Herausforderung, und genau das war die Herausforderung: Sophie werden. Eine Frau, deren Leben von einem entsetzlichen Moment überschattet ist. Eine Polin, katholisch, die das Katholische ihrer Herkunft in dem entsetzlichen Moment betont hatte, nicht weil sie an ein Paradies glaubte, ganz im Gegenteil. Der Schmerz, der ewig in ihr stecken würde. Ewig unaussprechlich.

All das lag Iris' Natur und bisherigem Lebensverlauf relativ fern. Liberal protestantisch erzogen, eine Prise Calvinismus; die Nähe zu Holland war in Hamburg spürbar, eine Seefahrerstadt.

Doch: von Kind an das schlechte Gewissen internalisiert.

Ich gehöre zu einem Volk, aber das Wort muss aus unserem Wörterbuch gestrichen werden, es ist böse, ich gehöre zu einer Nation, auch das ein zu tilgendes Wort, ich gehöre zu einer Gruppe von Menschen, die ihren Mitmenschen das Unmenschlichste angetan haben.

Iris war mit einer Erbsünde geboren. Hinterlassenschaft meiner Großeltern, als sie vergaßen, sich den gutmütigen Gott, dessen Ebenbild auf Erden zu werden sie bis dahin angestrebt hatten, tagtäglich zu erfinden. Das Idealbild des Menschen: gut, hilfreich und liebevoll, und: hoffend. Diese Art von Glauben, mit dem ihre Großeltern noch aufgewachsen waren, war damals verworfen und bald untersagt worden. Zwar war ihr Großvater desertiert, zwanzig Tage lang zu Fuß heimgelaufen; aber er allein machte keinen Unterschied.

So war sie aufgewachsen, mit einem Schuldgefühl.

Das war der Punkt, wo sie an die Rolle der Sophie anknüpfen konnte.


Sie schlug Levis Buch zu. Ich muss das doch wenigstens lesen. Aber ich ertrage es nicht. Sie machte sich Vorwürfe, beichtete Ludwig; schaffte es nicht weiterzulesen. Das Buch lag da wie ein Stück glühende Kohle.

Sie ging zu Strand's Bookstore und kaufte sich William Styrons Roman, *Sophie's Choice,* auf dem das Libretto der Oper basierte; sie lud sich den gleichnamigen Film mit Meryl Streep herunter, speicherte ihn auf ihrem Laptop; sie schaute sich auf YouTube mehrere Interviews mit Meryl Streep an, einige enthielten auch Ausschnitte des Films, mit dem sie berühmt geworden war. Iris fürchtete sich vor dem Film, wollte ihn nicht ansehen. Nicht hier, nicht allein.


Styrons Roman las sie auch nicht. Wie soll ich etwas spielen, das ich mich nicht einmal zu lesen getraue? Ja, ich freue mich über die Rolle; das ist es, was ich will, weg von den Bubenrollen. In der U-Bahn kamen ihr die Gesichter der Menschen grau vor, abgemattet, als kämen sie von einem Frondienst. Sobald sie die Bücher zur Hand nahm, mit denen sie sich vorbereiten wollte, verlor sie jegliche Energie. An den Abenden, an denen sie Cherubino war, lebte sie auf, weil sie die Geschichte der Sophie mit gutem Gewissen wegschieben konnte; an Tagen dazwischen sah sie sich nach der Arbeit an der Sophie romantische Komödien auf Netflix an.

Es war eine Mutter,
die hatte vier Enten,
im Bad ganz besonders
sehr gut zu verwenden;
der Frühling bringt Schuhe,
der Sommer bringt Seen,
der Herbst, der bringt Hauben,
der Winter den Tee

Einmal warf sie ihre ökologischen und medizinischen Bedenken über Bord und flog für drei freie Tage nach Frankfurt. Ludwig hatte beruflich dort zu tun. Gleiches Hotel, anderes Stockwerk, Tür an Tür war nichts zu haben gewesen: hin und her in Turnschuhen und hastig übergestreiften Jeans und T-Shirts. In demselben Hotel logierten auch Kollegen von Ludwig, Konferenzbesucher wie er. Ein ewiges Versteckspiel. Sie schlief viel, er kam abends einmal sehr spät, einmal spät zu ihr, hatte es nicht anders einrichten können. Er kam auch über Mittag aufs Zimmer, und nachmittags gingen sie einmal in die Stadt, einmal an den Main. Sie frühstückten im Bett. Vormittags ging sie in ihr Zimmer, schüttelte die vom Personal am Vortag glattgestrichene Decke, legte sie so, als habe jemand darunter geschlafen.

Sie faulenzte. An die Sophie dachte sie kaum.

Zwei Nächte, zweieinhalb Tage, dann musste sie zurück. Fliegen ist nicht gut für das Kind, die kosmische Strahlung, sagte sie zu Ludwig, als sie einander zum Abschied umarmten, ich fliege immer mit schlechtem Gewissen.

Vieles ist schädlich, trotzdem kriegen die Leute andauernd Kinder, stellte er fest.

Den Flug über schlief sie nicht, schaute ununterbrochen Disney-Channel: Mickey Mouse, Donald Duck, Goofy, Pluto.

Sie sang dem Bauch vor; nachts, morgens. Lag da, horchte in sich hinein, sang. Sie hatte dieses Singen einige Wochen aufgehört gehabt, vergessen über dem Hineinleben in fiktive Persönlichkeiten.

Zwei Tage nach dem Rückflug aus Frankfurt kamen wieder Blutungen. Der Stich in der Brust beim Anblick der rötlichen Schlieren im Slip blieb diesmal aus. Sie meldete sich krank, blieb ruhig. Ich habe mein ganzes Erwachsenenleben über trainiert, Haltung zu bewahren, jetzt tue ich das. Sergio und Ludwig erfuhren vorerst nichts. Erst wenn ich mehr weiß. In der Lobby des Hotels blätterte sie in einer Frauenzeitschrift, eine Headline lautete: Baby starb im fünften Monat im Mutterleib.

Your taxi, dear, der Portier erlöste sie. Das Magazin blieb auf dem weißen Tisch liegen. Als sie ein paar Stunden später zurückkehrte, war es weg.

Suse, liebe Suse,
was raschelt da so?
Es sind nur alte Geister,
die wissen nicht, wo
sie hin sich begeben,
denn das ist mein Leben,
bin traurig und froh,
das ist einfach so

Wieder suchte sie den Arzt auf, den sie nicht mochte, der sich in der Not aber stets als erreichbar erwies. Fast hätte sie geantwortet, was geht denn Sie das an, als er nach ihrem Geschlechtsverkehr fragte. Wann? Wie oft? Dann besann sie sich.

Dem Arzt zufolge kamen die Blutungen daher und waren harmlos. Er hängte sie für eine Weile an den Magnesiumtropf, dann ließ er sie gehen. Ruhe, Ruhe, Ruhe, empfahl er. Und: Enthaltsamkeit bis auf Weiteres. Ich lebe hier wie eine Asketin, was den Sex betrifft (sagte sie nicht).

*

Giraffenstreifen. Das Wort traf sie unvermittelt, als sie den mittlerweile vertrauten Raum betrat. Sie war ausgeschlafen, nachdem am Vorabend die Zweitbesetzung an ihrer Stelle gesungen hatte. Tatsächlich hatte sie zum ersten Mal in ihrer Karriere einen Auftritt abgesagt. Zum ersten Mal, fragte Ludwig telefonisch, du warst nie unpässlich? Nie. Sie funktionierte einfach, war nicht anfällig für Infektionen, Erkältungen. Die Absage hatte sich gelohnt. Sie war entspannt wie seit Langem nicht mehr. Nach der Infusion hatten die Blutungen aufgehört. Was kann mir schon passieren? Ich bin in einer medizinisch topversorgten Stadt. Noch zwei Vorstellungen, und ab nach Hause; und dann lange, lange keine Reise mehr.

Ein vielleicht zweijähriges Kind stand in seinem Hochsitz und zeigte auf Iris: Giraffenstreifen! Sie sah an sich herunter. Was habe ich an? Ein T-Shirt, auf dem Halme gedruckt waren, Schilf, es ragte aus einer blaugrauen Fläche hinauf Richtung Hals, die Ähren verschwanden in einer gewebten Zierleiste mit geometrischen Mustern.

Mit gesundem Appetit aß Iris eine halbe Avocado; bestellte ein weiches Ei; stand dann auf, um sich am Buffet zu bedienen.

Unterwegs dorthin umklammerte jemand ihr Bein: das Mädchen von den Giraffenstreifen, als Iris sich zu ihm hinunterbeugte, erschrak es; seine Lippen zitterten, sein Mund öffnete sich. Es schrie. Schrill, hoch. Aus seinen Augen sprangen kleine Springbrunnen.

Magst du kosten, Iris hielt ihm die Schale Müsli hin. Da eilte schon die Mutter herbei. Hob das Kind hoch, das Mädchen schlang die Arme um sie. (Hätte ich auch bei einem Mann sofort gedacht, der muss der Vater sein?)

Ist das Ihre Tochter?, fragte Iris.

Ja, meine.

Die Frau lächelte, umarmte das Kind fester, wollte zurück zu ihrem Tisch.

Süßes Kind, sagte Iris. Ihr einziges? Ihre Neugierde grenzte an Unhöflichkeit.

Ja, ja.

Sie wandte sich zum Gehen. Da oben in den Armen seiner Mutter sah das Mädchen größer aus als am Boden, während es Iris' Bein umhalst hatte.

Gratuliere, schönes Kind.

Die Frau drehte sich nochmals um. Widerwillig, schien Iris; sie erwog, sich für ihre Frage zu entschuldigen. Aber das Kind hat sich ja an mich geklammert.

Danke, brachte die Frau zwischen kaum geöffneten Lippen hervor. Lassen Sie sich ihr Müsli schmecken, rief sie herüber, als sie und ihre Tochter wieder saßen, ich habe Sie nicht gleich erkannt, ich habe Sie gestern singen gehört, wundervolle Produktion!

Dass nicht sie das gewesen sei, band Iris ihr nicht auf die Nase. Dankbar nicken. Ein weiteres Nicken ernten. War die Ersatzfrau nur im Programmheft angekündigt worden, und die Dame hatte es übersehen? Kein Wunder, dass du mich nicht erkannt hast.

Der Erfolg überstrahlte die wiederkehrenden Schreckmomente. Der memorabelste darunter war ein Schwindelanfall während einer Aufführung, kurz nach ihrer zweiten Arie am Ende des zweiten Akts. Iris erkannte das Gefühl von ihrem Zusammenbruch im italienischen Schnellzug zu Jahresende; und sie überwand es. Dennoch wurde bemerkt, dass etwas nicht stimmte. Als der Vorhang fiel, stand sie nicht von ihrem Bühnensessel auf. Jetzt kommt es raus! In gewisser Weise erleichterte sie der Gedanke, während sie hinter dem geschlossenen Vorhang auf der Bühne zurückblieb. Man wird einen Arzt holen, und der merkt sofort, was mit mir los ist.

Wasser wurde ihr gebracht; jemand half ihr auf. Sie machte ein paar vorsichtige Schritte, in der Garderobe ging es schon wieder. Was war los? Kannst du weitermachen? Klar.

Nichts kam raus. Da sie bestätigte, weitermachen zu können, machte sie weiter. Beim Schlussvorhang verbeugte sie sich neben allen anderen. Vorletzte Vorstellung.

Der sorgloseste Tag des Frühlings war der, an dem sie ihre Sachen packte und die Austrian-Airlines-Maschine nach Wien bestieg.

## *30 (90 cm)

Eine seltene Konzentration ballte sich in ihr zusammen. Jetzt oder nie. Zwei Wochen lagen terminfrei vor ihr, dann begann die folgende und letzte Etappe des Hänsel.

Ich muss mich einigeln, sagte sie zu Ludwig am Telefon.

Ich habe zu tun, mach dir keine Sorgen, sagte sie zu Sergio, der derzeit in Australien arbeitete, via Skype.

Was das Einstudieren von Rollen betraf, war Sergio komplett

anders als sie, er lernte auch im Fitnessstudio mit Kopfhörern, oder während er ein Auto lenkte; um diese Fähigkeit beneidete sie ihn. Sie hätte gern Freunde dagehabt, mit ihnen ihren amerikanischen Erfolg gefeiert und davor und danach an ihrer Rolle gearbeitet. Doch das schaffte sie nicht. Besuche ruinierten ihr die Arbeitstage.

Ich bin gesund, alles nur Lappalien, sagte sie zu ihrer Mutter; bei ihr hatte sie von New York aus immer wieder Trost gesucht, sie wusste vom Ohnmachtsanfall auf der Bühne. Die Mutter erwies sich als überraschend gute Beraterin. Sachlich und aus der Perspektive einer Frau, die von ihren Kindern vor der Geburt, wie sie sagte, nur gewusst hatte, ihr seid da, beruhigte sie ihre Tochter wie kein anderer. Iris' Zweifel ihr Alter betreffend fegte sie, die halb so alt gewesen war, als sie ihre Kinder bekam, vehement fort. Ich habe geraucht während der Schwangerschaft; nicht viel, aber doch. Ihr seid eine andere Generation, stark, gesundheitsbewusst. Schau dich an. Gerade du. Bist in Bestform.

Trotz dieses neuen Einverständnisses gönnte Iris ihrer Mutter nur das Viertel eines Nachmittags. Wir treffen uns auf einen Tee, ja?

Du hast nicht viel zugenommen, seit wir uns zuletzt gesehen haben, sagte die Mutter. Isst du genug? Mach vor allem, was dir Spaß macht, Iris, sag ruhig auch was ab. Dieser Hänsel, musst du da noch einmal dabei sein? Muss ich, sagte Iris. Sonst ist es verdächtig. Ich war immer verlässlich. Aber das Singen tut mir gut, vom Hänsel werden keine Turnübungen verlangt, der ist phlegmatisch inszeniert.

Wie du meinst, sagte ihre Mutter und drückte sie fest an sich. Wie ich mich freu, sagte sie, als sie vor dem Café auseinandergingen.

Ich freu mich doch auch, Mama.

Seit Iris das Kind erwartete, hatte ihr Respekt vor ihrer Mutter zugenommen. Das hat sie ebenfalls erlebt, dachte sie, dieses Bangen, diese Euphorie. Denn es gab euphorische Tage bei ihr, viele. Aber es gab auch Tage, an denen sie hundemüde war; an denen es ihr unmöglich erschien, eine Oper wie *Sophie's Choice* vorzubereiten, Tage, an denen sie an jeder Kleinigkeit zweifelte. An denen sie dachte, mir ein Glas Saft einschenken wäre ausreichend Beschäftigung vom Morgengrauen bis zum Sonnenuntergang und darüber hinaus.

Weitermachen, einfach weitermachen; nicht nachdenken, das war ihr Mantra geworden.

> Morgens früh um sechs
> kommt die kleine Hex,
> morgens früh um sieben
> schält sie rote Rüben,
> morgens früh um acht
> wird Kaffee gemacht,
> morgens früh um neun
> geht sie in die Scheun',
> morgens früh um zehn
> zählt sie ihre Zehen,
> morgens früh um elf
> fängt sie einen Wolf,
> morgens früh um zwölf
> spielt sie mit ihm Golf

Dass sie es richtig machte, etwas richtig machte, leitete sie von ihrer Stimme ab. Momentan ist dir nichts zu schwierig, sagte Christa, du bist in Hochform, auf deinem bisherigen stimmlichen Höhepunkt. Christa hatte ihre Vermutungen, sagte aber nichts, und Iris sagte auch nichts. Je weniger Leute etwas wissen, desto besser. Ein anderes Mantra. Aber die Stimme ist mein Indikator; wenn es mir stimmlich so gut geht, heißt das, sing, Iris.

Ich brauche außerdem Geld, hatte sie ihrer Mutter gesagt, so hast du mich erzogen; ich will von Sergio unabhängig sein, verdienen, was geht, bevor es so weit ist, stell dir vor, was Nannys kosten.

Ein wenig erholte sie sich. In der Dämmerung saß sie vor dem offenen Fenster, sah hinein in die Stadt, in der es schon nach Sommer roch. Unten klirrte es. Stille Arbeit einer Ratte, die im Rinnstein zwischen kleinen Flaschen nach Futter suchte, auf das Fensterbrett gestützt schaute Iris dem Tier nach, in Zickzackrouten zog es von dannen. Es war dunkel geworden, und sie hatte kein Licht aufgedreht. Die ersten Sterne schickten Erinnerungen an Stunden in anderen Sonnensystemen. Die Luft war zum Fressen gut, so würde sie es Ludwig erzählen. Warum bist du nicht da? Mit dir hätte ich das sehen wollen. Mit dir hier in der Dunkelheit sitzen. So ernst habe ich das mit dem Einigeln nicht gemeint; besser gesagt, mit dir, einigeln mit dir will ich mich.

Sie sagte zu sich selbst, was sie ihm nicht sagte. Klagen bringt gar nichts, als sie vierzehn oder fünfzehn war und ihre ersten Schwärmereien nach Hause brachte, ihr erstes gebrochenes Herz, war das der Kommentar ihrer Mutter gewesen. Männer wollen, dass du sie zum Lachen bringst und über das lachst, was sie dir erzählen. Iris hatte das für zu einfach gehalten. So sind die Jungs nicht, die mir gefallen. Mittlerweile dachte sie, dass die Jungs, die ihr gefielen, so waren.

Um substantiell etwas voranzubringen, brauchte sie eine Reihe leerer Tage vor sich. Tage, in denen sie höchstens Christa sah. Ihre Konzentration war nach ihrer Rückkehr aus New York kurz auf einem Höhepunkt gewesen, jetzt flatterte sie wieder wie ein Windfaden an der Fock des Vordermasts. Ja, Segeln wäre was, dachte sie, in dieser milden Luft. In ihrer Studienzeit hatte sie ei-

nen Schein gemacht, mit ihrer damaligen Clique, zu fünft hatten
sie den Kurs belegt, danach einmal ein Boot gemietet. Ein einziges Mal. Dann hatte sich die Sache verlaufen, von dem Grüppchen wasserbegeisterter Sänger war ihr geblieben, dass sie sagen
konnte, ich habe einmal segeln gelernt.

Plötzlich wurde sie geboxt oder getreten, ob Fuß oder Faust,
ließ sich nicht unterscheiden. Aber da war eine Beule in ihrem
Bauch, die bewegte sich, deutlich sichtbar durch den enganlie-
genden Stoff ihres T-Shirts. Hallo, kleiner Mann. Sie klopfte dagegen. Alles in Ordnung bei dir?

Ich beule mich aus, schrieb sie Ludwig, ich werde langsam
zum Alien.

Am nächsten Tag kam er. Kam doch, obwohl sie allein hatte bleiben wollen. Und sie sagt nicht nein. Gut, wir bleiben bei dir,
stimmte er zu. Ein Hotel hätte sie nicht ertragen. Kannst du nicht
bei mir einziehen, für diese zehn Tage? Wer weiß, ob wir so etwas
noch einmal erleben werden. Übertreib nicht, wies er sie zurück,
wenn sie ihm zu sehr zur Verfügung stand, wurde er streng. Ich
tue, was ich kann, lenkte er eine Stunde später ein. Dann blieb er
doch. Benützte in der ersten Nacht ihren zweiten Bademantel,
den sie zu groß gekauft hatte; brachte in der zweiten Nacht Toi-
lettsachen, Rasierzeug und Wäsche zum Wechseln mit. Nahm in
der dritten Nacht Obst mit und eine Flasche teuren Rotwein.
Nahm die weiten Wege in Kauf, kehrte allabendlich zurück zu
ihr, das Fahren macht mir nichts, sagte er.

Sie lebten wie ein Paar.

War er fort – meist schon um acht Uhr in der Früh, nach einer
Tasse Espresso in der Küche, sie im Bademantel, er nach Rasierwasser duftend in Hemd und Anzug –, begann sie den Text zu
wiederholen. Sie vergegenwärtigte sich die Musik; im Kopf; am
Klavier.

Levis Buch lag neben ihr, sie drückte sich davor, weiterzu-lesen; bekam Schweißausbrüche, wenn sie es zur Hand nahm.

Ich fürchte, das Baby zu verhexen mit den Gefühlen, die mich überwältigen, wenn ich das lese.

Dann lass das Buch sein, riet Ludwig, die Oper besteht nicht nur aus Auschwitz; wenn ich dich richtig verstehe, ist das eine Facette der Geschichte. Die Beziehung zu ihrem schizophrenen Freund Nathan, dem amerikanischen Juden, ist ebenso wichtig und genauso zerstörerisch für sie? Du kannst doch nicht alle Bü-cher lesen, die mit diesen Themen zu tun haben, Schizophrenie, Selbstmordfantasien. Nathan zieht sie mit in seinen Irrsinn, und sie kann dem nicht widerstehen. Will nicht? Aufgrund ihrer Ver-gangenheit? Das Ausloten dieser Fragen, und dass sie unbeant-wortbar bleiben, macht einen Teil der Geschichte aus.

Aber ihre Aufnahme ins Konzentrationslager, ihre scheinbare Naivität dabei, weil sie ahnen müsste, aber nichts ahnt, weil ihr jegliche Ahnung nichts brächte, das ist der Kern des Stücks – für mich zumindest, wandte Iris ein.

Du trägst doch nicht die Verantwortung dafür, wie diese Oper verstanden wird. Glaubst du wirklich, alle Sänger bereiten sich so intensiv vor wie du?

Das glaube ich. Aber es ist mir auch egal, was andere tun. Ich bereite mich so vor, wie ich mich vorbereiten muss. Für mich ist essentiell, dass ich diese Geschichte von innen her kenne, Levi kenne. Seine Erfahrungen als Jugendlicher in einem KZ. Ich muss da durch, das bin ich Sophie Zawistowski schuldig, wenigs-tens das. Weißt du, was ich jedes Mal denke, wenn ich das Buch aufschlage? Je schlechter die Umstände, desto weniger kannst du einem Menschen vertrauen. Grausam.

Aber Levi kannst du doch vertrauen?

Er vertraut sich selbst nicht.

Als sie eines Abends vor ihm einschlief, nackt auf dem Sofa, auf ihm liegend, schlüpfte Ludwig unter Iris weg, deckte sie zu und schob die Videoaufnahme von *Sophie's Choice,* die unangerührt auf der Anrichte lag, in den DVD-Spieler. Die DVD war noch in Zellophan verpackt gewesen, so wie Martha sie ihr gegeben hatte.

Am nächsten Tag lobte er die Aufzeichnung in den höchsten Tönen, du musst sie dir unbedingt ansehen. Iris wehrte ab. Dafür sei es zu spät, sie stecke schon zu tief in der Rolle, das Feintuning mache dann sowieso der Regisseur. Sie fürchtete sich vor dem Video. Mir reichen meine eigenen negativen Empfindungen, auf die ich mich einlassen muss, um in dieser Oper zu bestehen; wenn ich Publikum bin, kann ich mich weniger distanzieren, als wenn ich selber spiele. Du weißt, ich heule bei jedem Kinofilm, bei jedem traurigen Buch.

Sie fürchtete eine Blockade. Die Sängerin, die in dieser Oper als Erste – und bisher Einzige – das Terrain sondiert hatte, war ihr von Jugend an in vielerlei Hinsicht Vorbild gewesen; sie hatte sie erlebt, nicht nur in der Oper, auch als Liedsängerin, und sie bewundert. Weil sie bei ihren Auftritten viel riskierte, als Mensch auf die Bühne trat, nicht als Figur, in menschlicher Verletzlichkeit – und Stärke. Sie traute den Zuhörern zu, ihr zu folgen, und deshalb waren sie im Konzertsaal klüger, sensibler: besser als im Alltagsleben. Über diesen Zugang suchte Iris ihren eigenen. Sie hatte – früher – oft Aufnahmen ihrer Vorgängerin als Sophie gehört, in verschiedenen Rollen und vor allem im Liedgesang. Persönlich begegnet waren sie einander noch nie. Das ist auch besser so, erklärte sie Ludwig.

Könntest du sie nicht anrufen? Er dachte in Bezug auf ihre Rolle so, wie er in seinem Beruf Schwierigkeiten überwand; ein paar Anrufe, beratende Gespräche, Empfehlungen.

Ich muss da allein durch, jede muss da alleine durch. Sie damals ja auch, Iris beharrte auf ihrer eigenen Sichtweise. Die Aufnahme höre ich mir nach der Premiere an, wenn ich es wenigstens einmal hinter mir habe. Sie war entschieden, nicht von ihrer Strategie abzuweichen. Außerdem habe ich ja Christa, zusammen schaffen wir das. Es geht um Atemholen, um Aussprechen – und das Englische muss ich üben, auf Englisch zu singen ist für mich ungewöhnlich.

Dass du es dir nicht wenigstens einmal anhörst, verstehe ich trotzdem nicht, Ludwig, der meistens zustimmte, wenn sie etwas vorbrachte, vor allem, wenn es um Musik ging, ließ diesmal nicht locker. Du musst ja nicht hinschauen, aber hinhören. Wenn es schon eine Aufnahme gibt! Das ist doch eine Chance.

Für mich ist es ein Hindernis. Sie sprach mit erhobener Stimme; zum ersten Mal, seit wir uns kennen, dachte sie, schreie ich ihn an.

Sie rieb mit der Hand über ihren Bauch. Solche Gespräche sind nicht gut für ihn, der spürt, wenn ich Stress habe, sagte sie einlenkend, bemüht, leiser zu reden. Sanft.

Weißt du, dass wir kaum fünfzehn Minuten reden können, ohne dass du das Kind erwähnst?

So ein Unsinn.

Das ist Tatsache.

Iris lehnte sich gegen den Kühlschrank, trank Kaffee; er schmeckte ihr wieder.

Ludwig rasierte sich, band eine Krawatte um; Männer rasieren sich allmorgendlich ihre Albträume aus dem Gesicht. Iris wickelte sich enger in ihren Bademantel, wärmte ein Glas Milch.

Ein Happyend der Geschichte wäre nur vor Beginn der Geschichte möglich gewesen. Wenn Sophie in Krakau für sich und die Kinder das Gas im Herd aufgedreht hätte, die Tür zum Schlafzimmer weit geöffnet. Beide Kinder im Arm: ins Bett gehen, um nie mehr aufzuwachen.

Trotz des kühlen Abschieds von Ludwig gelang es Iris, sich auf ihre Arbeit zu konzentrieren. Am Abend würden sie einander wiedersehen; dann reden wir weiter. Oder auch nicht. Ich mische mich schließlich überhaupt nicht in seine Arbeit ein. *The promise of commitment becomes an ingredient of the moment.* Wo habe ich das gehört?

Ein tröstlicher Satz, dachte Iris und setzte sich ans Klavier. Die Aussicht auf das Wiedersehen in wenigen Stunden verdünnte den Zusammenstoß zu einer unbedeutenden Meinungsverschiedenheit. Fast war sie froh, dass sie aneinandergeraten waren; Reibung erzeugt Wärme.

Man hätte Sophie mit den Kindern vor 1938 nach Amerika bringen müssen. Abhauen: Das wäre ein Happyend gewesen.

Wie viele Männer hatte Sophie Zawistowski geliebt? Ihren Vater, ihren Ehemann, Nathan, Stingo? Und zuletzt entschied sie sich für den Wahnsinnigen und seinen Weg in den Tod. Klassisch. Wann würde einmal berichtet, ein Mann sei seiner lebensmüden Frau in den Selbstmord gefolgt? Es musste solche Fälle geben. Alles Denkbare gab es.

Wie viele Männer habe ich geliebt? Dass Männer Frauen retteten! Was für eine Fantasie aus Märchenerzählungen: die Prinzessin vor dem Drachen, das *girl* aus der Armut.

Sie spielte ein paar Takte; langsam, ich muss es langsam angehen. Seien es jeden Tag nur wenige Zeilen, ich habe ja noch Zeit. (Heute gewann das Gefühl, Zeit zu haben; meist überwog das Gefühl, viel zu spät dran zu sein.)

Diese Chimären haben wir uns noch nicht abgewöhnt, ich zumindest nicht, dachte Iris, das Hoffen auf Gerettet-Werden, bei aller Selbstbestimmtheit und materiellen Unabhängigkeit. Dafür befreien wir die Männer von dem Hirngespinst, alles ließe sich regeln, wenn man es nur gut plane.

Für die katholische Polin Sophie Zawistowski gab es nur beide Kinder oder nichts. Sie wurde gezwungen, zwischen ihnen zu wählen, in einer Situation, aus der niemand lebend herauskam. Das hat sie bestimmt gespürt, während sie auf eins der beiden gezeigt hat: das Mädchen. Oder sie verbat sich solche Gedanken. Ein Funken Hoffnung – bis zum Nichts. Ein Automatismus, ein Lebensinstinkt; das Nichts zu wählen ist nicht möglich. Vielleicht kommt doch irgendwo eine göttliche Hand herunter, herauf, herüber und befreit mein Kind, für ein Leben mit eigenen Kindern? Was hätte eine Göttin getan? Sophies spätere Entscheidung für das Nichts bestätigte, wie vergeblich die Hoffnung war.

*

In Ludwigs Wohnung, in seinem Bett. Er hatte sie gebeten, zu ihm zu fahren. Er käme zu spät weg, um den letzten Zug zu ihr noch zu erreichen. Eine große Bitte, ich weiß. Wenn die Oper es nicht zulässt, sag es mir. Ich verstehe das.

Ludwig ruft, und ich komme.

Nach diesem Morgen muss es einen Abend geben: Wunder, die du selber herstellen kannst – Bauanleitung für junge Musikerinnen und Musiker.

Sie bei ihm. Zum ersten Mal über Nacht.

Er erwartete sie am Bahnsteig. Sie kam pünktlich an. Sie gingen zu Fuß. Sie erzählte ihm, was sie überlegt hatte, wie sie die Handlung der Oper interpretierte. Diese Frau hatte nie eine Wahl, sagte sie.

Vierzig Minuten später lagen sie eng beisammen, er umarmte sie von hinten, hielt ihre Brüste in seinen Händen. Nimm mir nicht übel, was ich jetzt sage, seine Stimme war rau und vertraut, sein Kinn an ihrem Nacken duftete nach Seife und Rasierwasser, kitzelte von den abendlich sprießenden Bartstoppeln. Wer das Kind hält, als Erster nach der Geburt, der ist der Vater, in allen Traditionen ist das so. Sie drehte sich um, schlang ihre Beine um seine, hakte ihre Knie in seine Kniekehlen. Hab ich zufällig gehört, auf der Autofahrt, fügte er hinzu, im Radio.

Das Schweigen der beiden ergriff das Zimmer. Beutelte es, stellte es zurück auf die Erde. Sie streichelten einander an den Ellbogen, rieben sich die Ohrläppchen.

Für mich ist es auch schwer, sagte Ludwig.

Sie erwiderte nichts.


An der Wand hingen Fotografien von Kindern in unterschiedlichen Altersstufen.

Ein Bub spielte Blockflöte oder hielt die Flöte so im Mund, als würde er spielen, ein Mädchen, etwa zwölf, hielt eine Gitarre auf dem Schoß, zupfte an den Saiten oder hatte die Finger darauf, lachte den Fotografen an.

Zwei Kleinkinder saßen am Rand eines Brunnens in einer südlichen Stadt, beide mit roten Mützen; eins davon war das Mädchen, das auf dem anderen Bild Gitarre spielte; das andere Kind war ein drittes.


Es geht nicht anders, murmelte er. Magst du ein Glas Wasser? Ich bringe es dir. Er löste seine Beine aus ihrer Umarmung, ohne abzuwarten, ob sie bestätigen würde, Durst zu haben, stieg aus dem Bett und ging an den Fotos vorbei hinaus.

Sie betrachtete sein Gesäß, seinen Rücken, so anschmiegsam, als wäre er aus Porzellan. Seltsamer Vergleich, oder vielleicht geradezu besonders passend; gleichzeitig sah sie die fotografierten Kinder. Wenn die sehen würden, was wir hier machen. Sie hatten wache Augen, alle drei, extrem wach.

Manchmal stellte Iris sich ihnen gegenüber hin, starrte sie an, und sie starrten zurück.

Solche Bilder werde ich nie haben, hatte sie einmal zu ihm gesagt. Diese Bilder machen es mir schwer, hier zu sein.

\*

Fledermäuse ähneln den Menschen in einem wichtigen Detail, sagte ihr Bruder, während sie mit einer Gabel ein Stück Sachertorte zerteilte; dieses Verlangen nach Schokolade, es stimmte wirklich, dass es sich verstärkte, mit jedem Monat noch mehr, und dann war sie nach wenigen Bissen voll. Daher kriegte Vicky die Hälfte, von Anfang an, denn wenn sie einmal von etwas gegessen hatte, mochte er es nicht mehr, nicht einmal bei Kuchen. So war das immer gewesen, schon in ihrer Kindheit, teilen vor dem ersten Bissen oder gar nicht. Inwiefern?, fragte Iris, während sie das halbe Tortenstück auf den Untersetzer ihrer Kaffeetasse bugsierte. Sie ahnte, ihr Bruder hatte etwas Überraschendes oder Schockierendes in petto, das er beim National Geographic Channel oder auf Arte gesehen hatte. Vicky war fernsehsüchtig – auch das, seit sie sich an ihn erinnern konnte. Alle Versuche der Eltern, ihm das auszutreiben, waren gescheitert, und als Erwachsener gab er sich dem, was ihm in der Jugend nur eingeschränkt genehmigt worden war, hemmungslos hin. Internet interessierte ihn nicht, Fernsehen musste es sein, Flachbildschirm, alle Sender, auch solche, die er nie länger als drei Sekunden anschaute. Einfach, um sie zu haben, sagte er, wer hat, der hat. Harmlos fand Iris das, so schön altmodisch, und nahm es für Vicky auf, wenn ihre Eltern über ihn klagten.

Bei den gefinkelten Fragen, mit denen er daherkam, war Raten hoffnungslos; es handelte sich immer um Gegebenheiten, auf die Iris nie kommen würde. Vicky schob seine Gabel mit dem ersten

Bissen Torte in den Mund, kaute, schluckte genießerisch, sah seine Schwester vielsagend an. Dann sagte er, sie kennen beim Sex ein Vorspiel. Und weißt du was? Je länger das Vorspiel, desto länger bleiben sie während des Akts aneinander kleben, das soll die Befruchtungschance erhöhen. Na, wärst du darauf jemals gekommen? Nie, bestätigte Iris. Und, fuhr ihr Bruder fort, sie haben oralen Sex, sehr ungewöhnlich im Tierreich. Aha, nickte Iris, sie hatte ihre Tortenhälfte aufgegessen, und warum erzählst du mir das? Einfach so, Bildung. Vicky lachte spöttisch, damit du rauskommst aus dem Musikbusiness, geistig, mein ich. Das ist das pure Leben! Fledermäuse auf einem Baum? Den Spott beherrschte Iris genauso gut.

Trotzdem ertappte sie sich, als sie das nächste Mal mit Ludwig zusammen war, bei Gedanken an Fledermäuse. Mit kugeligen Bäuchen. Wenn sie und er sich liebten, schien das Kind zu schlafen. Manchmal streckte es sich abrupt, während sie ihre Atemzüge wieder einfingen.

Haben wir es aufgeweckt?, fragte er.

Sie liegen Bauch an Bauch.

Sie liegen Rücken an Rücken.

Sie liegen Bauch an Rücken.

Es fragt sich, warum das Schaukeln aufgehört hat, murmelte Iris. Lippen. Kinn. Hals zwischen Achsel und Armbeuge. Hüften, Schenkel, Fersen, Sohlen. Beide hatten sie lange Beine, wie das Kind.

Iris' Bauchdecke hob sich dort, wo man die Milz vermutet; sie legte eine Hand darauf, drückte dagegen, der Druck wurde von der anderen Seite erwidert.

Nicht nur für die Treffen mit Ludwig hatte das Ausbleiben ihrer Periode große Vorteile. Seit sie schwanger war, war ihre Stimme konstant gut, keine Trockenheit der Stimmbänder an gewissen Tagen des Monats, kein banges Rechnen bei Terminvorschlägen. Wenn sie blutete, sang sie schlechter. Leider war es bei ihr so gewesen, und sie wusste, die meisten Kolleginnen hatten ähnliche Probleme. In den letzten Monaten war ihre Stimme größer geworden, stabiler. Iris hatte Glück gehabt, es hätte auch anders sein können. Hätte sich das Kind relativ hoch eingenistet, hätte sie wahrscheinlich mit Kurzatmigkeit zu kämpfen gehabt. Bei ihr lag es eher tief, half ihr beim Stützen. Nie habe ich so leicht gesungen – ein wiederkehrendes Glücksgefühl. Ich habe Massel, dachte Iris, die Hormonumstellungen hätten auch verheerend sein können für mich.

An sich haben die Menschen sich über Jahrtausende wenig verändert, dachte sie, wenn ihr zynisch zumute war, nur unsere täglichen Verrichtungen sind anders geworden, und wir singen jetzt Mozart. Der Mensch, ein Tier mit eigenem Garten und Stereoanlage.

Ihre Kühnheit ging mittlerweile so weit, dass sie sich nur mehr in den Wohnungen trafen; meist bei ihr. Auch als Sergio wieder zurück in der Stadt war, lagen sie nur anderthalb Kilometer von ihm entfernt in dem Bett, das er als seines betrachtete. Aus meiner Sicht sind wir nicht mehr zusammen, sagte Iris. Was später sein wird, ist später.

Gedanken an später erfüllten sie mit großem Unbehagen. Ein Kind kennt keinen Terminkalender. Wie würde sie es anstellen, Ludwig zu sehen, wenn es einmal da war? Mit Vater Sergio an ihrer Seite und allem, was dazugehörte, fast allem wenigstens, denn ihr Verhältnis zueinander war mittlerweile rein platonisch. Das junge Familienglück – wie ihr Schwiegervater es nannte, du wirst sehen, Iris, wenn das Kind einmal da ist, renkt sich bei euch alles wieder ein. Die Angst davor, mit Sergio in ein familiäres

Konstrukt eingesperrt zu sein, in das sie sich aus freien Stücken begab, neutralisierte bis zu einem gewissen Grad sogar Iris' Nervosität vor der Festspielpremiere.

Sie gab Ludwig einen Schlüssel von ihrer Wohnung, er gab ihr seinen; den musst du für immer behalten.

Iris legte sich einen Korb zu, den sie unten in ihren Schrank stellte. Dorthinein kam das Bettzeug, das sie benützte, wenn Sergio bei ihr übernachtete; vor jedem Besuch Ludwigs zog sie es rasch ab und ersetzte es mit einer frischen Garnitur. Für jede Stunde mit Ludwig saubere Wäsche!

Fast alle ihre gemeinsamen Stunden verbrachten sie im Bett. Ab und zu standen sie auf und aßen, halb angezogen, mit offenem Hemd, im Bademantel, barfuß, tranken. Sie: Wasser, er: Wein.

Was Paare üblicherweise tun, blieb bei ihnen ausgespart, Kino, Konzert, Sport, Museum, ein feines Essen. Auch die Reisen, die sie sich ausmalten, beschränkten sich auf mögliche Hotelzimmer und deren Beschaffenheit; welche Betten, welche Decken, welche Kissen, welche Wäsche sie sich gewünscht hätten.

Es war ein stürmischer Monat, auch meteorologisch. Mit unerklärlich starken Winden aus dem Südosten rodete dieser Mai Waldstücke wie Gebilde aus Zündhölzern. Das Haus, in dem ihre Eltern wohnten, verlor Schindeln. In dem Altbau, in dem sich Iris' Wohnung befand, stauten sich Laub und Dreck häufig in einer zentimeterdicken Schicht unter den Postkästen und in den Ecken des Windfangs, bis der Putztrupp das wieder entfernte.

Ist das vorher nie geschehen, oder fällt es mir erst jetzt auf? Ihr Empfinden war geschärft, als lebte sie auf einer Rasierklinge, so fühlt es sich an, anders kann ich es dir nicht beschreiben.

Auf ihr Gewicht zu achten gab sie auf.

Ich esse viel, warnte sie Ludwig, als er sie doch einmal in ein teures Lokal ausführte (ist doch egal, ob uns jemand sieht, die sind höchstens neidisch), manchmal fresse ich eine Tafel Schokolade in mich hinein, während ich von der Küche zum Klavier gehe.

Sie nahm aber kaum mehr zu.

Die Stürme ließen nach. Das Wetter wurde mild. Iris überkam eine innere Ruhe, eine so akute Gelassenheit, dass sie den sie Umgebenden verdächtig war. Allen voran Sergio. Sie selber wusste, es ist okay, ich bin bereit für diesen Sommer.

Sie übte, sie beulte sich aus. Surreal, dachte Iris jedes Mal, wenn es geschah. Der Jemand in ihr drückte mit seinen Gliedmaßen, seinem Rücken gegen die ihn schützende Bauchdecke.

Mit der Wiederholung wurden die Sätze erträglicher, die sie als Sophie singen musste. Auch das eine fürchterliche Wahrheit. Schreckliches lässt sich leichter sagen, je öfter du es sagst. *In her arms she still carried her doll.* Sie musste unterbrechen. Zwei Kinder würden ihre direkten Bühnenpartner sein, zum ersten Mal in ihrer Karriere Kinder in einer Oper, die an Erwachsene gerichtet war. Ob ich mit ihnen zurechtkomme? Kinder sind unerbittlich in ihren Sympathien. Der vierte Akt erschien ihr als der schlimmste. Der erste war am angenehmsten, der zweite und der dritte waren eigentlich in gewisser Weise entsetzlicher als der vierte, weil sich die Geschehnisse des vierten da bereits zugetragen hatten. Konzentriere dich auf den Text, Herbst 1947, da spielt die Geschichte.

# *31 (95 cm)

Das Gehör des Babys ist nun voll ausgebildet, sagte die Ärztin. Er kann Ihre Stimme hören, wiegt ungefähr ein Kilogramm und nimmt täglich an die achtzig Gramm zu.

Als Iris nach der Untersuchung auf die Gasse trat, bemerkte sie zwei nasse Stellen auf ihrem dunklen T-Shirt, dort, wo die Brustwarzen den Stoff berührten.

Erstmals, seit sie sich mit Musik befasste, dachte sie daran, wie laut ein Orchester war; dass der Geräuschpegel auf der Opernbühne bis zu ihrem Sohn vordringen würde, wenn auch gedämpft durch das ihn umgebende Gewebe. Mein Resonanzkörper, seine Wohnhöhle. Ob diese Lautstärke, wenn er ihr wochenlang ausgesetzt war, die Hörfähigkeit des Kleinen beeinträchtigte? Ihm ihre Musik tatsächlich physischen Schaden zufügen könnte? Ich muss mich erkundigen. Aber das kann doch nicht sein, darf einfach nicht sein. Musik schadet nicht. Niemandem. Solche Sorgen hat meine Mutter nie gehabt.

Wieder googelte Iris nach den Entwicklungsstadien eines Kindes im Leib der Mutter. *Siebenter Monat, nun beginnt das letzte Trimester deiner Schwangerschaft, dein Bauch wird immer größer. Die sinnliche Wahrnehmung des Babys bildet sich weiter aus, du kannst mit einer Taschenlampe auf deinen Bauch leuchten, und das Baby wird reagieren, beispielsweise den Kopf zur Seite drehen,* las sie. *Seine Haut nimmt, durch die stärkere Durchblutung der Kapillargefäße, einen rosigen Schimmer an, es sieht dadurch schon wie ein richtiges Baby aus.* Stell dir vor, erzählte sie Sergio am Telefon; erzählte sie Ludwig, als er in ihre Wohnung kam, zwischendurch, er hatte eine Sitzung in einem Ministerium früher verlassen, auf diese Weise zwei Nachmittagsstunden gewonnen. Für uns, sagte er.

Er nuckelt an seinem Daumen, gähnt, hat Zehen- und Fingernägel, kann die Augen öffnen, beschrieb sie ihm, während er sich die Schuhe auszog. Womöglich tut er das gerade jetzt, hat seinen Daumen in den Mund gesteckt! Stell dir vor, sagte sie wieder, küsste ihn auf den Hals. Lässt du mich zuerst reinkommen, ausnahmsweise ein lachender Ludwig. Zog die Tür hinter sich zu, drehte den Schlüssel zwei Mal um. Als wäre er hier zu Hause, fiel Iris diese Handbewegung angenehm auf. Rücken, Arme und Beine sind noch von einem wolligen Flaum überzogen, fuhr sie fort, Lanugo-Behaarung nennt man das, hast du davon je gehört? Babys haben ein dünnes Fell, es verschwindet meist vor der Geburt wieder, aber nicht immer. Sie sprühte vor Begeisterung.

Auch Wimpern besitzt es bereits.

Es kann lachen oder weinen.

Die Lungenreifung ist dagegen noch nicht abgeschlossen.

Mein Baby ist schwer wie Rotkohl und lang wie Staudensellerie.

Scheint die Sonne
noch so schön,
einmal will sie untergehen,
Babylein mein, Babylein klein,
schlaf ganz ruhig ein.
Morgen ist ein neuer Tag,
an dem du wieder lachen magst,
Babylein klein, Babylein mein,
schlaf ganz ruhig ein

Seit der siebte Monat erreicht war, fühlte Iris sich sicherer. Ab jetzt konnte das Kind lebensfähig auf die Welt kommen, jederzeit. Alle, die Bescheid wussten, der Geheimbund, erfuhren ausführlich von ihrer Erleichterung. Beim Wort *jederzeit* musste sie jedes Mal kichern. Sie vertraute auf die Ultraschallmessung und hielt *jederzeit* für ausgeschlossen. Andernfalls hätte die Ärztin bereits Anzeichen entdeckt. So oft, wie ich bei ihr bin!

Ihr Sohn, den Namen sage ich euch noch nicht, würde pünktlich auf die Welt kommen, nach der Premiere von *Sophie's Choice*. Auf diesen Zeitplan konzentrierte sie ihre Gedanken.

Ich bin zur Perfektion erzogen worden, nicht nur von meinen Eltern, auch von der Schule, der Gesellschaft – eigentlich allen. Das ist vielleicht meine große Schwäche. Der Journalist, dem sie das gestand, strich es aus seinem Text, weil er dachte, sie hätte es aus Versehen gesagt. Er kannte die Callas nicht, hatte trotzdem darauf bestanden, er verstehe etwas von Musik.

Susan Zerlowsky, die in Salzburg Regie führen würde, rief an, gratulierte zum »amerikanischen Erfolg«. Einige Wochen verspätet, aber was soll's, Iris war bereit, ihr einiges zu vergeben, wenn sie über den Babybauch hinwegsah. Sie sei jetzt in Europa und bleibe über den Sommer, drei Monate, absolut wunderbar, ich freue mich enorm auf die Zusammenarbeit, sagte Susan. Call me Susan, will you? Ihre Stimme klang dunkel, einnehmend. Sie habe Aufnahmen aus der Met gesehen und sei jetzt mehr denn je überzeugt, du bist die perfekte Sophie.

Sogar der Intendant der Festspiele, Lautersdorf, dem sie zufällig in einer Konditorei begegnete, beglückwünschte sie zu ihrem Met-Debüt. Der herrlichste Cherubin seit Jahren. Auch er betonte, wie gut er sie sich als Sophie Zawistowski vorstellen könne.

Was willst du da anderes tun als lächeln und nicken, berichtete Iris Ludwig von der Episode, und hinzufügen, dass du hoffst, er werde recht behalten, glücklicherweise hatte ich einen weiten Mantel an, war nur auf einen Stehkaffee, sonst wüsste der jetzt schon Bescheid.

Mit Sergio hatte sie sich arrangiert, in einer Weise, die ihm noch gelegener zu kommen schien als ihr. Keine zeitlichen Ansprüche aneinander, vorerst. Das kommt bald genug. Keine Pläne, zusammenzuziehen. Lass ihn erst einmal auf die Welt kommen, dann sehen wir, wie es geht. Einen halbherzigen Verlobungsversuch seinerseits schlug sie aus, er wirkte nicht sonderlich enttäuscht. Ich habe einen schlechten Zeitpunkt gewählt, legte er sich ihre ablehnende Antwort zurecht, sie war müde, angespannt, als ich sie gefragt habe, und außerdem ist mir währenddessen das Essen angebrannt. Ja, es gibt diese extrem künstlich erscheinenden Umstände im Leben. Dass er ihr den etwaigen Verlobungsring nur als digitale Fotografie auf einer Website gezeigt hatte, fand er völlig logisch, sie musste ihn ja anprobieren, und gefallen musste er ihr auch. Sie empfand all das als Zumutung. Lachte trotzdem, und schlug vor, sie könnten den verbrannten Topf einfach wegwerfen, runter in die Mülltonne damit, und Pizza bestellen. Die magst du doch nicht, Sergio war verdutzt. Dir zuliebe esse ich sie heute. Frieden, ich will einfach Frieden haben, sagte Iris zu Manchmal-Freundin #1, der sie von dem missglückten Antrag erzählte. Und wenn er dir beim nächsten Mal einen Brillantring unter die Nase hält statt des Smartphones, sagst du dann ja? Wer weiß, antwortete Iris. Nächstes Mal ist nächstes Mal.

Sie und Sergio lebten nebeneinander her, nicht wie Geschwister, vielmehr wie Komplizen, dachte sie. Sergio schwamm mehr denn je, arbeitete viel, kochte für sie, wann sie es zuließ. Ich muss den Nachkommen füttern! Jede Reise, die er antrat, erleichterte Iris.


Während einer dieser Abwesenheiten versuchte sie, Ludwig zu sagen, sie wolle ihn nicht mehr sehen. Sie hatte sich das als Lösungsversuch ausgedacht. Wenn wir uns nicht mehr sehen, ge-

lingt es mir vielleicht verdammt noch mal, mich in den Mann zu
verlieben, der für mich und das Kind da wäre.

An dem Abend sagte sie jedoch etwas anderes. Sagte den Satz,
den sie noch nie gesagt hatte, als Ludwig eine Schale Erdbeeren
mit Schlagobers vor sie hinstellte. Ich liebe dich. Er erwiderte
nichts.

Ihre Familie hielt die Geheimniskrämerei um ihre Schwangerschaft für absurd. Jetzt, wo du schon so weit bist, wo ein Blinder
sieht, was los ist; irgendwann musst du es ihnen ja sagen. Vor allem ihre Mutter war besorgt. Wer weiß, was die sich ausdenken
für die Inszenierung, du musst sie warnen, dass sie vorsichtig
sein müssen mit dir, dass du weder klettern noch balancieren
kannst. Lautersdorf schätzt dich, das hat er unlängst in einem Interview gesagt, er wird sich schon etwas einfallen lassen für dich,
er hat dich engagiert. Du kannst doch nicht einfach mit deinem
dicken Bauch dort aufkreuzen. Das ärgert sie bestimmt maßlos.

Ich kann, was ich will. Iris blieb stur, wie Sergio es nannte. Er
fürchtete, ihr Verhalten könnte ihm angelastet werden, weil er
sie nicht dazu angehalten hatte, ihren Zustand rechtzeitig be-
kanntzugeben. Eine Frage des Anstands, sagte er.

Ist das rechtlich erlaubt? Sogar ihr Vater fiel ihr in den Rücken.

Ihr könnt mich alle mal gernhaben, solange ich gut singe, geht
mein Bauch keinen was an.

Seltsamerweise war es ausgerechnet Vicky, der sie unterstützte.
Schließlich ist es tatsächlich ihre Sache, sie ist selbständige Er-
werbstätige, also Firmenchefin, eigenes Risiko, eigene Verantwortung, warum sollte sie gegenüber einer anderen CEO in ihrer
Berufsausübung benachteiligt sein? Schwangere Ministerinnen
dürfen auch bis zum Geburtstermin auf die Bühne. Oh Bruder,
lieber Bruder mein.

Christa kam jetzt zwei Mal pro Woche; mit ihr wirkte die Rolle der Sophie weniger deprimierend. Es war eine häusliche Zeit. Iris genoss das. Oft lag sie mit hochgelagerten Beinen auf der Couch, während sie arbeitete. Er bewegt sich, magst du fühlen? Sie bot es jeder und jedem an, der in ihrer Nähe war, solange sie sich in ihrer Wohnung aufhielt. Trotzdem war der Kreis der Eingeweihten klein. Ihre Eltern, ihre Schwiegereltern, Vicky, Sergio, Ludwig, Manchmal-Freundin #1, die Gynäkologin, der Arzt in New York, die Freundin in Brooklyn. Niemand sonst.

Bald wusste freilich Christa Bescheid, und auch Martha. Letztere war gar nicht erbaut, als sie ihr die bereits nicht mehr so neue Neuigkeit gestand, da es unmöglich wurde, ein Treffen weiter hinauszuschieben. Was ist los, willst du mich nicht mehr sehen, jetzt, wo du erfolgreich bist? Ganz im Gegenteil, ich vermisse dich, sagte Iris fast schüchtern, als sie miteinander telefonierten. Dann komm zu mir ins Büro. Es war ein Befehl. Iris gehorchte, und ja, sie hätte auch hier einen Mantel anbehalten können, allerdings war es bereits ein heißer Junitag. Und außerdem. Du bist immer meine Vertraute gewesen. Dieses Vertrauen schien unversehens untergraben. Martha gratulierte nicht, Martha riet zu absoluter Geheimhaltung. Ich tue für dich, was ich kann, aber dass du es mir nicht früher ... Martha sah schlecht aus, dünner als vor wenigen Monaten, grau im Gesicht, sie war auch weniger elegant gekleidet als üblich. Alles in Ordnung bei dir, fragte Iris, wir haben uns lang nicht gesehen. An mir lag's nicht, antwortete Martha. Sie hatte eindeutig kein Interesse daran, irgendetwas Privates, das sie selber betraf, mit Iris zu besprechen. Ich habe für dich gearbeitet, setzte sie hinzu; während du in New York warst, war hier einiges los, allerdings wusste ich nichts von deiner – sie stockte – veränderten Situation. Was ich für nächstes Jahr für dich aufgerissen habe, ist nun wohl hinfällig. Warum sollte das hinfällig sein? Meine Stimme ist in Topform. Nur her mit den Verträgen. Jetzt konzentrieren wir uns einmal auf das Naheliegende, Martha zwang sich dazu, beherrscht zu sprechen, die Festspiele. Dass wir hinkriegen, dass sie dich nicht rausschmeißen. Es ist eine Zeitfrage; wenn sie keine Zeit haben, Ersatz zu suchen, einen berühmten *flabbergasting* Ersatz, kommen sie um dich nicht herum. Zumindest, solange du noch willst. Du willst doch?

Fuchs, dich hat die Gans empfohlen,
komm nur wieder her
komm nur wieder her,
sonst wird dich der Bäcker locken,
mit Kuchen und
mehr, mehr, mehr,
sonst wird dich der Bäcker locken,
mit Kuchen und mehr

Sei auf alles gefasst, sagte Christa, ein Kind kommt immer überraschend, wie die Leute auch immer überraschend sterben, auch wenn sie über neunzig sind.

Ultimatives Bonding, nichts verbindet Frauen so miteinander wie das Reden über die Schwangerschaft, unkte Bruder Vicky, als Iris sich bei ihm über ihre Probleme mit Martha ausweinte, ich dachte, wir sind befreundet. Martha hat es nicht leicht, sagte Vicky, sie ist nie schwanger gewesen und wird es nie sein, genau wie ich, Christa hat uns da was voraus. Dabei kicherte er, aber Iris spürte, wie sich zwischen ihnen eine Distanz einstellte. Eine kleine Hängebrücke, dachte sie, die er nach Gutdünken runterlässt oder raufzieht. Obwohl er sie nach wie vor in Schutz nahm, wenn es darum ging, den Zeitpunkt, da sie ihr Geheimnis der Öffentlichkeit preisgeben wollte, hinauszuzögern.

Was weißt du von Frauen, das du nicht von mir weißt? Sie neckte ihn, wie sie einander immer geneckt hatten. Mein Bruder steht mir nahe, auch wenn wir uns selten sehen, hatte Iris stets bekräftigt. Ihr Bruder war der wichtigste Mann in ihrem Leben gewesen, nach oder neben ihrem Vater, die beiden wechselten auf dem ersten Platz ab. Schließlich kenne ich sie weitaus länger als dich, hatte Iris diese Reihung vor Sergio verteidigt, wenn er sich beklagte, dadurch von vornherein keine Chance auf die Nummer eins zu haben. Das war vor Jahren gewesen, als er auf Platz zwei bis drei kam. Nun wäre er auf Platz vier, und bald auf Platz fünf. Denn wer auf eins war, stand eindeutig fest. Das Vorrecht der Verwandtschaft half Vicky nicht mehr. Sosehr er sich freute, Onkel zu werden, so bewusst war ihm, der Neffe würde ihn im Leben seiner Schwester zurückdrängen, auf die billigen Plätze am Rang oder oben auf der Galerie.

Seit ihrem amerikanischen Erfolg wurde Iris an der Staatsoper anders behandelt, so kam es ihr wenigstens vor. Der Direktor, die Regieassistenten grüßten sie nachdrücklicher, die Kollegen aus der laufenden Produktion überreichten ihr einen Riesenblumenstrauß. Auf der beigefügten Karte hatten alle unterschrieben. *In bocca al lupo per Salisburgo*, hatte ein italienischer Kollege hinzugefügt. Toi, toi, toi, stand da in vielen Handschriften. Von ihrem Zustand merkten sie glücklicherweise noch nichts. Sie denken wahrscheinlich, dass ich fett geworden bin, und ersparen sich die Peinlichkeit, mich darauf anzusprechen, mutmaßte Iris, als sogar Ludwig sich darüber wunderte, dass es ihr immer noch gelang, ihre Schwangerschaft geheim zu halten.

Der Hänsel fiel ihr leichter denn je. Sie zeigte der Schneiderin bereits zum zweiten Mal, wo das Kostüm nicht mehr passte; wer ihre Maße nahm, konnte nicht übersehen, dass sie sich für zwei anzog. Die Schneiderin bekam leuchtende Augen, mein Sohn ist gerade achtzehn geworden, gelobte Stillschweigen, machte Hosen, Hemd und Jacke weiter. An der Innenseite der Kleidungsstücke waren die Markierungen für die Sängerinnen eingezeichnet, die das Kostüm vorher getragen hatten, unter ihnen Frauen, die Iris verehrte. Sie hatten diese Stoffe auch am Körper gehabt; manche von ihnen lebten nicht mehr. Es amüsierte sie, anhand der Einzeichnungen herauszufinden, wer schlanker gewesen war als sie, wer korpulenter.

Wenn eine zukünftige Darstellerin des Hänsel ihre Markierungen bemerkte, würde sie entweder erraten, wie es wirklich gewesen ist, oder denken: Die Schiffer war damals aber dick.

## *32 (99 cm)

Ein Anruf, mitten am Vormittag. Eine Nachricht: Bitte rufen Sie bei Gelegenheit zurück, der männlichen Stimme, die »bei Gelegenheit« aussprach, war anzuhören, damit war sofort gemeint.

Ich wollte dich casten, sagte der Intendant, als sie ihn erreichte, für *The Rape of Lucretia*, in Amsterdam, im Herbst nächsten Jahres, aber nun höre ich Neuigkeiten, die mich vermuten lassen, ich käme mit meinem Anliegen ungelegen?

Welche Neuigkeiten?

Ich höre, du kriegst ein Baby? Iris musste schlucken, bevor sie antworten konnte, ihr Herz schlug direkt im Kehlkopf. Sie stützte den Ellbogen auf den Tisch, um das Telefon ruhig ans Ohr halten zu können.

Wer sagt das?

Du willst jetzt aber nicht behaupten, es ist nicht wahr?

Ich frage dich, wer das sagt.

Was macht es aus, wer das sagt? Stimmt es oder stimmt es nicht?

Ich werde wohl erfahren dürfen, wer über mein Privatleben tratscht.

Es ist also wahr. Annelies hat es mir erzählt.

Sollte ich sie kennen?

Iris, ich will einfach wissen, wie es um deine Verfügbarkeit steht, der Rest ist irrelevant.

Ja.

Du bist also schwanger?

Ich bin verfügbar.

Dann stimmt nicht, was erzählt wird? Tatsache?

Das habe ich nicht gesagt.

Iris, wir kennen uns gut genug, du weißt, ich mag keine Spielchen.

Meine Schwangerschaft ist Privatsache, sie geht niemanden etwas an und hat nichts mit meiner Verfügbarkeit zu tun.

Wann ist es denn so weit?

Das braucht dich nicht zu kümmern.

Komm, es ist doch klar, dass ein kleines Kind dich in der ersten Zeit sehr fordern wird.

Wenn du vorhast, mich nicht in Erwägung zu ziehen, weil ich ein Baby kriege, sag's gleich, ich habe viel zu tun.

Das habe ich nicht gesagt! Lass mich dir zuallererst einmal gratulieren, doppelte Gratulation, zu deinem grandiosen Erfolg in New York und im Privatleben. Wer ist denn der glückliche Vater, jemand, den ich kenne?

Ich habe kein Interesse daran, den Klatsch und Tratsch mit weiteren Informationen zu füttern, die sich dann wieder verselbständigen. Willst du mir eine Rolle geben oder nicht?

Wenn du zusagst, bist du dabei.

Du müsstest mir noch verraten, an welche Rolle du gedacht hattest?

Die Lucretia natürlich, was anderes kommt gar nicht in Frage.

In dem Fall sage ich ja.

Großartig. Ich schicke den Vertrag.

Die Adresse meiner Agentin hast du? Martha Halm. Ihr kennt euch, sie erledigt für mich das Organisatorische.

Ah, Martha, du bist noch immer bei ihr. Klar, ich habe ihre Daten.

Warte mal, eine Bitte noch. Ich habe kein Interesse daran, meinem Bauch und seinem Inhalt in allen Medien zu begegnen, also, könntest das vorerst klein halten? Mir wäre lieb, es würde bei meinem anstehenden Festspieldebüt vor allem um Musik gehen.

Kein Thema, auf mich kannst du dich verlassen. Etwas wollte ich dir auch noch sagen, eine Äußerlichkeit, bei der Inszenierung ist viel Nacktheit vorgesehen, du wirst das auch im Vertrag finden, wir bitten dich, in zwei Szenen nackt auf der Bühne zu stehen, und das Kostüm ist an sich eher transparent. Ich gehe davon aus, das ist kein Problem für dich? Ich wollte es dir nur gesagt haben, damit du es nicht aus dem Vertrag erfährst und dich wunderst. Aber so was ist mittlerweile ja gang und gäbe.

Iris betrachtete das Muster der Tischdecke neben ihrem Ellbogen, dunkelgrün-schwarz, Kreuzstich, sie hatte sie von einem Urlaub auf Kreta mitgebracht, die Fäden liefen nebeneinanderher und übereinander hin, bildeten kleine Stufen, Bäumchen oder geometrische Figuren, je nach Auslegung des Betrachters.

Du bist wohl nicht mehr ganz dicht, sagte sie schließlich, nach wenigen Sekunden, die ihr wie eine Ewigkeit vorkamen, ihrem Gesprächspartner jedoch kaum auffielen, bemüht, gelassen zu klingen. Dass du mir das als Kleinigkeit verkaufen willst, da gehört schon was dazu.

Was ist denn jetzt los? Bist du prüde?

Ich weiß, ihr denkt, ihr könnt mit uns Sängerinnen machen, was ihr wollt, weil es ohnehin so viele von uns gibt, da findet sich schon eine, die alles macht. Sie hatte sich gefasst, sprach mit eisiger Stimme, Iris-Polar, es gelang ihr tatsächlich, cool zu klingen, obwohl sie innerlich kochte. Mit mir nicht. Du brauchst den Vertrag gar nicht erst zur Post zu geben.

Jetzt beruhige dich doch.

Ich bin völlig ruhig. Nackt singen kommt nicht in Frage, nicht für mich.

Lass uns doch face to face darüber reden, ich bin demnächst in Wien. Denk an die Gemälde aus dem 16., 17. Jahrhundert, da ist die Lucretia auch unbekleidet.

Es gibt nichts zu bereden. Ich mache es nicht.

Nein, sie unterbrach das Gespräch nicht mitten im Satz. Sie blieb höflich, verabschiedete sich. Unterkühlt, minus vierzig Grad Fahrenheit. Als ob er es absichtlich täte. Ihr weniger als ein Jahr nach der Geburt eines Kindes eine Nacktrolle anbieten. Aber er tat es nicht absichtlich. Er dachte bloß nicht nach, bemühte sich keine Millisekunde, sich in sie oder eine andere hineinzuversetzen. Diese Rolle nackt singen. Unerträglicher ging es kaum. Wer hätte da etwas davon? Sowieso waren schon dauernd alle nackt oder halbnackt. Je weniger Stoff, desto kostbarer das Kleid. In einem schönen, angenehm zu tragenden Kostüm aufzutreten – das wäre etwas Besonderes. Soll der sich an wem anderen aufgeilen, sagte sie zu Martha, die allerdings auch nicht gerade Tröstliches parat hatte. Dass der jetzt noch den Mund hält, auch wenn die Niederländer als dezent gelten, das glaubst du doch nicht wirklich?

Das Leck war bald ausfindig gemacht. Ihre Manchmal-Freundin #2 hatte von Manchmal-Freundin #1, die wiederum davon ausging, sie wisse es bereits, von Iris' Glück erfahren, und aus Begeisterung über die Nachricht einem ihrer Studenten davon erzählt, weil der seine Freundin, ebenfalls Musikerin, unbeabsichtigt geschwängert hatte und sich überfordert fühlte. Wie toll die Schiffer das hinkriegt, Mutterschaft und Weltkarriere, ist mir rausgerutscht, weil ich den jungen Mann beruhigen wollte, du, er war wirklich verzweifelt. Und da wolltest du sehen, wie es ist, wenn ich wirklich verzweifelt bin? Der Scherz war die Waffe ihrer Wahl, um sich durch das Unterholz dieser Tage zu schlagen. Ein Tag, ein zweiter, ein dritter, und noch einer. Und dann noch einer. Mich zerkratzt nichts, bin aus Gorillaglas.

*

Ins Kino, wir waren noch nie im Kino; aber die abgedunkelten Säle schienen an diesem Junitag wenig verlockend. Was soll mein Bauch in einem Film, und sei es eine italienische Schnulze aus den sechziger Jahren? Saß sie im Kino, strampelte *er* oft heftig, krümmte sich zusammen; wollte seinen Kopf in sich hineinstecken, so fühlte es sich an. Anders als bei den Opernaufführungen, da war er eher still geblieben. Obwohl im Orchester Lärmpegel von über hundert Dezibel gemessen würden, hatte sie gelesen. Das deutsche Mutterschutzgesetz verbiete schwangeren Musikerinnen und Dirigentinnen die Ausübung ihres Berufes bei über achtzig Dezibel, auch das las sie – sofern sie sich in einem Dienstverhältnis befanden. Wie findest du das, sagte sie zu Ludwig. Eine Dirigentin hat ihre Schwangerschaft bis zum siebten Monat unter weiter Kleidung verborgen. Sie wolle dirigieren, hat sie im Interview gesagt, und das Arbeitsverbot absurd genannt, Arbeiterinnen und Angestellte schütze das, und das sei wichtig, aber für sie ist der Stress, wenn sie nicht dirigieren darf, weitaus belastender als der Effekt einzelner Paukenschläge oder gewisser Takte von Wagner. So hat sie es beschrieben. Bei den ersten zwei Kindern durfte sie bis zuletzt dirigieren, und sie sind gesund auf die Welt gekommen, beim dritten zwang man sie zur

Untätigkeit. Hättest du das gewusst, fragte sie Ludwig, dass eine Frau in der Schwangerschaft nicht dirigieren darf? Nein, er schüttelte den Kopf, nachlässig, mit anderem beschäftigt.

Sie gingen die Stiegen hinunter zur U-Bahn, Ludwig und Iris. Sie redete, er sah auf seine Füße, wie sie Stufe um Stufe berührten. Er hüpfte, das war Iris schon oft aufgefallen, wenn er Stufen hinunterstieg, war locker in den Gelenken, machte kleine Luftsprünge, wie ein Bub. Sie drückte ihm einen Kuss auf den Ärmel. Schöne Schuhe hast du, sind die neu? Wieder Kopfschütteln, Sommerschuhe, hab ich heute aus dem Kasten geholt.

Am Bahnsteig standen sie nah beisammen, sprachen nicht, berührten einander nicht; hätten auch Fremde sein können.

Nur er wusste schon den Namen, den sie für das Kind ausgesucht hatte. Er, als Einziger.

Genieß es noch, sagten alle, langsam begann es durchzusickern, noch nicht bis zur Intendanz der Festspiele, aber die Nachricht verbreitete sich, genieß es, geh ins Kino, sooft du kannst, nachher ist es vorbei. Deshalb hatte sie Ludwig einen Kinobesuch vorgeschlagen. Warum ausgerechnet Kino?

Ich will Sonne, ins Freie. In der U-Bahn hielten sie einander an den Händen, die Waggons waren fast leer. Ludwig schaute sich an jeder Station um, wer einstieg.

Zum Fluss, meiner großen Liebe, neben dir. Du warst immer schon vorher da, lass dir das gesagt sein. Legte seinen Arm um ihre Schultern, kurz, das würde niemandem auffallen. Er habe im Kindesalter in der Donau gebadet, oft und oft. Das ist jetzt ungefähr, warte, lass mich rechnen, fünfundvierzig Jahre her. Sie stiegen aus, kamen ans Tageslicht, grell. Blinzeln. Wir Maulwürfe. Iris zog ihn hinter sich her. Als wären wir ein etabliertes Paar. So könnte es sein. Die Wege waren fast leer, wer kann unter der Woche an einem Vormittag am Ufer eines Altarms der Donau schlendern? Wir, nur wir. Ein Wir-Tag, hatte Ludwig gesagt, als sie einander trafen; an einem Platz, Pflastersteine, Trubel, Supermarkt, Bäcker, Buchhandlung. Er trug ein Poloshirt; erstmalig, sagte sie; Ruderleibchen, sagte er. Sie, im kurzen Sommerkleid, gab sich keine Mühe, ihren Bauch zu verstecken. Wen werden wir schon groß treffen – weil sie seinen überraschten Blick bemerkte –, wenigstens in der Wildnis will ich meinen Kaftan ablegen, bei der Hitze. Bald gehen ohnehin die Proben los, dann müssen wir zwei der Realität ins Auge sehen, oder dem Orkan, ihr rechter Zeigefinger machte eine parabelförmige Bewegung von der Brust zum Nabel. Eins: ich, zwei: mein Kind. Oder umgekehrt, an erster Stelle das Kind, dich stellst du hintan, jetzt schon, oder: jetzt *doch*, trotz allem, dachte Ludwig. Er hätte sie fressen mögen für diese hinreißende Geste, oder jedenfalls ganz viel von ihr in seinen Mund nehmen. Hier im Freien zu sein mit ihr überwältigte ihn. Und hoffen, dass er uns nicht umreißt, vervollständigte Iris ihre Bemerkung. Der Orkan, wiederholte sie, wo andere fluchen würden, lachte sie; das entging Ludwig nicht.

Unter Zweigen schauten sie über das Wasser, noch ein Kuss und noch einer. Sie standen auf einem Steg aus Holz, erhöht über das Ufer gebaut; Bänke als Sonnenliegen, gegenüber die Silhouette der Stadt, die ihr anderes Gesicht zeigte, das ganz und gar nicht imperiale.

Hier bin ich noch nie gewesen. Vögel zwitscherten. Die Sonne sticht schon. Skyline. Wolken gab es keine zu kratzen. Sie zog ihre Strickjacke aus, er sein Sakko, sie legten die Kleidungsstücke über die Lehne einer Bank. Bald bedauerten sie, hier kein Häuschen zu haben; keine Tarnkappe.

Ludwig zog sie hinter Büsche, spärlich belaubt, dachte Iris, hier sieht uns jeder. Sollen sie doch eifersüchtig werden: Ludwig. Wie dünn die Stoffe: seine Hose, ihr Kleid. Wie Teenager, hast du das damals auch gemacht? Zirpen Gräser mir ins Gesicht deine vergnügten Hände; vermisse einen Klettverschluss für unsere Mitte! Wolken, Schatten macht uns unsichtbar – wirklich wie die Kinder. Königskinder! Wenn nur die Gewässer nicht so …

Das ist also dein Fluss.

Und deiner.

Belanglose Auftritte für Radfahrer, wir Strauchhäusigen sind einander ungebrochen versprochen.

Minutenlang Stille auf den Wegen.

Iris beißt in seine Schulter, Baumwolle auf der Zunge, unerforschte Saumgebiete, würd so gern hemmungslos –

Ich muss mich abkühlen. Sekunden später liegen ihre Kleider im Sand. Häufchen Unschuld. Ich könnte das halten, wenn du. Iris im kalten Wasser; Ludwig sieht ihr zu, helle Haut unter der Oberfläche, die rudernden Beine, ab und zu ein Fuß, wie ein eigenständiges Wesen, das nach Luft schnappt. Sie taucht unter, sonst bin ich nicht geschwommen. Eine Kappe aus Strähnen klebt an ihrem Schädel. Er betrachtet sie, stellt seine Aktentasche neben das Häufchen aus Stoff und Leder. Ihre Turnschuhe wirken klein neben der Tasche. Sie bleibt nicht lange drinnen. Gänsehaut an den Oberschenkeln; der Bauch, als steckte eine Melone unter der Haut, etwas anderes fällt mir auch nicht ein, obwohl ich sie liebe; trocknet sich mit ihrer Jacke ab. Wolle. Kratzt das nicht? Gleich wieder angezogen. Praktisch: ein Kleid. Meine Arme hingegen hängen herunter wie bei einem Affen, denkt Ludwig, sind lang, zu lang. Ich fange nichts mit ihnen an. Fange sie nicht auf. Halte ihr kein Handtuch hin. Komm, magst du was essen?, schlägt er vor.

Vor dem Zaun des Gastgartens: Sie hier? Was für eine Überraschung. Sehr smart, enger Rock, elegante Ballerinas, Seidenbluse; sie schütteln sich die Hände. Ludwig stellt Iris vor: eine Freundin.

Aha, tatsächlich, einfach zur Entspannung am Fluss? Ja und

ja. Ludwigs charmante Präsenz; ihr Bauch, ein ideales Alibi. Oder was denkt die Smarte? Er kenne sie nicht gut, sagt Ludwig, von einem Teller Krautfleckerl aufblickend, der Name falle ihm beim besten Willen nicht ein, bei Aufsichtsratssitzungen vor Jahren, sie wohne offenbar hier.

## *33 (101 cm)

Dann trat es doch ein. Sie war allein. Ging in der Mitte des Gehsteigs, Mitte, weil sie manchmal das Gefühl hatte, an den Rändern könnte man sie abdrängen, auf die Fahrbahn oder an eine Hauswand. Dass man drängte, war Tatsache; drängte, ohne Rücksicht zu nehmen. Wo wollen die alle hin? Touristen, Leute, die zur Arbeit mussten. Wie sie, aber bei ihr hieß arbeiten: zurück in meine Wohnung. Sie hatte einen Saft getrunken, eigentlich einen Shake namens Adonis. Orange, Karotte, Granatapfel. Eine verschwindende Spur von Letzterem, frisch gepresste Orangen vor allem. Iris war gierig auf Orangen, konnte nicht genug davon kriegen. Sie ging zum Saftladen, der sich Juice Bar nannte, trank einen Adonis, einen großen, halber Liter, ging wieder nach Hause. Manchmal zwei Mal täglich.

Viel zu viel, sagte ihre Mutter, du ruinierst dir den Magen. Weißt du, wie viele Früchte das sind? Die könntest du nie essen.

Ich esse sie auch nicht, ich trinke sie. Meinem Magen geht es bestens. Sie war sich nicht sicher, ob ihre Mutter verstand, wie viel sie arbeitete. Dass sie arbeitete. Obwohl sie, seit der letzte Auftritt als Hänsel endlich hinter ihr lag, fast dauernd zu Hause war. Als ihre Mutter im achten Monat schwanger gewesen war, war sie gewiss nicht mehr erwerbstätig gewesen, weder bei ihr noch bei ihrem Bruder. Nicht, dass Iris sich das leichter vorstellte. Im Gegenteil. Das sage ich oft? Im Gegenteil? Sergio hatte sie darauf aufmerksam gemacht. Wohl ein Ausdruck meines Lebensgefühls.

Sie sah die Notation vor sich, die sie vorhin, noch in der Dämmerung – ich bin früh aufgewacht – gelesen hatte; schwarze Kügelchen zwischen dünnen Zeilen. Stellte sich Christas Klavierbegleitung dazu vor. Sie waren gut hineingekommen, zusammen. Christa war eine Perle. Ich bin fast bereit. Probenzeit, du kannst kommen. In einer Woche würde sie umziehen, für den Sommer. Zugvogel. Sie legte den Kopf in den Nacken. Blau zwischen den Dächern. Himmel. Erde. Au-u! Iris jaulte auf, hielt sich die Zehen. Musste dafür den Fuß von hinten in die linke Hand nehmen, auf einem Bein stehend, bücken konnte sie sich nicht mehr. Welcher Idiot ...? Viele zu sehen, keiner ist es gewesen.

Autos brausten vorbei. Halb zehn und schon heiß.

Zum Glück bin ich bald wieder drinnen. Bei mir. Glück. Weil du grad Glück hast, ein bisschen mehr als andere, heißt das nicht, es würde wem nützen, wenn du keins hättest – Christa in ihrer ruhigen Art.

Wenige Schritte bis zu ihrem Hauseingang; trotzdem nahm sie ihr Telefon heraus. Es war neu. Knallrot die Rückseite. Ein Fairphone. Sie hatte es bestellt, weil ihr das iPhone im Lift hinuntergefallen war, das Display zerbrochen, kleine Scherben, die rausfielen oder kleben blieben. Am nächsten Werktag wurde das Fairphone tatsächlich geliefert, wie die Website versprach. *Designed for long-lasting change.*

Dem Kleinen klarmachen, warum ich ein Ding benütze, es mit ins Bett nehme, hundert Mal täglich berühre, ihm in seine Hand drücke, das grottenschlecht ist, in jeder Hinsicht, produziert durch Ausbeutung von Menschen, Kindern, Ausrottung von Pflanzen, Tieren, Flechten, etwas, das giftig ist – es wäre unmöglich. Folglich: andere Firma, anderer Apparat.

Das Fairphone scheint besser zu sein. Das kann ich ihm sagen. Bald, ganz bald. Es ist das Beste, was wir haben, ein vertretbarer Kompromiss, weil unschädlich für dich, die Flüsse, die Mikroorganismen. (Soweit ich weiß.)

Das iPhone lag eingeschlagen in braunes Papier in einer Lade des Garderobenkastens, neben den Halstüchern: wegen der darauf gespeicherten Daten.

Ludwig hatte nicht geschrieben. Sie widerstand der Versuchung, ihm einen Gutenmorgengruß zu schicken, sollte er sich doch zuerst melden. Da tauchte auf dem Display ein Anruf auf. Reflex. Ja? Hallo? Schiffer, genau, hier spricht Iris Schiffer.

Es war Baradie, Dino. *It's me*, sagte er, *I'm afraid, we don't have a choice*. Natürlich hast du eine Wahl, du bist der Regisseur. Hör zu, sagte er, nimm es nicht persönlich. (Wie soll ich es sonst nehmen? Wem sagt er denn, dass die Rolle, auf die sie seit einem halben Jahr hinarbeitet, nun eine andere bekommt? Eine, mit der für eine Frau auf der Bühne gewünschten Silhouette. Meine Worte, ich geb's zu.) Die Intendanz ist dagegen. Du passt in deinem jetzigen Zustand einfach nicht mehr in die Inszenierung. Das wäre zu riskant. Vor allem für dich.

Ich bin tapfer. Sag ich mir. Sag ich mir. Zumindest auf offener Straße. Iris schluchzte. Warum sollte ich, verdammt noch mal, tapfer sein? Statt in ihre Wohnung ging sie in die verkehrte Richtung, nämlich eine andere. Eine, von der sie nicht wusste, wo sie lag. Weg. Bloß weg. Woandershin. Gehen half diesmal nicht. Nichts half, nicht einmal Ludwig. Kein Denken an ihn. Mein Arbeitstag ruiniert, dachte sie, nichts davon übrig. Als ob das alles wäre.

Das Unvermeidliche, das sie um jeden Preis vermeiden hatte wollen. Grasgrüneverdammteriesengroße Scheiße. Sie schluchzte lauter. Ich tue mir leid. Warum auch nicht. Lavendelstauden.

Violett, da summte was. Bienen, plötzlich massenhaft Bienen, in diesen Trögen am Rand der Parkplätze. Auch am Dach der Staatsoper, auch dort: Bienen. Machen sogar Honig. Fehlt grad noch, dass mich eine sticht. Obwohl ich nicht allergisch bin. Wann hat mich zuletzt eine Biene gestochen? Wer will schon gestochen werden. Oh Gott. Damit habe ich nicht gerechnet.

Genau das, Mama, was ich nie wollte. Sie hatte jemanden angerufen, und dieser jemand war ihre Mutter.

Arbeitslos mit einem Säugling, da bekomme ich ewig kein Engagement mehr, sie putzte sich mit dem Rand ihres T-Shirts die Nase.

Jetzt warte einmal ab, ihre Mutter tröstete sie. Natürlich. Was Mütter tun. Der Regisseur hat dir doch eine Rolle für eine Folgeproduktion versprochen, sogar nach Hamburg will er dich holen. Das ist doch nicht das Ende der Welt. Sergio wird dir helfen, wir werden dir helfen.

Ich will keine Hilfe von Sergio. Ich will niemandes Hilfe. Ich will meinen Job zurück.

Faul sein ist wunderschön,
denn die Arbeit hat noch Zeit,
und die Luft ist blau,
und das Gras ist grün
und das Notenpapier vor allem weiß

Hinter den Trögen mit den Bienen kaufte sie sich ein Eis, Biomilch. Himbeere und Nocciolone. Ich habe nichts vor. Alle Zeit der Welt. Sie versuchte sich zu entspannen, auszuruhen. Es ging nicht.

Sie behielt den Rausschmiss für sich. Vorerst. Bin schließlich gewohnt, ein Geheimnis zu haben. Einmal das eine, einmal das andere. Achtundvierzig Stunden lang behielt sie es für sich.

(Mutter und Ludwig ausgenommen.) Christa sagte sie mit einer Ausrede ab. Ich bringe es nicht über mich, ihr mitzuteilen, dass alle Mühe umsonst war. Sie schluchzte sich in den Schlaf; hatte wilde Albträume. Das Kind trippelte sanft in ihrem Inneren. In den Träumen wurden sie beide von einer Hyäne zerfetzt, erst Iris, und als die Hülle weg war, das Lebendige in ihr, und sie sah gleichzeitig von außen zu; sie fielen aus einem Flugzeug, weil eins der Fenster aufging, die ovale Scheibe segelte in die Wolken, sie hinterher; sie aß Eibenfrüchte, wurde operiert, stechende Schmerzen, alle Ärzte trugen kotzgrüne Kittel.

Dann kam Sergio zurück, und sie war sich plötzlich sicher: Er musste es gewesen sein. Du Verräter. Hast es nicht länger ausgehalten, das Showing-off als werdender Vater auszustellen, wolltest dir das noch geben.

Du bist verrückt. Ich? Ausgerechnet ich? Der Niederländer war das, hast du selber gesagt, vor wenigen Wochen erst.

Der Niederländer ist zu lange her. Der hat dichtgehalten.

Iris, ich verstehe deine Wut. Aber ich habe nichts damit zu tun. Einmal wird es rauskommen, das habe ich dir gesagt, und dann werden sie sich auf den Schlips getreten fühlen, weil du es nicht rechtzeitig bekanntgegeben hast.

*

Für dich macht das einiges leichter. Rosemaries Betrachtung der Angelegenheit unterschied sich von Iris' Sichtweise wie, ja wie was? Wie die Königin der Nacht vom *Rosenkavalier*? Erst beim dritten Gespräch waren sie draufgekommen, dass Iris gar nicht in Wien entbinden konnte, ihre Anmeldung im Wiener Spital mit den Sonnenblumen zwischen den Zehen überflüssig gewesen war.

Theoretisch wäre es schon möglich, dich von Salzburg nach

Wien zu fahren, so schnell kommen Kinder meist nicht, aber ich sage dir, darauf wirst du dann keine Lust haben.

Rosemarie hatte eine Lösung parat. Sie verbrachte ihren Urlaub üblicherweise bei ihren Schwiegereltern am Wolfgangsee, von dort aus bin ich schneller bei dir, als wenn ich quer durch Wien müsste.

Ihre letzte Frau vor der Urlaubsperiode hatte den Termin zwei Wochen vor Iris. Das müsste sich ausgehen, danach packe ich meine Familie ein und fahre an den See. Von dort aus stehe ich dir zur Verfügung, versprach Rosemarie und besorgte ihr einen Platz auf der Entbindungsstation in Salzburg, kein Problem, eine Freundin von mir arbeitet dort.

All dies erwies sich jetzt als überflüssig.

Salzburg ist Geschichte, sagte Iris zu Rosemarie, und die fand das prima.


Je länger Iris die Hebamme kannte, desto attraktiver kam sie ihr vor; anfangs hatte Iris sie als etwas grob empfunden, eine kräftig gebaute Frau, ihrem Beruf entsprechend (entsprach das diesem Beruf?), mittlerweile entdeckte sie das Zarte an ihr. Wenn Rosemarie sie untersuchte, und das tat sie seit Kurzem bei jedem ihrer Besuche, damit wir uns daran gewöhnen, sagte sie, damit es uns normal vorkommt, und sich über sie beugte, betrachtete Iris ihre Nasenflügel. Wie sie bebten, wenn sie ein- und ausatmete. Wie sich ihre Brust hob und senkte, ihre Handgriffe bedächtig und zielstrebig waren.

Durch nichts aus der Ruhe zu bringen bist du, stellte Iris fest, als Rosemarie als Einzige in ihrer Umgebung froh war über die Absage der Festspiele.

Ich hoffe es, sagte Rosemarie.

Rosemarie war die große Erleichterung in ihrer Schwangerschaft, seit sie sie kannte, durfte sie alles fragen und jederzeit. Sie war telefonisch immer erreichbar, rief verlässlich zurück, hatte sehr viel Erfahrung: Mehr als dreihundert Kinder habe ich bisher auf die Welt gebracht, meine eigenen nicht mitgezählt.

Du zählst für zehn Ärzte, sagte Iris zu ihr.

Rosemarie lachte.

Alles in Ordnung an sich, nur nicht überanstrengen, hatte sie gesagt, schon bei der ersten Untersuchung, wie lange ist das her? Iris hätte ihren Kalender herausnehmen müssen. War das vor oder nach meinem letzten Hänsel? Egal. Ich hätte Rosemarie viel früher gebraucht, sie hätte mir einiges leichter gemacht.

Kein Grund zur Panik, die Blutungen sind bei dir nicht schlimm, du neigst dazu, aber es besagt nichts, dem Kind geht es gut.

Mehrere Male, wenn Iris unruhig wurde, erschrak, weil sie glaubte, lange, zu lange, nichts mehr gespürt zu haben; wenn es ihr still vorgekommen war in ihrem Inneren, gefährlich still, war Rosemarie mit ihrem Auto herbeigedüst. Düsen, sagte sie selbst. Ich düse geschwind vorbei. Sie hatte nach den Herztönen des Kindes gelauscht, Iris mithören lassen, den Muttermund ertastet. Alles okay, vorläufig kommt der noch nicht raus.


Einfach leben, hatte Rosemarie gesagt, als sie sie fragte, wie sie sich denn auf die Geburt vorbereiten könne, da sie keine Gelegenheit hätte, Geburtsvorbereitungskurse zu besuchen, und keine Akupunktur machen wolle, Nadeln habe ich immer gefürchtet.

Das sind Hilfsmittel, sagte Rosemarie, die Kinder kommen auf jeden Fall raus. Sie riet zu Tee, den Iris besorgte, aber nicht anwendete (schlägt er sich auf die Stimme?). Sie riet zu Sitzbädern, die Iris durchführte. Sie riet ihr, einige Wochen vor

dem berechneten Geburtstermin nicht mehr allzu viel vorzu-
haben.

Das wird nicht gehen, hatte Iris noch vor einer Woche gesagt.
Rosemarie hatte genickt: Dann ist es eben so.

Jetzt hatte sie nichts mehr vor, überhaupt nichts.

Zwei Mal rief sie Rosemarie zu sich wegen Verdachts, etwas
stimme nicht.

Du bist bleich, Rosemarie tätschelte ihr kräftig die Wangen,
rote Flecken blieben davon zurück. Wie schaut dein Blutdruck
aus? Der Zwerg da drinnen ist quietschfidel, er schläft einfach
viel. Du bist zu oft allein, fügte sie hinzu, kann das sein?

Wie machen wir das, wenn es so weit ist? Iris wechselte das
Thema. Mein Mann, also – der Vater, wird vermutlich nicht da
sein, der ist dann unterwegs, auf einem Festival.

Das Vertrauen in die Hebamme beschränkte sich auf ihren
Körper, im Übrigen verschwieg sie ihr das meiste.

Wenn es wirklich so weit ist, rufst du zuerst mich an. Dann die
Rettung. Nein, weder mit dem Taxi noch mit sonstwem fährst
du, dafür gibt es Sanitäter, dann kommst du auch sofort auf die
richtige Station.

Mütterlich, dachte Iris, behandelt sie mich, mütterlich schaut
sie mich an, bevor sie die Tür hinter sich zumacht, lässig, als gehörte die Wohnung ihr.

Sie lehnte ab, Sergio zu treffen; wollte auch Ludwig nicht sehen.
Sergio sprach ihr auf die Mailbox: Ich war's nicht, Ehrenwort. Ich
bin unschuldig. Bitte ruf zurück. Sie hörte die Nachricht nicht
ab, und er vermutete das, schrieb ein paar Stunden später ein
SMS: Auch wenn du mich nie mehr sehen willst, ich werde immer für dich da sein. Für euch! Darunter zwei Herzen.

Wofür du dich in jemanden verliebt hast, wird genau das sein,
was dir eines Tages zu viel wird. Du trennst dich aus exakt dem

Grund, aus dem du dich verliebt hast, nur die Mengenverhältnisse sind anders. Eine amerikanische Psychoanalytikerin hatte das gesagt. Iris fragte sich, ob sie es verstand, hatte sich den Satz aber aus irgendeinem Fernsehprogramm gemerkt.

Ludwig traf sie schließlich doch; in einem Gastgarten. Sie war zuerst da, setzte sich unter einen Sonnenschirm, bestellte Soda Zitrone, groß. Bis er kam, hatte sie schon ausgetrunken. Auf dem Tisch lag ein blau-weiß kariertes Tischtuch. Bist du schon lange da? Seinen Blick auf das leere Glas gerichtet. Bin ich zu spät?

Ich bin erst seit fünf Minuten da. Hatte Durst.

Schön, sagte er. Dich zu sehen.

Als hätten wir einander ewig entbehren müssen. Dabei waren es höchstens acht Tage gewesen.

Neun, berichtigte Ludwig, heute wäre der neunte Tag.

Also doch acht.

Wie du willst.

Lachen. Wie ich es nur mit dir kann. Mitnehmen zu sich will sie ihn trotzdem nicht, beschließt sie nach einem zweiten Soda Zitrone, ohne es auszusprechen. Heute nicht und nie mehr.

Ludwig weiß nicht, was er sagen kann, um sie über den Verlust ihrer Rolle hinwegzutrösten. Dass es schade ist. Unbegreiflich. Dass man sich immer zweimal begegnet. Die Entscheidung einer einzelnen Intendanz keinen Einfluss auf ihre Karriere habe. Sie bestimmt bald wieder engagiert würde. Noch alles offen sei.

Ausnahmsweise redete er mehr als sie. Bestellte etwas zu essen; sie wollte nichts. Bist du dir sicher?, fragte er mehrmals.

Der Abschied geriet zu einem Kuss; dann kamen sie nicht mehr voneinander los.

Sie nahmen ein Zimmer in einem Hotel in Bahnhofsnähe, ein Riesenkasten, acht Stockwerke; sie waren im sechsten. Im Lift lehnten sie sich aneinander. Zwei müde Krieger sind wir, sagte

Ludwig. Aber wofür wir kämpfen? Weißt du das? Iris sah ihn fragend an, mit kleinen, rot unterlaufenen Augen, dabei habe ich mich tagelang nur ausgeruht. Nichtstun ist nicht notwendigerweise Entspannung, bestätigte Ludwig. An der Hüfte, mit der sie an ihm lehnte, spürte sie seine Erektion. Im Badezimmer fanden sie nur einen Lichtschalter, der den Raum in Rotlicht tauchte, heizte. Sie kicherten. Wie gut ich dich doch kenne, niemand ist mir so vertraut. Das Bett war hart, schmal. Die Kissenbezüge rochen nach Mottenpulver. Sie blieben über Nacht.

Sechzehn Stunden lang hatte sie das Fairphone unberührt gelassen; der Entschlüsselungscode musste eingetippt werden, bevor sie nachsehen konnte, ob neue Nachrichten da waren. Wann habe ich zuletzt mein *Device* so lange nicht berührt? (Und seit wann nenne ich es *Device*?) Sieben neue Voicemail-Nachrichten: In der Juice Bar, einen Strohhalm im Mund, mit dem sie an einem Adonis sog, das beste Getränk, scrollte sie die Nummern entlang. Ein Anruf von Martha, einer von Sergio, die dritte Nummer, die vier Mal angerufen hatte, kannte sie nicht, ebenso wenig wie die Nummer aus den USA. Ungewöhnlich, so viele Anrufe; und dann in den Abendstunden und ohne Vorankündigung. Meist schickten die Leute ein SMS vorab; oder man vereinbarte einen Telefontermin. Iris trank den Shake. Oranger als orange, gute Farbe. Die Zeiten, als sie glaubte, ohne einen Kaffee keinen Schritt außer Haus tun zu können, waren in weite Ferne gerückt. *Un' altra vita. Vita di succo.*

Sie würde sich zu Hause anhören, was man ihr berichten wollte. Die Lust, unterwegs ihre Voicemail abzuhören, war ihr gründlich vergangen.

Vielleicht sollte ich etwas ganz anderes machen.

Als sie nachts aufgewacht war, Ludwigs Gesicht neben ihr, violett bestrahlt im Schein der Neonreklame vom Haus gegenüber, sie mochten es beide, die Vorhänge offen zu lassen und ins Helle zu erwachen, hatte sie ihn gestreichelt und gedacht, ich könnte auch noch einen ganz anderen Beruf ergreifen. Grafikerin, das hat mir immer gefallen. Formen, Farben. Sie war zu Schulzeiten eine ganz gute Zeichnerin gewesen.

Im Tageslicht verloren die Nachtgedanken ihre Konsistenz, lösten sich auf wie Nebelfelder. Singen. Das will ich.

Kontakte zur Jazzszene aktivieren. Experimentellere Dinge anpeilen. Möglichkeiten, lauter Möglichkeiten, die nach dem Zusammensein mit Ludwig wieder durchführbar wirkten.

Iris bestellte ein Sandwich Tahiti.

Du machst mir Appetit, hatte sie zu Ludwig beim Frühstück im Hotel gesagt – eine Premiere anderer Art, verreist in der eigenen Stadt. Anderthalb Stunden später, neuerlich Hunger. Ich esse. Aber ich nehme nicht mehr zu. Rätsel des Lebens.

Wer Macht über dich hat, kannst du dir selten aussuchen. Ich will außerdem, dass Ludwig Macht über mich hat; wer, wenn nicht er. Wäre es anders, wäre ich todtraurig. Zwiebeln, extra Zwiebeln bitte, klein geschnitten, genau in Würfeln. Sie lächelte den Barkeeper an, der sich mittlerweile an sie erinnerte, ihr ihren Adonis hinstellte, ohne dass sie etwas zu sagen brauchte. Endlich kann ich Zwiebeln essen, vormittags. Noch eine Premiere.

Martha war entsetzt. Rauswurf, nannte sie es und sprach davon, einen Anwalt zu engagieren. Wir müssen klagen, das wird ein Präzedenzfall. Womöglich komme dann ich auf den Galgen, weil ich mein Ungeborenes nicht über alles stelle und nicht damit zufrieden bin, im Nest auf mein Küken zu warten – Rabenmutter, ich höre sie das schon von den Dächern krächzen.

Das ist nicht dein Ernst? Martha hatte gezögert, dann aber vehement fortgesetzt, dass du recht hast, ist eindeutig. Du musst dich verteidigen.

Dafür fehle ihr offen gestanden die Energie, hatte Iris entgegnet, so etwas sei nichts für sie. Ein Manko, ich weiß, aber diese Polemiken, das Gefecht in der Öffentlichkeit, das schaffe ich nicht. Auch wenn sie als Person des öffentlichen Lebens gelte, sie fühle sich nicht so, ihre Meinung sei um nichts fundierter als die einer Friseurin, einer Barkeeperin, die haben mehr Lebenserfahrung als ich, ich habe doch immer nur studiert und geübt.

Ich übernehme das für dich, Martha war wieder in ihrem Element, Fisch, der auch im Trockenen schwimmt. Doch es war ihr anzumerken, hier handelte es sich um keine Lappalie, nicht einfach ein Pech, das du wegsteckst, und dann wirst du anderswo engagiert. Auch sie sah den Auftritt bei den Festspielen, diesen Festspielen, jetzt und nicht später, als Schlüsselstelle in Iris' Laufbahn. Etwas, das sich nicht einfach um ein paar Jahre verschieben ließ.

Das Gespräch hatte Iris noch trauriger gemacht, als sie schon war; die Traurigkeit kam nachzüglerisch. Wie die Reste des Schmutzwassers im Spülbecken, wenn der Schwall abgeflossen ist, mit harten Krusten, undefinierbaren scharfen Kleinteilen. So erschrak sie, als ihr Fairphone fiepte und Marthas Nummer auf dem Display erschien. Iris saß inzwischen wieder zu Hause. Am Sofa. In Sicherheit, sollte man meinen. Heb ab, befahl sie sich. Ihr Hallo klang mürbe. Altes Obst in meiner Stimme; was soll's. Martha dagegen tönte wie ein Gong: Sie wollen dich zurückhaben.

# *34 (102 cm)

Da saßen sie, in angeregtem Gespräch; Baradie gestikulierte, Susan Zerlowsky hatte die Ellbogen auf den Tisch gestützt. Durch die weit offene Tür sah Iris Regisseur und Dirigentin, bevor sie sie bemerkten. Wangenküsse, als wären wir alte Freunde. Endlich, sagte Susan; Baradie blieb zurückhaltender, er war doch gerade so schön am Wort gewesen – jetzt riss der Faden, er rückte Iris den Sessel zurecht: bitte. Dann, als fiele es ihm eben ein: das Viral, Wahnsinn! Also, auch du bei dem Auftritt natürlich, aber 500 000 Views, und das für eine Amateuraufnahme im klassischen Fach – der reine Wahnsinn.

Na ja. Etwas Aussagekräftigeres wusste Iris nicht beizusteuern. Jemand aus dem Publikum hatte sie in der Met gefilmt, bei den beiden Arien des Cherubino, und die Videos ins Netz gestellt; eins davon war innerhalb der letzten Woche viral geworden – wie man so sagte. Sie hatte davon noch nicht gewusst. Nicht einmal die weitaus internetaffinere Martha war informiert gewesen, weil sie beide damit ausgelastet waren, den Schock des Rauswurfs aus der Festspielproduktion zu verdauen. Iris wie ein verschrecktes Kaninchen im Bau; Martha auf der Suche nach dem besten Anwalt. Nicht einmal Sergio, der in den sozialen Medien weitaus aktiver war als Iris, hatte etwas mitgekriegt. Momentan arbeitete er wie ein Verrückter – der Sommer voller Engagements ante portas. Auch das Management der Met war erst mit monatelanger Verspätung draufgekommen. Oder hatte der User das Video erst kürzlich hochgeladen, lange nach der Opernaufführung? *Yes, that's the case,* bestätigte Dino Baradie, er hatte sich in die Sache vertieft.

Alle fanden es Wahnsinn.

Iris blieb gelassen. 500 000 Menschen hatten auf das Video ihrer Arie geklickt (fünfhunderttausend, Iris!, auch Sergio war hingerissen), sie teilweise oder sogar ganz angehört – sie dauerte kaum drei Minuten. Gut. Gegen die Virusqualitäten mancher Popsongs war das nichts.

Es übersteigt alles, was eine Opernarie je in so kurzer Zeit erreicht hat! Bei einer Aufnahme, wo weder jemand auf der Bühne stirbt, noch nackt in den Orchestergraben springt! Dino Baradie zückte hingerissen sein Smartphone, um nachzusehen, wie weit die Zahl der Klicks innerhalb der letzten halben Stunde angestiegen war.

Du bist jetzt ein Phänomen, sagte er mit hochgezogenen Augenbrauen zu Iris. Als hätte er sie nicht nur entdeckt, sondern ausgebrütet.

Sie sah es ihm an: Er beglückwünschte sich, dass er sie engagiert hatte, ausgerechnet sie, zwar gut, aber kein Star, gehobene Mittelklasse, vielversprechend, aber vielleicht langsam etwas zu alt – dass er sie im exakt richtigen Moment engagiert hatte. Obwohl er sie vor vierzehn Tagen gerade erst rausgeschmissen hatte.

Baradie. Bevor sie einander in München kennenlernten, hatte sie den Namen nie gehört gehabt; sympathisch, ja, er war ihr sympathisch, die Chemie stimmte zwischen ihnen, positive *Vibes*. Sonst wäre sie nicht bereit gewesen, herzukommen. Ich bin kein Maschinchen, das du aufziehst, wie es dir gefällt, einmal passe ich nicht in die Inszenierung, dann wieder doch, das mach ich nicht mehr mit, ich muss auf meine Gesundheit achten. Im ersten Moment hatte sie ablehnend reagiert. Das ist jetzt deren Pech, *all in the game*. So dürft ihr mit uns nicht umspringen, das sollen sie gefälligst merken. Ich bin ein Mensch und keine Spieluhr, die man nach Belieben aufzieht.

Ihre Augen blitzten, als sie sagte, ich habe es noch gar nicht gesehen. Es war Tatsache. Baradie reichte ihr sein Telefon, schob die Markierung des Videoverlaufs an den Anfang des Films und ließ ihn abspielen.

Sie sah sich, sah den Cherubino, ihr Bauch fiel nicht auf; sie war gut, nicht außergewöhnlich, aber ganz annehmbar, außerordentlich war allenfalls das Tempo, in dem sie sang: eine Arie, die meist langsamer dargeboten wurde, um einen Tick schneller. Die zweite Arie, die üblicherweise flott gesungen wurde, hatte sie dagegen etwas retardierend gebracht. So war das abgesprochen gewesen mit Solitano, seine Idee, nicht meine.

Musik macht mit der Zeit, was sie will; das ist ihr Geheimnis, nur Musik kann das.

Mitaufgezeichnet waren die Seufzer eines Mädchens oder einer Frau, für Iris klang es nach einer sehr jungen Frau, die den Film gemacht hatte oder neben der filmenden Person gestanden war; Seufzer, die der Melodie folgten, halb erregt, halb verzückt, von einer an und für sich auch auffallenden Stimme, hell und spröde. Diese Seufzer, dachte Iris sofort, könnten der Grund sein, weshalb sich so viele Leute dieses Video ansahen. Die Aufnahme war gut, semiprofessionell, exzellente Qualität, das war keine Handykamera, das war eine Profikamera; ihr Gesichtsausdruck war deutlich zu verfolgen, so wie ihn nur wenige der Leute im Saal tatsächlich sehen hatten können, die Tonqualität war ebenfalls hervorragend. Kaum Störgeräusche, außer den Seufzern, die beim zweiten Anhören fast inszeniert wirkten.

Wie ist sie mit der Kamera überhaupt in die Oper reingekommen? Gute Frage. Das ist ausnahmsweise einmal nicht unser Problem.


Denkst du auch an meine Gesundheit?, hatte Martha zu Iris gesagt und damit einen Überredefeldzug nach allen Regeln der Kunst in die Wege geleitet. Sie hätte damit keinen Erfolg gehabt, hätte Iris nicht (a) eine immense Erleichterung verspürt, weil ich dann doch gutes Geld verdiene, gerade in einer Phase meines Lebens, in der ich sehr verletzlich bin, (b) gedacht, wenigstens war die ganze Arbeit nicht umsonst, und (c), ich surfe ganz oben mit, das ist der Durchbruch. Vor allem Punkt (c) gab ihr das Gefühl größerer Unabhängigkeit von den beiden Männern. Deshalb hatte sie über die Unverschämtheit hinweggesehen, mit der sie behandelt worden war, und zu Martha gesagt, sie werde die Einladung zu einem Gespräch annehmen, aber unter Vorbehalt.

Nun, in Gegenwart von Susan und Dino – Intendant Lautersdorf stürmte zwischendurch herein, schüttelte ihr fest die Hand, drehte sich auf dem Absatz um und war wieder weg –, gab sie sich cool und bat darum, die Videos noch einmal ansehen zu dürfen. Ich habe da einen Verdacht, sagte sie.

> Faul sein ist wunderschön,
> liebe Leute, glaubt es mir.
> Wenn ich wiederkomm,
> will ich fleißig sein,
> ja, das versprech ich dir.
> Tra-la-lalalala, tra-lalala-lala

Dann brach sie in Lachen aus, wollte sich gar nicht mehr beruhigen: Die Aufnahme stammte von der letzten Vorstellung, zum Abschluss hatte sich das Ensemble kleine Späße untereinander erlaubt. Bei dieser Version der Arie, die sich nun hunderttausende Menschen anhörten, entweder weil sie den Text verstanden oder obwohl sie ihn nicht verstanden, hatte Iris gesungen:

> gelo e poi sento
> la mamma chiamar
> e in un momento
> voglio tornar

Die Mutter im Text war eine Eingebung gewesen, um dem heran-
eilenden Conte einen Streich zu spielen. Der Darsteller war tatsächlich einmal während einer Probe von seiner Mutter angerufen worden, und er hatte seelenruhig geantwortet und kurz mit
ihr geplaudert, während die Handlung auf der Bühne rund um
ihn weiterging.

Zwei Zeilen weiter sang sie:

Ricerco un bene
fuori di me,
voglio tuo seno
bello com' è

Erst nach und nach verstand Dino, worum es ging. Dann Susan.
Wow, du traust dich was, damit riskierst du auch die Klatschspal-
ten. Susan schien von der schamlosen Textänderung eher abgestoßen, sie betrachtete Iris skeptisch, als kapiere sie jetzt erst,
welche Zeitbombe sie sich ins Haus geholt hatte.

Wir machen so was oft, und wenn es nicht gefilmt wird und
die Internetcommunity es sich unter den Nagel reißt, ist es Schall
und Rauch, nach der Dernièrenfeier vergessen – Iris versuchte
den Zwischenfall runterzuspielen.

Glänzend, rief hingegen Baradie, glänzender Einfall. Das ist
dann der wahre Grund, warum sich das so viele Menschen anhören.

Nur für Leute, die Italienisch können, sonst ist es witzlos.

Schau, Baradies Stimme überschlug sich, in den Kommenta-
ren, da hat soeben jemand die Übersetzung gepostet, und da, vor
vier Tagen wurde schon einmal eine andere Übersetzung online
gestellt! Sein Zeigefinger wischte über das Display, seine Pupillen zuckten. Zufall – sein Tonfall wurde noch höher, als er sich
an die Dirigentin wandte –, manchmal ist der Zufall auch auf unserer Seite, ich halte ihn für eine unterschätzte Größe.

Darf ich? Iris wollte sehen, ob nur Quatsch gepostet wurde oder eine ernstzunehmende Übersetzung.

Baradie gab ihr das Smartphone, mit Nachdruck, als würde er ihr einen Schatz in die Hand drücken, sodass sie, ob sie wollte oder nicht, fühlte, wie kalt seine Hände waren und wie feucht. Das Gerät war verschmiert, sie ekelte sich ein bisschen davor; daran denken, später Seife zu benützen. Aber die Übersetzung war durchaus okay.

Nicht schlecht. Rasch gab sie es ihm zurück.

Hätten wir das auch abgehandelt. Susan wirkte genervt, man sah ihr an, innerlich zappelte sie; wann kommen wir endlich zur Sache? Ich lasse euch jetzt besser allein. Schon stand sie auf, wie erlöst.

Nein, nein, bleib doch. Baradie war anderer Meinung.

Ich glaube nicht, dass ich vorerst etwas zu eurer Diskussion beitragen kann, ich befasse mich weder mit dem Bühnenbild noch mit den Kostümen – die Musik wird ja so bleiben, wie sie ist. Ihr Kinn vorgereckt wie eine Lanze. Dabei glitt ihr Blick über Iris, von oben bis unten. Das schwarze Stretchkleid, das sie trug, brachte ihre Walfischsilhouette üppig zur Geltung. Wenn schon, denn schon, hatte sie gedacht, als sie sich angezogen hatte. Weder die Dirigentin noch der Regisseur hatten bisher ein Wort über das verloren, was noch vor acht Tagen Grund gewesen war, ihr ein Festspieldebüt zu versagen.

Sie müssen sich schon entschuldigen, hatte Iris verlangt; und Martha hatte dafür gesorgt, dass von der Intendanz ein gewaltiger Blumenstrauß kam, mit Kärtchen daran. Außerdem natürlich die telefonischen Säuseleien von Baradie, zwar nicht live, weil sie sich weigerte, mit ihm zu reden, aber er hinterließ drei Nachrichten auf ihrer Mobilbox.

Und jetzt sind wir hier.

Bleib, Susan. Bitte. Baradie flehte fast.

Iris sah aus dem Fenster. Die Blätter an den Bäumen wie Kohlsprossen, als könnte man sie kochen und zu Reis servieren; diese Saftigkeit hier auch im Sommer. Wie frisch gewaschen, jeder Grashalm, jeder Spalt im Asphalt. Susan und Baradies Stimmen: rauschende Zugluft. Sollen sich melden, wenn sie mir was zu sagen haben. Bin ich so furchterregend, dass Baradie sich nicht mehr traut, mit mir allein zu sein? Ein Schluckauf kitzelte sie in der Kehle, hicksende Schreckschraube, mal was Neues; sie unterdrückte ihn.

Sergio hatte sie hergebracht, mit dem Auto, und war dann direkt weitergefahren – zu dem Festival, bei dem er in wenigen Wochen den Ernesto in Donizettis *Don Pasquale* geben würde. Ein Sängerpaar = zwei Festivals, die übliche Formel. Ich betrachte uns nicht mehr als Paar, hatte Iris Ludwig wiederholt erklärt, sich und Sergio damit gemeint. Wenn es darum ging, begleitet zu werden, mit ausführlichem Gepäck, in eine Stadt, die dreihundert Kilometer weit entfernt lag, lehnte sie dennoch nicht ab, wenn Sergio sich anbot. Denn Ludwig konnte und – im Grunde lief es darauf hinaus – wollte sie bei solchen Gelegenheiten nicht begleiten. Das Risiko, dabei aufzufliegen, war ihm zu hoch.

Falls du nicht bleiben willst, riet ihr Sergio, nimm ein Taxi – auch bis nach Wien, warum nicht. Oder ich rufe meine Eltern an, ob sie mich holen, sagte Iris, oder ich fahre mit dem Zug. Das geht nicht, du darfst nichts Schweres tragen.

Er riet ihr im Übrigen, mit den Kollegen großzügig zu sein, denn die Chance, die sie bekam, sei einmalig.

Sie müssen mir erst einmal beweisen, dass sie diese Chance auch verdienen, sie haben sich absolut rücksichtslos verhalten, und jetzt wollten sie sich schamlos an meinem Namen laben.

So läuft es nicht, das weißt du genauso gut wie ich; hier sind auch Überraschungen gefragt, Newcomer. Dass sie dich nehmen,

trotz aller Risiken, denn auch sie riskieren, das musst du zuge-
ben, zeugt auch von ihrem Goodwill, du bist ihnen sympathisch,
du passt für sie zur diesjährigen Inszenierung.

Vor zwei Wochen habe ich das Gegenteil gehört.

Du weißt, wie solche Dinge laufen.

Ich weiß nichts und will nichts wissen.

Sergio war über die Entwicklung der Dinge immens erleichtert. Du, zu Hause, monatelang – das widerspricht allen Natur-
gesetzen.

Iris hatte sich die Fahrt stressig vorgestellt, alle Sachen, die sie
brauchte, herzubringen, alles für das Baby. Es stellte sich heraus,
dass es nicht stressig war. Sergio behandelte sie geduldig, ja liebevoll. Das Baby brauchte im Grunde nichts. Zehn Stoffwindeln;
Papierwindeln Größe null (egal, welche Marke, beginnt einfach
mit Pampers, falls der Preis keine Rolle spielt); eine weiche Decke (womöglich rot, Neugeborene mögen diese Farbe, weil sie
im Uterus auch von Rötlichem umgeben waren); drei sogenannte Bodys; drei kurzärmlige Strampelanzüge, drei langärmlige
(falls es kühl würde) – Rosemaries Liste.

Ein Säugling wird ja nicht schmutzig, schwitzt auch nicht, der
liegt die ganze Zeit in sauberer Bettwäsche, sagte die Hebamme.
Üblicherweise baden wir das Kind in der ersten Woche gar nicht,
das ist besser für die Haut. Neugeborene riechen irrsinnig gut,
du wirst es erleben. Die Käseschmiere trocknet ein und fällt ab,
und auch der Nabelstummel.

Rosemarie, die nun doch wieder vom Urlaubsort aus agieren
musste, arrangierte sich sofort mit der veränderten Situation.
Gewissermaßen ein Vorteil für mich, bei der Hitze, die sich an-
bahnt, verlass dich drauf, ich bin zur Stelle, egal, wo du bist.

Iris hatte eine Wohnung bezogen, die nur fünf Minuten vom Festspielhaus entfernt lag, ein Fundstück bei Airbnb; ein Eventuell-Zuhause für drei Monate, überteuert, aber nicht horrend überteuert. In der Nähe des Auftrittsortes zu wohnen ersparte Wege und Energie; wenn möglich, organisierte sie sich das so.

Hier wird mein Sohn die ersten Wochen seines Lebens verbringen, dachte sie, als sie die Tür aufsperrte, der Schlüssel war in einer Bar im Erdgeschoß hinterlegt worden; ein Russe, der mit bemüht italienischem Akzent sprach, reichte ihn ihr über den Tresen, als handle es sich um den Zugang zu einer Schatzkiste, pass gut auf darauf, lautete seine Anweisung. In dieser neurenovierten Wohnung mit barockem Gewölbe würde ein neuer Mensch seine ersten Tage verbringen. Irr, die Vorstellung, surreal.

*The extraordinarily gifted Iris Schiffer sang the erotically-charged role of the Cherubino with terrific conviction throughout. Her vibrant and nuanced mezzo carried to the farthest corners of the house.* Lies das, rief Dino Baradie, sich unterbrechend, hast du das schon gelesen?

Iris holte ihren Blick von den Bäumen vor den Fenstern herein: Ich lese keine Kritiken, schon lange nicht mehr. Kühle Antworten, halte dich dran, cool bleiben. Susan sah sie scharf an und schlug vor, jetzt konkret über das Projekt zu sprechen, das sie hier auf die Bühne bringen wollten. Ich fürchte, ich kann nicht ewig bleiben, sagte Iris, ich habe anschließend noch einen Interviewtermin (gelogen, aber gut gelogen, sogar meine Mutter hätte mir geglaubt). Dino hatte von einem Freund aus New York, wie er sagte, eine Rezension erhalten, die ihn aus dem Häuschen brachte. Diese Rezension, noch mehr als die vielen Klicks im Internet, hatte ihn dazu gebracht, sie zurückzuholen. Sagte er. Trotz Widerstands der Geschäftsführung, weil sie juristische Probleme befürchtete – wegen der Schutzfrist für werdende

Mütter. Mutterschutz wird streng gehandhabt in diesem Land, erläuterte Baradie, anders als in Amerika; hier sind Mütter Göttinnen, denen man Schokolade füttern müsste, sonst nichts.

Dass du dich nicht täuschst, unterbrach Iris ihn. Ich bin selbständig, Unternehmerin, ich kann machen, was ich will.

Dino Baradie nickte. Das haben wir mittlerweile auch herausgefunden, die Intendanz hat sich bei der Rechtsabteilung abgesichert, bevor wir dich überhaupt anrufen durften. Die Frage ist nur, ob du willst.

Was habt ihr denn vor, sag mal? Iris (Geschäftsführerin ihres Ein-Frau-Betriebs) setzte sich sehr aufrecht hin.

Susan änderte ihre Haltung, neigte sich ein wenig nach vorne, ihre Stimme wurde weicher. Ich beginne – mit deiner Erlaubnis, Dino – und bin auch gleich wieder fertig: Oper wird lebendig, wenn nichts Nebulöses da ist, das bedeutet nicht, dass es kein Geheimnis gibt, das ist es auch, was ich an deiner Interpretation des Cherubino so schätze. Du gibst uns das Gefühl von Unschuld, das Mozart in die Musik gesetzt hat, nicht nur Unschuld freilich, die wäre langweilig, es ist, als würde Mozart die ganze Zeit deine Hand halten, du überlässt dich ihm, und er nimmt dich mit – Susan Zerlowsky geriet in Fahrt. In dieser Hinsicht bist du ideal für Rollen mit großer emotionaler Bewegtheit, wie die Sophie eine ist. Du hast die Gabe, dich dem Komponisten anzuvertrauen, ohne ihn dauernd in Details korrigieren zu wollen – du schaust mich verwundert an, aber tatsächlich haben manche Sänger den Drang dazu und vor allem Dirigenten. Was ich sagen will, in dieser Hinsicht sind wir uns ähnlich, du und ich, und werden uns daher auch musikalisch schnell einigen, denke ich. Wir sind beide auf der Suche nach dem, was der Komponist wollte, und versuchen das bestmöglich wiederzugeben, also auch ich, wenn ich dirigiere. Nun ist Nicholas Maw hundertachtzig Jahre nach Mozart geboren, in einem völlig anderen Kulturkreis, wie auch ich als Kanadierin aus einem anderen Kulturkreis komme als ihr beide – wenngleich ich davon ausgehe, dass wir mehr gemeinsam haben als Wolfgang Amadeus und Nicholas, obwohl Maw gewiss seinen Mozart kannte. Maw schrieb seine Oper im Bewusstsein der technischen Möglichkeiten des zwanzigsten Jahrhunderts und auch im Bewusstsein, dass sich Interpreten viel Gestaltungsfreiheit nehmen, diese Freiheit hat er also gleich hineinkomponiert. Bei dieser Oper hat der Komponist sowohl das Libretto als auch die Musik geschrieben, parallel, innerhalb von sechs Jahren, eine einzelgängerische Tat, wie er selber es beschreibt. Was ich möchte, ist, Susan legte den Kopf zurück und lockerte ihren Nacken, die hineinkomponierte Freiheit nicht gleich wieder für uns in Anspruch nehmen, sondern sie in der Musik zu belassen. Wenn uns das gelänge, wäre das grandios. Weißt du – sie sah Iris fast liebevoll an –, ich lasse meine Sänger gerne ziemlich frei, natürlich habe ich eine Idee, wie ich mir das Stück vorstelle, aber wenn ich dann höre, was jemand macht, und dass sie es gut macht, dann lasse ich das so, auch bei den Instrumentalisten. Zuletzt vielleicht, auch in Hinblick auf die Regiearbeit, möchte ich sagen, für mich ist das Auffallende an dieser Oper der Widerspruch, der sich in der Musik manifestiert. Gerade weil eine einzige Person alles geschrieben hat, treten die inneren Widersprüche stärker hervor, und es ist bei Weitem nicht so, dass Musik und Text wunderbar zusammenpassen – sie kratzen aneinander. Susan war fertig. Sie stand auch sofort auf und wandte sich zum Gehen, schien auf das Gesagte keine Antwort zu erwarten.

Ich finde es toll, mit einer Dirigentin arbeiten zu können, sagte Iris, das ist für mich das erste Mal.

Ach Darling, auf dieser Welt ist noch viel zu tun. Mit dieser Ansage wandte Susan sich zum Gehen.

Willst du ein Glas Tee, warmes Wasser – Regisseur Baradie ganz
Gastgeber. Tee wäre nicht schlecht, aber ich muss bald los. Bei
meiner Geschichte bleiben, dachte Iris. Außerdem hatte sie genug für heute. Die lange Autofahrt, jetzt das Gespräch. Mich ein
wenig hinlegen, die Couch unter dem Barockgewölbe auspro-
bieren, das würde mir guttun. Baradie ordnete einer Assistentin,
die bisher unsichtbar gewesen war, an, für Tee zu sorgen.

Nur damit wir uns richtig verstehen, er legte den Auffüh-
rungsplan vor sie hin:

23. Juli, 14:00 Uhr (Generalprobe)

27. Juli, 20:00 Uhr

30. Juli, 20:00 Uhr

04. August, 15:00 Uhr

07. August, 20:00 Uhr

14. August, 20:00 Uhr

17. August, 20:00 Uhr

Ist das realistisch für dich?

Wenn ich nicht bäuchlings über die Bühne robben muss oder
Stingo auf dem Rücken tragen – klar, sonst wäre ich nicht hier.
Das erste Kind lässt meistens etwas länger auf sich warten, habe
ich mir sagen lassen. Es wird sich ausgehen; ich habe von Anfang
an vermutet, dass meine Ärztin den Termin einige Tage zu früh
einschätzt. Ungefähr zwei Wochen nach der Premiere – sie wies
mit einer vagen Handbewegung auf ihren Bauch – müsste er
kommen.

Baradie wirkte peinlich berührt von diesem Gespräch, man
merkte ihm an, er wollte das Thema abkürzen und zu etwas
wechseln, bei dem er sich auskannte: die Inszenierung. Er habe
keine Kinder, sagte er, er wisse da nicht Bescheid. Aber wenn du
meinst, es geht, vertraue ich deinem Gefühl. (Jetzt vertraust
du darauf, weil du weißt, ich bin berühmt; als du noch dach-

test, du müsstest mich berühmt machen, hast du mich rausge-schmissen.)

Und falls ich am letzten Termin nicht mehr singen könnte, wäre es kein Beinbruch, fuhr Iris fort, völlige Entspannung gönnte sie ihm nicht, die Kollegin, die ihr als Ersatz engagiert habt, muss doch auch etwas zu tun haben. Ich nehme an, sie bleibt? Als mein Sicherheitsnetz? Was anderes wäre hochgradig unfair. Nämlich auch ihr gegenüber.

Wir werden sie wohl dabehalten müssen. Baradie seufzte, das reißt unser Budget zwar enorm hinein, aber –

Ihr hättet doch wohl nicht riskiert, mich ohne Cover auftreten zu lassen? Bei so einer Rolle?

Baradie verdrehte die Augen. Iris, du weißt, wie es zugeht in diesem Geschäft, aber lassen wir gut sein, was gewesen wäre, und befassen wir uns mit dem, was ist. Okay? *Eireis* sprach er ih-ren Namen aus.


*What am I called to do, what am I called to do.* Während der Re-gisseur seine Ideen vor ihr ausbreitete, hörte sie in sich die Musik der Sophie, die den schizophrenen Nathan liebt bis zur eigenen Auflösung. Sophies Antwort auf ihr Nachdenken über ihre Be-ziehung ist immer *I love him so.*

Nackte gab es in Salzburg schon so oft, aber eine Schwangere ist etwas Neues, sagte Dino Baradie, ich habe mich dafür ent-schieden, deinen Zustand nicht zu verdecken, sondern an einem gewissen Punkt im Stück sogar zu enthüllen, ganz kurz, keine Angst, dafür haben wir ein fantastisches Kostüm, ich habe schon mit Anja darüber gesprochen – Anja Lisiewicz, unsere fabelhafte Kostümdesignerin –, es wird deinen Bauch in einer entscheiden-den Szene freilegen, Scheinwerfer voll darauf, während man ihn bis dahin kaum ahnte, eine gewisse Ironie will ich, bei aller Trau-rigkeit des Werkes, aufrechterhalten, sozusagen die angelsächsische Stimme des Komponisten, und damit hast du auch die Sympathie des Publikums auf deiner Seite. Die Schiffer singt noch, hochschwanger!

Ob mir das Sympathien einbringt, weiß ich nicht. Womöglich halten sie mich für verrückt? Offen, entwaffnend offen sah Iris ihn an, du hast mich in der Hand, sagte dieser Blick, und Dino Baradie verstand.

Ironie, wie meinst du das? Was kann bei so einer Thematik ironisch sein, fragte Iris, dass auch das Ungeborene mit der Mutter stirbt?

Ich beschütze dich, mach dir keine Sorgen. Wir bereiten das medial einwandfrei vor. Du kannst es sogar als einen feministischen Vorstoß betrachten. Ein schepperndes Lachen verriet Baradies eigene Unsicherheit, doch er war bekannt für seine unkonventionellen Inszenierungen und fand die Sache nun reizvoll.

Du bist Ire, nicht war?

Geboren und gezogen, jawohl. Tut das etwas zur Sache? Meinst du, ich habe einen irischen Stil? Wieder schepperndes Lachen, Kies rasselte darin, zuletzt sogar Sand. Warum mag ich ihn eigentlich, er ist ein arroganter Hund, es geht ihm nur darum, sich auszustellen. Wem nicht? Müsste ein Beruf gewählt werden, der unsere Zeit repräsentiert, eine Art Leitfossil der ersten Hälfte des 21. Jahrhunderts, wäre der des Regisseurs ein guter Kandidat, dachte Iris. Aber ich mag ihn, den Hundling.

Ich meinte, weil du folglich die katholische Umgebung kennst; auch wenn ich sagen muss, diese Stadt hat überraschend liberale Seiten, fügte sie hinzu.

Ich liebe die Widersprüchlichkeit hier, ein idealer Theaterort; auch die Infrastruktur, der Anfahrtsweg, wie die Taxis sich vor dem Eingang drängen, vor allem wenn es regnet, dieses Betonvordach, an die Fassade geklebt, als hätte man noch was verges-

sen, nämlich das Wetter, und regelt es mit einem perfekt zuge-
schnittenen Rechteck, Buchstaben an einer Kante: Haus für Mozart. Und dann in dieser unbeschreiblichen Farbe, olivgrün!

Drinnen ist es beeindruckend, das Publikum fühlt sich vor
allem nie beengt, in einer Anwandlung verteidigte Iris das Gebäude, in dem ihnen beiden – hoffentlich – viel Ruhm zuteil-
werden würde.

Also, was sagst du? Ohne darauf einzugehen, fuhr Dino fort,
seine Pläne für die Inszenierung zu erläutern. Im Grunde habe
ich alles über den Haufen geworfen, was ich vorhatte, nachdem
ich von deinem veränderten Zustand erfahren hatte (er sagte es,
als sei es eine transzendente Erhöhung); daraus ergeben sich fantastische Möglichkeiten. Genau in der Szene, in der Sophie sich
für Nathan entscheidet und Stingo das mitteilt, wenn sie singt,
*I love him so,* offenbarst du, das heißt die Figur der Sophie, deinen schwangeren Bauch. Somit ergibt sich für das Publikum die
Vermutung, sie erwarte ein Kind von Nathan und entscheide
sich deswegen für ihn – trotz seines Irrsinns. Die ganze Oper bekommt so eine andere Ladung. Vor allem wegen des Endes, das
ich beibehalten möchte, wie im Libretto vorgesehen.

Iris schluckte. Noch heftiger also wollte er das Ganze anlegen.
Es ist einfach nie genug.

Gut, sagte sie, ich nehme die Herausforderung an. Aber lass
dir gesagt sein, gefährliche Situationen, gefährlich für ihn – diesmal eine kreisende Geste um ihren Nabel herum –, mach ich
nicht. Du musst darauf Rücksicht nehmen, akrobatische Einlagen sind bei mir nicht drin. Deshalb muss es nicht unbedingt
statisch werden. Aber die Gewaltszenen mit Nathan – das müssen wir einschränken. Kontrolliert auf dem Bett hüpfen, okay.
Bei der Ohnmacht in der Bibliothek müsste mich Stingo direkt
auffangen. Ich sag nur, ich gehe in dieser Hinsicht keine Risiken
ein.

Wir setzen auf die psychische Gewalt, die im Text ohnehin steckt. Das wirkt weitaus effektiver, du wirst sehen, es wird wunderbar werden. Deine Präsenz als werdende Mutter. Das gibt dem Ganzen Würze. Frische. Wir haben noch vier Wochen, um uns zu überlegen, wie wir die Story anlegen. Anja soll gleich morgen deine Maße nehmen.

Jetzt muss ich aber wirklich sausen. Iris stand auf und verließ überstürzt den Raum. In der Eile ließ sie ein Tuch liegen, altägyptische Szenen darauf, Statuen mit langen schlanken Hälsen, Skizzen von Mischwesen mit hohen Frisuren und Zungen. Als sie das Gebäude schon verlassen hatte, kam Baradie hinter ihr hergerannt, das Tuch flatterte über seine Schulter. Wie eine Drachenzunge, dachte Iris, als sie ihn gegen die Sonne im Umriss sah, als hätte er sich in eins der Mischwesen auf dem Stoff verwandelt.

Es kann uns nichts geschehen, mir und dem Kleinen. Es ist ein Spiel. Singspiel mit Instrumentalbegleitung.

Es war eine Mutter,
die hatte ein Kind,
es wuchs und es aß
so geschwind;
ich wollte nur singen
und im Sommer Eiskaffee
und im Herbst dann die Trauben,
ganz selten auf Tournee

Wer sagt, dass die Sophie schlank ist? Eine kräftige Frau ist sie. Anja Lisiewicz war eine patente Person, die nicht nur versuchte, Iris, so gut es ging, in Watte zu packen, für Naschereien sorgte und bequeme Sitzgelegenheiten, sondern ihr auch ein beeindruckendes und vor allem angenehm zu tragendes Kostüm entwarf.

Ich sehe das bestens vor mir. Nach einigem Tüfteln stand Iris im Gewand der Sophie nun keineswegs schwanger, sondern überaus sexy da. Die Taille war bei allen Kleidern hoch angesetzt, direkt unter der Brust, darunter viel schwingender Stoff; auch Schuhe, mit Absätzen, aber bequem, waren gefunden worden, sie trug sie eine Nummer größer als bisher.

Froh zu sein
bedarf es wenig
und wer froh ist,
ist eine Königin

## *35 (104 cm)

Ein kleiner Fuß unterhalb ihrer Rippen oder etwas, das sie dafür hielt: Ludwigs Kind, das weiß ich einfach. Wann immer sich ein Freiraum bot, jede halbe Stunde zwischen Proben, Terminen nutzten sie. *In der Gegend* war nah. Ludwig konnte oft bei ihr sein.

Ab und zu hielt er ihr den Mund zu, vorsichtig, wie man einem Pferd Gras füttert, so behandelst du mich, sie biss in seinen Handballen, zupfte mit den Zähnen an der losen Haut zwischen Daumen und Zeigefinger.

Das Schlafzimmer der Nachbarin grenzt an meins, sie lauert mir ab und zu auf, sagt, bald ruft sie die Polizei. Ich bin zu laut, erzählte Iris, in jeder Hinsicht, sagt sie. Das Singen stört sie.

Dann komm zu mir.

Sie tat es. Sie fuhr mit dem Taxi zu Ludwig, den Schlüssel zu seiner Wohnung in der Tasche, *lucky charm*. Das Versprechen von damals. Es schien lange her. Wann war es gewesen? Vor zwei Monaten? Das Metall wärmte sich an ihrer Hand. Als sie seine Tür aufschloss, ich komme in fünf Minuten, hatte er ihr geschrieben, roch sie seinen vertrauten Geruch. Als wäre doch noch alles möglich. Ein Leben mit dir *in der Gegend*. Sergio, in Bregenz, schien einem anderen anzugehören. In weite Ferne gerückt. Als hätte sie ihn lange nicht gesehen. Wie lange? Zweieinhalb Wochen.

Von einem dieser Besuche kam sie erst morgens zurück; sie war eingeschlafen, tief und fest. Ich habe dich nicht wecken wollen, flüsterte Ludwig in den frühen Morgenstunden, als sie erschrocken merkte, ich sollte ganz woanders sein. Zur Probe um zehn kam sie pünktlich.


Mehr schlafen, antwortete Iris bei einem der unzähligen Interviews, die von ihr verlangt wurden, seit das Viral kombiniert mit ihrem Zustand *news* geworden war. Würden alle Menschen konsequent mehr schlafen, wären viele Probleme unserer Welt gelöst. Ausgeschlafene singen nicht nur besser, sie sind auch besser. Friedfertiger, klüger. Abgesehen davon, was das für die Umwelt bedeutet. Wer schläft, kann keinen Müll produzieren, nichts im Internet posten, nicht Auto fahren, nicht essen. Das Schlafen müsste anstelle des Arbeitens zur höchsten Tugend erhoben werden, sagte Iris, um einen Schlusspunkt zu setzen.

Wer schläft, kann aber auch keine Musik hören, wandte der Interviewer ein, ein junger Mann mit sorgfältig getrimmtem Vollbart, hellbraun (Nest für junge Hamster), den sie mit ihren Antworten ziemlich verwirrt hatte, wie er einem Kollegen gestand.

Doch. Das kann man. Haben Sie das nie versucht?

Das Ende des Interviews sendete der junge Mann nicht, und Iris fiel es nicht auf, weil sie sich ihre Interviews nicht anhörte. Martha fiel es auf. Sie urgierte beim Radiosender. Auf diese Weise würden sich künftige Interviewtermine, vor allem jene nach der Premiere, schwer arrangieren lassen, drohte sie.

Allen war das im Grunde egal. Niemand schläft mehr, weil Mezzosopranistin Iris Schiffer das empfiehlt.

Wie jemand schläft, verrät viel. Christa hatte ihr das einmal gesagt. Ludwig lag auf dem Rücken, seltener auf der Seite; die Arme locker neben sich oder eine Hand zu einer leichten Faust geballt unter dem Kopf.

Schau dir an, wie jemand schläft, bevor du dich mit ihm einlässt. Ich habe das allerdings auch nicht getan, fügte Christa hinzu, der Mann, den ich geheiratet habe, liegt auf dem Bauch, muss die ganze Welt unter sich haben, unter Kontrolle. Ich habe das ignoriert, obwohl er vom ersten Tag an so neben mir gelegen ist. Christa war seit zehn Jahren geschieden; seine beste Entscheidung, seit wir uns kennen, sagte sie. Die Rückenschläfer sind am umgänglichsten, offen, vertrauensvoll, mit Seitenschläfern kannst du gut verhandeln, Seitenschläfer sind ideal für eine Liebesbeziehung.

Christas Schlafgeschichten waren so eindrücklich gewesen, dass Iris sich kaum mehr davon befreien konnte. Seither beobachtete sie, wie die Leute schliefen.

Sergio war ein Seitenschläfer, er lag auf der rechten Seite, immer.

Iris war eigentlich eine Bauchschläferin, selbst Arme und Hände drückte sie unter ihren Körper; manchmal schreckte sie auf, weil durch ihr Gewicht ein Gefäß abgeklemmt wurde. Ich gehöre auch zu den Schrecklichen, Christa, hatte sie der Korrepetitorin gesagt, die lakonisch antwortete, sie würde auch nicht um ihre Hand anhalten. Es war Iris schwergefallen, die Position zu ändern. Jetzt schlief sie auf der linken Seite, das sei für das Kind am besten, hatte sie irgendwo aufgeschnappt; vielleicht in einer der Frauenzeitschriften aus dem Wartezimmer ihrer Gynäkologin. Zusammengerollt in Embryohaltung; ausgestreckt hätte sie niemals auf der Seite einschlafen können.

Womöglich ist die Schlaflage schlicht physisch bedingt, überlegte sie, während sie Ludwig zusah, wie er auf dem Rücken liegend leise Schnarchgeräusche machte und der Welt seine Breitseite darbot. Wer einen Bauch, einen Penis hatte, lag auf dem Rücken?

Wie lagen Babys?

Der Sternfahrer in ihr ruderte, als wollte er eine Regatta gewinnen. Bei den Proben hielt er still. Sie sang für ihn die retuschierten Kinderlieder, wann es nur ging. Vor dem Einschlafen; nach dem Aufwachen. Dann reagierte er heftig, als hätte er schon gewartet. Auch ich sehne das herbei, du kleiner Astronaut!

Martha, einigermaßen versöhnt durch den Rummel um das Viral, versuchte den Andrang der Journalisten einzudämmen; von Wien aus. Wenn es ernst wird, komme ich, kündigte sie an. Ernst hieß: zur Premiere.

Sergio schrieb und telefonierte aus Bregenz, zunehmend aufgeregt. Wenn es so weit ist, komme ich sofort.

Ludwigs freie Stunden stellten plötzlich keine Beschränkung mehr dar; er war frei, wann sie wollte.

Iris wurde überall erkannt; was sie in 15 Jahren Karriere nicht geschafft hatte, bewerkstelligten 3:09 Minuten auf YouTube. Sie war berühmt wie ein karierter Elefant. Die Kugel, die sie vor sich hertrug, erregte ebensolches Interesse wie ihre Stimme. Die Videos ihrer Arien waren weiterhin populär. Man rief ihr auf der Straße Glückwünsche zu, servierte ihr eine zweite Pizza gratis, wenn sie eine bestellte: für den da drinnen. Woher wissen Sie, dass es ein Bub wird? So ein Gefühl. Da staunen Sie über meine Gefühle, nicht wahr? X-beliebige Gastwirte nahmen sich viel heraus. Oft tönten ihr die Zeilen, die sie im Übermut gesungen hatte, in den Gassen entgegen. Eine Gruppe italienischer Jugendlicher grölte ihr nach, *voglio tuo seno, bello com' è,* als sie auf dem Kapuzinerberg im Wald spazierte; jeder der Teenager trug eine Dose Stiegl-Bier bei sich. *Non gettare rifiuti nel bosco,* rief sie ihnen hinterher. Sie grölten.

Mittlerweile tat der New Yorker Streich ihr sehr leid. Mozart war zu schade für eine solche Behandlung. Obwohl es auch zu ihm gepasst hätte. Gespenstischer Gedanke: Er könnte das Libretto seiner eigenen Oper ebenso zum Amüsement von Besuchern oder einer Geliebten umgedichtet haben, mit denselben unoriginellen Versen wie sie. In einem verschollenen Brief fände man diesen Text.

*In dolce attesa!* Italienische Fans skandierten die drei Worte auf dem Platz, den sie überquerte, um in die Räumlichkeiten der Festspielhäuser zu gelangen. Fans, die ihr das Internet beschert hatte. Sie winkte ihnen zu. Bei Regen lief sie unter der Kapuze ihres weiten Regenmantels unerkannt hinüber.

Manchmal begegnete sie Kollegen, die zu anderen Produktionen unterwegs waren; durchwegs bewunderten sie ihre guten Nerven. Du bist ja schon sehr weit gebacken, Hut ab, sagte ein Dirigent, mit dem sie einmal aufgetreten war; Iris als Kuchen.

Den tiefsten Ton singen, den ich konnte, so laut ich konnte, und ihn so lange halten, bis nur Gebrüll übrig blieb – das war die offenherzige Beschreibung ihrer Vorgängerin als Sophie Zawistowski, wie sie die schwierigste Stelle der Oper gemeistert hatte. In einem Schaufenster hatte Iris ein Buch von ihr entdeckt, es sich geben lassen, darin geblättert und diese Zeilen gefunden. Das müsste ich auch schaffen; das müsste mich retten.

Andererseits widerstrebte Iris, etwas zu kopieren. Der auf diese Art ausgestoßene Schrei gehörte der ersten Sophie; sie hatte ihn sich erarbeitet. Du klaust doch auch nicht, wenn du eine Gesangstechnik anwendest, die dir im Studium beigebracht wurde, die du in einer Meisterklasse gelernt hast; Ainslie, die Baradie einfliegen hatte lassen, als er glaubte, Iris käme nicht mehr in Frage, fand die vorgeschlagene Technik hervorragend. Damit können wir arbeiten.

Auch wieder wahr, gab Iris zu, ihre Zweifel waren damit aber nicht ausgeräumt. Vielleicht sind meine Skrupel ein Zeichen dafür, dass diese Technik nichts für mich ist.

Ainslie, eine humorvolle Schottin, bekam von heute auf morgen Husten. Kein Wunder bei den Temperaturschwankungen in dieser Gegend, wo die Helligkeit das Grün antrieb, aber nie austrocknete. Auch Viren trocknen hier nie aus, Ainslie versuchte den Humor zu bewahren. Iris holte ihr Medikamente aus der Apotheke.

Sie hatten sich sofort angefreundet, zwei ozeanaffine Sophies in den Alpen. Ainslie hatte die Rolle in rasendem Tempo gelernt; nach drei Wochen beherrschte sie den Part, soufflierte sogar den Darstellern von Nathan und Stingo, wenn sie auf ihre Stichworte nicht reagierten. Wie du das geschafft hast, ist mir ein Rätsel, Iris war voller Hochachtung, ein Geniestreich der Jugend, gratulierte sie ihrer um sieben Jahre jüngeren Kollegin. Wir sind doch gleich alt, rief Ainslie am Rand eines neuerlichen Hustenanfalls. Du solltest vielleicht zum Arzt, riet Iris. Ainslie schüttelte den Kopf, heißes Wasser, Whisky und Zitronensaft werden das schon regeln, sie war zuversichtlich, bis zur Premiere bin ich wieder fit.

Iris probierte den Schrei eines Nachmittags in der Airbnb-Wohnung, bei geschlossenen Fenstern. Es funktionierte und funktionierte auch nicht. Annähernd, befand sie, oder eigentlich: überhaupt nicht.

Weil du allein warst, bemühte Ludwig sich, sie zu beruhigen, hätte dir jemand zugehört, wäre es sicher gut gegangen. Iris schüttelte entschieden den Kopf, nein, ob jemand da ist oder nicht, ändert nichts. Ich komme mit der Szene nicht zurande. Schmerz, absoluter Schmerz; als würde mir jemand die Hand abhacken, den Fuß oder beide Hände. So stelle ich es mir vor.

Das Baby hatte heftig gestrampelt, während sie das Schreien übte, als wäre der Kummer echt. Anders als sonst war dieses Strampeln gewesen, dessen war Iris sich sicher. Der kleine Junge in ihr wollte das schreckliche Geplärre der Frau stoppen, die ihn in sich trug; die Gefahr bannen, die es ihm suggerierte.

Bei der Probe übersprangen sie die fragliche Stelle erneut. Die Kinder waren da, ihre beiden Bühnenkinder, Amelie und Christoph, lieb, aufmerksam wie scheue wilde Hasen; sie schnupperten, keine Bewegung entging ihnen. In der Szene schmiegten sie sich sofort vertrauensvoll an sie, als wäre sie eine enge Verwandte.

Mama, Mama, ruft das Mädchen, als es geholt wird, drückt seine Puppe an sich. Dann käme der Schrei. Wenn ihr das eine Kind entrissen wird. Für immer weggeholt. Das Einzige, nämlich wirklich das Einzige, was dem Mädchen bleibt, ist seine Puppe. Das Wort ist Iris seither zuwider geworden: Puppe. *She was still carrying her doll.* Den Satz muss sie singen.

Amelie rief, und Iris fingierte; verlegen, entschuldigend hob sie die Arme. *I can't, sorry.* So war es zwei Mal gegangen, ein drittes Mal, dann hatte Baradie gesagt, okay, wir lassen den Schrei vorläufig weg. Du wirst wunderbar sein, mach dir keine Sorgen.

Der Schrei war mit der Verfilmung von Styrons Roman berühmt geworden. Meryl Streeps aufgerissener Mund projizierte ihn stumm in die Köpfe der Zuschauer. Tonloses Entsetzen – auch eine darstellerische Lösung. Stummheit gilt in der Oper aber nicht.

Gesanglich verliefen die Proben problemlos; das Stück erwachte rasch zum Leben. Mit der Besetzung war Dino Baradie ein besonderer Coup gelungen; Quinton Miller, der den Nathan spielte, war ein verständnisvoller, präziser und gut vorbereiteter Partner und passte nicht nur optisch zu Iris; sie hatten eine ähnliche Arbeitsweise, und wo sie anders waren, ergänzten sie einander. Bei euch sprühen die Funken, sagte Dino, ohne dass ich etwas tun müsste. Seine Anweisungen waren deutlich, sie konnte nachvollziehen, was er wollte; er brachte sie dazu, ihre eigenen Grenzen zu überschreiten – ohne gesundheitliches Risiko.

Ihre Stimme war in Bestform, alle bestätigten ihr das. Dino Baradie schwärmte bei jeder Gelegenheit davon, welche Opern er noch mit ihr machen wollte; dass sie bei dieser Rolle eigentlich unterfordert sei. Auch Susan war voll des Lobs: Iris sei die überzeugendste Sophie Zawistowski, die sie sich vorstellen könne.

Wann habe ich zuletzt vor Schmerz geschrien? Solche Gelegenheiten musst du dir in Erinnerung rufen, riet der Regisseur. Er war geduldig. Nur bei der Generalprobe musst du schreien, und bei der Premiere und dann noch bei fünf weiteren Aufführungen.

Eine Kaltfront war aufgezogen. Abends legte sie sich oft in die warme Badewanne. Durch die Jalousien sah sie, wie der Regen auf den Asphalt prasselte.

Einmal, ja, sie erinnerte sich, hatte sie als Erwachsene laut geschrien. In einer Parkgarage, als der Freund, aus dessen Auto sie gerade stieg, ihr über den Fuß gefahren war. Reflexartig. Nicht aus Schmerz, weil der Reifen ihre Knochen zerdrückte, sondern aus dem Schock heraus: ein tonnenschweres Fahrzeug auf meinem Fuß! Ihre Stimme hallte an den Betonwänden wider. Einzelne Menschen, die gerade ihre Autos abgestellt hatten, drehten sich um. Der Lenker erschrak, wie er sagte, zu Tode. Warum schreist du so? Du hättest mir den Fuß zerquetschen können, hatte sie zu ihm gesagt. Hab ich aber nicht.

So eine Art Schrei war völlig ungeeignet.

Ihre Bewunderung für ihre Vorgängerin als Sophie Zawistowski wuchs mit jedem Probentag; und sie hatte diese Rolle immer wieder gesungen, in verschiedenen Aufführungszyklen, London 2002, Berlin und Wien 2005, Washington 2006.

Jetzt bin ich dran.


## *36 (105 cm)

Du wirst alles schnell vergessen. Wenn das Baby da ist, wird die Geburt direkt gelöscht. Ich will mich aber erinnern! Iris ist bester Laune; endlich hat das Warten ein Ende. Rosemarie hat sie untersucht, abgetastet. Der Muttermund ist noch fast geschlossen. Jetzt müssen wir auf die Wehen warten, in maximal zwölf Stunden fahren wir ins Spital. Wir. Ab jetzt ist Iris als Einzelperson verschwunden. Der Saum eines luftigen Sommerkleids bläht sich um die Knöchel der Hebamme; sie ist direkt vom See gekommen, in Sandalen, bloßfüßig. Meine Kinder sind groß, sie radeln zu ihrer Tante. Die Hebamme zaubert, sie gibt ihr ein Röhrchen: homöopathische Kügelchen, jede halbe Stunde eins.

Der pralle Bauch, unbedeckt zwischen den Frauen, der braune Strich teilt ihn in zwei Hälften; wie eine Sollbruchstelle.

Da reißt nichts, lacht Rosemarie. Kann ich dich allein lassen? Dann würd ich mir einige Sachen holen für die Nacht. Ist deine Tasche gepackt?

Seit vier Wochen.

Auch Iris am Rand eines Lachanfalls. Wie als Mädchen.

Sergio ist unterwegs. Sergio in seinem Peugeot auf der Autobahn in der spätnachmittäglichen Sonne. Es tut sich noch nichts, fahr langsam. Sie haben sich nicht versöhnt. Nicht gestritten. Nicht oft gesehen in den letzten Wochen. Zeitweise hatte Iris gedacht, ich sag ihm nichts, ich sage ihm einfach nichts. Das Kind kommt. Wenn es da ist, lasse ich ihn nachkommen. Er arbeitet ohnehin. Als der Schwall aus ihr herausfloss, hatte sie doch gleich an ihn gedacht. Jemand, der auch später noch da sein würde: Sergio, ein langfristiger Zeuge des Ereignisses.

Ludwig kam nicht in Frage. Sie hat ihn auch nicht gefragt. Es wäre müßig gewesen. Er war auf Schifffahrt mit seiner Familie, eine Woche lang. Kein Urlaub, sagte er, glaub mir das.

Es klappern die Stühle
auf seinem Autodach,
klipp, klapp!
Bei Tag und bei Nacht
hält der Lärm mich
ständig wach,
klipp, klapp!
Er fährt ohne Rücksicht
ganz schnell auch bei Rot,
ich wünschte,
er trüge ein Radlertrikot.
Klipp, klapp,
klipp, klapp,
klipp, klapp!

Sie saß auf dem kleinen Ledersofa in der gemieteten Wohnung, den Laptop auf dem Schoß. Da platzte die Blase, die das Kind umgab. So ist das. Die Flüssigkeit versickerte großteils im Leder. Als sie einen Lappen geholt hatte, war kaum mehr etwas aufzuwischen. Ein paar Interviews kann ich wenigstens geben, hatte sie gedacht. Fünf Minuten später war der Gedanke obsolet, das Gerät zugeklappt, mit einem angefangenen E-Mail an einen Journalisten auf dem Schirm.

Du musst viel trinken, ordnete Rosemarie telefonisch an, vergiss nicht, du produzierst fortwährend Fruchtwasser. Tatsächlich, in unregelmäßigen Abständen schwappte es aus ihr heraus. Als sei eine Pumpe in Betrieb.

Du bist die Pumpe.

Die Hebamme bewegte sich tatkräftig im Raum, untersuchte ihn auf seine Tauglichkeit für eine Gebärdende. Hübsche Wohnung hast du dir ausgesucht, praktisches Badezimmer, nicht zu eng.

Sie stellte ihr ein Fläschchen hin. Rizinusöl, wenn innerhalb von zwei Stunden nichts geschieht, nimmst du das zusätzlich zu den Globuli.

Als sie fort ist, kommen sie. Wellen, aufregend wie surfen! Iris hält sich an der Kommode fest, noch nie bin ich über Schmerzen so froh gewesen. Sie krümmt sich. Dagegen atmen. Eine knappe Minute dauert die Welle.

Ludwig am Telefon – sofort erreichbar. Ich dachte, du bist auf hoher See? Bin ich auch, im Hafen, die Meinen sind gerade auf Besichtigungstour. Deshalb, ja. Konnte ich. Bin hiergeblieben, weil. Habe gehofft, dass wir. Du, er wird es dir leichtmachen, da bin ich mir sicher.

Eine zweite Welle. Höher als die erste.

Ich muss aufhören, ruf dich gleich wieder an. Gut, bitte! Bin die nächsten zwei Stunden verfügbar.

Diese Welle ist höher, aber kürzer als die erste. Eine dritte folgt. In welchem Abstand? Kurz darauf, ich habe nicht auf die Uhr gesehen. Dann nichts mehr. Kein Abebben, einfach weg.

Iris im Stiegenhaus. Auch sie in einem Sommerkleid, wenig Stoff, lässt die Schienbeine frei. Sie steigt Stiegen. Auf und ab. Auf flachen, rutschfesten Sohlen. So ist das. Kolossal gutgelaunt. Uns kann nichts passieren.

Von dem Rizinusöl hat sie mehrere Löffel genommen, ohne abzuwarten, dass zwei Stunden vergehen; von den Kügelchen bisher circa fünfzig Stück (habe vergessen zu zählen).

Auf und ab, vierzig Mal. Da zählt sie mit. Sie begegnet niemandem, vermutlich wegen der Hitze. Der heißeste Tag, seit sie hier ist, über dreißig Grad, auch jetzt noch, da die Sonne untergeht. Wer nicht im Schatten sitzt, ist baden. So wie ich ausschaue, würde mich niemand erkennen; die Haare total verknotet, bringe jetzt die Geduld nicht auf, da den Kamm durchzuquälen.

Iris in der Wohnung. Ein zweites Telefonat mit Ludwig. Es geht mir fantastisch; ich denke an dich. Sie trinkt Tonic, Kaffee – angeblich wehenfördernd. Es ist acht Uhr abends, sie schaltet den Fernseher ein. Er steht in einer Ecke des Wohnzimmers, auf einem eigens dafür aufgestellten Podest, schwarzes Plastik; sie sitzt in einem Lehnstuhl, Fantasieblumen auf hellem Leinen, auf zwei Handtüchern, zusätzlich zu der Baumwolleinlage in ihrem Slip. Mein Gegenüber für heute Abend: eine Flimmerkiste.

Auf dem Bildschirm erkennt sie eine vertraute Umgebung: das Bühnenbild aus dem Festspielhaus; das riesenhafte Bett, auf dem sie und Quinton klein gewirkt haben, puppenartig; die Bibliothek, klassisch eingerichtet, die ihnen ihre menschlichen Proportionen zurückgeben sollte; die Zimmer: Sophies Zimmer, Nathans Zimmer, übliche Räume, bedrohlich erst durch das überdimensionale Mobiliar, mit dem sie ausgestattet sind. Ainslie mittendrin mit locker auf die Schultern fallenden aschblonden Locken (ihre eigenen Haare, aber von der Maskenbildnerin geformt).

Ich schalte gleich ab.

Sie schaltet nicht ab, schaut sich die Aufnahme in voller Länge an, die Premiere vom 27. Juli, die sie Ainslie überlassen hat.

So formuliert sie es.

Sie hat es nicht mehr geschafft, werden manche Journalisten gesagt haben. Sie hat uns veräppelt, könnte Susan gedacht haben, Susan, die stark an der überstürzt geänderten Inszenierung zweifelte. Eine zeitgenössische Oper noch weiter aktualisieren? Was kann daraus werden? Eine Farce? Hätte ich nur nicht nachgegeben, wird sie gedacht haben, da haben wir die Bescherung, die Tussi sagt fünf Tage vor der Premiere ab. Baradie wird es schwer gehabt haben zu argumentieren, die Schiffer sei doch noch nicht völlig abzuschreiben aus dem Opernbusiness. Du wirst sehen, sie hört es ihn sagen, wie er versucht, der Dirigentin einzureden, Iris werde in dieser Festspielsaison doch noch auftreten. Wie Marcello Lautersdorf den Kopf schüttelt, süffisant grinst; er habe immer gewusst, dass es riskant sei mit der Schiffer.

Bei der Generalprobe wirst du den Schrei bringen, hatte Baradie in den vergangenen Wochen wieder und wieder gesagt; er meinte es gut mit ihr. Wenn es so weit ist, wird er da sein, sagte er. Wenn es so weit ist.

Stell dir vor, das Gegenteil eines Geburtsschreis. Baradie bemühte sich, er schwitzte; mehr als die Sänger.

Ein Todesschrei? Ich begreife, was du sagst. Auch Iris gab sich Mühe; schwitzte. Klimatisiert ist hier wenig, als stellten heiße Sommer noch immer eine Ausnahme dar.

Wer über eine Klippe fällt, schreit vielleicht. Aber wenn du vor dem elektrischen Stuhl stehst? Schreist du dann? Wenn du weißt, jemand inszeniert gerade deine Auslöschung. Maßgeschneidert. Für dich. Ich muss mir das vorstellen können, sagte Iris, muss es mit irgendetwas aus meinem eigenen Leben verknüpfen, bei uns wurde nicht geschrien, Dino, vielleicht ist das mein Problem, in meiner Familie wird geredet und geschwiegen.

Baradies Vertrauen in sie schien bedingungslos. Mit dir zu arbeiten ist herrlich, wurde er nicht müde zu betonen, ein pures Vergnügen.

Zusammen mit Ainslie war sie auf den Hügel über der Stadt gestiegen. Dorthin, wo einst versucht worden war, eine Schneise in den Fels zu sprengen, hunderte Meter dick und hoch; wo ein Abgrund entstanden war. Da oben stellten sie sich an den hölzernen Zaun, mehr war da nicht, nur ein paar Latten, und brüllten hinunter. Bald auch vor Lachen. Die erste Hemmung war überwunden.

Inzwischen wurde im Fernsehen der letzte Akt übertragen, Ainslie musste schreien. Iris wusste, es war mehrere Tage her, es hatte geklappt, ihr Puls beschleunigte sich trotzdem, hundertsechzig (hätte jemand ihn gemessen). Wie Ainslie es machte, was sie dabei dachte, in welche innere Box sie sich einschloss, ich weiß es nicht. Ich sehe eine Frau, der das Liebste entrissen wird, ein Teil ihres Körpers – abgetrennt. Mehr als das: ein Seelenteil. Oder die ganze Seele? Und ich glaube es ihr, Ainslie widerfährt das Schrecklichste, was ein Mensch erleben kann. Das Schrecklichste? Ich höre es so. Mit dem Handrücken wischt Iris sich über die Augenwinkel.

Schlussapplaus; die klatschenden Menschen werden gezeigt, so lange, bis die ersten aufstehen, sich an den anderen vorbei hinausdrängen. Die Kollegen in einer Reihe, sie verbeugen sich, Ainslie verbeugt sich, wird bejubelt. Blumen fliegen auf die Bühne. Mehrere Sträuße. Tulpen sieht Iris, Mohnblumen, die im Flug die Blütenblätter verlieren. Quinton erntet Bravo-Rufe. Ainslie kommt nochmals heraus und nochmals. Brava, brava!

Iris greift nach ihrem Telefon. Das muss Ludwig wissen. Was er schon weiß: Sie wollte nicht mehr singen. Nicht in dieser Produktion. Die Luft ist raus aus dem Ballon, obwohl er proppenvoll erscheint. So hatte sie es ihm beschrieben, das war noch vor seiner Abreise gewesen. Eine neue Nachricht von ihm lenkt sie ab von dem, was sie schreiben hätte wollen.

Wie geht es dir?, steht da, in einer hellblauen Sprechblase. Alles wird gut gehen, dir leichtfallen, da bin ich mir sicher, tippt er, ich sitze an Deck und schaue aufs Wasser, dunkelgrün, salzige Luft, meine Liebe ist grün, ich habe nie so geliebt wie jetzt, das musst du mir glauben.

Schreib mir eine Postkarte, schreibt sie zurück, bitte.


Was ich gemacht habe? Keine Ahnung. Sergio, wie ein Mann aus dem Gefecht; hohle Wangen, Augenringe. Wie sie die letzten Stunden verbracht hat, will er wissen. Ferngesehen habe ich, dann ist mir die Zeit davongeflutscht.

Hast du gegessen?

Einen Apfel.

Sonst nichts?

Ich hatte keinen Hunger.

Bereust du es? Sergio sieht sie eindringlich an. Dass du nicht gesungen hast, obwohl du fit gewesen wärst. Ich weiß, heute wurde das im Fernsehen übertragen, auch im Radio, ich habe es auf der Fahrt gehört.

Was soll ich bereuen? Ich krieg ein Kind. Besser gesagt, ich will, dass dieses Kind endlich rauskommt, die Wehen sind seit Stunden weg.

Leg dich hin, sagt Sergio, es ist nach Mitternacht. Hast du was zu essen da? Irgendwas?

Sie macht den Kühlschrank auf, schau mal, macht ihm Platz vor der offenen Tür.

Sergio rauft sich die Haare, nimmt eine Tomate, schneidet sie, salzt sie, verschlingt sie, bricht ein Stück Brot ab, bestreicht es mit Öl, salzt es, verschlingt es.

So, jetzt schlafen.

Er entledigt sich der Schuhe und Hosen, steigt auf seiner Seite ins Bett.

Ohne ins Bad zu gehen, denkt Iris, so weit sind wir.

Um sechs sollen wir die Rettung rufen, egal, was passiert, also auch wenn nichts passiert, erklärt sie. Sergio brummt wortlos eine Bestätigung.

Bevor sie das Licht abdreht, stellt sie auf ihrem Fairphone den Wecker.


Iris im Doppelbett des gemieteten Apartments. Neben ihr schläft Sergio. Er hat die Vorhänge zugezogen; sie richtet sich auf, zieht einen Vorhang zur Seite. Der Platz vor dem Haus liegt im Dunkeln, nur die Ränder sind spärlich beleuchtet. Um zwölf gehen die Lampen aus, hatte der Betreiber eines Cafés ihr gesagt. Wie gut, hatte sie geantwortet. Keine Bewegung auf dem Platz; nichts huscht, nichts läuft.

5. August, zwei Uhr fünfundvierzig.

Vor neun Stunden der warme Schwall zwischen ihren Beinen. Seither hat sich das Kind kaum bewegt. Kein Grund zur Sorge, Rosemarie hat den Herzschlag gemessen. Als die Fernsehübertragung zu Ende war, hat Iris ihn deutlich gespürt; auch er ist zufrieden mit Ainslie. Er ruht sich aus. Vor dem großen Tag, seinem Geburtstag.

Ein Ziehen im Becken, eine Ahnung von Schmerz, ein Stich, Messer aus eigener Fabrikation – Muskelmesser. Muskel, es ist nur ein Muskel. Halte das aus. Der beste Schmerz, den ich je hatte. Ist wieder vorbei.

Dann ist es halb sechs Uhr früh.

SMS an die Eltern, wir fahren jetzt ins Krankenhaus. SMS an Ludwig, ich weiß nicht, wie oft ich mich melden kann.

Iris ist noch nie im Spital gewesen, nicht als Patientin, nur als Besucherin, Blumenstrauß im Arm; Bonbonniere, Buch, Zeitschrift.

Sie hat CDs eingepackt, einen ganzen Stapel: Beethoven-Klaviertrios, Haydn-Streichquartette, Scarlatti, Purcell, Gluck. Brahms. Und Bach. Sogar Johann Sebastian – Sergio: Darauf hätte ich jetzt große Lust, hoffentlich haben sie einen CD-Spieler. Sie hat Schokolade eingepackt, vier Tafeln, und die Sachen von Rosemaries Liste. Zusätzlich: Zahnbürste, Zahnpasta, ein Extra-T-Shirt, Shampoo, Mascara, Lippenstift.

Die Sanitäter lassen sie sich auf die Trage legen, bereits oben in der Wohnung; sie sind zu dritt. Geht es? Geht es noch? Einer fragt es mehrmals, ein anderer zurrt die Gurte fest. Zu Fuß wäre kein Problem für mich. Iris sieht die Männer belustigt an. Sie sind jung, höchstens zwanzig. Kommt nicht in Frage, wir tragen Sie.

Im Rettungswagen sitzt Sergio neben ihr, hält ihre Tasche, auf der anderen Seite sitzt ein Sanitäter. Einer lenkt, der dritte fragt vom Beifahrersitz her in gewissen Abständen nach, ob es geht, ob sie es noch einigermaßen aushält, ob alles in Ordnung ist.

Meinetwegen brauchen Sie sich nicht zu beeilen, ich genieße diese Fahrt.

Wenig später sind sie da. Sie laden sie aus. Wie Frachtgut, denkt Iris, während sie liegend in die Geburtsabteilung transportiert wird.

Gratuliere, der Fahrer streckt ihr die Hand hin. Das ist meine erste Rettungsfahrt gewesen. Ich bin Zivildiener, seit heute.

Rosemarie erwartet sie, begleitet sie in ein Zimmer, groß, hell, eine Art Warteraum mit wenigen Einrichtungsgegenständen; ein Waschbecken an der einen Wand, ein Bett an der anderen. Am Bettende steht der Wehenschreiber, ein Gerät mit einer Rolle Papier. Ein breiter Gürtel wird ihr um den Bauch gelegt. Ich schließe dich jetzt für eine Weile an, sagt die Hebamme. Über ein Kabel werden die Krämpfe in ihrem Unterleib aufgezeichnet, in zackigen Wellen. Das Gerät mag sie sofort.

Sergio legt Haydn auf.

Probieren wir Beethoven, ordnet Iris nach wenigen Takten an. Der Wehenschreiber zeigt eine glatte Linie.

Wir leiten jetzt die Geburt ein. Unversehens steht eine Ärztin im Raum, jung, hübsch, frohgemut. Sie bekommen eine wehenfördernde Hormontablette eingeführt. Nach dem ersten Versuch warten wir sechs Stunden; wenn sie nicht wirkt, bekommen Sie gegen Mittag eine zweite.

Iris isst von einem Tablett mit einem Schild, auf dem in Handschrift ihr Name steht. Habe ich tatsächlich nie Ludwigs Handschrift gesehen? Als wäre etwas unrettbar verloren gegangen. Die Hälfte des Essens überlässt sie Sergio.

Sie besichtigt das Krankenhaus. Vierhundert Stufen zählt sie.

Sie besichtigt ausführlich, sie steigt sie alle. Sieht andere Frauen in den Gängen, auf den Stiegen; keine steigt so viele Stufen wie sie.

Ich spüre leider nichts. Sie lächelt die Ärztin an, eine andere als die, die vorher versucht hat, die Geburt in Gang zu bringen. Wir machen jetzt einen zweiten Versuch, sagt sie, wieder hübsch und jung, mit hochgesteckten Haaren, Sommersprossen auf der Nase, beugt sich über Iris. Spätestens morgen früh haben Sie ihr Baby im Arm, fügt sie hinzu, während sie die Tablette einführt.

Es ist zwei Uhr nachmittags.

Ich wünsche mir Schmerzen, sagt Iris zu Rosemarie.

Wird schon werden, sagt Rosemarie.

Wenn Ludwig da wäre, wäre es einfacher – wiederkehrender Gedanke. Meine Oxytocin-Ausschüttung ist gestört, weil ich mit dem falschen Mann hier bin. Mit dem, den ich nicht liebe; mein Hormonhaushalt lässt sich nicht überlisten.

Als sie endlich etwas spürt, gegen acht Uhr abends, lehnt sie sich hinein. Wellen, wie beim Surfen, damals auf Hawaii, ich war fünfzehn Jahre jünger. Sie taucht auf, atmet. Wird an den Wehenschreiber angeschlossen. Sieht zu, wie die Wellen ansteigen, nach dem Gipfel abflauen. Es geht gut, sagt sie zu Sergio, ich halte das aus.


Später erfährt sie, die Hebamme hat in diesem Moment zu ihm gesagt, das sei noch gar nichts, sie hat die Skala des Wehenschreibers in der Folge ständig zurückgedreht. Am Papier erschienen die Wehen gleich hoch, wurden aber heftiger und heftiger.

Irgendwann im Laufe des Abends sind die Abstände gut, alle ein bis zwei Minuten eine. Iris steht vor dem Wehenschreiber und wartete auf die nächste. Und die nächste, surft mit ihrem Atem mit. Ist bereit, stark.

Ihr Muttermund öffnet sich kaum.

Wie das Aufblasen eines Luftballons kannst du dir das vorstellen, zuerst geht es zäh, du brauchst viel Kraft, dann plötzlich, schwups, und der Ballon ist da.

Ich will einen Schwups.

Ein Einlauf, sagt Rosemarie, was gegen Verstopfung gut ist, hilft auch Kindern auf die Welt.

Dann soll sie duschen. Unter der Dusche beginnt sie zu singen. Keine Lieder, Töne. Ein Mittel, um höher hinaus zu surfen, auf die Schaumkronen, die Wellengipfel, ein Longboard, um auf den Kämmen zu reiten, in der Gischt. Auch als sie sich abgetrocknet hat, singt sie weiter. Sing tiefer, sagt Rosemarie, so tief du kannst. Iris will hinauf, hoch, hoch, Obertöne; die Höhe scheint den Schmerz abzuschmettern. Tiefer, wiederholt Rosemarie beharrlich.

Mit Singen hat das nichts zu tun; singen ist jetzt nur ein Wort. Was für ein Idiot, dieser Arzt, der zu ihr sagte, Sängerinnen hätten es leichter bei der Geburt.

Damit der Kopf des Babys besser dagegen drückt, rückt Rosemarie den Muttermund zurecht. Handarbeit. Iris fiept. Sergio gibt ihr Schokolade. Belohnung für die Tapferkeit, eine Medaille für die Siegerin, sagt er, bricht Stücke von der Tafel, breitet sie auf seiner Handfläche aus wie auf einem Teller.

Sie isst wenig. Zerbeißt die Stücke, schluckt schnell.

Das mechanische Zurechtrücken des Mutter-Kind-Verhältnisses hilft. Er geht auf, sagt Rosemarie, vier Zentimeter.

Es wird Mitternacht.

Vor dreißig Stunden ist die Fruchtblase geplatzt.

Anderthalb Tage seit Beginn der Geburt, vier Zentimeter, ich brauche acht oder zehn, nicht wahr?

Was wir die ganze Zeit gemacht haben?

Ich weiß es nicht, wird Iris viel später antworten.

In ihrer Armbeuge steckt permanent eine Nadel; wenn sie nicht am Tropf hängt, wird sie verklebt. Da werde ich mich dauernd verletzen, damit kann ich mich doch gar nicht bewegen. Gleich darauf hat sie die Nadel vergessen. Alle sechs Stunden erhält sie eine Infusion mit Antibiotika.

Nicht unter der Wehe durchtauchen, nicht reden währenddessen, wiederholt Rosemarie: atmen. Ruhig. Regelmäßig. Aushalten. Die Wehen nehmen ab, setzen aus.

Das könne wieder anders werden, Trost aus Erfahrung. Iris

soll aus ihrem Kleid schlüpfen, erhält ein Spitalsnachthemd. Hellblau. Du gehst jetzt ins Kreißzimmer, wir geben dir einen Wehencocktail.

Sergio neben ihr.

Der Versuch, ihn wegzuschicken; womöglich ginge es dann leichter. Er geht ein paar Sekunden hinaus, kommt wieder herein. Was soll ich da draußen?

Zusammen mit dem Wehencocktail erhält Iris ein Schmerzmittel; sie halluziniert, ist sich dessen halb bewusst. Oder sind das nicht die Mittel, mache ich das selbst? Fantastisch – ein Trip, Drogen wie noch nie.

Sie singt schrill: sieht Venusmuscheln, die sich öffnen, öffnen, öffnen, schwebt in einer Säule aus Salzwasser. Licht, Farben. Wirbel. Wieder Muscheln, grandiose sich öffnende Muscheln.

Sing tiefer, schlägt die Hebamme unermüdlich vor. Sergio verlässt endlich das Zimmer.

Iris bemüht sich um die von Rosemarie vorgeschlagene Tonlage. Die Hebamme atmet mit. Jede einzelne Wehe mit ihr. Hinauf. Und hinauf.

Dazwischen gibt es Pausen, in denen kannst du ganz normal reden.

Bis drei Uhr morgens geht das so.

Sergio ist zurück. Iris ist es egal, mittlerweile. Der Mann oder ein anderer. Gleich.

Gut, es geht gut.

Ich bin eine Maschine, mein Körper ein Apparat, der einen Menschen aus sich herauspresst, ein 3-D-Drucker. Neben der Maschine war da noch eine Iris, aber die hatte wenig Platz, wurde zusammengedrückt. Dünn wie Millimeterpapier. Die karierten Felder darin. Sind wir beide.

Fünf Zentimeter, nicht weit genug für den Kopf. Sie stellt sich vor: Der Muttermund öffnet sich, sieht ihn vor sich. Fleisch,

Blut, weiches Gewebe: dehnen, dehnen. Wie in Trance, nein: Sie ist in Trance.

Kreuzstich, sagt die Hebamme um halb vier Uhr morgens, ich empfehle einen Kreuzstich, dann ruhst du dich aus.

Nur weil ich in Trance bin, sagt Iris zum Narkosearzt, stimme ich zu. Wie lange sind Sie schon im Dienst?

Seit sechs Uhr morgens.

So lange wie ich? Sie lacht rau, wie ein Wolf, denkt Iris, ein Wolf, der Venusmuscheln halluziniert; sie fühlt die Schnauze, pelzig, Schnurrhaare.

Sergio hält ihre Hand.

Schauen Sie besser nicht auf den Rücken Ihrer Frau, sagt der Arzt, schauen Sie ihr ins Gesicht, schauen Sie in ihre Augen.


Später wird Sergio eine Zeichnung anfertigen von dem Kabel, das der Anästhesist in ihren Rücken gestochen hat. Hinten und vorne verkabelt wie für ein Hightech-Konzert. Doktor Frankensteins Labor, wird Sergio darunter notieren.

Schlaf jetzt ein bisschen. Die Hebamme wischt mit einem feuchten Tuch über ihre Stirn, in wenigen Stunden kommen die neuen Ärzte; sie werden einen Kaiserschnitt anordnen. Das Ganze dauert zu lang. Es tut mir leid. Du warst sehr tapfer.

Schlafen? Entspannen?

Was wollt ihr von mir? Ich liege in einem Kreißsaal, aber in einem anderen, als der, in dem ich die Venusmuschel erlebt habe; ein umgebungsloser Raum. Vakuum. Mein Kind wird ins Vakuum geboren!


Der Anästhesist mit seinem Formular, das sie unterschreibt; meine Handschrift ist noch da, ich schreibe meinen Namen. Er witzelt, Sie haben das gewiss im Vorfeld bereits ausführlich studiert.

Iris ist schroff. Böse.

Allein.

Habe ich geschlafen? Im CTG-Gerät rechts neben ihr hört sie keine Herztöne mehr.

Sie ruft. Laut. Hallo! Jemand muss kommen. Egal, wer. Rosemarie ist schon zur Stelle. Das CTG ist verrutscht, sie platziert es wieder richtig. Dem Kleinen geht es vorzüglich.

Die Kontraktionen sind gedämpfter, mechanischer als zuvor; sie spürt sie und spürt sie nicht. Sind sie weitergegangen, während sie geschlafen hat?

Da kommt die nächste Druckwelle, durchquert sie; ich bin ein atmender Automat.

Iris hatte sich strikt gegen eine Anästhesie gewehrt, keine Betäubungsmittel in mein Rückenmark, alles ganz natürlich. Jetzt ist es anders. Sobald sie einen Anflug von Schmerz spürt, bittet sie um eine zusätzliche Dosis.

Es wird hell. Iris ist allein im Zimmer.

Es wird Morgen, acht Uhr.

Ich schaue noch einmal nach. Rosemarie, um Zuversicht bemüht, sieht erschöpft aus. Sogar Iris bemerkt das.

Es tut mir sehr leid, du hast dich so geplagt – als wäre der Kaiserschnitt ihr höchstpersönlicher Feind.

Iris ist alles recht, Hauptsache, das Kind kommt raus.

Rosemarie, zwischen ihren Beinen, strahlt sie an, dein Muttermund ist offen.

Sie setzen das Schmerzmittel ab. Ich will aufstehen. Leg dich hin, sagt Rosemarie, du bist unter Narkose. Ich stehe auf! Iris schwingt ihre Beine über den Bettrand. Kannst du sie halten?, die Hebamme zu Sergio. Zu zweit helfen sie Iris vom Bett herunter auf einen Hocker mit minimaler Sitzfläche, ich throne auf einem Halbmond; sie lehnt sich an Sergio, er umfasst sie von hinten unter den Achseln, er keucht.

Ich muss einen Arzt holen, ab jetzt muss ein Arzt dabei sein, die Hebamme eilt hinaus. Ist gleich zurück, ohne Arzt. Atmet laut mit Iris. Die Ärztin kommt bald, informiert sie Sergio. Dann nimmt sie Iris' Hand, führt sie zwischen ihre Beine, da, gleich hast du es geschafft.

Iris fühlt etwas Weiches, das Weichste überhaupt, die Weichheit der Welt; ein Flaum, Haare, eine Rundung – der Schädel ihres Kindes.

Als sie ihn hochheben, hängt er noch an ihrem Innersten. Wer hat ihn zuerst gehalten? Rosemarie? Sie legen ihn ihr auf den Bauch. Wer? Rosemarie wahrscheinlich. Will Sergio die Nabelschnur durchschneiden?

Alles an ihm ist überdeutlich. Winzig; zarte Haarbüschel auf den Schultern, ausgeprägte Brauen, seine Brustwarzen wie skizzierte Punkte, sein Mund auffällig rot.

Kriecht aufwärts zu ihrer Brust. Du! Da bist du. Seine Finger klammern sich um ihren kleinen Finger. Er hat lange Nägel. Das schönste Kind, das ich je gesehen habe. Sie schluchzt, kann nicht aufhören.

Aus seinem Nabel ragt ein kleiner hautiger Schlauch, abgeklemmt mit einer Spange aus Plastik; der hautige Teil färbt sich langsam dunkel.

Wo Sergio derweil ist? Keine Ahnung. Fotografiert er?

Jemand zieht die Nachgeburt aus ihr heraus. Die Ärztin, Rosemarie? Neue Schmerzwellen.

Jemand deckt das Baby mit einem roten Handtuch zu.

Er saugt schon. An ihrer linken Brustwarze. Auch aus der rechten quillt Milch.

3,6 Kilogramm, zehn Uhr zehn.

Wie heißt er?

Auf das Armbändchen, das sie ihm umlegen, wird der Name geschrieben. Dich würde ich nie verwechseln.

In einem Zimmer, das ihr Zimmer sein soll, schläft sie ein, das Kind auf ihr. Sie erwacht von einer Regung, vielleicht ist er hungrig; er trägt eine Windel Größe null, die sollte ich wechseln. Sie steht auf, barfuß, in ihrem Spitalshemd, es endet über den Knien. Neben ihrem Bett befindet sich das Bettchen des Kleinen, auf Rollen, mit Gitterwänden aus hellem Holz, ein rotes Handtuch darin; neben dem Waschbecken ist ein Wickeltisch, Laden mit Windeln, Feuchttüchern, Stofftüchern, Reservenachthemden.

Sie legt ihn auf ein weißes Tuch; er beschwert sich, kräht. Deine Stimme! So klingst du! Sie entfaltet die Windel. Ich habe das noch nie gemacht. Bunte Bilder auf der Windel, Fantasietiere. Bärenartige, Einhörner, rosa Hasen. Für wen? Er kräht, tritt Lufträder; da ist etwas unter ihm, grünschwarz, wie Vogeldreck. Kindspech, erfährt sie später; nie davon gehört.

Der Himmel ist blitzblau. Das Fenster leicht geöffnet, die Vorhänge flattern im Wind. Würziger Sommerduft (Kräuter, erhitzte Erde) weht herein. Es gibt gute Enden zwischendurch – so sollst du aufwachsen.

Er ähnelt Ludwig. Unfassbar, du müsstest ihn sehen – wieder ein SMS, auf das keine Antwort kommt.

An den folgenden Tagen wechselt sein Aussehen, manchmal stündlich: Ludwig, Sergio, dann ein völlig neuer Mensch, der an niemanden erinnert, den sie kennt.

Ihre Mutter sagt: Iris, genau wie du, identisch.

Ihr Vater sagt: Ich sehe meinen Großvater, als er bereits sehr alt war.

Ihr Bruder: Der ist doch wie dieser Cousin aus Aachen, den wir nur getroffen haben, als wir klein waren.

Die Schwiegereltern in Monza erkennen auf den Fotografien, die sie über WhatsApp erreichen, ihren eigenen Sohn, *quand' era piccolo lui.*

Du sollst es gut haben, und es soll dir an nichts fehlen. Dafür werde ich alles tun. Dein Vater braucht nur für dich da zu sein und mit dir fischen zu gehen, sooft du willst; ja, Fische fangen. Süßwassergarnelen auch, und Insekten. Es gibt gute Fänge zwischendurch, so sollst du aufwachsen. Mit Luft, Sonne, Wasser. Du, Manuel Orion Schiffer.

Ich würde alles tun für dich.

## Rollenverzeichnis 2000–2019

2000 Lulu (Alban Berg), *Gräfin Geschwitz*, Universität für
Musik und darstellende Kunst, Wien

2002 Les Contes d'Hoffmann (Jacques Offenbach), *La Muse/
Nicklausse*, Universität für Musik und darstellende Kunst, Wien

2003–2005 Die Hochzeit des Figaro (W. A. Mozart), *Cherubino*,
Opernhaus Graz

2004 Die Zauberflöte (W. A. Mozart), *Zweite Dame*, Volksoper
Wien

2005–2006 Die Zauberflöte (W. A. Mozart), *Dritte Dame*,
Neue Oper Frankfurt

2005 Die Zauberflöte (W. A. Mozart), *Zweite Dame*,
Slowakisches Nationaltheater, Bratislava

2005 Hänsel und Gretel (Engelbert Humperdinck), *Hänsel*,
Opernhaus Graz

2006 Les Contes d'Hoffmann (Jacques Offenbach), *La Muse/
Nicklausse*, Opernhaus Graz

2006 Idomeneo (W. A. Mozart), *Idamante*, Slowakisches
Nationaltheater, Bratislava

2006 Il barbiere di Siviglia (Gioachino Rossini), *Rosina*, Oper
Meiningen

2007–2008 Die lustige Witwe (Franz Lehár), *Valencienne*,
Kongress & TheaterHaus Bad Ischl

2008 Der Rosenkavalier (Richard Strauss), *Octavian*,
Opernhaus Graz

2009 Der Rosenkavalier (Richard Strauss), *Octavian*, Wiener
Staatsoper

2010–2016 Les Contes d'Hoffmann (Jacques Offenbach), *La
Muse/Nicklausse*, Deutsche Oper am Rhein/Theater Duisburg

2010 Die Zauberflöte (W. A. Mozart), *Zweite Dame*, Wiener
Staatsoper

2011 La clemenza di Tito (W. A. Mozart), *Annio*, Teatro Commu-
nale di Bologna

2011 Ariadne auf Naxos (Richard Strauss), *Der Komponist*,
Opernhaus Graz

2012–2016 Die Hochzeit des Figaro (W. A. Mozart), *Cherubino*,
Opernhaus Graz

2012–2013 La clemenza di Tito (W. A. Mozart), *Sesto*, Staatstheater Mainz

2013 Der Rosenkavalier (Richard Strauss), *Octavian*, Wiener
Staatsoper

2013 Manon Lescaut (Giacomo Puccini), *Ein Musiker*, Bayrische
Staatsoper, München

2014 Ariadne auf Naxos (Richard Strauss), *Der Komponist*,
Bayrische Staatsoper, München

2015 Così fan tutte (W. A. Mozart), *Dorabella*, Staatstheater
Mainz

2015–2016 The Rape of Lucretia (Benjamin Britten), *Lucretia*,
Aalto-Theater, Essen

2016 Ariodante (Georg Friedrich Händel), *Ariodante*,
De Nationale Opera, Amsterdam

2016–2019 Hänsel und Gretel (Engelbert Humperdinck),
*Hänsel*, Wiener Staatsoper

2016 Der Rosenkavalier (Richard Strauss), *Octavian*,
Wiener Staatsoper

2017 Die Fledermaus (Johann Strauß), *Orlofsky*, Aalto-Theater,
Essen

2017–2018 Les Contes d'Hoffmann (Jacques Offenbach), *La Muse/Nicklausse*, Deutsche Oper am Rhein/Opernhaus Düsseldorf

2019 Die Hochzeit des Figaro (W. A. Mozart), *Cherubino*, Metropolitan Opera, New York

2019 Sophie's Choice (Nicholas Maw), *Sophie*, Salzburger Festspiele

## CD-Aufnahmen

2005 The secret of song. Lieder von Haydn, Rachmaninoff, Wolf, Weill, Mahler, Webern. Klavier: Viktor Salagno. Orfeo.

2007 Requiem for bullshit. Folk songs from the Balkans. Akkordeon: Selina Kuqi. Harmonia Mundi.

2009 Punk meets mezzo. Electric thoughts: Sumanth Pippu, Monika Kollerer. Col legno.

2011 Mozart's Early Arias. Kammerorchester Guascone. Dirigent: Gianluca Marras. Orfeo.

2012 Songs from the 21st century. Ensemble taf: Alex Unterweger, Christl Stöber, Francis Buffon, Amira Esfahani. Col legno.

2013 Schuberts italienische Lieder. Klavier: Christa Pammesberger. ORF Radiokulturhaus Wien.

2014 Ah, non credea mirarti – A Bellini songbook for mezzosoprano. Philharmonisches Staatsorchester Essen. Dirigent: Julian Barling. Deutsche Grammophon.

2014 Brahms: Songs for voice, viola and piano. Mit Esther Deutsch und Christa Pammesberger. Col legno.

2016 About my desert, my rose. Vocal improvisations on pieces of Aleksandra Vrebalov accompanied by strings. Marini Quartett. Nonesuch.

2017 Minimal Mozart. Beloved arias with contemporary accompaniment. Duo Paradox. Cello: Vinci Felcl, Viola: Sarah Kummerlöwe, Drums: Lea Obradek. cragged an egg.

# Hinweis

Marian Anderson: My Lord, what a morning: an autobiography. London 1957.

Ileana Cotrubaş: Opernwahrheiten. Wien 1998.

Renee Fleming: The inner voice: the making of a singer. New York 2004.

Elina Garanča, bearbeitet von Ida Metzger: Wirklich wichtig sind die Schuhe. Salzburg 2013.

Kim Gordon: Girl in a band. New York 2015.

Angelika Kirchschlager, Achim Schneyder: Ich erfinde mich jeden Tag neu: meine Lebenswege. Wien 2013.

Christa Ludwig: »… und ich wäre so gern Primadonna gewesen«. Berlin 1994.

Birgit Nilsson: La Nilsson. My life in opera. New England 2007.

Jessye Norman: I sing the music of my heart. München 2015.

Thomas Quasthoff: Die Stimme. München 2014.

Rolando Villazón: Die Kunst, Tenor zu sein. Berlin 2008.

Gunna Wendt: Maria Callas. Musik ist, was ich am meisten liebe. Freiburg 2017.

## Dank

Das Buch wäre nicht, was es ist, ohne die Gespräche und Briefwechsel mit Angelika Kirchschlager, Claire Parizot, Stefanie Houtzeel, Hans-Dieter Roser, Erich Seittner, Sophie Lonert-Menapace, Allegra Pacher, Peter Pacher. Ich danke euch!

Danke den Lesern der ersten Stunde: Matthias Wenigwieser, Anna-Elisabeth Mayer und Chiara Barbati.

»Birgit Birnbacher ist eine Künstlerin der literarischen Volte, und so überrascht sie bis zur letzten Seite.«

Carsten Otte, *taz*

Arthur, 22, still und intelligent, hat 26 Monate im Gefängnis verbracht. Endlich wieder in Freiheit stellt er fest, dass er so leicht keine neue Chance bekommt. Ohne die passenden Papiere und Zeugnisse lässt man ihn nicht zurück ins richtige Leben. Gemeinsam mit seinem unkonventionellen Therapeuten Börd und seiner glamourösen Ersatzmutter Grazetta schmiedet er deshalb einen ausgefuchsten Plan. Eine kleine Lüge, die die große Freiheit bringen könnte ... Humorvoll und empathisch erzählt Bachmann-Preisträgerin Birgit Birnbacher davon, wie einer wie Arthur überhaupt im Gefängnis landen kann, und geht der großen Frage nach, was ein »nützliches« Leben ausmacht.

272 Seiten. Gebunden. zsolnay.at